KB132140

빛

HIKARI

ⓒ Shusuke Michio 2012

All rights reserved.

Original Japanese edition published by KOBUNSHA Co., Ltd.

Korean publishing rights arranged with KOBUNSHA Co., Ltd.

through KODANSHA LTD., Tokyo and Shinwon Agency Co., Seoul.

Korean translation rights ⓒ 2019 by MUNHAKDONGNE Publishing Corp.

이 도서의 국립중앙도서관 출판예정도서목록(CIP)은
서지정보유통지원시스템 홈페이지(http://seoji.nl.go.kr)와
국가자료공동목록시스템(http://www.nl.go.kr/kolisnet)에서 이용하실 수 있습니다.
(CIP제어번호: CIP2019000135)

光
ひかり

빛

道尾秀介

미치오 슈스케 장편소설

김은모 옮김

문학동네

그래, 달려라. 달려라. 달려. 그 괴물을 쫓아가
물위에 있는 자는 노를 저어라
놓치는 순간 우리는 지는 거다
_이치리 슈타, 「시간의 빛」

이글(암스트롱): 접촉등, 점등. 엔진을 정지한다. ……(음성 불명확) 하강. 모드 제어 전부 자동. 하강 엔진 지령 즉시 종료, 엔진 암 해제.

휴스턴: 기록했다, 이글.

이글(암스트롱): 휴스턴, 여기는 고요의 바다다. 이글은 착륙했다.

휴스턴: 알았다, 고요…… 고요의 바다. 착륙을 기록했다. 이쪽은 모두 사색이 됐다. 이제 숨 좀 돌릴 수 있겠군. 고맙다.

이글(올드린): 우리야말로.

콜롬비아(콜린스): 휴스턴, 들리나? 착륙 최종단계에서 시간을 꽤 많이 잡아먹었다. 자동항법장치가 우리를 미식축구 경기장만한 크레이터로 유도하려고 했어. 주변에 크레이터 한두 개쯤은 되는 거대한 바위와 돌이 수없이 흩어져 있더군. 그래서 수동 조종으로 전환해 바위밭을 넘어 적당한 착륙 지점을 찾아야 했어.

휴스턴: 그렇군, 고생 많았다. 정말로 멋지게 잘해냈어. 관제실에 웃음꽃이 활짝 피었어. 전 세계 사람들도 마찬가지야.

이글(올드린): 여기에도 두 명 더 있어.

콜롬비아(콜린스): 사령선에도 하나 있다는 걸 잊지 말라고.

차례

1장

여름의 빛

1

"사오리 선생님, 남자랑 어디 가는 거 아닐까?"

"어째서?"

"화장했잖아. 눈 부분이 조금 파랬어."

등에 멘 책가방을 달랑거리며 내 옆을 달리던 신지가 툭 튀어 나온 이마에 땀이 송골송골 맺힌 채 씩 웃었다.

나는 방금 전 교실에서 본 사오리 선생님의 얼굴을 떠올려보 았지만 눈이 어땠는지는 기억나지 않았다. 옷차림도 헤어스타일 도 기억나지 않았다. 찌는 듯이 더운 교실에서 끈적거리는 손을 책상 아래로 마주잡고 이제 곧 시작될 긴 방학 동안 뭘 하고 놀지 상상의 나래만 펼쳤기 때문이다.

"선생님, 그 남자랑 결혼할 생각일까?"

달리는 탓에 신지의 목소리가 흔들렸다.

"그냥 데이트겠지."

"데이트!"

"데이트!"

서로의 가쁜 숨소리를 들으며 우리는 비포장도로를 내달렸다. 눈이 시리도록 청명한 하늘 아래, 저멀리 가슴을 펴고 있는 적란운을 향해 신지가 다시 한번 "데이트!"라고 소리쳤고 "데이트!"라고 외치는 내 목소리가 바로 뒤를 좇아갔다.

HR 시간에 오자와 사오리 담임선생님이 나누어준 '여름방학 계획표'에는 7월 21일부터 방학이라고 적혀 있었지만, 실은 그렇지 않다는 것을 반 아이들 모두 알고 있었다. 계획표에 적힌 날짜 전날, 즉 오늘 교문을 뛰쳐나온 순간부터 이미 여름방학이다. 나와 신지가 빨갛게 달아오른 얼굴로 헉헉대며 책가방 뒷면이 흠뻑 젖을 만큼 달리는 건 우리가 뛰어든 거대한 자유의 공간을 온몸으로 만끽하기 위해서였다.

"리이치, 너 풍이에 실 묶어본 적 있어?"

리이치는 아버지가 지어준 이름인데, 그렇다고 아버지가 마작광인 것은 아니다.* 유명한 작가의 이름에서 따왔다고 한다. 나는 중학생이 되어서야 그 사실을 알았는데 여태 그 작가의 책을 읽어보진 않았다. 한번 서점에서 찾아보기도 했지만 없어서 그만두었다.

"실을 묶어서 어쩌는데?"

"날려 보내는 거지. 다리에 실을 묶어서 놓아주면 머리 위를 빙글빙글 돌아. 어제 누나가 보여줬어."

"너희 누나는 못하는 게 없구나."

"생긴 것만 여자라니까. 꼴까닥은 늘 생활통지표에 '활발하다'라고 적지만."

신지의 누나는 우리보다 두 학년 위인 6학년이다. 머리가 짧고 달리기를 잘하며 겨울에도 햇볕에 타서 피부가 까맣다. 꼴까닥이란 그 누나의 담임선생님 별명이다. 머리가 하얗게 세고 삐쩍 말랐다. 가끔 교단에서 할말을 잊어버리고 입을 무의미하게 벙긋거리기 때문에 학생들은 참을성 있게 다음 말이 나오기를 기다려야 한다. 그런 모습을 보건대 언제 꼴까닥 저세상에 가버려도 이상하지 않으므로 꼴까닥이다. 그 별명은 벌써 몇 년 전부터 학생들 사이에 하나의 전통처럼 이어져내려오고 있다. 즉 그런 상태가 오래도록 유지되고 있는 셈이니, 어쩌면 그 벙긋거림은 학생들에게 경로사상과 인내력을 길러주기 위한 교활한 수단인지도 모른다. 덧붙여 '꼴까닥'은 수탉 울음소리인 '꼬끼오'처럼

---

* 일본 마작에는 '리치'라는 용어가 있다.

'꼴'에 힘을 주어 발음한다.

잡목림 옆길로 뛰어들자 머리 위에서 매미 울음소리가 폭포수처럼 쏟아져내렸다. 그에 질세라 신지가 목소리를 높였다.

"내일 몇시에 만날까?"

"불꽃놀이는 여섯시 반부터 시작이래."

"그럼 다섯시 집합."

"네시 반."

"네시 반."

내일 일요일, 산기슭에 펼쳐진 메고이코 호수에서 여름철 불꽃놀이 대회가 열릴 예정이다. 좁고 작은 동네지만 여름과 겨울, 일 년에 두 번 열리는 불꽃놀이 대회만은 전국적으로 꽤 유명하다. 호수 바닥으로 흘러드는 유황 성분 때문에 메고이코 호수에는 생물이 거의 없지만 수면은 가끔 보면 깜짝 놀랄 만큼 아름답다. 불꽃놀이 대회가 열리는 밤에는 쏘아올리는 불꽃과 같은 수의 불꽃이 호수에 비친다. 곳곳에서 모여든 불꽃놀이 장인들이 실력을 겨루고자 삼천 발, 많은 때는 오천 발이나 되는 불꽃을 쏘아올린다. 공기가 맑아서 불꽃이 더 예뻐 보이고 겨울철에 열리는 불꽃놀이 자체가 드물기 때문에, 여름철보다 겨울철 대회가 더 유명하다.

하지만 우리 의견은 달랐다.

우리가 매년 불꽃놀이 대회에 가는 이유는 하늘에서 터지는 불꽃을 구경하거나 호수에 비치는 불꽃을 감상하기 위해서가 아니다. 노점에서 뽑기를 하고, 과일사탕과 오코노미야키를 사먹고, 산기슭에 있는 저목장貯木場에 숨어들어가 콩알탄을 던지며 놀기 위해서다. 추위에 달달 떨면서 노는 것보다 땀 흘리며 노는 편이 훨씬 즐겁다. 불꽃놀이 대회 당일은 유일하게 어린아이가 밤늦게까지 놀아도 되는 날이므로, 우리는 그동안 알뜰살뜰 모은 용돈이 든 지갑을 들고 첫번째 불꽃을 쏘아올리기 훨씬 전에 모여 노점을 돌아다녔다.

"신지, 내일 집에서 실 가지고 갈까?"

"좋아, 풍이를 붙잡아서 다리에―"

그때 오른쪽 나무들 건너편에서 갑자기 목소리가 들렸다.

우리는 동시에 멈춰 섰다. 아니, 그저 잡목림에서 목소리가 들린 정도였다면 그러지 않았겠지만 그게 같은 반 히로키의 목소리였던데다가,

"지금 죽였다고 하지 않았나?"

"그랬어."

나는 고개를 끄덕였다.

분명히 그렇게 들렸다.

"할머니가 당해서 복수한 거잖아!"

역시 히로키 목소리였다.

신지가 흥미진진하다는 듯이 눈썹을 움찔거리며 나무 너머를

손가락질했다. 나는 대답하는 대신 걸음을 옮겨 나보다 키가 큰 도깨비바늘을 원래 흰색이었던 운동화로 밟아 넘어뜨리며 잡목림으로 들어갔다.

"우리 아빠가 널 봤어. 때리는 소리도 들었다고."

히로키의 정면에는 기요타카가 궁지에 몰린 기색으로 굵은 물참나무에 등을 딱 붙이고 서 있었다. 그 외에도 반 아이들 대여섯 명이 기요타카를 둘러싸듯이 히로키 주변에 반원을 그리고 서 있었다.

"이 사진이 증거야. 다 들통났어. 발뺌해봤자야."

우리 발소리를 들었는지 히로키가 말을 멈췄다. 모두 동시에 우리 쪽으로 고개를 휙 돌렸다.

"엥, 뭐야? 무슨 일인데?"

신기한 것을 발견한 개처럼 신지가 고개를 빼고 다가갔다. 히로키는 굵은 눈썹에 힘을 주며 "완다 일이야" 하더니, 너희도 끼라는 듯 손바닥을 위로 한 채 까딱 손짓을 했다.

"엥, 완다라면, 그 완다?"

"그래. 이 자식이 죽였다는 게 밝혀졌어."

신지가 내게 몸을 돌려 열띤 시선을 던졌다. 이미 티셔츠 어깨 부분이 들썩이고 있었다. 나는 가볍게 고개를 갸웃하고 일단 신지와 함께 히로키 옆에 섰다.

완다는 우리와 잘 어울리던 수컷 들개다. 어디서 왔는지 몰라도 늘 이 잡목림과 학교 부근을 어슬렁거렸다. 군데군데 털이 빠져서 생김새는 볼품없었지만 동네 사람들 모두 귀여워하며 밥을 주거나 엉킨 털을 빗어주었고, 우리도 자주 급식으로 먹고 남은 빵이나 용돈으로 산 소시지를 들고 완다를 찾았다. 운동신경이 상당히 뛰어나서, 고무공을 어떤 방향으로든 어느 정도 높게만 던져주면 신나게 달려가 땅에 떨어지기 전에 받아내며 놀기를 좋아하던 녀석이었다. 걸핏하면 왕왕 짖어대서 처음에는 왕타라고 불렀지만 누군가가 발음을 바꾸어 완다라는 이름을 붙였다. 영어 이름 같아서 멋졌으므로 그후로는 우리 초등학생들 모두 그렇게 불렀다.

그런데 완다가 반년 전 홀연히 사라졌다.

겨울철 불꽃놀이가 끝나고부터 어디서도 모습을 찾아볼 수가 없었다.

"엥, 죽었다고? 완다를?"

흥분하면 자꾸 "엥" 하는 것이 신지의 버릇이다.

히로키는 턱으로 기요타카를 가리키더니, 그대로 턱을 내민 채 자신과 키가 비슷한 상대를 내려다보는 듯한 태도로 말했다.

"우리 아빠가 봤어. 이 자식이 이른 아침에 완다를 죽이는 걸."

"보긴 뭘 봐, 거짓말!"

더벅머리 사이로 눈을 번쩍이며 기요타카가 즉시 반박했다. 히로키도 받아칠 줄 알았는데 기요타카를 잠시 날카롭게 째려보더니 입을 벌린 조개처럼 깔끔하게 갈라붙인 머리를 매만지고는 분한 듯이 고개를 끄덕이기만 했다.

"뭐…… 죽이는 현장을 보진 않았지만."

히로키의 이야기는 이랬다.

완다가 사라지기 직전인 반년 전 겨울. 사진가인 히로키 아버지는 이른 아침 식물 사진을 찍으려고 혼자 산기슭을 거닐고 있었다. 찾고 있던 것은 유령버섯이라는 별칭으로 불리는 나도수정초로, 희한하게도 전체가 새하얀 식물이다. 유령버섯은 이른 아침의 희미한 빛 속에서 마치 유령처럼 어슴푸레하게 빛난다고 한다. 히로키 아버지는 한동안 돌아다니다가 드디어 유령버섯을 찾아냈다. 어떤 구도로 찍을지 고민한 끝에 삼각대를 낮게 세우고 카메라를 고정해 유령버섯을 촬영하기 시작했다.

"그때 찍은 사진이 이거야. 아빠 앨범에서 빼 왔어. 여기에 기요타카가 완다를 죽였다는 결정적인 증거가 찍혀 있다고."

히로키는 오른손에 들고 있던 L판* 사진을 우리에게 보여주었다. 창백한 빛깔의 유령버섯이 큼지막하게 찍혀 있었다. 만약 내가 이 식물을 제일 먼저 발견했어도 분명 유령버섯이라는 이름을 붙였을 것이다. 그 기묘한 식물은 야윈 사람이 알몸으로 고개를 숙인 듯한 모습으로 사진 한가운데에서 희미하게 빛나고 있

---

* 가로 89밀리미터, 세로 127밀리미터의 사진 인화 크기.

었다. 전문가가 촬영한 사진답게 줄기 부분의 가느다란 주름 하나까지 생생하게 찍혀 있었다. 배경은 대부분 흑갈색 낙엽이었지만, 오른편 안쪽에 울퉁불퉁한 바위가 보였다.

아아, 어딘지 알겠다. 나는 바로 짐작이 갔다.

사진으로 찍힌 장소는 잡목림 끄트머리의 기요타카네 집 바로 뒤편이었다. 사진 속 배경 안쪽은 높직한 언덕으로, 바위틈을 따라 위에서 아래로 시냇물이 졸졸 흐른다. 아니, 사실 시내라고 부를 정도는 아니고 땅속에서 솟은 물이 한줄기 흐를 뿐이다. 물 부분은 히로키의 엄지에 가려져서 보이지 않았다.

사진 여백에는 손글씨로 '1/15'라고 날짜가 적혀 있었다. 겨울철 불꽃놀이 대회가 열리기 며칠 전이다.

"아빠가 지금 출장 가고 안 계시거든. 그래서 어제저녁에 카메라를 가지고 놀았어. 아빠가 있을 때 손대면 혼나니까."

히로키는 티 나게 말을 끊고 뭔가를 기다리듯이 우리 얼굴을 바라보았다.

"고급 카메라인가보네."

히로키가 기대해 마지않던 말을 신지가 꺼내는 바람에 나는 속으로 혀를 찼다. 배알이 꼴리지도 않는지 신지는 늘 이렇게 히로키의 콧대를 높여주는 데 협력한다. 스스로는 그 사실을 모르는지라 이럴 때마다 나만 답답하다.

"응…… 엄청 비싼가보더라고."

짐짓 심각한 표정으로 고개를 끄덕이고 나서 히로키는 이야기를 되돌렸다.

"카메라를 가지고 놀다가 마침 펼쳐놓았던 앨범에서 이 사진을 찾아냈어. 본 순간 확신했어. 완다는 사라진 게 아니라 누구 손에 죽었다고."

"엥, 왜 이 사진을 보고 그런 걸 알았는데?"

신지가 입을 헤벌리고 사진을 들여다보았다.

"증거가 분명하게 찍혀 있잖아."

"엥, 어디에?"

"잠깐 기다려봐."

신지가 사진에 손을 뻗자 히로키는 오른손을 머리 위로 번쩍 들어올렸다. 키가 작은 신지는 손이 닿지 않아 사진을 멍하니 올려다보며 다음 이야기를 기다리는 신세가 되고 말았다. 사진 뒷면에 연필로 뭔가 적혀 있었는데, 숫자와 알파벳이라는 것은 알았지만 무슨 뜻인지는 통 짐작이 가지 않았다. 나는 사진에서 눈을 돌려 기요타카를 보았다. 물참나무에 등을 붙이고는 입을 꾹 다문 채 히로키를 노려보고 있었다. 오랫동안 이발소에 가지 않았는지 푸석푸석한 곱슬머리가 눈썹과 귀를 가렸다.

"아무튼 난 사진에서 엄청난 걸 발견했어. 바로 여기서 범죄가 발생했다는 결정적인 증거 말이야."

그 결정적인 증거는 도대체 언제 보여주려는 걸까.

"그래서 아빠가 이 사진을 찍은 날을 돌이켜봤지. 1월 15일은 성년의 날이잖아? 그래서 똑똑히 기억해. 우리 아빠, 관청에서 열리는 성인식 사진을 찍어달라는 부탁을 받았거든. 그래서 유령버섯 사진을 찍고 왔다가 바로 다시 나갔어. 하지만 그전에 나랑 다이닝룸에서 커피를 마셨지."

다이닝룸이라, 나는 작게 읊조렸지만 무시당했다.

"그때 아빠가 그러더라고. 유령버섯 사진을 찍는 동안 언덕 위쪽에서 흙을 밟아 다지는 것 같은 소리랑, 뭔가를 퍽퍽 두드리는 소리가 들렸다고."

히로키 아버지는 땅에 엎드려서 유령버섯을 찍었기 때문에 언덕 위가 보이지 않았지만 그 소리가 계속 신경쓰였다고 한다.

잠시 후 히로키 아버지는 유령버섯 촬영을 마쳤다. 무릎을 세우고 몸을 일으킨 바로 그때.

"기요타카가 언덕 위에서 걸어왔대. 어깨에 각목을 메고."

각목? 신지가 되물었다. 히로키는 굵은 눈썹을 한쪽만 치켜세우고 고개를 끄덕였다.

"길이가 1미터쯤 되더래."

각목을 멘 기요타카는 히로키 아버지를 보고 놀란 듯한 얼굴로 멈춰 섰다.

"아빠가 안녕 하고 인사했더니 이 자식이."

히로키는 턱으로 기요타카를 가리켰다.

"인사도 하지 않고 자기 집으로 내뺐다는 거야. 각목을 든 채로. ……뭐, 그때는 나도 아빠도 별로 마음에 두지 않았어. 설마이 자식이 언덕 위에서 완다를 때려죽였을 줄은 몰랐으니까. 아빠는 그런 시간에 기요타카가 뭘 하고 있었을까 궁금하게 여겼을 뿐이고, 난 이 자식이 뭘 어쩌든 관심이 없었지. 만약 그 일이 생각났다면 좀더 수상하게 여겼겠지만."

"엥, 그 일이라니?"

신지가 고개를 쭉 뺐다.

"왜, 이 자식의 할머니가 완다랑 싸웠잖아. 이 잡목림에서."

"아아, 정말 난리였지……"

신지는 팔짱을 끼고 심각한 표정을 지었다.

"개끼리 싸우는 것 같았어."

나도 그 싸움을 목격했으므로 지금 신지가 쓴 표현이 딱 적합하다고 생각했다.

오이 부인과 완다의 적대관계는 예전부터 유명했다. 오이 부인이란 성격이 꼬장꼬장하고 입이 험하며 얼굴이 오이같이 생긴 기요타카 할머니를 가리킨다. 완다는 누구나 잘 따랐지만 오이 부인만은 몹시 싫어했다. 오이 부인이 완다를 싫어했기 때문이다. 아니, 싫어하는 정도를 넘어 길에서 마주칠 때마다 지팡이를 휘두르거나 이를 드러내며 위협하고 발길질을 했다. 하지만 그런다고 완다가 꼬리를 말고 물러나지는 않았으므로 둘은 종종

길가나 잡목림에서 사투를 벌였다. 이제 와서 생각해보면 그건 일종의 영역 다툼이 아니었을까. 사실상 둘이 벌인 마지막 싸움이 방금 신지가 말한 '개싸움'이었다. 어느 겨울날, 히로키가 가져온 사진 속 장소 근처에서 오이 부인과 완다는 오랫동안 눈싸움을 벌였다. 수업을 마치고 하교하던 우리는 드디어 올 게 왔다는 심정으로 마른침을 삼키며 그 모습을 지켜보았다. 기요타카만 그 자리에 없었다.

완다가 먼저 덤벼들었다. 오이 부인은 재빨리 공격을 피하는 동시에 손에 든 지팡이를 휘둘렀다. 지팡이에 콧등을 정통으로 얻어맞은 완다는 깽 하고 울부짖으며 공중에서 몸을 비틀었다. 완다가 그대로 땅에 떨어지자 오이 부인은 돌아서서 다시 지팡이를 쳐들었다. 하지만 첫 일격이 급소에 명중해 너무 자신감을 얻었는지 약간의 빈틈이 생겼다. 완다가 땅을 박차며 몸을 일으켜 오이 부인의 다리를 향해 돌진했다. 전광석화라는 말처럼 빨라서, 하늘을 가로지르는 새의 그림자인 양 완다라는 존재가 한순간 사라졌다고 착각할 정도였다. 앗, 하는 목소리가 들렸다. 그 목소리를 낸 사람이 오이 부인이었는지, 아니면 구경꾼 중 한 명이었는지, 그것도 아니면 나였는지는 모르겠다.

공격당한 오이 부인은 쌓인 낙엽 위에 무릎을 털썩 꿇은 채 분하다는 듯이 완다를 노려보았다. 완다는 상대에게 더이상 반격할 힘이 남아 있지 않다는 것을 알아차렸는지 유유하게 걸음을 옮겨 오이 부인에게 다가갔다. 완다가 으르렁거리며 자세를 낮추어 마지막 일격을 가하려 했을 때였다.

오이 부인이 지팡이를 내던지고 땅에 두 손을 짚었다.

열 손가락을 갈고리 모양으로 구부려 낙엽과 흙을 움켜쥐는 동시에 일바지와 평상복의 중간쯤으로 보이는 바지의 엉덩이 부분을 천천히 들어올렸다. 이윽고 엉덩이가 머리보다 높아졌다. 요컨대 오이 부인은 완다와 완전히 똑같은 자세를 취한 것이다.

시간이 멈추었다. 완다는 꼼짝하지 않았고 오이 부인도 마찬가지였다. 우리 역시 숨쉬는 것조차 잊고 승부가 나기를 기다렸다.

완다의 패배였다.

완다가 갑자기 코로 약한 울음소리를 흘리며 시선을 피했다. 마치 그러기를 기다렸다는 듯이 네발짐승처럼 엎드린 오이 부인이 턱을 휙 쳐들었다. 흠칫 놀라 굳어버린 완다가 천천히 뒤로 물러났다.

그리고 그대로 몸을 돌려 벌거숭이 나무들이 줄지은 잡목림을 똑바로 달려갔다.

우리가 완다를 본 것은 그때가 마지막이었다.

다리를 다친 오이 부인은 내던진 지팡이를 주워서 짚으며 절뚝절뚝 집 쪽으로 걸어갔다. 물론 우리가 어깨를 빌려주거나 팔을 내밀어 부축해야 마땅했으리라. 하지만 부인의 온몸에 감도는 살기 때문에 누구 하나 그럴 엄두를 못 냈다. 마치 보이지 않는 손이 두 다리를 잡아당기는 것처럼 다들 그저 오이 부인의 뒤를 졸졸 따라갔다.

집에 도착한 오이 부인은 직접 구급차를 불렀다. 잠시 후 구급차가 와서 부인을 실어가기 직전에 기요타카가 집에 돌아왔다. 부인은 손자에게 속사포처럼 자초지종을 설명한 후 다리가 낫는 대로 결판을 내겠다며 씩씩거렸다. 기요타카도 화가 나서 시뻘게진 얼굴로 그 똥개를 반드시 때려죽여버리겠다고 말했다.

그렇다, 분명 그렇게 말했다.

"그래서 이 자식은 완다를 때려죽인 거야."

히로키가 사진을 든 손으로 기요타카를 가리켰다.

"안 죽였어!"

"그럼 그렇게 아침 일찍 각목을 들고 잡목림에서 뭘 한 건데? 뭘 후려친 거냐고."

히로키가 한 발짝 다가서자 기요타카는 이를 악물고 턱을 당겼다.

"여기에 증거가 있어, 증거가."

히로키는 씩 웃으며 말했다.

"야, 히로키. 도대체 그 증거가 뭐길래."

신지가 끼어들었을 때였다.

"나, 이만 가봐야 해."

기요타카가 불쑥 중얼거렸다.

"할머니가 장 봐오라고 부탁하셨거든."

"도망치는 거냐?"

기요타카는 대답 없이 물참나무에서 등을 떼고 이쪽으로 다가왔다.

"도망치면 인정하는 거야. 완다를 죽였다고 인정하는 거라고."

기요타카는 묵묵히 히로키 옆을 지나쳐 잡목림 안쪽으로 걸어갔다. 집에 가려면 숲 옆길로 나가는 것보다 그쪽이 빠르다.

"엥, 이게 뭐야? 끝난 거야?"

신지가 눈치 없이 물었다.

"끝나기는."

히로키는 눈, 코, 입이 얼굴 한복판에 몰릴 만큼 인상을 팍 쓰더니 기요타카의 뒷모습을 노려보며 쫓아갔다. 만들다 만 직소 퍼즐의 빈틈처럼 낙엽이 쌓인 땅에 햇볕 몇 조각이 비쳤다.

기요타카의 집으로 가는 길에 드디어 히로키가 사진을 건네주었다. 사진을 본 순간 나는 깜짝 놀랐다. 옆에서 사진을 들여다본 신지도 나와 똑같이 반응했다. 방금 전 히로키가 엄지로 가리고 있었던 부분에는 언덕 위에서 흘러내리는 가느다란 물줄기가 찍혀 있었다.

"이거, 피야?"

물줄기는 새빨갛게 물들어 있었다.

"그래, 완다의 피야."

우리 앞을 걸어가던 히로키가 앞으로 시선을 고정한 채 나지막하게 말했다.

"기요타카가 각목으로 때려죽인 완다의 피라고."

2

"우리 기요가 그럴 리 없다!"

오이 부인은 현관 턱에 앉아 생명보험 팸플릿 같은 것으로 얼굴에 부채질을 하며 우리를 매섭게 노려보았다. 조폭 마누라라도 되는 양 필요 이상으로 한쪽 무릎을 높이 세우고 앉아 있었다. 완다와 사투를 벌이고 한동안 제대로 걷지도 못했는데, 아까 집안에서 나오는 모습으로 보건대 이제 다 나은 모양이었다.

"하지만."

히로키가 입을 열었지만 부인의 목소리가 지워버렸다.

"하지만이고 나발이고! 기요는 부엌에 나오는 벌레 한 마리 못 죽이는 애야. 그런데 개를 때려죽이다니, 무슨 말도 안 되는 소리냐!"

나는 오선보에 그리는 크레셴도라는 기호가 무슨 뜻인지 중학교에 들어간 후에야 알았는데, 오이 부인의 목소리에는 언제나 강한 크레셴도가 붙어 있었다.

"할머니, 그만 됐어. 나 장 보러 다녀올게."

"되기는 뭐가 돼!"

돼, 하고 말을 끝맺음과 동시에 부인은 현관 턱 가장자리를 탁 내리쳤다.

기요타카는 현관 바닥에 서 있고 우리는 그 뒤쪽, 미닫이문 바깥에 나란히 서 있었다. 기요타카네 집은 잡목림 *끄트머리*에 있지만 현관은 물론 도로에 면해 있다. 메마른 아스팔트 도로가 햇빛을 하얗게 팅겨내서 다닥다닥 붙어선 우리의 얼굴이 뜨끈뜨끈하게 달아올랐다. 목에는 땀이 줄줄 흘렀다.

기세등등하던 히로키도 오이 부인 눈앞에서 기요타카의 잘못을 추궁하지는 못했다. 하지만 집에 도착하기 직전까지 끈질기게 따져 물었다. 귀가 밝은 오이 부인은 용케 그 말소리를 알아들었고, 기요타카가 다녀왔다고 인사하며 현관문을 열었을 때는 이미 현관 턱에 떡 버티고 앉아 우리를 기다리고 있었다.

기요타카에게는 부모님이 안 계신다. 오래전 이혼해서 아버지는 타지로 떠났고, 어머니는 기요타카가 2학년 때 병으로 돌아가셨다. 그후로 기요타카는 외할머니 오이 부인과 단둘이 살아왔다. 어떻게 생계를 꾸리는지 물어본 적은 없지만 아마 오이 부인의 연금이 유일한 수입이지 않았을까.

오이 부인은 우리 얼굴을 차례대로 노려보았다. 고개를 돌리자 목에 흐르던 땀이 주름 사이로 스며들었다. 부인의 시선은 다

른 아이들보다 내 얼굴에 조금 더 오래 머물렀다. 오이에 손톱자
국이 난 것처럼 날카로운 눈이었다. 지금까지 동네를 돌아다니
거나 잡목림에서 놀다가 마주치면 부인은 내게 "덥구나" 혹은
"춥구나"라고 말을 걸었고 나도 고개를 끄덕여 응했다. 나는 매
정하게 부인을 배신한 것 같은 기분에 잠자코 눈을 돌렸다. 짤막
한 복도 옆의 맹장지문을 떼어놓아서 방안에 깔아놓은 이불과
덜덜대며 위태롭게 고개를 왔다갔다하는 선풍기가 보였다.

"각목으로 개를 때려죽였다고? 그 피가 저쪽 물에 흘러들어갔
다?"

오이 부인은 몹시 느릿하게, 시를 읊듯이 말하고는 일단 입을
다물었다. 목의 경첩이 망가진 것처럼 고개를 푹 숙이고 그대로
말문을 닫아버린 통에 우리는 어찌된 일인가 싶어 얼굴을 들여
다보았다. 잠시 후 부인이 느닷없이 턱을 쳐들고 소리를 빽 지르
는 바람에 우리는 펄쩍 뒤로 물러났다.

"헛소리도 정도가 있지!"

"어, 그럼, 그 이건 뭔덴가요?"

문법도 틀리면서 물은 히로키가 결사의 각오를 했다는 양 한
발짝 내디뎠다. 그리고 귓불이 빨개져서는 손에 든 사진을 오이
부인에게 내밀었다. 부인은 슈퍼에서 팔 수 없을 만큼 찌그러진
오이 같은 얼굴로 사진을 보았다. 너무 힘을 주어서 입술이 잔뜩
일그러졌다. 하지만 얼마 지나지 않아 미간과 코끝에 잡힌 주름

이 점점 사라졌다. 찡그린 얼굴도 서서히 펴져서 어느덧 입술을 오므리고 진지하게 사진을 들여다보았다.

"저희 아, 아빠가 언덕 위에서 기요타카를 본 그날 아, 아침에 찍은 사진이에요. 그거, 분명히 피야예요. 완, 완다의."

히로키는 턱을 들며 말하고는 상대의 반응을 기다렸다.

오이 부인은 잠시 집중해서 사진을 살피다가 갑자기 고개를 들고 기요타카를 쳐다보았다. 표정에 불안감이 희미하게 섞여 있었다. 하지만 곧 억지로 화난 표정을 짓더니 히로키에게 사진을 쑥 내밀었다.

"잘 모르겠다만, 그림물감이나 페인트 같은 거겠지!"

"그럼 지금 여기서 기요, 기요타카에게 물어보자죠. 그, 그게 제, 제일 빠른 방법이다까요."

기요, 하며 부인이 앞에 서 있는 기요타카에게 고개를 돌리자 히로키의 말투가 겨우 원래대로 돌아왔다.

"야, 언덕 위에서 그림물감이나 페인트를 물에 풀었어? 풀었으면 그렇다고 말해. 풀었냐고?"

부스스한 정수리가 보이도록 머리를 숙이고 있던 기요타카가 그대로 고개를 저었다. 히로키는 콧김을 흥 내뿜었다.

"그럼, 역시 완다의 피네."

찌릿하기라도 한 것처럼 기요타카의 뺨이 굳어지는가 싶더니 이쪽을 향한 머리가 바르르 떨렸다. 우는구나 싶었다.

하지만 내가 그렇게 느낀 것은 분명 당시 나 자신이 약했기 때문일 것이다. 궁지에 몰린 아이는 누구든 더이상 궁지에 몰리고 싶지 않을 때 얼굴을 가리고 눈물을 흘리는 법이라고 믿었으니까.

기요타카는 나보다 훨씬 강했다.

"……피야."

그때는 내가 아직 존재조차 몰랐던 강한 마음을 그애는 지니고 있었다.

"그래, 피야! 할머니의 원수를 갚으려고 내가 그 개를 때려죽였어!"

기요타카는 정면을 똑바로 응시하며 우리 귀청이 터질 만큼 큰소리로 외치더니 한 발짝 성큼 내디뎌 히로키의 눈앞까지 다가갔다. 내 눈에는 기요타카의 키가 갑자기 삼십 센티미터는 커진 것처럼 보였다. 기요타카는 히로키 바로 앞에 서 있는데도 아까보다 더 크게 "비켜!" 하고 소리쳤다.

"장 보러 갈 거야! 반찬, 휴지, 비누 등등, 너희는 당연히 엄마가 사오는 줄 아는 물건들을 사러 갈 거라고! 할머니는 슈퍼까지 걸어가기 힘드니까. 우리보다 훨씬 오래 살아서 우리랑 같은 일을 해도 다리랑 허리가 몇 배는 더 피곤해지니까, 내가 갈 거라고!"

기요타카는 숨을 크게 들이마시더니 뺨이라도 때릴 듯한 기세로 히로키에게 지금까지보다 훨씬 큰 고함을 내질렀다.

"비키라고!"

히로키가 비켜섰다.

방해물이 사라지자 기요타카는 히로키를 거들떠보지도 않고 덤덤히 걸음을 옮겼다.

"기요, 얘야."

현관 턱에 앉아 있던 오이 부인이 가느다란 눈을 크게 뜨고 뭐라고 말하려 했지만 기요타카는 손을 뒤로 돌려 문을 닫아버렸다. 그 뒷모습은 저멀리 보이는 땅거미를 밟으려는 듯이 하얀 아스팔트 도로 저편으로 쭉쭉 나아가며 금세 작아졌다.

미닫이문 너머에서 오이 부인이 뭐라고 중얼거렸다. 한참 있다가 힘주는 소리 반, 한숨소리 반이 섞인 숨소리가 들리더니 부인이 몸을 일으키는 기척이 느껴졌다. 밖으로 나올 줄 알았는데 기척은 그대로 집안으로 사라졌다.

3

기요타카에게 밀린 것이 분했는지 히로키는 증거를 찾아내겠다고 했다.

"그 자식, 죽은 완다를 언덕 위에 묻은 게 아닐까 싶어. 완다는 제법 덩치가 크니까 멀리 옮기기 힘들 테고, 옮기다가는 남에게 들킬 수도 있으니까."

우리는 그 언덕 위에 서 있었다. 나와 히로키, 신지 세 명이다. 다른 아이들은 기요타카가 장 보러 나가자 지금이 기회라는 듯이 점심을 먹어야 한다는 핑계를 대고 집에 돌아갔다.

땅에 가늘고 길게 팬 골 한 줄기가 바위틈을 따라 언덕 아래로 이어져 있다. 사진 속에서 붉은 물이 흘렀던 골이다. 여름철에는 물이 흐르는 일이 거의 없고, 지금도 잡초들만 더부룩한 수염처럼 고개를 쳐들고 있었다. 축축한 흙 위로 검은 개미 떼가 매미를 끌고 가는 모습이 보였다.

"자기 입으로 죽였다고 했으니까 증거를 찾을 필요 없잖아?"

신지는 모기에 물렸는지 턱을 벅벅 긁으며 시답잖은 소리를 했다.

"그런 게 자백이냐? 장 보러 나가려고 대충 둘러댄 거야."

히로키는 멀리까지 들리도록 일부러 큰소리로 말했다. 나는 시선을 살짝 돌려 언덕 아래를 보았다. 이불과 선풍기가 있던 방 창문으로 오이 부인이 이쪽을 쏘아보고 있었다.

주변에는 푸르른 잎이 무성한 산벚나무가 드문드문 서 있었고, 발치에서는 쿰쿰한 낙엽 냄새가 풍겼다. 낙엽 틈으로 하얀 뭔가가 고개를 빼꼼히 내밀고 있었다. 뭔가 싶어 살펴보니 유령 버섯이었다.

"유령버섯은 썩은 것 위에서 자라는구나."

신지가 또 쓸데없는 소리를 했다. 머리를 번쩍 쳐든 히로키가 일시정지한 것처럼 잠시 가만있다가 조금 아까 알아차린 게 뻔하면서 의기양양하게 고개를 끄덕였다.

"그래, 이 유령버섯이 여기 완다가 묻혀 있다는 증거야. 그러니까 일단 유령버섯이 있는 곳을 파자."

"어떻게 파려고? 삽이고 뭐고 아무것도 없잖아."

히로키는 고개를 젓더니 유령버섯 옆을 운동화 뒤축으로 힘껏 내리찍었다. 운동화 뒤축이 땅을 깊게 파고들었다.

"땅이 그렇게 딱딱하지 않으니까 발로 충분해."

그건 히로키의 착각이었다. 발꿈치로는 윗부분을 파내는 게 고작이었다. 발꿈치로 몇 번 콱콱 내리찍자 금세 딱딱한 부분에 다다라서 더는 파내려갈 수 없었다.

"어쩌지?"

"나뭇가지 같은 걸로……"

히로키가 그렇게 말하며 주위를 둘러보았지만 적당한 나뭇가지는 보이지 않았다. 물론 판자 조각이나 빈 깡통도 없었다. 그런데 그때, 난감해진 히로키에게 누군가가 도움의 손길을 뻗었다.

뜻밖에도 언덕 아래의 오이 부인이었다.

"이 녀석들아!"

갑자기 목소리가 날아들어서 우리는 일제히 뒤를 돌아보았다.

언제 집에서 나왔는지 오이 부인이 녹슨 삽을 들고 서 있었다.

"팔 거면 제대로 파! 어차피 아무것도 안 나오겠지만!"

부인이 들고 있던 삽을 우리 쪽으로 던졌다. 위험하다 싶었는지, 아니면 무거웠는지, 삽은 한참 못 미친 곳에 떨어졌다. 부인은 그대로 몸을 돌려 두 어깨에 힘을 꽉 주고서 집으로 돌아갔다.

"팔 거야, 제대로."

입속으로 중얼거리며 히로키가 삽 쪽으로 갔다. 들고 와서는 무게와 감촉을 확인하듯이 양손으로 삽자루와 손잡이를 몇 번 쥐었다 놓았다 하다가 고개를 들고 의욕 넘치는 표정을 지었다.

"그럼 간다."

히로키는 완다의 시체를 찾아 땅을 파기 시작했다. 삽 끝을 땅에 퍽퍽 쑤셔넣어 파낼 때마다 축축한 부엽토 냄새가 코를 찔렀다. 히로키는 땀을 줄줄 흘리며 유령버섯이 자란 곳을 중심으로 구덩이를 파나갔다. 도중에 숨을 헐떡이자 보다 못한 신지가 "나랑 바꿀까?" 하고 물었다. 히로키는 순순히 고개를 끄덕이고 삽을 넘겨주었다. 이윽고 신지가 지치자 다시 히로키가 삽질을 했다. 두 사람의 등이 땀에 흠뻑 젖었다. 그다지 넓지도 않은 언덕 위가 구덩이 천지가 될 때까지 둘은 번갈아 네 번씩 삽을 쥐었다. 여럿이서 동시에 무를 가는 것처럼 요란한 매미 울음소리가 사방에서 끊임없이 울려퍼졌다.

그동안 나는 뭘 했느냐 하면, 아무것도 안 했다.

배가 고프다는 생각을 하면서 그저 멍하니 두 사람 옆에 서 있었을 뿐이다. 언덕 아래에서는 우리를 감시하는 오이 부인의 시선이 계속 느껴졌다. 부인은 방안에서 방충망 너머로 우리를 조용히 노려보고 있었다. 나는 줄곧 부인에게 등을 돌리고 서서 고개를 쭉 빼고 여기서는 보이지도 않는 메고이코 호수를 바라보는 척했다. 몇 번인가 넌지시 고개를 돌려 부인을 보니 어쩐지 불안한 표정을 짓고 있었다. 그 표정을 보자 왜 오이 부인이 우리에게 삽을 던져주었는지 알 것 같았다.

땅속에서는 아무것도 나오지 않았다.

땀에 젖고 흙투성이가 된 히로키가 머뭇머뭇 삽을 돌려주러 가자 여유를 되찾은 오이 부인이 여봐란듯 웃었다.

"이제 속이 시원하냐!"

히로키는 아무 대답도 하지 않았다.

우리는 머리를 숙이는 건지 고개를 끄덕이는 건지 알쏭달쏭한 동작으로 오이 부인에게 인사를 하고 돌아섰다. 매미가 탁한 소리로 짧게 울며 나무 사이를 날아갔다.

함께 돌아가는 길에 히로키가 내뱉듯이 "기요타카 그 자식, 완다를 죽여서 잡아먹었는지도 몰라"라고 어처구니없는 말을 중얼거렸다.

"집이 못살아서 평소에 고기를 못 먹을 테니까."

"하긴, 먹어치우면 사체가 없어지겠지."

신지는 아무려나 상관없다는 듯이 대꾸하고 흙으로 더러워진 가슴께를 펄럭거려 바람을 넣었다.

생각해보면 나는 그때 이미 밤에 무슨 마음을 먹을지 예감했던 것 같다.

그날 밤, 나는 여름 이불을 배에 덮고 어둠을 바라보고 있었다. 맹장지문 너머에서 부모님이 시청하는 텔레비전 소리가 거품이 일듯 밀려드는 것을 느끼며 강하다는 것에 대해 생각했다.

현관에서 소리지른 기요타카는 강했다.

부모님을 잃은 후 기요타카는 오이 부인과 함께 지금까지 유복하다고는 할 수 없는 삶을 살아왔다. 언젠가 교실에서 여자아이가 책가방에 넣어둔 수련회 비용이 없어졌을 때, 반 아이들은 심술궂은 눈으로 기요타카의 얼굴을 바라보았다. 오후에 그애 어머니가 딸이 잊고 갔다며 돈이 든 봉투를 들고 왔지만, 기요타카에게 사과한 사람은 한 명도 없었다. 기요타카는 강하니까 지금까지 그렇게 괴로운 일을 참아낼 수 있었던 걸까. 아니면 괴로워서 강해진 걸까.

기요타카가 완다를 죽여서 잡아먹었을지 모른다며 역겹다는 표정을 지은 히로키는 몹시 약했다.

기요타카가 개를 죽일 리 없다고 단정한 오이 부인은 강했다. 한편 우리에게 삽을 던져준 오이 부인은 약했다. 언덕 위를 파내는 모습을 방충망 너머로 가만히 쳐다보던 오이 부인 역시 약했다.

하지만 누구보다 약한 사람이 있었다는 것을 나는 안다. 바로 오늘 오후 일어난 일을 그저 방관하며 마음속으로 혀를 차고, 한숨을 쉬고, 오이 부인에게서 눈을 돌릴 뿐, 아무것도 하지 않은 나 자신이었다.

—할머니의 원수를 갚으려고 내가 그 개를 때려죽였어!

기요타카의 목소리가 귓속에서 몇 번이나 울려퍼졌다.

—반찬, 휴지, 비누 등등, 너희는 당연히 엄마가 사오는 줄 아는 물건들을 사러 갈 거라고!

그때 나는 어떤 표정을 지었을까. 소리지르는 기요타카를 앞에 두고 어떤 표정을 지었을까.

갑자기 콧속이 찡하니 아팠다. 어둠 속에 떠오른 전등 속 꼬마 전구가 시야 한가운데서 천천히 흐려졌다. 두 눈을 꼭 감자 목구멍에서 눈물 맛이 나고, 지금 이렇게 이불 속에 가만히 누워 있는 것이 참으로 창피하게 느껴졌다. 얼마 지나지 않아 그 감정이 방안에 차올랐다.

어떤 행동으로 사람을 밀어붙이는 것은 대개 의욕이 아니라 수치다. 실제로 그때 내가 몸을 일으켜 멀리 벌레 울음소리를 들으며 머리를 굴리기 시작한 것도 너무 부끄러워 견딜 수 없어서였다.

기요타카는 완다를 죽이지 않았다. 그 사실은 처음부터 알고 있었다. 왜냐하면 강한 사람은 개를 각목으로 때려죽이는 짓을 하지 않으니까. 그렇다면 히로키 아버지가 유령버섯 사진을 찍은 날 아침, 기요타카는 도대체 뭘 하고 있었을까. 왜 우리와 오이 부인에게 뭘 했는지 말하지 않은 걸까. 땅을 밟아 다지는 소리와 뭔가를 픽픽 두드리는 소리. 그리고 사진에 찍힌 붉은 물은 뭐였을까. 언덕 위에서 흘러내리는 붉은 물. 언덕에는 산벚나무가 몇 그루나 있다. 붉은 물은 혹시 버찌 즙이 아니었을까. 아니, 겨울에 열매가 맺힐 리 없고, 애당초 산벚나무 열매는 그렇게 크지 않다. 그렇다면 그림물감? 페인트?

어느 틈엔가 잠에 빠졌다.

아침에 눈을 뜨자 무의식중에 그랬는지, 아니면 엄마가 고쳐줬는지 평소처럼 베개를 베고 반듯하게 누워 있었다. 그 사실에 나는 또 상처를 받았다.

4

거실 좌탁에 앉아 토스트에 달걀프라이를 올리다가 아침인데도 천장 전등이 켜져 있다는 것을 알았다. 창밖으로 눈을 돌리자 금방이라도 비를 뿌릴 것 같은 잿빛 구름이 땅을 내리누를 기세로 잔뜩 끼어 있었다.

"불꽃놀이 대회 하려나."

"음…… 오후 날씨가 관건인데."

어머니와 아버지도 밖을 보았다. 아버지 앞에는 평소와 달리 조간신문 대신 얇은 책 한 권이 놓여 있었다. 펼쳐진 페이지에는 불꽃놀이 사진이 컬러로 실려 있었다. 아버지 쪽에서 봐도, 좌탁 맞은편에 앉은 내 쪽에서 봐도 사진은 거의 똑같아 보였다. 사진 위아래에는 각각 하얀 참깨를 동심원 형태로 흩뿌린 듯한 형상이 찍혀 있었다. 밤하늘에 쏘아올린 불꽃과 호수에 비친 불꽃이었다. 아마도 우리 동네 불꽃놀이 대회 사진인 모양이었다.

"볼래?"

내가 사진을 보고 있다는 걸 알아차린 아버지가 물었다.

"그거 뭐야?"

"동네 홍보지야."

아버지는 홍보지를 내 앞으로 밀어주고 나처럼 달걀프라이를 토스트에 얹었다.

"당신까지 그렇게 먹으려고?"

나는 불꽃놀이 사진을 멍하니 바라보았다. 혹시 이 사진도 히로키 아버지가 찍었을까. 우리 동네에 다른 사진가가 있다는 소리는 못 들어봤다. 아니, 못 들어봤을 뿐이지 찾아보면 생각보다 많으려나. 사진 아래를 보니 작은 글씨로 촬영자 이름이 적혀 있었는데, 모르는 사람이었다. 히로키 아버지가 아니었다. 그리고 그 이름 옆에는—

"아빠, 이소가 뭐야?"

"이소?"

"이소200."

"뭐야, 그게."

"여기 적혀 있어. 이소200, 에프22, 1월 8일."

아버지는 내가 손으로 가리킨 부분을 보는 둥 마는 둥 고개를 살짝 갸웃하더니 "날짜나 시간이겠지" 하고 대충 대답했다.

페이지를 넘겨보았다. 또 불꽃놀이 사진이 나왔다. 사진은 몇 페이지에 걸쳐 실려 있었다. 전부 메고이코 호수의 불꽃놀이 대회를 찍은 사진이다. 촬영자는 각각 달랐다. 똑같은 불꽃놀이를 찍었는데도 찍은 사람에 따라 불꽃의 형태가 완전히 달랐다. 처음 사진처럼 컴컴한 배경에 하얀 참깨를 흩뿌린 듯한 사진도 있고, 산과 건물 창문에 비치는 불빛이 선명하게 찍힌 사진도, 불꽃이 점이 아니라 선 모양으로 찍힌 사진도 있었다. 딱 하나 고르자면 불꽃이 선 모양으로 찍힌 사진이 내 취향이었다.

마지막에 큼지막하게 실린 사진이 제일 화려하게 눈길을 끌었다. 사진 한복판에서 위아래로 똑바로 뻗어나가던 오렌지색 선이 어느 지점에서 성게 모양의 강렬한 빛을 발하고, 그곳을 중심으로 무수히 많은 가느다란 선이 호를 그리며 주위로 퍼져나간다. 위쪽 절반이 하늘, 아래쪽 절반이 호수겠지만 그 사실을 모르면 분명 만화경 내부를 찍은 것처럼 보일 것이다.

사진 아래 히로키 아버지의 이름이 있었다.

그 옆에 역시 알파벳과 숫자가 적혀 있었다.

"이소50, 에프11, 10."

소리내어 읽고 나서 나는 아까 '1월 8일'이라고 생각한 '1/8'이 실은 '8분의 1' 아닐까 생각했다. 똑같은 부분에 이번에는 '10'이라고 적혀 있었기 때문이다. 날짜가 아니라 무슨 크기나 정도를 나타낸 숫자 아닐까. 하지만 뭐가 8분의 1이고 10인지는 모르겠다. 'ISO50'도 'F11'도 무슨 뜻인지 모르기는 마찬가지다.

어머니가 빨리 먹으라고 꾸중하는데도 나는 홍보지에 정신이 팔려 사진만 보고 있었다. 그때 왜 그랬을까. 스스로는 의식하지 못했지만 이미 머릿속에서 뭔가 번뜩인 게 아닐까. 지금도 잘 모르겠다. 아무튼 토스트에 손도 대지 않고 히로키 아버지가 찍은 사진을 오랫동안 바라보았다. 불꽃의 빛. 쏘아올린 순간부터 터진 후까지, 끊이지 않고 한 줄기 선으로 찍힌 불꽃.

어제 사진.

히로키가 완다의 피라고 주장한 그 붉은 물.

"뭐하니, 빨리 먹어."

어머니가 다시 재촉하자 나는 순순히 시키는 대로 했다. 달걀프라이를 얹은 토스트를 반으로 접어 꾸역꾸역 먹어치우는 데

십 초도 걸리지 않았다. 할 머거슴니다, 하고 일어서서 셔츠와 바지를 입고 밖으로 뛰쳐나갈 때까지는 사십 초쯤 걸렸다.

5

히로키는 고급스러워 보이는 나무문을 열고 몹시 귀찮다는 표정으로 나왔다.

"뭐야, 지금 모닝커피 마시는 중인데."

"사진, 어제 사진!"

한번 더 보여달라고 하자 히로키가 두 눈이 휘둥그레지더니 손으로 내 입을 막았다.

"멍청아, 아빠한테 다 들리겠어. 출장 갔다 오셨단 말이야."

"한번 더 보고 싶어!"

"몰래 꺼내서 가져간 거 들키면 어쩌려고 그래."

"그럼 친구가 유령버섯 사진을 보고 싶어한다고 둘러대."

포기하지 않고 물고 늘어지자 히로키는 현관 앞에서 입씨름을 계속하다가는 도리어 위험하다고 판단했는지 혀를 차면서 "잠깐 기다려" 하고 문을 닫았다.

잠시 후 덥수룩한 머리와 나무 그루터기가 연상되는 수염 때문에 척 보기에도 사진가 같은 히로키 아버지가 문을 열고 나왔다. 내 얼굴을 보더니 "어라" 하고 놀란 듯이 말하며 웃었다.

"뭐야, 친구가 왔다더니 리이치였구나. 사진에 흥미가 있니?"

히로키 아버지는 잠옷 차림으로 겨드랑이에 앨범을 끼고 있었다. 그 뒤에서 히로키가 조마조마한 표정을 짓고 있었다.

"유령버섯 사진……이 있으면 보고 싶어서요."

"있지. 있고말고."

히로키 아버지는 흔쾌히 앨범을 넘겼다. 이윽고 손을 멈추고 보여준 것이 어제 본 사진이라 나도 모르게 목소리가 커졌다.

"그거 봐도 되나요?"

"지금 보고 있잖니."

"이렇게 말고 뒷면, 이 아니라 그, 앨범에서 꺼내서요."

"직접 들고 보고 싶은 거야?"

"네, 맞아요."

히로키 아버지는 앨범의 비닐을 조심스레 들어올리고 사진을 내게 건네주었다. 이른 아침에 희미하게 빛나는 유령버섯. 그 뒤편에 흐르는 새빨간 물. 나는 그 풍경을 잠시 들여다보다가 사진을 뒤집었다. 어제 얼핏 눈에 들어온 글씨가 적혀 있었다. 'ISO50, F11, 15'.

"아저씨, 이 숫자는 뭐예요?"

"아아, 그건 촬영시 카메라의 상태야. 필름 감광도와 조리개 값, 셔터 속도. 감광도란 필름이 얼마나 민감하게 빛을 느끼느냐를 나타내는 수치지. 이 사진은 일부러 감광도가 약한 ISO50 필름을 써서 유령버섯이 그렇게 선명하게 찍힌 거야."

히로키 아버지는 'ISO'를 그대로 '아이에스오'라고 읽었다.

"일반적으로 사용하는 ISO100이나 ISO200 필름은 감광도가 높은 대신 피사체가 세밀하게 찍히지 않아. 그래서 세밀한 표현이 필요하고 색깔이 선명한 사진을 찍고 싶을 때는 ISO50 필름을 쓴단다."

다만. 히로키 아버지는 검지를 세우고 설명에 익숙한 투로 말을 이었다.

"감광도가 낮으면 그만큼 셔터를 오래 열어둬야 해. 감광도가 낮은 필름을 썼는데 셔터를 금방 닫으면 사진이 새카매지거든. 이 사진을 찍을 때는 셔터를 십오 초나 열어뒀어. 그게 이 15라는 숫자야."

이어서 'F11'에 대해서도 설명해주었지만 너무 흥분해서 거의 귀에 들어오지 않았다. 그걸 '조리개 값'이라고 하며 배경을 사진에 얼마나 넣을지 결정하는 수치라는 것 정도만 겨우 기억에 남았다.

"조리개 값도 셔터 속도도 필름의 감광도를 토대로 결정해. 그러니까 사진은 역시 필름의 감광도 영향이 제일 큰 셈이지. 어두운 곳에서 촬영할 때는 ISO100을 사용하는 사람이 많지만, 난 역시 ISO50이 마음에 들어."

히로키 아버지는 흡족한 표정으로 내가 든 사진을 손가락으로 탁 튕겼다.

"불꽃놀이를 촬영할 때도 꼭 ISO50 필름을 쓰지. 예를 들어 어제 나온 홍보지의—"

그건 봤어요, 나는 사진을 되돌려주었다.

"감사합니다. 정말 큰 공부가 됐어요."

더 그럴듯한 말을 떠올릴 여유가 없어서 재빨리 그렇게만 말하고 히로키네 집 앞을 떠났다.

웃음기도 화난 기색도 없는, 완벽히 무표정한 얼굴로 기요타카가 나를 맞았다.

나는 사과하지 않았다. 기요타카네 집 문을 두드리고 불러내는 데만 해도 상당한 용기가 필요했기에 순순히 사과의 말을 꺼낼 용기는 남아 있지 않았다.

대신 나는 질문했다.

"할머니한테 불꽃놀이를 보여드리고 싶었던 거지?"

현관에 서서 나를 쳐다보던 기요타카의 눈이 확 커졌다.

"겨울철 불꽃놀이 대회를—"

기요타카가 아까 히로키가 그랬던 것처럼 재빨리 손으로 내 입을 막았다. 내 기억으로 하루에 두 번이나 남에게 입이 틀어막힌 것은 그날뿐이다.

"뭐냐, 기요. 또 어제 그 녀석들이냐!"

안에서 오이 부인의 탁한 목소리가 날아왔다. 기요타카는 "아무것도 아니야"라고 대답하고 내 입을 막은 채 머리를 잡아당기다시피 잡목림으로 끌고 갔다.

"리이치, 너 어떻게……"

"불꽃놀이 사진을 보고 알았어."

흐린 하늘 아래 잡목림은 찌는 듯이 더웠다. 숨이 막힐 듯한 풀 냄새와 커졌다 작아졌다 하는 매미 울음소리 속에서 나는 기요타카에게 내 생각을 말했다.

반년 전 어느 겨울날 아침, 히로키 아버지는 유령버섯 사진을 찍었다. 감광도가 약한 ISO50 필름을 사용해 불꽃놀이 사진을 찍을 때처럼 셔터를 오래 열어놓고서. 유령버섯은 세부까지 선명하게 찍혔지만, 그 대신 배경 부분에서 물이 빨갛게 찍히는 현상이 발생했다. 물이 빨개진 것은 예를 들면 불꽃이 점이 아니라 빛줄기로 찍히는 것과 같은 이치다.

"나뭇잎?"

기요타카가 되묻자 나는 고개를 끄덕였다.

"그래, 네가 각목으로 나뭇가지를 쳐서 떨어뜨린 산벚나무 나뭇잎이었어."

산벚나무는 겨울이 되면 새빨갛게 단풍이 든다. 다른 나무들은 비교도 안 될 만큼 잎이 정말로 새빨갛게 물든다. 기요타카는 그날 완다와 사투를 벌인 끝에 다리를 다쳐 불꽃놀이를 보러 가지 못하는 오이 부인을 위해 언덕 위의 산벚나무 잎을 떨어뜨린 것이다. 집 창문으로 불꽃이 잘 보이도록.

어제 언덕 위에서 메고이코 호수 쪽을 바라보았을 때 나는 기요타카네 집에 등을 돌린 자세였다. 즉, 언덕 너머에서 솟아오르는 불꽃이 기요타카네 집 창문으로 보인다는 뜻이다. 산벚나무 잎이 있느냐 없느냐에 따라 완전히 달라 보일 것이다.

그래서 기요타카는 산벚나무 잎을 떨어뜨렸다. 각목으로 가지를 두드려서. 가지에서 떨어진 잎은 좁은 골을 따라 흐르는 물속에 빠졌다. 그때 마침 언덕 아래에서 사진을 찍던 히로키 아버지의 카메라에 붉은 잎사귀가 수없이 떠내려가는 모습이 담겼다. 셔터를 십오 초나 열어두었기 때문에 떠내려가는 잎사귀가 붉은 물줄기처럼 찍혔다.

"그렇구나…… 나뭇잎이었구나."

팔짱을 낀 기요타카가 입을 삐죽거리며 고개를 끄덕였다. 기요타카 역시 붉은 물의 정체가 무엇인지 몰랐던 모양이다.

"넌 그걸 할머니한테 비밀로 하고 싶었어."

낮에 나뭇잎을 떨어뜨리면 집에 있는 오이 부인이 창밖으로 볼 수도 있다. 밤에는 캄캄하니 나뭇잎을 남김없이 떨어뜨리기 힘들다.

"그래서 일찍 일어나서 나간 거지?"

기요타카는 대답하지 않았다. 침묵은 내 말을 인정하는 거나 마찬가지였다. 기요타카는 아니라면 아니라고 상대의 눈을 똑바로 보고 말하는 아이니까.

"너, 방금 한 이야기—"

꽤 뜸을 들인 후에야 기요타카가 부스스한 앞머리 사이로 나를 무섭게 노려보았다.

"아무한테도 말하지 마."

"안 할게."

어제 그렇게 오해받아 억울했을 텐데도 기요타카는 사실을 말하지 않았다. 완다를 때려죽이지 않은 거라면 그날 뭘 했느냐는 추궁에도 절대로 사실을 밝히려 하지 않았다. 그것 또한 일종의 강한 마음이었을 것이다. 말하지 않겠다는 결심을, 마음속에 굳게 간직한 그 결심을 기요타카는 끝까지 지켰다.

"할머니한테도."

"알았어."

나도 그 강한 마음을 흉내내기로 했다.

물론 실은 말하고 싶었다. 히로키에게도, 신지에게도, 다른 아이들에게도, 내 작은 두뇌가 우연히 알아낸 진실을 알리고 싶었다. 오이 부인에게도 설명해주고 싶었다. 하지만 내게는 그럴 권리가 없다. 아무리 입이 근질근질해도, 기요타카를 대하는 히로키의 태도가 아무리 못마땅해도 입을 꾹 다물어야 한다. 기요타카가 말해도 된다고 할 때까지 반드시.

기요타카는 부엌 선반을 고쳐야 한다며 집으로 돌아갔다. 고개를 약간 숙이고 잡초를 짓밟으며 걸어가다가 딱 한 번 몸을 돌려 나를 보았다. 무슨 말을 하려는 듯이 입을 살짝 움직였지만 결국 아무 말 않고 그대로 등을 돌려 집에 들어갔다.

나는 오이 부인의 방 창문 쪽을 보았다. 방충망 너머로 오이 부인의 길쭉한 얼굴이 보여서 가슴이 철렁했다. 하지만 이 거리에서는 우리가 무슨 이야기를 했는지 들리지 않았을 것이다.

창가로 다가가 오이 부인을 올려다보았다. 오이 부인에게도 사과해야 한다. 하지만 기요타카를 불러냈을 때와 마찬가지로 아무리 애를 써도 입에서 사과의 말이 나오지 않았다. 미안한 일을 저질렀을 때는 고작 하루만 지나도 사과하기가 몹시 힘들어진다는 것을 비로소 알았다.

"오늘 불꽃놀이—"

한심하게도 결국 아무 의미도 없는 말이 나왔다.

"할까요? 날씨가 이런데."

"불꽃놀이라."

고개를 갸우뚱한 오이 부인이 두 눈썹 사이에 힘을 주고 잠시 흐린 하늘을 노려보다가 나를 보더니 입술 한쪽을 끌어올려 씩 웃었다.

"뭐, 반반 아니겠느냐."

동네와 잡목림에서 마주쳤을 때 늘 보여준, 또래 친구 같은 웃음이었다.

그해, 나는 처음으로 진지하게 불꽃놀이를 지켜보았다.

저녁에 갑자기 구름이 달아나 한없이 깊고 맑아진 밤하늘을 무수히 많은 빛이 연달아 수놓았다. 눈 아래 호수가 거대한 거울이 되어 빛의 수가 두 배로 불어났다. 나는 새 불꽃이 하늘로 올라갈 때마다 눈을 오므리거나 반대로 부릅뜨며 보는 태도에 따라 인상이 다양하게 바뀌는 불꽃을 즐겼다. 밤하늘에 쉴새없이 흩뿌려지는 빛은 마치 어둠 속에 피어나는 빛의 꽃처럼 아주 화사했다. 쿵, 쿵, 쿵, 나지막한 소리가 뱃속을 때리는 것을 느끼며 나중에 불꽃놀이 기술자가 되는 것도 좋겠다고 생각했다. 실은 그 무렵 이미 마음속에 장래의 꿈을 키우고 있었는데, 그 꿈과 불꽃놀이 기술자를 저울에 달며 하늘을 가만히 올려다보았다.

물론 불꽃놀이 시작 전까지는 친구들과 노점을 돌아다니며 평소에는 절대로 입에 대지 못할 음식을 사 먹고, 뽑기에서 작은 플라스틱 석궁을 따고, 청거북 잡기 노점에서 대시를 만나서 그후 십수 년간 허물없는 친구로 지냈다. 처음 만났을 때는 놀랄 만큼 재빨랐는데 클수록 느림보가 됐다. 거북은 다 그런 걸까.

불꽃놀이가 끝난 후 신지와 함께 풍이를 잡아서 가져온 실을 다리에 묶으려고 했다. 하지만 잘 묶지 못하고 꼼지락대다가 둘

다 풍이를 놓치고 말았다. 한순간 묵직한 날갯짓 소리가 들리는가 싶더니 풍이는 바로 우리 시야에서 사라졌다. 신지는 밤하늘을 올려다보며 다음에 누나한테 실 묶는 법을 자세히 물어봐야겠다고 중얼거렸다.

불꽃놀이 대회가 한창일 때 기요타카의 모습은 보이지 않았으니 오이 부인과 함께 있었던 것이 틀림없다. 무성한 산벚나무 잎 때문에 집에서는 불꽃이 보이지 않을 테니 언덕에 올라가서 불꽃놀이를 구경하며, 둘이 동시에 얼굴이 밝아졌다가 어두워졌다가 했을 것이다.

쓰는 김에 덧붙이자면 완다는 가을이 다가왔을 무렵 홀연히 동네로 돌아왔다. 다시 우리와 같이 놀고, 동네 사람들과도 사이좋게 지냈다. 다만 오이 부인의 목소리가 들리면 완전히 기가 죽어 꼬리를 다리 사이에 감추고 쏜살같이 달아났다. 그 모습을 보고 나는 완다가 겨울의 결투 후 그저 동물적 본능에 따라 도망쳤음을 깨달았다.

오이 부인은 완다와의 영역 다툼에서 승리했던 것이다.

내가 '거짓말謊'이라는 한자를 생각해보게 된 건, 그해 여름이 끝나고 이 년쯤 지난 어느 일요일, 어머니가 사와서 억지로 떠안긴 필리파 피어스의 소년소녀 권장소설에서 독음이 달린 한자를 보고서였다.

오른쪽의 '虛'가 무슨 뜻이냐고 나는 물었다. 어머니가 대답하기 전에 아버지가 조간신문에서 얼굴을 들고 말했다. 아무것도 없다는 뜻이야.

만약 나한테 '거짓말'이라는 단어에 어떤 한자를 쓸지 결정할 권리가 있다면 절대로 그런 한자를 쓰지 않았을 것이다.

'아무것도 없다'니, 정말 말도 안 되는 소리다.

2장

메고이코
호수의 인어

1

"끝장이로구면……"

신지가 꼴까닥의 말투를 흉내내며 한숨을 쉬었다. 메고이코 호숫가에 나란히 앉아 이제 여름방학도 다 끝나간다는 이야기를 하고 있을 때였다. 신지는 엉덩이 옆의 풀을 쥐어뜯어 확 집어던 졌다.

"이제 겨울방학이 될 때까지는 이렇게 오래 쉴 수가 엄씀니다."

"여름방학 아직 사흘 남았잖아."

"다 끝난 거나 마찬가징니다."

여름방학이 시작된 후 신지 혼자 꼴까닥을 흉내내는 데 푹 빠졌다. 처음에는 모두 웃었지만 점점 지겨워져서 더는 아무도 반응하지 않았다. 그러거나 말거나 신지는 끈덕지게 계속했다.

우리 눈앞에 펼쳐진 메고이코 호수는 평소와 사뭇 달랐다. 수면이 낮아져 물가에 허옇게 메마른 흙이 드러났다. 나와 신지가 호숫가에 앉아 있는 것도 둘이서 옆길을 지나다가 평소와 풍경이 다르다는 사실을 알아차렸기 때문이다. 우리 둘은 심심풀이 삼아 자전거를 세우고 호수로 이어지는 둑을 내려왔다.

그해 여름은 물 부족 현상이 심각해 시청 수도국에서 각 가정에 물을 아끼자고 호소하는 공고문을 내려보냈고, 학교 수영장도 7월부터 사용이 금지됐다. 나는 불꽃놀이 대회 때 청거북 잡기 노점에서 대시를 잡아와 집에서 기르기 시작했는데, 수조 물도 부모님 몰래 갈아주어야 할 정도였다.

"여기서 낚시를 할 수 있으면 참 좋을 텐데."

"물고기가 없어서 못합니다."

"그러니까 물고기가 있으면 좋겠다는 거지."

호수 바닥으로 흘러드는 유황 성분 때문에 메고이코 호수에는 물고기도 벌레도 가재도 없다. 물은 놀랄 만큼 맑지만 우리 입장에서는 역시 뭔가 아쉬운 곳이었다.

"이 호수에 물고기가 없는 이유, 교감선생님이 말해줬잖아."

"유황 성분?"

"그거 말고, 자습 시간에 해준 전설 이야기 말이야."

신지는 또 엉덩이 옆의 풀을 뜯어 확 뿌렸다. 바람을 타고 돌아온 풀을 엉거주춤한 자세로 게걸음해 피하고는 멍하니 땅바닥을 내려다보다가, 내가 무슨 이야기를 했는지 잊어버렸을 즈음에야 겨우 입을 열었다.

"아아…… 거대한 잉어 이야기?"

여름방학이 시작되기 한 달쯤 전이었다. 담임 사오리 선생님이 연수인가 뭔가로 오후에 자리를 비우자 교감선생님이 자습 감독으로 들어왔다. 그 무렵 교감선생님은 이미 나이가 예순에 가까웠으리라. 각진 얼굴에 역시 창문처럼 네모난 안경을 끼고 검고 곧은 머리카락은 5대5 가르마를 타서, 꼭 글자가 옷을 입은 것처럼 보이는 사람이었다. 웃는 모습을 보인 적이 없고 교내에서 마주치면 반드시 무표정하게 안경 너머로 무섭게 내려다본다. 복도를 뛰어다니는 학생에게 나지막한 목소리로 차분하게 주의를 주는데, 다른 선생님들이 야단칠 때보다 효과가 좋다. 호통을 치는 것도 아닌데 그 나지막한 목소리가 귀에 들어온 순간 이상하게도 갑자기 겁이 난다.

그래서 교감선생님이 교실에 들어오자 쉬는 시간이 끝나고도 시끄럽던 교실은 순식간에 쥐죽은 듯이 고요해졌다. 교감선생님은 산수 교과서 뒷부분에 있는 계산 문제를 1번부터 순서대로 풀라고 지시했다. 잠시 후 교실에는 책받침을 댄 공책에 연필을 사각대는 소리만 낙숫물 떨어지는 소리처럼 울려퍼졌다.

―메고이코 호수에서 열리는 불꽃놀이 대회에 갈 건가?

갑자기 교감선생님이 입을 열었다. 자를 대고 그은 선처럼 평평한 목소리였다. 교탁 뒤편에 앉은 선생님은 고개를 돌려 창문을 보고 있었다. 말끝을 올리지 않았으므로 질문인지 아닌지 확실치 않아 우리는 당혹스러운 시선을 교환했다.

―메고이코 호수에 왜 물고기가 없는지 아는 사람?

그제야 교감선생님은 우리에게 얼굴을 돌렸다. 몇몇이 머뭇머뭇 유황 성분 이야기를 했지만 선생님은 고개를 살짝 저었다. 그리고 사실은 그렇지만, 하고 서론을 깔고 나서 메고이코 호수의 전설을 이야기해주었다.

―옛날 옛적 그 호수에는 물고기가 많이 살았단다.

그중 몇백 살이나 되는 커다란 암놈 잉어가 있었다. 머리만 해도 이렇게 컸다면서 교감선생님은 무표정하게 두 손을 들어올려 어깨 너비보다 넓게 벌렸다.

마을 어부들은 예전부터 그 잉어 때문에 골치를 앓았다. 잉어가 걸핏하면 어부들의 낚싯줄을 끊고 투망을 찢는 등 심술을 부렸기 때문이다.

―하기야 잉어는 심술을 부리려던 게 아니었겠지만.

어느 날 잉어는 호수 곁을 지나가던 아름다운 청년에게 반해버렸다. 잉어는 매일 청년이 호수에 오기를 고대했고, 청년이 지나가면 물속에서 뚫어져라 바라보았다. 얼마 후 어부들의 우두

머리이자 제일 실력 좋은 남자가 그 사실을 알았다. 좋은 생각이 떠오른 그는 청년을 자기 집으로 불렀다.

그때 교감선생님은 우리가 손을 멈췄다는 사실을 알아차렸다.

—문제 풀면서 들어도 괜찮다.

하지만 당시 우리에게 그런 요령이 있었을 리 없다. 어떻게 해야 할지 난감해서 교감선생님이 다시 이야기를 시작한 뒤에도 한동안 다들 고개를 숙였다가 앞을 보았다가 하다가 결국 모두 다시 손을 멈추고 교탁을 주목했다.

어느 날, 청년은 호숫가에 섰다. 수면을 내려다보며 계속 가만히 서 있었다. 시간이 흘러 해가 지고 밝은 달이 떠서 청년의 얼굴을 하얗게 비추었다. 물속에서 몰래 청년을 바라보던 잉어는 그 아름다운 모습에 푹 빠져 저도 모르게 지느러미를 살살 움직여 청년 옆으로 헤엄쳐갔다. 결국 수면 바로 밑까지 올라간 잉어는 처음으로 아주 가까이에서 청년과 마주보았다. 하지만 그 시간은 결코 길지 않았다. 우두머리의 신호를 받고 풀숲에서 뛰쳐나온 어부들이 호흡을 맞춰 투망을 던진 것이다. 이날을 위해 특별히 질긴 끈을 엮어서 만든 투망이었다. 기습을 당한 잉어는 그물을 피하지 못하고 사로잡혔다.

청년의 동정 어린 시선을 받으며 어부들 손에 물가로 끌어올려진 잉어는 분노와 슬픔으로 날뛰었다. 그런 잉어의 숨통을 끊고자 손도끼를 든 어부들이 어깨를 들먹이며 모여들었다. 한 어부가 힘껏 내리친 손도끼가 잉어 몸에 박힌 순간, 잉어는 고통을 이기지 못하고 풀쩍 뛰어올랐다. 그때 그물이 몸에서 벗겨졌다.

잉어는 밤의 호수에 몸을 던졌다.

그리고 두 번 다시 모습을 드러내지 않았다.

그후 잉어의 노여움 때문에 호수에는 물고기가 없어졌다고 한다. 그리고 호수는 언제부터인가 메고이코女戀湖 호수라고 불리게 됐다. '戀'는 원래 '鯉'라는 한자였다고 하는데 확실치는 않다.*

이것이 메고이코 호수에 얽힌 전설이었다. 어른이 된 후 이 이야기가 생각나서 도서관 민화 코너에서 책을 찾아본 적이 있다. 교감선생님이 들려준 메고이코 호수 전설은 분명 그 지방에 전해져내려오는 이야기였다.

교감선생님이 이야기를 마치자 우리는 각자 조용히 감상에 젖었다. 히로키가 작게 아버지가 제트스키를 가지고 있다는 말을 꺼냈지만 아무도 상대해주지 않았다. 교감선생님은 교단에서 입을 다문 채 눈을 내리뜨고 있었다. 자기가 한 이야기를 곱씹고 있는 것 같기도 했고, 뭔가 다른 생각에 빠져 있는 것처럼 보이기도 했다.

─하지만 그건 진짜가 아니란다.

갑자기 고개를 들었다.

---

* 사랑(戀)과 잉어(鯉) 둘 다 일본어로 '고이'로 발음한다.

—이걸 아는 사람은 별로 없지. 그 전설의 뒷이야기 말이야.

그리고 교감선생님은 우리에게 진짜 메고이코 호수 전설을 들려주었다.

"그 뒷이야기…… 무서웠지."

신지는 눈을 거슴츠레하게 뜨고 손톱을 내려다보았다.

진짜 메고이코 전설은 이렇다.

잉어가 어부들의 그물에서 벗어나 호수에 몸을 던진 후의 일이다. 청년은 깊은 슬픔에 잠겼다. 밤마다 그는 호숫가에 서서 어부들과 함께 비겁한 짓을 해서 미안하다고 사과했다. 비가 오나 바람이 부나 청년은 수면에 대고 사과의 말을 했다. 하지만 잉어는 나타나지 않았다. 마음속에서 슬픔과 후회가 점차 커져 청년은 결국 밥도 제대로 넘기지 못할 지경에 이르렀다. 그래도 그는 계속 호수로 갔다. 어느 날 밤, 청년은 더이상 서 있을 기력도 없어서 풀 위에 털썩 쓰러졌다. 그때 호수에서 여자가 소리없이 다가왔다. 온몸이 흠뻑 젖었고, 어깨에는 날붙이에 베여서 생긴 듯한 깊은 상처가 있었다고 한다. 여자는 청년의 손을 잡고 살짝 발걸음을 돌려 청년과 함께 물속으로 사라졌다. 그리고 청년과 부부의 연을 맺어 나중에 예쁜 딸 하나를 낳았다.

—그 아이는 인어였어.

인어는 호수에 살았다. 몇 년이고, 몇 년이고. 어머니 잉어는 결국 어부에게 입은 상처가 악화되어 죽었다. 청년도 더는 청년이라고 할 수 없는 나이가 되어 죽었다. 인어는 호수를 헤엄치다가 밤이 되면 호숫가의 동굴로 올라가 아름다운 노래를 불렀다. 한스럽고 애절할뿐더러 쓸쓸함이 가득한 노래였다고 한다.

그러던 어느 밤.

—인어가 죽임을 당했지.

인어 고기를 먹은 사람은 불로불사의 힘을 얻는다. 일본에는 예로부터 그런 이야기가 전해져내려온다고 교감선생님은 말했다. 그래서 흉년이 들어 먹을 것이 모자라진 마을 사람들은 어떻게든 살아남기 위해 다 함께 호수로 향했다. 평소처럼 인어가 동굴에서 노래를 부르고 있을 때 투망을 던졌다. 예전에 인어의 어머니에게 던진 것과 같은 투망이었다.

마을 사람들은 사로잡은 인어의 목을 쳤다.

—하지만 인어는 마지막 힘을 쥐어짜내 호수로 돌아갔어.

인어는 머리가 없는 상태로 꼬리지느러미를 질질 끌며 물속에 풍덩 빠졌다.

그리고 두 번 다시 떠오르지 않았다.

메고이코 호수에 물고기가 없는 것은 원한이 서린 인어의 피가 그때 호수 전체에 퍼졌기 때문이라고 한다.

—그래서 지금도 밤이 되면 머리카락이 긴 인어의 머리가 자신의 몸을 찾아 메고이코 호수를 헤맨단다.

마치 노린 것처럼 수업을 마치는 벨이 울렸다. 스피커에서 갑자기 큰소리가 나서 우리는 일제히 깜짝 놀랐다. 나도 의자에서 1센티미터는 떠오를 만큼 엉덩이를 들썩했다.

벨이 울리는 동안 교감선생님은 창밖을 가만히 바라보았다. 벨의 여운이 사라진 후에도 변함없이 그러고 있었다. 남자 당번이 인사를 해야 할지 말지 잠시 망설이다가, 교감선생님이 계속 멍하니 있자 결국 작은 목소리로 "차렷……" 하고 말했다. 교감선생님은 얼굴을 이쪽으로 획 돌리더니 "인사"라는 호령과 함께 머리를 숙이는 우리에게 고개를 살짝 끄덕였다.

"신지, 너 오늘 아침에 욕조 물 다 뺐지?"

둑길에서 신지의 누나 에쓰코가 자전거에 걸터앉아 우리를 내려다보고 있었다.

"응. 더워서 수영장 기분이나 내려고 들어갔다가."

"마개 왜 뽑았어?"

"그냥 어쩌다보니까."

"엄마가 일 마치고 돌아와서 화냈어. 빨래할 때 쓰려고 한 물을 다 버렸다면서."

"그건 미안하지만, 이제 와서 어쩔 수 없잖아."

누나에게 혀를 찬 신지가 내게 얼굴을 가까이 대고 속삭였다.

"안에서 오줌 쌌거든. 그 물로 빨래하면 다들 싫어할 것 같아서."

신지는 정말이지 착한 녀석이었다.

에쓰코는 우리 자전거 옆에 자기 자전거를 세우고 둑을 내려왔다. 해를 등지고 있는 탓에 가뜩이나 볕에 탄 피부가 더 까매 보였다. 그해 여름의 에쓰코는 누구보다도 소년다운 이미지로 내 기억 속에 남아 있다. 가을의 어떤 사건을 계기로 이미지가 달라지지만, 아무튼 여름 동안 에쓰코는 나보다 두 살 많은 소년이었다.

"리, 풍이 줄까? 아까 잡았는데."

에쓰코가 내민 비닐봉지를 들여다보니 풍이 네 마리가 우왕좌왕 기어다니고 있었다.

"어디서 잡았어?"

"임금님 나무."

임금님 나무란 근처 숲에 있는 굵은 졸참나무로, 줄기 한복판에 찢긴 것처럼 쩍 벌어진 틈새에서 수액이 듬뿍 흘러나온다. 그 수액 때문에 벌레가 잔뜩 꼬이지만, 늘 덩치 큰 말벌 한 마리가 날아다니고 있어서 아이들은 다가가지 못한다. 우리 중 그 나무에 다가갈 용기가 있는 사람은 에쓰코뿐이었다.

"실 묶어주면 안 돼?"

"알았어."

에쓰코는 비닐봉지에서 풍이 한 마리를 끄집어낸 후 반바지 호주머니에서 두꺼운 종이로 만든 실패를 꺼내 실을 풀었다. 적당히 풀어서 이로 끊고 능숙하게 풍이 다리에 묶었다. 나와 신지는 몇 번을 해봐도 성공하지 못했는데, 에쓰코는 꿈틀대는 풍이 다리의 딱 좋은 위치에다 마술처럼 순식간에 실을 묶었다.

건네받은 실 끄트머리를 쥐고 잠시 기다리자 붕, 하는 짤막한 날갯소리와 함께 풍이가 날아올랐다. 실이 팽팽해지자 풍이가 머리 위를 빙글빙글 돌았고, 나와 신지는 입을 헤벌린 채 그 모습을 올려다보았다.

"어, 여기…… 이랬었나?"

에쓰코가 손으로 햇빛을 가리고 호수를 바라보았다.

"아, 비가 안 와서 물이 줄었구나."

에쓰코는 호숫물이 닿을락 말락 하는 곳까지 가서 몸을 내밀고 수면을 내려다보았다. 햇빛을 받은 장딴지가 막 구워낸 버터롤 같았다.

"누나, 이 호수의 전설 알아?"

"커다란 잉어 이야기?"

"그것도 있지만, 인어 이야기 말이야."

"그게 뭐야?"

신지가 간단하게 설명하자 에쓰코는 별로 흥미 없다는 듯이 "흐음" 하고 고개를 끄덕였다.

"그런 이야기가 있었구나."

"진짜일까? 누나는 어떻게 생각해?"

에쓰코는 머리를 번쩍 들어 하늘을 올려다보며 짧게 웃었다.

"잉어가 어떻게 사랑을 하냐? 그래도 전부 거짓말은 아닐지도 모르지. 옛날에 커다란 잉어가 있었다는 건 사실이라든가."

"인어 이야기는?"

"그건 당연히 거짓말이지. 거짓말이라고 해야 하나, 그냥 입에서 입으로 전해져내려오는 이야기잖아."

"역시 거짓말인가."

신지는 기대가 어긋났다는 듯한 표정으로 다시 풍이를 올려다보았다. 그러다가 잠시 눈을 깜빡이는가 싶더니 갑자기 에쓰코에게 고개를 돌리고 물었다.

"엥, 커다란 잉어가 진짜로 있었어?"

"있었을 수도 있다는 거지."

"얼마나 큰데?"

"내가 어떻게 알아. 아무거나 막 묻지 마."

"리이치는 본 적 있어? 그림자라도."

나는 고개를 저었다.

"만약 그런 잉어가 있다 해도 큰 호수니까 어지간해서는 보기 힘들 거야."

"엥, 그럼 지금은 볼 수 있으려나."

"왜?"

"물이 얕아졌잖아."

신지의 재촉에 나는 수면으로 고개를 돌렸다. 조금 늦게 에쓰코도 메고이코 호수를 바라보았다.

땅거미가 내리기 전에 자전거를 타고 집에 가는 내내 나는 오줌 마려운 것처럼 지르르한 느낌을 받았다. 간질간질기도 하고 쿡 찌르는 것 같기도 한 감각이 호숫가에서 신지와 헤어지기 직전까지 나눈 이야기를 떠올릴 때마다 아랫배를 자극했다.

—어느 정도 굵은 실이라면 날뛰어도 안 끊어질 거야. 연줄을 두 겹으로 겹치면 되겠지. 낚싯바늘도 평범한 게 아니라 옷걸이의 갈고리처럼 생긴 부분을 사용하자.

신지는 거대 잉어를 낚아올릴 방법을 제안했다. 미끼는 어떻게 하느냐고 묻자 잉어를 잡을 거니까 '잉어 사료'가 제일 좋겠다고 했다.

—학교 연못에 밀폐용기에 담아둔 잉어 사료 있잖아. 게 아저씨가 점심시간에 뿌려주는 거.

게 아저씨란 당시 우리 학교에서 잡역부로 일하던 남자다. 뺨과 턱에 새카만 수염을 길렀는데, 그 모양이 투구게와 비슷해서 투구게 아저씨라는 별명이 붙었고, 어느 틈엔가 게 아저씨가 되었다.

—그걸 가져오자. 아마 여름방학 동안에도 놓아둘 테니까.

—그건 너무 작지 않아?

―상대한테 맞춰서 크게 만들어야지. 여기 가져와서 물에 불리고 경단처럼 뭉쳐서 낚싯바늘에 꿰면 돼.

우리 머릿속에서 거대 잉어는 이미 그 존재가 명확했고, 이제 낚기만 하면 되는 상태였다.

―리이치, 그럼 내일 아홉시에 만나자. 옷걸이랑 연줄은 내가 준비할게.

―잉어 사료는?

―너희 집이 학교에서 가까우니까 네가 가져와.

―대시 사료로는 안 될까.

―대시라면, 그 거북? 거북 사료 가지고는 안 되지. 역시 잉어 사료를 써야 해.

그 문제로 잠깐 입씨름을 했지만 나는 거대 잉어 포획 작전을 실시한다는 흥분을 유지하고 싶은 마음에 결국 고개를 끄덕이고 이야기를 진행시켰다.

―다른 애들도 부를 거야?

―일단 히로키한테 전화할게. 나중에 알면 분명 툴툴거릴 테니까.

나는 여름방학의 시작과 함께 오해가 생겨 서먹해진 기요타카를 불러볼까 생각했다.

―누나, 나 여덟시 반에 깨워줘.

―왜 내가 깨워야 하는데.

—포획 작전에 끼워줄게.

—누가 그딴 걸 한대? 멍청아.

집에 돌아온 나는 저녁을 먹은 후 대시에게 밥을 주고 손가락으로 장난을 치며 잠시 놀아주었다. 그리고 책장에서 생물도감 '물고기' 편을 뽑아서 잉어에 대해 알아보았다. 대시를 기르기 시작했을 때도 이 도감이 큰 도움이 되었다. 청거북을 키우는 기본적인 방법과 청거북의 진짜 이름이 붉은귀거북이라는 것, 그리고 청거북이 초식 경향이 강한 잡식이라는 것까지.

방바닥에 배를 깔고 누워 '잉어' 항목을 꼼꼼히 읽었다. 얼마나 오래 살고 얼마나 크게 자라는지 알고 싶었지만 그런 내용은 구체적으로 나와 있지 않았다. 모든 한자에 독음이 달린 설명문은 나도 알고 있는 내용이 대부분이었지만 좀 무서운 부분도 있었다. 잉어는 이빨이 강해 단단한 조개류도 부숴 먹는다고 한다. 나는 색인에 표시된 페이지를 펼쳐서 컬러로 인쇄된 '잉어' 사진을 보았다. 아래 입을 칠칠맞지 못하게 쑥 내밀고 눈을 벙하게 뜬, 말하자면 바보 같은 옆모습이었지만, 이 머리가 만약 교단에서 교감선생님이 가늠해준 것만큼 크다면 얼마나 무서울까 싶었다.

이를 닦고 잠자리에 든 후에도 아랫배가 계속 지르르해서 화장실에 두 번 갔다. 두번째는 아무것도 나오지 않았다. 화장실에 다녀온 후에도 좀처럼 잠이 오지 않아 몇 번이나 베개를 뒤집어 뻤다.

2

아무도 없는 학교는 참 낯설어 보였다.

나는 닫힌 교문을 조용히 옆으로 밀어서 열고 안으로 들어갔다. 현관에 잠잠히 늘어선 신발장 앞을 지나쳐 교정으로 나와서 주변을 살그머니 둘러본 후 교정을 비스듬히 가로질러 연못으로 향했다. 자전거를 타고 학교에 온 것만으로도 약간 범죄자가 된 기분이었는데, 이제 좀도둑질까지 해야 한다니 긴장감으로 가슴이 터질 것 같았다.

이름은 연못이지만 실은 집에 있는 욕조의 네 배 정도 되는 네모난 콘크리트 수조가 체육관 벽 옆에 만들어져 있을 따름이다. 자갈을 밟는 내 발소리를 들으며 거기로 다가갔다. 조용하게 흔들리는 수면이 아침 햇살을 반사해 체육관 벽에 흰색의 애매한 무늬를 그려냈다. 하지만 내가 연못가에 서자마자 무늬는 엉망으로 흐트러졌다. 물속 잉어들이 미끈미끈한 머리를 수면에 내민 것이다. 팔뚝만한 크기의 잉어들이 미친 것처럼 눈을 부릅뜨고 힘차게 입을 뻐끔거려 공기를 깨물었다. 사료가 든 밀폐용기는 여느 때처럼 연못가에 놓여 있었지만 나는 손을 뻗을 수가 없었다. 손을 뻗는 순간 잉어들이 한꺼번에 덤벼들지는 않을까. 차갑고 억센 수많은 입이 경쟁하듯이 내 맨팔을 깨물지는 않을까.

"몇 학년이냐."

느닷없이 어른 목소리가 들렸다. 엉덩이에 힘을 주고 몸을 돌려 상대가 누구인지 확인한 순간 나는 온몸이 싸늘하게 식었다.

교감선생님이었다. 와이셔츠에 넥타이를 맨 채 나를 무섭게 내려다보고 있었다. 4하, 4하, 4하, 말이 제대로 나오지 않고 가슴에 턱턱 걸렸다.

"4하, 4학년이요."

"어디로 들어왔지? 교문은 잠겨 있었을 텐데."

"여, 열려 있었어요. 그래서, 그, 들어가도 되는구나 싶어서."

교감선생님은 입안으로 잡역부가 어쩌고 중얼거리더니 혀를 찼다.

"교정을 개방하는 날 말고는 들어오면 안 되는 거 알잖아."

집에 돌아가라고 했다.

나는 고개를 끄덕이고 눈을 내리떴다. 따라오는 시선을 귀 언저리로 느끼며 큰 개 옆을 지날 때처럼 최대한 발을 천천히 움직여 그 자리에서 멀어졌다. 하지만 그때 여름방학이 시작되자마자 겪은 일이 내 다리를 붙들었다. 안 돼, 강해져야지.

"저기."

마음을 단단히 먹고 몸을 돌려 교감선생님과 눈을 마주쳤다.

"잉어 사료를 조금 얻어갈 수 없을까요?"

교감선생님의 표정에는 아무 변화도 없었다. 아니, 안경알 안쪽에서 딱 한 번 눈을 깜빡이는 것이 보였다.

"어디 쓰려고."

"사료가."

긴장한 나머지 나는 생뚱맞은 대답을 하고 말았다.

"어떤 건지 궁금해서요."

교감선생님은 아까처럼 무표정하게 눈을 깜빡이더니 연못으로 다가가 밀폐용기를 열고 사료를 꺼내 내게 주었다. 고작 몇 알이라 거대 잉어를 잡을 미끼로 쓰기에는 턱없이 부족한 양이었지만 신지와 히로키에게 변명하기에는 충분하지 않을까 싶었다.

"감사합니다."

고개 숙여 인사하고 다시 그 자리에서 벗어났다. 잠시 걸어가다가 살며시 뒤돌아보자 교감선생님은 여전히 이쪽을 보고 있었다. 또 돌아보았을 때는 연못 쪽으로 돌아서 있었다. 두 팔을 몸 옆에 축 늘어뜨린 채 야단법석을 떠는 잉어들을 가만히 내려다보는 모습이 어쩐지 쓸쓸해 보였다.

"뭐야, 그게."

현관으로 나온 기요타카는 내 오른손 위의 잉어 사료를 보고 물었다. 나는 잉어 사료 몇 알을 가지고 있는 이유와 아침부터 기요타카네 집에 온 이유를 함께 설명했다. 같이 가지 않겠느냐고 제안하자 기요타카는 잠시 생각하다가 어스레한 집안을 돌아보았다.

"잠깐 기다려줄래?"

기요타카는 그렇게 말하고 복도 바로 옆에 있는 오이 부인의 방에 들어갔다. 오이 부인의 모습은 맹장지문에 가려 보이지 않았다. 기요타카는 덜덜대며 고개를 흔드는 선풍기 앞에 책상다리를 하고 앉아 오이 부인과 두세 마디 나누고는 뭔가 조그마한 물건을 받아들었다. 등을 웅크리고 두 손을 얼굴로 가져가 손가락을 움직이는가 싶더니 그걸 다시 오이 부인에게 돌려주었다. 아마도 바늘에 실을 꿰어준 모양이다. 그런 다음 집 안쪽으로 들어가 부엌 선반을 달그락달그락 뒤지다가 돌아왔다.

"가자."

손에 식빵 두 개와 황토색 가루가 든 비닐봉지를 들고 있었다. 물어보자 쌀겨라고 했다.

"잉어 미끼는 식빵과 쌀겨를 개서 만드는 게 제일 좋아. 만들어줄게."

"그런 걸 어떻게 알아?"

"옛날에 아빠랑 자주 해봤거든."

같은 반 애가 '옛날'이라는 말을 써서 나는 조금 놀랐다.

내게는 옛날이 없지만 기요타카에게는 있었다.

3

햇빛이 쨍쨍한 날이라 자전거에서 내리자마자 뺨이 후끈해졌다. 뒤돌아본 신지의 땀에 젖은 이마가 햇빛을 반사해 빛났다.

"오, 리이치…… 어라."

나랑 함께 둑을 내려온 기요타카를 보고 신지가 가볍게 손을 들었다. 히로키는 아직 오지 않았다.

"누나, 얘는 기요타카라고 해. 같은 반이야."

"안녕."

놀랍게도 에쓰코가 있었다. 반바지 차림으로 풀밭 위에 책상다리를 하고 앉아 양손에 옷걸이와 니퍼를 들고 있었다. 나와 눈이 마주치자 바로 시선을 피했다.

"애들끼리만 있으면 위험하니까 따라온 거야."

에쓰코 옆에는 물음표 모양의 옷걸이 머리 세 개가 놓여 있었다.

"리이치, 사료는 무사히 가져왔어?"

"가져오긴 했는데, 기요타카가 미끼를 만들어주겠대."

"엥, 말도 안 돼. 미끼를 직접 만든다고?"

쌀겨를 물에 적셔 식빵의 하얀 부분과 개서 경단 모양으로 만들 거라고 기요타카가 설명했다.

"식빵 가장자리는?"

"안 써. 가장자리를 쓰면 미끼가 뜨거든."

이야. 신지가 입을 벌리고 고개를 끄덕이고는 가장자리는 우리가 먹자고 했다.

낚싯바늘은 에쓰코에게 맡기고 우리는 즉시 미끼 만들기에 착수했지만 한 가지 문제가 생겼다. 수위가 너무 낮아져서 수면에 손이 닿지 않았다. 이래서는 쌀겨를 적실 물을 뜰 수 없다. 호숫가에 배를 깔고 엎드려보았지만 허탕이었다. 하지만 이 문제는 기요타카가 순식간에 해결했다. 일단 쌀겨를 땅에 붓고 빈 비닐봉지에 연줄을 묶은 후 돌을 하나 넣어 호수에 던졌다. 비닐봉지가 거품을 뽀글뽀글 내뿜으며 가라앉기를 기다렸다가 연줄을 천천히 잡아당기자 물이 가득 담긴 상태로 되돌아왔다.

"오오……"

우리는 동시에 감탄사를 흘렸다. 기요타카는 쑥스러움을 감추려는 듯 약간 샐쭉한 표정으로 땅에 부었던 쌀겨를 비닐봉지에 도로 넣었다. 나랑 신지도 도왔다. 그리고 기요타카에게 방법을 배워서 쌀겨와 식빵으로 경단을 만들었다. 기요타카 말로는 식빵을 최대한 잘게 찢어서 넣는 게 비결이라고 했다. 햇빛을 가려줄 만한 것이 하나도 없는 곳이라 목덜미가 소금과 후추를 마구 뿌린 것처럼 따끔따끔했다.

쌀겨와 식빵을 거의 다 쓰고 땅바닥에 경단 열몇 개를 늘어놓았을 때쯤 자전거 지지대를 내리는 소리가 들렸다. 평소와 다름없이 입을 벌린 조개처럼 머리를 갈라붙인 히로키가 말없이 둑을 내려왔다.

"이 미끼, 기요타카한테 배워서 만든 거야."

신지가 말하자 히로키는 땅바닥의 경단을 힐끔 내려다보더니 기요타카에게 잠깐 시선을 던졌다. 아무 말도 하지 않았지만 목울대가 살짝 꿈틀했다. 기요타카도 히로키의 얼굴을 한번 보았을 뿐 다시 경단으로 눈을 돌렸다.

"다 됐다."

에쓰코가 소리쳤다. 무릎 앞에 커다란 낚싯바늘이 다섯 개 놓여 있고, 낚싯바늘 꽁무니에는 두 겹으로 꼬아 강도를 높인 연줄이 묶여 있었다.

드디어 우리는 거대 잉어를 낚기 위해 물가에 늘어섰다.

일단 기요타카가 낚싯바늘에 미끼로 쓸 경단을 꿰어 주저 없이 호수에 던졌다. 낚싯바늘이 허공을 가르며 날아가다 10미터쯤 앞에서 풍덩, 하는 소리와 함께 물보라를 일으켰다. 그 거리는 놀랍게도 연줄 길이와 일치해, 기요타카가 왼손에 쥔 연줄은 거의 일직선을 그리며 쭉 뻗어 있었다.

"누나, 연줄 길이는 다 똑같아?"

"똑같이 해놨어."

"그럼, 저쪽이다. 저쪽으로 던지자."

신지의 말을 신호로 모두 호수를 향해 미끼를 꿴 낚싯바늘을 던졌다. 풍덩, 풍덩, 풍덩, 철퍼덕. 히로키가 던진 낚싯바늘만 마치 망치를 내리친 것처럼 바로 발 앞에 떨어졌다. 멀리 던지려고 했지만 연줄이 엉켜서 날아가지 않았다. 나는 못 본 척해줘야 할까 망설였지만 신지와 에쓰코가 웃음을 터뜨렸기에 일단 웃었다. 히로키는 빨개진 얼굴로 연줄을 끌어당기다가 "어" 했다. 땅에 떨어진 충격으로 낚싯바늘에서 미끼가 빠졌다. 기요타카가 새 미끼를 가져와 히로키에게 건넸다. 히로키는 말없이 미끼를 받아서 낚싯바늘에 끼웠다. 히로키가 다시 던진 낚싯바늘은 멋지게 호수에 풍덩 빠졌다.

우리는 옆으로 나란히 늘어서서 때가 오기를 기다렸다. 누군가의 연줄이 팽팽하게 당겨지는 순간을. 아니, 무슨 조짐이 먼저 나타날 수도 있다. 일단 미끼를 툭툭 건드리며 입질을 할지도 모른다. 하늘에 구름이 끼어 호수 색깔이 진해졌다. 아까까지 수면에 반사되는 햇빛 때문에 보이지 않던 수초가 어렴풋이 눈에 들어왔다. 양달에서 햇볕을 쬘 때 느껴지는 냄새가 옅어지고 호수에서 약간 비릿한 냄새가 풍겨왔다. 부는 듯 마는 듯한 바람이 물가에 떨어진 나뭇잎을 천천히 흔든 바로 그때였다.

"앗!"

신지가 갑자기 큰 소리를 질렀다. 그리고 예상과 한 치도 어긋나지 않는 소리를 했다.

"미끼를 물지 않습니다."

아무도 웃지 않았다. 우리는 각자 자신의 연줄을 주시하다가 줄이 바람에 흔들리면 "물었다!" 혹은 "왔다!" 하고 외치며 두근대는 가슴으로 연줄을 살짝 잡아당겨 감촉을 확인했다.

아무것도 낚지 못했다.

몇 번 미끼를 갈아끼우고 낚싯바늘을 던지는 위치를 바꿔보았지만 허사였다. 일단 점심을 먹으러 집에 돌아갔다가 한 시간 후 다시 모여서 낚싯줄을 드리웠지만 아무리 기다려도 우리의 연줄은 약간 느슨한 상태를 유지했고, 수면은 체육관 바닥처럼 고요했다. 모두 말없이 등을 웅크리고 있었다. 구름이 걷혀서 햇빛이 머리에 꽂히듯이 내리비쳤고, 바람도 불지 않아 짜증날 만큼 더웠다. 미끼가 별로인 것 아니냐고 히로키가 서너 번 불평했다. 에쓰코는 낮에 집에서 가져온 풍이에 실을 묶어서 날려 보내려고 했지만, 너무 더워서 풍이도 지쳤는지 풀 위에 내려앉아 옴짝달싹하지 않았다. 얼마 후 에쓰코가 그 존재를 완전히 잊어버린 풍이가 에쓰코의 엉덩이를 기어올라갔다가 다시 기어내려가는 모습을 나는 책상다리를 하고 앉아 무릎에 팔꿈치를 대고 손바닥에 턱을 괸 채 멍하니 바라보았다.

"저쪽으로 가볼까."

해가 기울 무렵 기요타카가 갑자기 일어서서 왼편 바위산 쪽을 가리켰다.

"여기는 사람들이 자주 오니까 잉어도 경계할지 몰라. 바위산 너머로 가보자. 저기에는 평소 아무도 안 가잖아?"

가지 않는다기보다 가지 못한다고 하는 편이 정확했다. 호수 왼편에 숲이 펼쳐져 있는데, 물가를 따라 가장자리를 걸어가다 보면 높직한 바위산이 나온다. 거기서부터는 사람이 들어가지 못한다. 깎아지른 듯한 암벽이 호수에 떡 버티고 서 있는 막다른 곳이기 때문이다.

"하지만 저 너머로 어떻게."

에쓰코가 도중에 말을 끊었다.

수위가 낮아진 덕에, 바위산 앞으로 한 사람이 간신히 지나갈 수 있을 만한 길이 생겼던 것이다.

4

저녁밥을 먹는 내내 입이 근질근질해서 혼났다. 내일에 대비해 벌써 손전등을 부엌 선반에서 꺼내서 방에 갖다놓았다.

"오늘 엄청 많이 탔구나."

보리차 물병에 손을 뻗으며 아버지가 내 얼굴과 팔을 보았다.

"낚시했거든."

"낚시? 어디서?"

메고이코 호수래, 어머니가 물병을 아버지에게 밀어주면서 황당하다는 웃음을 웃었다.

"하지만 거기에는 물고기가 없잖아."

"없더라고."

그렇다, 분명 없었다. 거대 잉어는 마지막까지 나타나지 않았고 작은 물고기조차 한 번도 보지 못했다. 하지만 우리 다섯 명은 거대 잉어에게 뒤지지 않을 만큼 놀라운 것을 발견하고 돌아왔다. 내 입이 근질근질한 것은 그 때문이었다.

"낚시는 물고기를 못 잡으면 재미없는데."

"그렇지도 않아."

그 발견…… 우리 앞에 모습을 드러낸 동굴. 아무도 발 들여놓은 적 없는 바위산 저편에 입을 떡 벌리고 있는 인어 전설 속 동굴. 눈을 감자 동굴 속에서 본 반짝이는 에메랄드 같은 빛이 눈꺼풀 안쪽에 선명하게 떠올랐다.

동굴을 제일 먼저 발견한 사람은 에쓰코였다.

우리는 각자 낚시 도구를 들고 호숫가를 나아갔다. 말벌에게 쏘이지 않도록 조심스레 임금님 나무 옆을 지나쳐 잠시 후 다다른 바위산 곁을 한 줄로 빠져나와 마침내 미지의 풍경 속에 발을 들여놓았을 때였다.

—얘들아…… 저거 뭐야?

에쓰코가 방금 지나친 바위산을 돌아보았다. 덩굴이 얽힌 나무들 너머로 회색 암벽이 보였다. 주변에 퀴퀴한 부엽토 냄새가 감돌았고, 작은 날벌레가 얼굴 주변을 날아다녔다. 방금 전까지는 숲 전체가 지저귀기라도 하듯 시끄럽게 울던 새들도 지금은 입을 딱 다물었다.

ㅡ저기 봐봐, 저 구멍.

마른 가지를 바드득바드득 밟으면서 에쓰코는 나무 사이로 들어갔다. 에쓰코가 나아가는 방향은 나뭇가지와 잎에 가려 잘 보이지 않았다.

ㅡ동굴이다!

에쓰코가 외치는 소리에 우리는 재빨리 시선을 교환했다. 다음 순간 서로 어깨를 부딪치며 에쓰코에게 달려갔다. 에쓰코는 암벽에 한 손을 짚고 엉거주춤하게 서서, 검게 입을 벌린 구멍 속을 들여다보고 있었다.

구멍은 엉거주춤하게 선 에쓰코와 높이가 비슷했고, 폭은 그 절반쯤 됐다. 우리는 에쓰코 양옆에 다닥다닥 붙어서 쪼그려 앉았다. 얼굴을 내밀자 차가운 공기가 뺨에 느껴졌다.

에쓰코가 상체를 가만히 앞으로 기울여 구멍 속에 머리를 집어넣었다. 그대로 잠깐 움직이지 않았다. 얼마 후 약간 웅웅거리며 들려온 에쓰코의 말은 우리의 예상을 뛰어넘었다.

ㅡ……빛이 나.

빛이 난다고?

구멍에서 머리를 꺼낸 에쓰코가 어쩐지 멍한 표정으로 우리를 보았다. 한번 보라고 하기에 우리는 번갈아 구멍에 머리를 집어넣었다. 분명히 빛이 났다. 녹색, 아니 마치 에메랄드가 희미하게 빛나는 것 같은 녹청색이었다. 부스럼 딱지와도 비슷했고, 아메바처럼 보이기도 했다. 몇 년이 지나서 본 외국 영화에 머나먼 우주에서 지구를 찾아온 흉악한 외계인이 녹색으로 빛나는 피를 흘리는 장면이 나왔는데, 구멍 속의 빛은 그것과 빛깔이 똑같았다.

―들어가보자.

히로키가 불쑥 말을 꺼냈지만 먼저 행동에 나서지는 않았다. 서로 눈치를 보는 듯한 침묵이 흐른 끝에 에쓰코가 네발로 엎드려 구멍에 상체를 밀어넣었다.

―꽤 넓을지도 모르겠어. 하지만 어두워서 아무것도 안 보이네. 빛이 나는 건 아마도 벽이랑…… 억!

짧은 비명과 함께 에쓰코의 상체가 아래로 푹 꺼졌다. 잠시 후 나지막하게 끙끙대고 작게 혀 차는 소리가 났다.

―여기, 바닥이 꽤나 울퉁불퉁해. 안 되겠다. 손전등이 없으면 위험하겠어.

―이 손목시계로 볼 수 없을까. 불 들어오거든.

히로키가 자기 디지털 손목시계를 끌러서 에쓰코에게 건넸다.

―아, 제법 잘 보인다.

그렇게 말하며 에쓰코는 천천히 앞으로 나아갔다. 등이 사라지고, 허리가 사라지고, 흙 묻은 운동화 뒤축도 사라지고, 마침

내 구멍 속으로 완전히 들어갔다.

―누나, 괜찮아?

신지가 물었지만 대답이 없었다. 불현듯 불안감이 치밀었지만 얼마 지나지 않아 에쓰코의 엉덩이가 다시 구멍 밖으로 나왔다.

―안 돼. 역시 제대로 된 조명 없이는 위험해.

그리하여 우리는 다음날 아침, 오늘과 같은 시간에 각자 손전등을 들고 모이기로 했다.

"……밥맛이 없니?"

젓가락질을 멈추고 몸을 앞으로 기울인 채 입을 꾹 다문 내게 아버지가 물었다. 나는 허둥지둥 고개를 젓고 건성으로 식사를 계속했다.

그 동굴은 우리가 처음 발견했는지도 모른다. 평소에는 걸어서 갈 수 없는 곳이니까. 물론 보트 같은 걸 사용하면 갈 수 있겠지만, 메고이코 호수에 보트를 띄우는 사람은 본 적이 없다. 그리고―과연 그 동굴은 뭘까. 우리는 동굴 입구에 쪼그리고 앉아 이야기를 나누었다. 교감선생님이 들려준 전설을 떠올리기까지는 그리 오랜 시간이 걸리지 않았다. 밤마다 인어가 노래를 불렀다는 동굴. 마을 사람들이 인어의 목을 쳤다는 동굴.

빛나던 것은 반짝이끼가 아니겠느냐고 히로키가 말했다. 사진가인 아버지가 어느 동굴에서 찍은 반짝이끼 사진을 본 적 있다고 한다. 그 녹청색 빛이 아버지가 촬영한 반짝이끼와 흡사했던 모양이다. 나는 집에 돌아오자마자 도감을 펼쳐서 찾아보았다. 책이 워낙 빽빽하게 꽂혀 있어서 한 권만 뽑아내도 책장이 한숨 돌린 것처럼 보였다. 도감에 실린 반짝이끼 사진은 분명 우리가 본 빛과 비슷한 느낌이었다.

"잘 먹었습니다."

그릇을 싱크대에 갖다놓고 동굴에 대해 생각하려고 방으로 갔을 때 어머니가 앗, 하고 소리쳤다. 아버지에게 뭐라고 말하자 아버지가 아 참, 하고 대답하는 소리가 들렸다.

잠시 후 아버지가 방에 고개를 디밀었다.

"아빠 엄마가 깜빡했네. 시청에서 보낸 종이에 메고이코 호수에서 놀면 안 된다고 적혀 있었잖아. 수위가 낮아져서 물가의 흙이 무너질 수 있으니 위험하다고. 나중에 학교 연락망으로도 연락이 오지 않았었니?"

"어, 그랬나?"

시치미를 뗐지만 물론 기억하고 있었다. 어제도 그제도 공고문에 주의사항이 적혀 있었다는 것과 연락망으로 연락이 돌았다는 것이 머릿속에 들어 있었다. 아마 다른 네 명도 잊어버리지는 않았을 것이다.

"오늘은 그냥 넘어가지만 이제 가지 말거라. 위험하니까."

"알았어, 안 갈게."

그렇게 대답하고 속으로 혀를 쏙 내밀었다.

벽에 기대어 앉아 준비한 손전등을 켰다 껐다 하면서 내일 할 일을 즐겁게 상상했다. 대시가 수조 벽에 머리를 콩콩 찧으며 밥을 달라고 재촉해서 몸을 일으켜 수조 옆의 사료를 집어들었다.

사료를 다 먹고 나자 대시는 더 달라는 듯이 구석으로 가서 다시 수조 벽에 머리를 콩콩 찧었다. 처음에 사료를 사러 갔을 때 가게 아저씨가 밥을 너무 많이 주면 좋지 않다고 했으므로 나는 대시의 재촉을 무시했다. 대시는 결국 포기하고 제자리에서 입을 뻐끔뻐끔하다가 등딱지를 끌고 물속에 들어갔다. 나는 손전등을 들어올려 괜히 대시를 위에서 비췄다.

그때 좋은 생각이 났다.

5

기요타카와 내가 함께 자전거를 타고 메고이코 호수에 도착하니 다른 세 사람은 벌써 와 있었다.

"리, 그건 뭐야?"

내가 벨트에 채우는 열쇠고리에 비닐봉지를 매달고 온 것을 보고 에쓰코가 물었다. 나는 젖은 수건과 대시를 비닐봉지에 넣어왔다고 설명했다.

"왜 거북을 들고 왔는데?"

"가끔은 넓은 곳을 돌아다니게 해주고 싶어서."

그건 표면상의 이유고 진짜 이유는 따로 있었다. 어제 저녁 대시를 손전등으로 비추다가 떠오른 생각인데, 대시는 '초식 경향이 강한 잡식'이니까 반짝이끼를 먹지 않을까 싶었던 것이다. 반짝이끼를 먹으면 어떻게 될까. 정답은 몸이 빛난다. 온몸이 빛나지는 않더라도 피부가 얇은 목 언저리나 얼굴은 조금이나마 빛날 것이 틀림없다. 진심으로 그렇게 믿었지만 결코 당시의 내가 특별히 정신연령이 낮았다거나 무식했다고는 생각지 않는다. 분명 다들 그랬다. 보고 싶고 갖고 싶은 뭔가가 실제로 존재한다는 믿음을 품는 것은 소년들의 특권이며, 그런 믿음을 품을 수 없게 되었을 때 소년 시절은 끝난다.

손전등이라는 강력한 아군의 도움을 받으니 동굴 침입은 예상보다 훨씬 쉬웠다. 에쓰코가 먼저 들어가서 입구 부근을 손전등으로 비추고, 나머지는 적당히 순서를 정해서 안으로 들어갔다.

온도가 갑자기 낮아져서 추울 정도였다. 광물 냄새가 주변을 감쌌고, 우리는 어째서인지 모두 입을 꾹 다물고 서로 바짝 붙어 섰다. 팔에 다른 사람의 팔이 닿자 온기가 느껴져서 마음이 놓였다. 추워서가 아니라 조금 불안했기 때문이다.

입구는 좁았지만 안쪽은 서서 걸을 수 있을 만큼 높았다. 동굴이 얼마나 큰지는 확실치 않았다. 가늘고 긴 동굴은 곧 오른쪽으로 확 꺾어졌고 그 앞쪽은 보이지 않았다. 우리는 저마다 손전등을 여기저기 비추었다. 커다란 낫 같은 빛 다섯 줄기가 겹쳤다가 떨어졌다가 하면서 벽과 천장을 핥듯이 오갔다.

"어…… 그러고 보니 반짝이끼가 없어졌네."

신지가 말을 꺼냈다. 드럼통에 얼굴을 집어넣고 말한 것처럼 목소리가 알아듣기 힘들게 웅웅거렸다.

"손전등 때문에 그래. 불을 끄면 보이지 않을까?"

에쓰코의 말에 모두 손전등을 껐다. 한동안 손전등 불빛의 잔상이 눈앞에서 해파리처럼 너울거렸지만 얼마쯤 지나자 잔상이 사라지고 희미한 녹청색 빛이 벽과 천장, 땅바닥에 나타났다. 빛 속에 우리의 몸과 신발 모양이 그림자놀이를 하듯이 떠올랐고, 어찌된 영문인지 동굴이 갑자기 넓어진 듯 느껴졌다.

"안쪽으로 들어가보자."

기요타카가 다시 손전등을 켜고 발치를 비추며 걸음을 옮겼다. 우리도 그 뒤를 따라갔다. 한 줄로 서서 오른쪽으로 꺾어들어가자 얼마 지나지 않아 동굴이 다시 왼쪽으로 구부러졌다. 바닥이 울퉁불퉁해서 우리는 아주 천천히 나아갔다. 벽도 군데군데 울퉁불퉁했는데, 그런 부분을 손전등으로 비추면 기괴한 모양의 새카만 그림자가 꿈틀거렸다. 어쩐지 거대한 괴물의 내장 속을 걸어가는 느낌이라 가만히 귀기울이면 나지막한 심장 소리가 들려올 것만 같았다.

"인어가 죽은 곳은…… 어디쯤일까?"

동굴에 들어오고 나서 처음으로 히로키가 입을 열었다. 신지가 대답했다.

"목이 잘리고 나서도 두 팔로 기어서 호수에 뛰어들었으니까 입구 근처가 아니었을까. 돌아갈 때 바닥을 자세히 살펴보자."

방금 전 마을 사람들이 무참하게 인어의 목을 친 장소를 밟고 왔다고 생각하자 명치 언저리가 싸늘해졌다. 그리고 그제야 비로소 내가 제일 뒤에 서 있다는 사실을 깨달았다. 등뒤의 어둠이 이만저만 신경쓰이는 게 아니었다.

"인어의 잘린 머리…… 지금도 자기 몸을 찾아 헤매고 있으려나."

히로키가 쓸데없는 소리를 중얼거렸다.

"하지만 인어는……"

일부러 가벼운 투로 내가 입을 열었을 때였다. 뭔가가 목덜미를 슥 스쳤다. 지금도 생생하게 기억난다. 긴 머리카락 같은 감촉이었다. 나는 깜짝 놀라 걸음을 멈췄다. 친구들은 아무것도 모르고 앞으로 계속 나아갔다. 몸을 획 돌려 손전등을 비춰보았다. 아무도, 아무것도 없었다. 발밑에서 기어올라온 공포가 배를 타고 가슴으로 번졌다. 숨을 내뱉을 수도 들이마실 수도 없어서 어서 친구들을 쫓아가려고 다시 몸을 돌렸다. 그때, 다시 방금 전과 똑같은 감촉이 목덜미를 스쳤다. 힉 하고 딸꾹질 같은 소리를 내뱉고 반사적으로 손을 들어 목덜미를 털어낸 순간, 귓가에 누군가의 숨결이 똑똑히 느껴졌다. 상대를 위협하듯이 짤막하게 학, 하고 내뱉는 숨결이었다. 내가 덜컥 겁을 먹고 뛰어가려고 하는데 뭔가가 목을 깨물었다. 아니, 뭔가가 아니다. 그것은 인어의 잘린 머리였다. 두 눈을 부릅뜨고 이를 추하게 드러낸 인어 머리가 내 목을 문 것이다.

끄아아아아아아, 비명을 지르며 나는 내달렸다.

"물렸어! 머리가 날아왔어! 목을 물었어!"

달리면서 꽥꽥 내지른 내 고함소리에 의아해하는 네 사람의 목소리가 겹쳐지는가 싶더니 어느덧 우리 모두 우와아, 아아악, 하고 찢어질 듯 비명을 지르며 밀치락달치락 뛰어갔다. 하필이면 동굴 안쪽으로. 다섯 개의 손전등 불빛이 덜컥덜컥 흔들리며 앞쪽을 비추었고, 잠시 후 앞쪽에 있던 뭔가가 불빛 중 하나에 떠올랐다. 그것은 머리카락이 길고 뾰족한 이를 드러낸 여자의 머리였다.

6

잘못 본 거다. 분명히 뭔가 착각한 거다. 이를테면 바위나, 벽이 튀어나온 부분. 그런 걸 보고 착각한 거다. 동굴에서 뛰쳐나온 후 우리는 입을 모아 그렇게 말하며 서로를 달랬다. 하지만 다시 한번 확인하러 가자고 말하는 사람은 없었다.

　—다른 사람한테 말하자. 다른 사람, 어른한테.

　신지가 주장했지만 우리는 찬성하지 않았다.

　—보나마나 그냥 웃어넘길걸. 그리고 원래 메고이코 호수에서 놀면 안 되잖아. 됐어, 아무것도 못 본 걸로 하자.

　에쓰코가 지금까지 들어본 적 없는 가냘픈 목소리로 말했다.

　결국 아무 결론도 내지 못한 채 우리는 인사도 하는 둥 마는 둥 헤어져 집으로 돌아갔다.

　손전등 불빛 속에 떠오른 잘린 머리. 긴 흑발을 얼굴 좌우에 늘어뜨린 채 무시무시한 표정으로 이쪽을 노려보고, 치켜올라간 입술 아래로 날카로운 이를 드러냈다. 인어는 실존하지 않는다. 진짜로 있을 리 없다. 그렇다면 이건 살인사건 아니겠느냐고 기요타카가 말했다. 정말 그렇다. 동굴 안쪽에 사람 머리가 놓여 있었으니까. 하지만 그렇다면 그건 뭐였을까. 내 목덜미를 스친 긴 머리카락. 귓가에 느낀 숨결. 내 살을 파고든 이. 죽은 사람의 머리가 허공을 날아서 나를 깨물다니 말도 안 된다. 내 이야기에 친구들은 그건 박쥐라고 멋대로 결론을 내렸지만, 머리를 길게 기른 박쥐가 어디 있단 말인가. 어머니가 부엌에서 저녁을 준비하는 동안 나는 반쯤은 그런 생각에 푹 빠져 있었다.

　나머지 반쯤은 대시를 생각했다.

하필 그 동굴에 대시를 내버려두고 왔다.

동굴을 뒤로하고 호숫가로 걸음을 옮겼을 때 열쇠고리에 걸어놓은 비닐봉지가 없어졌다는 것을 알아차렸다. 당황해서 주변을 살폈지만 비닐봉지는 어디에도 없었다. 동굴에 들어갔을 때는 분명히 허리에 달고 있었으니 대시가 든 비닐봉지가 지금 어디 있는지는 명백했다. 동굴 속이다. 비명을 지르며 달릴 때 열쇠고리에서 빠진 것이다.

하지만 대시를 찾으러 갈 용기는 없었다.

나는 방에서 다리를 끌어안고 앉아 오랫동안 무릎에 얼굴을 파묻고 있었다.

비닐봉지 입구를 묶지 않았으니 공기가 모자라 죽지는 않을 것이다. 대시는 비닐봉지에서 기어나와 어두운 동굴 바닥을 돌아다닐 것이 틀림없다. 안쪽으로 기어가다가 잘린 머리에게 잡아먹히지는 않을까. 아니, 좀더 현실적으로 생각하자. 동굴에서 나와 호수에 들어가지는 않을까. 그 호수에 섞여드는 유황 성분은 생물에게 유해하다고 한다. 드디어 넓은 곳에서 살 수 있다고 기뻐하며 대시가 자유롭게 헤엄치기 시작한 순간, 경련을 일으키고 부글부글 거품을 내뿜으며 호수 아래로 가라앉지 않을까.

대시와 쌓은 갖가지 추억이 주마등처럼 머릿속을 스쳤다. 불꽃놀이 대회에서 처음 만난 것. 수조 물을 갈아준 것. 밥을 준 것. 손가락으로 장난치며 놀아준 것. 그 정도밖에 없었지만 아무튼 되풀이해 머릿속을 스쳤다. 반짝이끼를 먹여서 빛나는 거북을 만들어보겠다는 쓸데없는 생각을 하는 바람에 대시를 위험에 빠뜨렸다. 아니, 어쩌면 나 때문에 이미 죽었을지도 모른다.

"으어어, 난 싫어."
아침에 일어나 전화를 걸자 신지는 내 부탁을 무정하게 거절했다.
"부탁이야. 금방 찾아낼 거야. 잠깐 들어갔다가 나오면 된다니까."
"잠깐이라도 싫어."
그 동굴에서 대시를 찾아오려 하니 같이 가달라는 부탁이었다.
"야, 신지."
"무섭다니까, 못 가, 못 가."
눈 안쪽이 뜨끈해졌다. 아직 어젯밤의 기분에서 헤어나지 못한 나는 눈물샘이 약해진 두 눈을 꼭 감고 최대한 차분하게 대답했다.
"알았어."
수화기를 내려놓자 집안 가득한 고요함이 밀려들었다. 아버지는 일하러 갔고, 어머니는 아버지가 깜빡하고 내놓지 않은 음식물 쓰레기를 버리러 나간 참이었다. 친구는 믿을 수 없다. 즐거운 일은 함께 하지만 도움이 필요할 때는 손을 내밀어주지 않는다. 나는 눈을 감은 채 아랫입술을 깨물고 코로 크게 한번 숨을 들이마셨다가 내쉬었다. 그렇게 폐 속의 공기를 갈아도 가슴에 쌓인 쓸쓸함은 조금도 줄어들지 않았다.

그때 눈앞의 전화가 울렸다.

"야, 그런데 그 청거북은 어떻게 할 거야?"

걱정돼서 전화해봤다고 기요타카는 말했다.

삼십 분쯤 지나 기요타카와 함께 호수에 도착했다.

"내가 앞장설 테니까 기요타카 넌 뒤쪽을 잘 살펴봐. 가끔 천장도 쳐다보는 게 좋겠어. 갑자기 날아올지도 모르니까."

기요타카는 말없이 고개를 끄덕였다. 그는 겁을 먹었다. 아마도 나와 비슷할 만큼. 감추려고 노력했지만 몸짓과 목소리에서 겁을 먹었다는 것이 똑똑히 느껴졌다. 기요타카의 우정에 감동한 나는 콧속이 찡해져 울음이 나오려는 것을 참으며 앞장서서 호숫가로 걸어갔다. 가끔 뒤쪽의 기요타카에게 말을 걸 때는 아무리 애를 써도 눈물 섞인 목소리가 나왔다.

"무슨 일이 생기면 혼자서 달아나."

"무슨 일이 생기기는."

"위나 옆에서 갑자기 날아올 테니까 주의해야 해."

"알았어."

"기요타카, 나."

"알았대도 그러네."

진짜로 귀찮다는 듯이 기요타카가 말했을 때 자전거 멈추는 소리가 들렸다. 돌아보자 눈물 탓에 흐릿하게 보이는 둑을 세 사람이 내려오고 있었다.

"누나한테 혼났어."

호숫가를 따라 다가오면서 신지가 언짢다는 듯이 말했다.

"친구의 부탁을 무시하다니 혼나도 싸지."

에쓰코는 혀를 차며 동생을 째려보았다.

"왜 나한테까지 전화한 거야……"

머리를 깔끔하게 갈라붙이지 않은 히로키는 처음 보았다.

"길동무야, 길동무."

에쓰코는 그렇게 말하며 웃었지만 두 눈에는 웃음기가 전혀 없었고 뺨도 긴장으로 뻣뻣했다.

"……왔구나."

창피해서 고맙다는 말은 꺼내지 못했다.

그렇게 우리는 한 명도 빠짐없이 전날처럼 동굴 앞에 섰다.

"내가 먼저 들어갈게. 대시는 내 거북이니까."

아무도 반대하지 않았다. 나는 손전등 스위치를 몇 번 켰다 껐다 하며 전지가 닳지 않았는지 확인하고 동굴 입구로 들어갔다. 서늘한 공기가 피부에 와닿은 순간 어제 일이 머릿속에 선명하게 되살아났다. 내가 지른 비명. 어지러이 뒤섞인 모두의 고함소리. 머리카락과 이의 감촉. 그리고 이쪽을 노려보던 잘린 머리.

모두 안으로 들어와서 불빛이 다섯 배로 늘어나자 마음이 조금 진정됐다.

"가자."

손전등을 비스듬히 아래로 비추며 머뭇머뭇 발을 내디뎠다.

비닐봉지는 생각보다 금방 찾았다. 조금 앞쪽에 떨어져 있었다. 앗, 하고 소리치고 쪼그리고 앉아 비닐봉지를 더듬었지만 안에는 어제보다 조금 더 마른 수건밖에 없었다.

나는 일어서서 양손으로 손전등을 꽉 움켜쥐고 다시 앞으로 나아갔다. 바보같이 소리내어 몇 번 대시의 이름을 부르기도 했지만 아무도 웃지 않았다. 이윽고 오른쪽으로 꺾어들어 그대로 걸어갔다. 결국 대시를 찾지 못하고 다음 커브에 다다랐다.

"……그 안쪽이야."

등뒤에서 히로키가 중얼거렸다. 그렇다, 어제 우리는 여기를 돌면 나오는 외길 끝에서 잘린 머리를 보았다. 나는 앞을 보고 멈춰 선 채 용기를 쥐어짜내 말했다.

"다들 여기 있어."

동굴에 들어가기 직전부터 준비한 말이었다.

"하지만."

괜찮아, 나는 기요타카의 말을 막았다. 여기까지 따라와줘서 고마운 마음과, 그런데도 고맙다고 말하지 못해 미안한 마음을 표하기 위해 내가 친구들에게 해줄 수 있는 건 이 정도뿐이었다.

"대신 내가 돌아올 때까지 여기 있어."

얼굴은 보지 않았지만 모두 내게 고개를 끄덕이는 기척이 전해졌다.

나는 혼자서 커브를 돌아 나아갔다. 하나만 남은 빛이 너무 미덥지 못해 두 손으로 든 손전등을 한껏 앞으로 내밀고 엉덩이를 쭉 뺀 채 밝은 곳에서 보면 누구든 웃음을 터뜨릴 꼴로 주춤주춤 걸음을 옮겼다. 심장이 우리 밖으로 뛰쳐나오려는 동물처럼 날뛰었다. 대시는 없었다. 어디에도 없었다. 이를 너무 꽉 물어서 턱에 감각이 없었고, 두 눈을 너무 크게 뜬 탓에 눈알 표면이 따끔거렸다. 대시는 우리가 머리를 본 동굴 안쪽까지 기어간 걸까. 아니면 내가 미처 못 보고 지나친 걸까. 그랬을 가능성은 충분했다. 손전등 불빛은 밝지만 크기가 작았다.

그때 머릿속에 하늘의 계시가 떨어졌다. 그야말로 하늘의 계시라고 해야 마땅할 만큼 재치 있는 생각이 번뜩였다―불을 끄면 대시가 보이지 않을까.

그렇게 생각한 이유가 있다. 어제 우리가 손전등을 껐을 때 반짝이끼의 희미한 빛에 모두의 몸과 신발의 실루엣이 떠오른 것이 기억났기 때문이다. 불을 끄면 그때처럼 땅바닥 어딘가에 대시가 까만 덩어리처럼 드러나지 않을까.

나는 마음을 단단히 먹고 손전등 스위치를 껐다. 불이 꺼지는 것이 아니라 어둠이 나를 향해 단숨에 밀려드는 것처럼 느껴졌다. 하지만 얼마 지나지 않아 녹청색 빛이 벽과 천장, 땅바닥을 어렴풋이 밝혔다.

그리고 내 결단이 틀리지 않았음을 알았다.

오른발 바로 옆에서 거북 모양의 검은색 물체가 움직이고 있었다. 가슴속에 가득찬 긴장과 공포를 녹이듯이 따스한 안도감이 퍼져나갔다. 나는 바로 몸을 구부려 대시를 오른손으로 감쌌다. 그때 다른 뭔가가 눈에 들어왔다. 대시가 기고 있던 곳 바로 옆에서 엄지손톱만한 크기의 뭔가가 꼼지락대며 조금씩 이동하고 있었다. 뭘까. 얼굴을 가까이 대보았지만 전혀 보이지 않았다. 그제야 이렇게 끙끙대지 말고 불을 켜는 편이 낫겠다는 생각에 손전등을 켰다.

"……어."

풍이였다.

하얀 실을 질질 끌고 가고 있었다.

아무래도 그제 에쓰코가 집에서 들고 와서 다리에 실을 묶은 풍이인 듯했다. 임금님 나무에서 잡은 놈이다. 거대 잉어를 잡으려고 낚시질을 할 때 풍이가 에쓰코의 반바지를 오르락내리락하던 모습이 기억났다. 그대로 계속 붙어 있다가 에쓰코가 이 동굴에 몸을 집어넣었을 때 떨어진 것이리라.

문득 생각이 나서 나는 풍이를 붙잡았다. 그리고 두 가지를 시험해보았다. 흔들리는 실로 내 목덜미를 쓸어보았다. 그리고 풍이를 목에 대고 뾰족한 발톱으로 살을 콕 찍어보았다. 둘 다 기억에 있는 감촉이었다.

"이거였구나⋯⋯"

어제 내 목덜미를 스친 부드러운 머리카락과 목을 깨문 날카로운 이. 아무래도 이 풍이의 짓이었던 모양이다. 날아다니거나 동굴 위쪽에 붙어 있어서 실만 아래로 늘어져 있었던 것이다. 귓가에 느낀 숨결은 풍이의 날갯짓 소리였으리라.

갑자기 용기가 났다. 나는 일단 풍이를 티셔츠에 붙여놓고 손전등을 앞쪽으로 향했다. 잘린 머리를 본 곳을 향해 한 걸음 한 걸음 나아가 동굴 제일 안쪽을 조심스레 비췄다. 원뿔 모양 불빛 속에 어제 본 머리가 떠올랐다. 싹둑 잘라서 내버려둔 듯한 머리. 잘못 본 게 아니라 분명 여자의 머리였다. 그러나 아주 그럴듯하기는 했지만 부릅뜬 두 눈, 치켜올라간 입술, 뾰족한 이는 아무리 봐도 가짜였다.

으스스하기는 했지만 진짜가 아님을 알았기에 직접 만져보았다. 머리카락은 무명실로 만든 듯했다. 딱딱한 얼굴은 돌을 깎아서 만든 걸까. 시험 삼아 들어보니 생각 외로 가벼웠다. 나는 모두에게 보여줄 생각으로 가짜 인어 머리를 품에 안고 발걸음을 돌렸다. 모퉁이를 돌자 뿔뿔이 흩어져 있던 손전등 불빛이 일제히 이쪽으로 모여 가짜 인어 머리를 비추었다. 그 직후 귀청이 떨어질 만큼 커다란 비명이 네 사람의 입에서 동시에 터져나왔다.

"아니야, 이건."

내가 꺼낸 말이 순식간에 묻혀버릴 만큼 엄청난 절규였다. 어제는 나도 함께 비명을 질러서 몰랐는데, 인간이 이렇게 크게 소리를 지를 수 있구나 싶었다. 땅을 쿵쾅쿵쾅 울리며 달아나는 네 사람을 허둥지둥 쫓아갔다. 쫓아가는 내 기척에 네 사람은 더 겁에 질렸다. 꺄악, 기다려, 우왁, 아니야, 소리치는 목소리가 어지러이 뒤섞였고, 결국에는 동굴 입구 부근에서 경단처럼 뭉쳐서 엎치락뒤치락하는 지경에 이르렀다.

7

몇 분 후 동굴 앞에 앉은 우리는 풍이의 장난을 깨닫고 웃음을 터뜨렸고, 차례로 가짜 인어 머리를 구경하며 도대체 누가 뭣 때문에 이런 짓을 했을까 의견을 나누었다. 이야기할수록 수수께끼는 깊어지기만 했다.

가짜 인어 머리는 뼈대에 종이를 덧발라 만든 것 같았는데, 얼굴 윤곽과 이목구비의 만듦새가 아주 정교했다. 밝은 곳에서 보아도 마치 진짜 같았다. 전체적인 상태로 보아 꽤나 오래된 물건 같은데 도대체 누가 동굴에 놓아두었을까.

"우리 학교 애일 거야."

기요타카가 말했다.

"교감선생님이 해준 인어 전설 이야기를 할머니한테 물어봤거든. 그런데 할머니는 모른대. 즉, 그렇게 유명한 이야기는 아닌 거지. 교감선생님도 그랬잖아. 그러니까 이 가짜 인어 머리를 동굴에 놓아둔 녀석은 우리처럼 수업중에 교감선생님한테 인어 이야기를 듣고 그런 짓을 한 거야."

그건 그렇고 무슨 목적인지 전혀 짐작이 가지 않았다. 설마 우리를 놀래주려는 건 아닐 테고.

"야, 저기."

히로키가 딱딱한 목소리로 말했다. 히로키가 가리키는 곳으로 고개를 돌리자 놀랍게도 교감선생님이 보였다. 우리가 세워둔 자전거 옆에 서서 이쪽으로 오라고 극성맞게 손짓하고 있었다.

"……큰일났다."

신지가 나지막하게 중얼거렸다. 수위가 다시 높아질 때까지 메고이코 호수에서 놀면 안 된다.

우리가 머뭇거리자 교감선생님은 더는 못 기다리겠다는 듯이 둑을 내려와 이쪽을 향해 호숫가를 걸어왔다. 여기 올 때까지 기다리면 더 혼날 거라는 신지의 말에 우리는 서둘러 일어서서 교감선생님 쪽으로 향했다. 도중에 어쩐지 민망한 기분이 들어서 나는 가짜 인어 머리를 관목 사이에 숨겨놓았다.

"연락망으로 연락이 갔을 텐데."

교감선생님은 네모난 안경 너머의 눈을 매섭게 부라렸다. 모두의 얼굴을 차례대로 노려보다가 제일 끝에 있는 내게 시선이 닿자 또냐, 라는 표정을 지었다. 노여움이 치밀었는지 와이셔츠 어깨 부분이 바르르 떨렸다. 집에 일러바칠까. 나중에 부모님한테 혼날까. 오른손에 든 대시가 등딱지에서 고개를 내밀고 공중을 헤엄치듯이 다리를 버둥거렸다.

"근처에 사는 사람이 메고이코 호수에서 아이들이 놀고 있다고 학교에 연락했다. 연락망으로 연락이 온 줄 몰랐던 사람?"

나란히 늘어선 우리는 아무도 손을 들지 않았다.

"무슨 일이 생기고 나서는 늦어. 다치거나 더 끔찍한 일이 벌어지면 어쩌려고."

우리는 입속으로 반성의 말을 웅얼거렸다. 교감선생님은 규칙을 지키는 것이 얼마나 중요한지, 규칙을 지키지 않으면 무슨 불상사가 생기는지 설교하고는 코로 굵은 한숨을 내쉬었다.

"이번에는 집에 알리지 않을 테니 이만 돌아가렴."

교감선생님은 찡그린 얼굴로 와이셔츠 옷깃을 탁탁 잡아당기더니 한낮의 해를 힐끗 올려다보고 그대로 우리에게 등을 돌려 둑을 올라갔다. 모두 잠자코 서 있었지만, 교감선생님이 한 발짝 한 발짝 멀어질수록 팽팽하게 긴장된 분위기가 부드러워지는 것이 느껴졌다.

그때 내가 교감선생님을 불러 세운 것은 집에 알리지 않겠다는 말에 안심했기 때문일까. 아니면 동굴 속을 홀로 탐색하며 대담해진 탓일까.

"선생님."

모두 내게 고개를 돌렸다. 둑을 올라가던 교감선생님이 몸을 돌려 눈살을 찌푸리고 내 얼굴을 내려다보았다.

"······왜?"

"이 호수의 인어 이야기, 얼마나 유명한가요?"

질문의 의도를 파악하지 못했는지 교감선생님은 표정 변화 없이 내 눈을 들여다보았다.

"그게, 저희가."

아이들을 바라보며 이야기해도 괜찮겠느냐고 눈짓으로 묻자 모두 고개를 끄덕였다.

"저희가 저기서 동굴을 찾았거든요. 저기 바위산 쪽에서요. 선생님이 말씀하신, 호수 바로 옆에 있는 동굴이에요. 그런데 동굴을 살펴보다가 이상한 걸 발견했어요."

안경 너머로 이쪽을 보던 교감선생님의 두 눈이 문득 커졌다.

"이상한 것······"

"잘린 인어 머리요. 아, 인어인지 아닌지는 모르지만 아무튼 여자 머리예요. 물론 진짜는 아니고요. 가짜예요. 어제 그걸 보고 놀라서 도망쳤어요. 그런데 그때 제가 대시…… 이 거북을 두고 와서 오늘 다시 동굴에 들어갔어요."

나는 재빨리 한숨 돌리고 말을 이었다.

"그 이야기가 그렇게 유명하지 않다면 그걸 놓아둔 사람은 우리 학교 학생이 아닐까요. 저희 생각에는 선생님께 인어 전설을 들은 아이가 만들어서 놓아둔 게 아닐까 싶은데요. 그런 것치고는 꽤 낡아 보이기는 했지만요."

"어디 있니?

교감선생님이 갑자기 끼어들었다.

"……네?"

"그 머리 말이야. 동굴에서 가지고 나왔어?"

가짜 인어 머리는 이쪽으로 오는 길에 관목 사이에 숨겼다고 고백했다. 교감선생님은 고개를 들어 그쪽을 바라보는가 싶더니 총총 걸어갔다. 우리는 어찌해야 할지 몰라 제자리에 우두커니 서서 선생님이 돌아오기를 기다렸다.

8

"옛날에는…… 그 동굴까지 더 쉽게 갈 수 있었단다."

교감선생님은 와이셔츠가 더러워지는 것도 개의치 않고 가짜 인어 머리를 안고 돌아와서 이야기를 시작했다. 우리는 등을 웅크리고 선생님 앞에 반원으로 둘러앉았다.

"바위산 앞쪽 흙이 큰비로 무너져서 갈 수 없게 됐지. 그전에는 언제든 마음대로 걸어갈 수 있어서 아이들이 가끔 가서 놀았어."

교감선생님은 곁에 놓아둔 가짜 인어 머리를 잠시 물끄러미 내려다보았다.

"반짝이끼가 아직도 있더냐?"

우리는 고개를 끄덕였다. 변함없이 매서운 안경 너머 교감선생님의 눈에 아주 잠깐 그리움 같은 감정이 서렸다.

"예전에 아이들이 장난삼아 벗겨내서 거의 없어졌는데……그렇구나, 또 자랐구나."

교감선생님은 가짜 인어 머리를 양손으로 들어올리더니 자신과 마주보도록 다시 땅에 내려놓았다. 그리고 놀라운 말을 꺼냈다.

"이거, 선생님이 만든 거야."

어, 우리는 동시에 소리쳤다.

둑 위에서 8월 끝물의 바람이 느릿하게 불어와 교감선생님의 머리를 흐트러뜨렸다.

"아주 옛날에 말이야."

한참 동안 교감선생님은 아무 말도 없었다. 아마 예기치 못하게 머릿속에 펼쳐진 어린 시절의 광경에서 좀처럼 눈을 돌릴 수 없었기 때문이리라.

"선생님이 너희에게 사과해야겠구나."

교감선생님은 그렇게 말하며 고개를 들었다.

"그 인어 이야기, 거짓말이었어."

그리고 교감선생님은 우리에게 아주 옛날 이야기를 해주었다.

초등학교에 다닐 때 교감선생님은 친구가 없었다고 한다. 방과후에는 늘 혼자서 매미 허물을 모으거나 제일 키가 큰 전봇대를 찾아다니거나 했고, 야구를 하는 반 아이들 눈에 띄는 곳에 한 시간도 넘게 서 있기도 했다. 매일 그렇게 지냈다.

"너무 일찍 집에 돌아가서 친구가 없다는 걸 어머니에게 들키면 안 된다고 생각했거든. 슬퍼하실 테니까."

교감선생님이 4학년 때 누나가 결혼해서 집에 빈 방이 하나 생겼다. 그후 아무도 그 방을 사용하지 않게 되자 교감선생님은 방과후 몰래 창문으로 그 방에 들어가 시간을 때웠다. 어머니가 집을 청소할 때는 벽장 속에 숨었다. 방에는 누나가 두고 간 소설책이 아주 많아서 매일 책을 읽으며 지냈다. 전부 읽으면 또 처음부터 순서대로 읽었다.

그러는 동안 선생님에게는 꿈이 하나 생겼다.

"소설가가 되고 싶었지. 책을 이만큼 많이 읽었으니 분명 될 수 있을 것 같았어."

그리하여 선생님은 이야기를 만들기 시작했다. 종이에 적고 싶었지만 집에 마음대로 쓸 수 있는 종이가 없어서 머릿속으로 이야기를 지어냈다. 누나 방에서 다양한 이야기를 창작하는 데 열중하면 두세 시간은 금방 지나갔다. 그래도 가끔 퍼뜩 정신이 들어 현실로 되돌아오곤 했다. 그럴 때면 외롭고 다 부질없게 느껴져서 몹시 서글펐다고 선생님은 말했다.

어느 날 그런 하루하루를 바꾸어줄지 모르는 아이디어가 떠올랐다. 자신이 만든 이야기를 반 아이들에게 들려주면 재미있어하지 않을까.

"나는 내가 만든 이야기가 몹시 재미있다고 믿었거든. 그러니까 그걸 들려주면 아이들이 나를 달리 보지 않을까 싶었어. 앞으로 나랑 친하게 지내고 싶어할 거라고 생각했지."

교감선생님은 두근대며 고민했다. 어떤 이야기를 들려줄까. 반 아이들의 흥미를 끌려면 무대는 우리 동네로 하는 편이 좋겠지. 분명 조금 잔혹한 이야기를 재미있어할 거야.

"그래서 그 잉어 이야기를 만들어낸 거란다."

옛날에 커다란 잉어가 있었다는 메고이코 호수 전설에 후일담이 있다고 하면 재미있어하지 않을까. 교감선생님은 그렇게 생각하고 밤을 꼬박 새워 이야기를 만들었다. 다음날 밤에는 그 이야기를 사람들 앞에서 완벽하게 말할 수 있도록 연습했다. 그리고 그다음 날 1교시가 끝나고 쉬는 시간이 되었을 때 교실 구석에 모여 있던 반 아이들—예전부터 친하게 지내고 싶었던 몇 명에게 다가가 심장이 터질 것 같은 긴장감을 견디며 재미있는 이야기가 있다고 말을 꺼냈다. 귀찮다는 듯이 쳐다보는 반 아이들에게 선생님은 인어 이야기를 들려주었다. 몇 번이나 연습한 덕분에 말이 막힘없이 술술 나왔다. 처음에는 무시하던 표정이었던 아이들 눈이 점차 초롱초롱해졌다. 어느덧 아이들은 몸을 내밀고 진지한 표정으로 숨을 죽인 채 선생님의 이야기에 귀기울였다.

이야기가 끝나자 모두 한동안 입을 열지 않았다.

"누가 처음으로…… 감상을 말해줄지 두근대며 기다렸단다."

하지만 선생님 귀에 날아든 것은 이야기의 감상이 아니었다.

한 아이가 거짓말쟁이, 라고 말했다. 그러자 다른 아이가 맞아, 거짓말쟁이, 하며 그 말에 동의했다. 그리고 저마다 선생님을 거짓말쟁이라고 놀려대기 시작했다.

"내가 아니꼬웠는지도 모르겠어. 늘 혼자 눈에 띄지 않게 지내던 안경잡이의 이야기에 푹 빠져든 스스로에게 화가 났는지도 모르고. 하지만 당시 선생님은 아이들의 그런 속마음까지 살필 여유가 없었단다. 그저 거짓말쟁이 취급을 당해서 억울하고 슬펐지. 거짓말을 해서 속일 생각은 전혀 없었거든. 그런데도 자꾸 거짓말쟁이라고 놀리니까."

틀림없이 진짜라고 교감선생님은 우겼다고 한다.

그러자 아이들은 더 발끈해서 거짓말쟁이, 거짓말쟁이, 하고 노래를 부르며 선생님을 괴롭혔다. 선생님은 너무 마음이 아프고 화가 나서 등을 돌려 교실을 뛰쳐나갔다. 집에 돌아가서 누나 방 바닥에 얼굴을 묻고 소리 없이 울었다.

　"그리고 엉뚱한 생각을 했지."

　정말로 거짓말을 하자. 거짓말을 진짜로 만들어주자. 그렇게 생각했다고 한다.

　"그래서 이런 걸 만들었지."

　교감선생님은 구두코로 가짜 인어 머리를 툭 쳤다. 가짜 인어 머리는 휙 기울었다가 넘어지지 않고 원래 자리로 되돌아왔다.

　교감선생님은 헛방과 어머니의 반짇고리 등에서 재료를 모아 누나 방에서 잠도 자는 둥 마는 둥 인어 머리를 만들었다. 그리고 해가 뜨자마자 호숫가로 달려가 동굴 제일 안쪽에 놓아두었다. 그리고 학교에 가서 반 아이들 몇 명에게 동굴에서 인어 머리를 봤다고 말했다. 머리카락이 치렁치렁하고 이를 드러낸 인어 머리가 동굴 속에 있다고.

　"다들 가서 봐봐. 그럼 내 말이 거짓말이 아니란 걸 알 테니까. 그렇게 말했지."

　수업이 끝나자 교감선생님은 서둘러 호수로 향했다. 동굴 옆 나무 뒤편에 몸을 숨기고 반 아이들이 오기를 기다렸다. 아이들이 인어 머리를 발견하고 겁에 질려 지르는 비명을 두 귀로 똑똑히 듣고, 달아나는 아이들의 뒷모습을 두 눈으로 똑똑히 지켜볼 생각이었다.

"하지만…… 아무도 안 왔단다. 단 한 명도."

아이들을 기다리다가 결국 날이 저물었다.

집에 돌아가자 어머니에게 야단을 맞았다.

다음날도 선생님은 동굴 옆에 숨어서 반 아이들을 기다렸다. 역시 아무도 오지 않았다. 그 다음날도 기다렸지만 결과는 같았다. 허탈한 기분으로 집에 돌아오자 밤에 비가 내렸다. 아주 큰 비였다. 비가 몇 날 며칠 계속 퍼부어 여기저기 산사태가 일어났다. 메고이코 호숫가도 군데군데 무너져서 더는 그 동굴에 갈 수 없게 됐다.

"아주 옛날 이야기야. 옛날, 옛날의……"

교감선생님은 입을 다물고 가짜 인어 머리를 내려다보았다. 눈부신 여름 햇살이 안경에 반사되어 어떤 표정인지는 잘 보이지 않았다. 자습 시간, 교실에서 갑자기 인어 이야기를 꺼냈을 때 뭔가 상념에 잠긴 듯하던 교감선생님의 모습이 떠올랐다. 그리고 그제 학교 연못 앞에서 잉어를 가만히 내려다보던 쓸쓸한 뒷모습이 생각났다.

잠시 후 교감선생님은 고개를 들어 우리 모두를 바라보며 말했다.

"친구를 많이 사귀렴."

바람이 불어서 또 교감선생님의 머리가 흐트러졌다. 가르마를 탄 앞머리가 눈썹 위로 늘어지자 어쩐지 선생님이 젊어 보였다. 가짜 인어 머리의 머리카락도 팔락팔락 나부끼다가 풀 위에 사뿐히 내려앉았다. 우리는 각자 고개를 끄덕였다.

"사귀면 소중하게 아끼고."

어느새 해가 우리 바로 위까지 왔다는 것을 깨닫자 새하얗고 눈부신 빛에 온몸이 감싸여 두둥실 떠오르는 듯한 기분이 들었다. 말매미 한 마리가 호숫가 숲에서 목청을 드높였다. 다른 매미가 따라 울자 또다른 매미가 합창에 가세했고 몇 초 후 숲 전체가 매미 울음소리로 가득찼다. 우리는 누가 먼저랄 것 없이 그쪽으로 눈을 돌렸지만 교감선생님은 고개를 숙인 채 자기 무릎만 내려다보았다.

"그랬구나……"

이윽고 작게 중얼거리는 소리가 들렸다.

"그랬구나…… 놀랐구나."

그리고 우리 눈앞에서 딱딱한 표정을 부드럽게 풀며 웃음을 지었다. 여전히 안경에 빛이 반사되어 두 눈은 보이지 않았지만, 우리는 교감선생님이 웃는 모습을 그때 처음으로 보았다.

선생님의 작전은 사십몇 년이 지나서야 성공한 셈이다.

아무도 말을 꺼내지 않았다. 말매미 울음소리와 한여름 햇살에 감싸이자 갑자기 졸렸다. 좌우를 가만히 살펴보니 다들 나른한 표정이었다. 몇 번이고 불었다가 바람을 뺀 풍선이 시들하니 늘어지는 것처럼 우리는 완전히 녹초가 됐다. 교감선생님도 입가에 희미한 미소를 남긴 채 선잠에 빠지기 직전의 사람처럼 등을 웅크렸다.

내일부터 학교에 가야 함미다, 신지가 중얼거렸다.

만약 나한테 '거짓말'이라는 단어에 어떤 한자를 쓸지 결정할 권리가 있다면 입구변 오른쪽에 어떤 한자를 붙였을까.

'놀랄 경驚' '기쁠 희喜' '슬플 애哀'. 여름방학 마지막날, 바로 집에 돌아가라고 말하고 조용히 호숫가를 떠나는 교감선생님의 뒷모습을 우리는 나란히 서서 바라보았다. 당시 기분을 떠올리면 '꿈 몽夢'이라는 거창한 한자를 붙여보고도 싶다. 하지만 학교 연못 앞에서 잉어를 가만히 바라보던 교감선생님의 뒷모습을 생각하면 역시 '빌 허虛'가 아닐까 하는 기분도 든다.

그런 생각을 하다가 문득 '눈부실 현眩'이라는 한자가 떠올랐다. 어디서 들었는데 '眩' 오른쪽의 '玄'에는 어둡다, 혹은 검다는 뜻이 있다고 한다. 왜 거기에 '눈 목目'을 붙여서 '눈부시다'라는 뜻을 만든 걸까.

어른이 만든 것이라서가 틀림없다.

만약 인간에게 감광도가 있다면 그 수치는 분명 세월이 흐를수록 줄어들 것이다. 일찍이 우리는 너무도 무방비했다. 본 광경, 들은 말, 느낀 감정을 바라지 않는 것까지 포함해 눈부신 빛과 함께 모조리 마음속 깊이 새겼다. 그리고 그것들은 지금도 바래지 않고 여기 있다. 빛을 느끼기 힘들어진 지금, 우리는 실눈을 뜨고 눈부신 옛날을 돌이켜본다.

어둑어둑한 곳에서 빛을 바라본다.

나는 가끔 다시 한번 '그 무렵'을 느껴보려 한다. 밤중에 전등 아래 서서 끈을 잡아당겨 불을 켠다. 끈다. 다시 켰다가 끈다. 그러기를 되풀이한다. 불이 꺼지는 순간의 아련한 여운이 예전에 우리를 감싸고 있던 빛과 아주 비슷한 느낌이 든다. 부드럽고 따스하지만 만질 수는 없다는 점이.

물론 그저 비슷할 뿐이다. 전등불의 여운은 내 마음을 조금도 달래주지 않는다.

그래도 가끔 밤중에 전등 끈을 잡아당겨본다.

3장

위 워
암모나이트

1

"신지, 신지, 신지. 에이, 신지야. 커다란 굴만 골라 먹지 마."

"에엥? 에헤엥? 안 그랬는데?"

"이히히후후, 지금 집은 것도 커다랗잖아. 그거, 봐봐, 그거."

"그런 적 엄쏭니다!"

"꼴까닥!"

"우후!"

우리가 이렇듯 묘하게 들뜬 상태로 굴 전골을 먹는 데는 이유가 있다. 둘이 난생처음 약물에 취한 것이다. 하지만 같이 먹던 우리 부모님과 에쓰코는 그런 줄도 모르고 팬스레 더 친하게 구는 나와 신지를 그저 의아하다는 눈으로 바라보았다.

"봐봐, 또 커다란 거 집었다!"

"에에엥?"

이런 상황에 처한 경위는 순서대로 설명할 필요가 있다. 제일 처음에 설명해야 할 사건은 바로 호우다. 어쩌면 이것도 기억의 마술인지 모르지만, 그해 가을 우리 동네에 퍼부은 호우보다 심한 비를 나는 아직 본 적이 없다.

2학기가 시작된 지 한 달 남짓 지나자 통학로의 가로수를 흔들고 지나가는 바람이 제법 시원해졌다. 그 시원한 바람 속에서 몹시 눅눅한 감촉을 느낀 날 저녁, 빗방울이 떨어지기 시작했다. 비는 아흐레나 계속됐고, 어느 날 아침 드디어 그쳤는가 싶더니 뉴스에서 또 큰비가 내릴 것이라고 보도했다. 오후부터 내릴 가능성이 높다고 했다.

"다들 집에 갈 때까지는 내리지 말아야 할 텐데……"

1교시 때 사오리 선생님은 그렇게 말하며 창밖을 보았다. 마치 주인공의 안부를 걱정하는 주인공의 연인 같은 눈이라 사오리 선생님의 팬인 신지가 넋 놓고 바라보고 있지 않을까 싶었지만, 나 역시 선생님의 팬이었으므로 신지에게는 눈길 한 번 주지 않고 등을 쭉 펴고 앉아 선생님의 옆얼굴만 쳐다보았다.

복도의 우산꽂이는 우리가 만일에 대비해 가져온 우산으로 가득했다. 우리가 과연 우산을 쓰게 될 것인가 말 것인가, 나는 반반이라고 예상했는데, 어찌 보면 완벽한 정답이었다. —비는 내렸다. 그리고 그 비는 우산이 아무 소용 없을 만큼 거센 폭풍우였다.

"차가 오는지 주변을 잘 확인하면서 걸어야 해. 비 때문에 먼 곳이 잘 안 보이니까."

오후 수업은 중지됐고, 모두 집에 돌아가라는 지시가 내려왔다. 복도에서 불안한 표정으로 우리를 배웅하는 사오리 선생님에게 인사하고 나는 신지와 기요타카와 함께 서둘러 계단으로 향했다. 바람이 학교 건물을 휩쓸고, 창문에 굵은 빗방울이 후드득 떨어질 때마다 놀라서 걸음을 멈추었다.

"바래다줄게."

히로키의 목소리에 셋이 동시에 뒤돌아보았다.

"아까 엄마한테 전화 왔거든. 걱정되니까 데리러 오겠대. 너희도 같이 타고 가. 차례대로 집 앞에 내려줄게."

"난 됐어."

기요타카가 제일 먼저 대답했다.

"뛰어서 가는 편이 빨라. 할머니 걱정돼서 얼른 가봐야겠다."

기요타카가 등을 돌리고 뛰어가자 히로키의 얼굴에 힘이 꽉 들어갔다. 좀 안됐지만 나와 신지도 거절하기로 했다. 차를 타고 집에 간다는 전대미문의 행동은 확실히 매력적으로 느껴졌지만, 교문 바로 밖에서 우리를 기다리는 폭풍우에 비하면 별것 아니었다.

"감씨다!"

신지가 신호하자 동시에 복도를 내달렸다. '뛰면 안 돼요'라고 벽에 적힌 주의사항을 신지가 찰싹 때리자 나도 따라서 찰싹 때렸다. 계단을 두 칸씩 뛰어내려가 비 오는 날 특유의 냄새가 풍기는 신발장에서 신발을 갈아신고, 콩나물시루처럼 아이들이 빽빽이 모여 있는 현관에서 몸을 이리저리 비틀며 우산을 펼쳤다. 밖으로 걸음을 한 발짝 내디딘 순간, 우리 우산은 치마를 걷어올리는 장난을 당한 여자아이처럼 비명을 지르며 뒤집어졌다.

마음을 단단히 먹고 폭풍우 속으로 걸어들어가자 자연의 힘이 사정없이 맹위를 떨쳤다. 사납게 휘몰아치는 바람이 포효하며 양쪽 뺨을 번갈아 때릴 기세로 방향을 바꿀 때마다 몸 반쪽이 흠뻑 젖고 입안에도 빗물이 들어갔다. 눈꺼풀 사이로 보는 하늘은 마치 믹서기를 돌리는 것 같았다. 우리는 '위험하다'는 둥, '불가능하다'는 둥, '끝'이라는 둥 모험심을 북돋우는 온갖 말을 주고받으며 집으로 향했다. 갈림길에 도착해 "내일 봐" 하고 평소처럼 인사하고 헤어지자, 나는 신지의 빈칸을 채우기 위해 집에 들어설 때까지 머릿속에 배경음악을 틀어놓고 달렸다. 무슨 노래였는지는 이제 기억이 안 난다.

집에 돌아와 허물을 벗듯이 젖은 옷을 벗고 어머니가 뜨거운 물을 받아둔 욕조에 들어가 몸을 덥혔다. 뽀송뽀송한 잠옷을 입자 조건반사인지 갑자기 졸음이 몰려왔다. 어머니가 가져다준 따끈한 우유를 절반도 마시기 전에 밖에서 부는 바람 소리를 들으며 좌탁에 뺨을 대고 잠에 빠졌다.

....

....

......

꿈나라 저편에서 울려퍼지는 목소리에 눈을 뜨자 어머니가 거실 구석에서 한쪽 무릎을 세우고 앉아 전화를 받고 있었다.

"괜찮아, 둘 다 잘 아니까…… 응? 우후후…… 뭐 그런 걸……"

나는 얼굴을 옆으로 눕힌 채 묘하게 톡톡 튀는 그 목소리를 들었다.

"우리 그이도 오히려 좋아할걸…… 신지도 에쓰코도 착한 아이들잖아……"

전화를 끊은 어머니는 내일부터 당분간 신지와 에쓰코가 우리 집에서 지낼 거라고 말했다.

2

신지와 에쓰코네 집은 간선도로와 학교를 잇는 길목에 있다.

"산사태로 길이 막혔거든. 나 봤어. 어마어마했다니까."

다음날 하굣길에 신지는 산사태 현장이 어땠는지 손짓발짓 섞어 설명했다. 마치 세상의 종말이 찾아온 것 같았다고 했다.

"야, 너 뻥이 너무 심하다."

"누나는 못 봐서 그래."

흙으로 뒤덮인 곳이 통행이 금지되어 두 사람은 그 길로 다닐 수 없게 됐다. 물론 다른 길이 아예 없는 것은 아니었다. 일단 간선도로까지 나가서 빙 돌면 학교에 올 수 있지만, 도저히 아이 걸음으로 오갈 수 있는 거리가 아니었다. 그날 아침 두 사람은 숙박에 필요한 물건이 든 여행가방을 들고 어머니 차로 학교에 왔다. 그리고 수업이 끝나자 각자 여행가방을 끌어안고 우리집으로 향했다. 오늘 아침 비가 그치고 나니 머리 위에 펼쳐진 하늘이 거짓말처럼 맑아져서, 마치 파란색 물감을 푼 물통의 물 같아 보였다.

"집에 갈 때도 차로 데리러 오시면 우리집에서 안 자도 될 텐데."

"엄마가 일을 쉴 수는 없잖아."

"네가 리네 집에서 잘 거라고 억지로 허락받아냈잖아. 엄마는 일을 일찍 마치고 데리러 오겠다고 했는데."

"누나도 반대 안 했으면서. 야, 리이치. 밤에 뭐할까? 너희 집은 늦게까지 텔레비전 봐도 돼?"

"너무 늦게까지는 안 돼."

"신지, 우리 놀러가는 거 아니야. 리네 집에 폐가 되지 않도록 얌전히 지내야지."

집에 들어가려는데 아직 회색으로 젖어 있는 블록 담에 묘한 얼룩이 드문드문 묻어 있었다. 전부 모자 윗부분에 달린 단추만 한 크기였다.

"우와, 이거 전부 달팽이잖아."

신지가 책가방과 여행가방을 든 채 고개를 쭉 빼고 다가갔다. 담으로 한 손을 뻗었다가 입으로 가져가기에 도대체 뭘 하나 싶었는데, 갑자기 돌아서서 자기 입을 가렸다. 이와 이 사이에서 뭔가가 꿈틀꿈틀 움직였다.

"달팽이 맛있다."

순간 깜짝 놀랐지만 자세히 보니 빠진 송곳니 틈새로 밀어낸 혀였다.

"우리 엄마 앞에서는 절대 그런 짓 하면 안 돼."

"왜?"

"우리 엄마, 달팽이나 민달팽이처럼 흐늘흐늘한 걸 보면 질색하거든. 이것도 보시기 전에 떼어내야겠다."

나는 책가방에서 책받침을 꺼내 달팽이를 벅벅 긁어냈다. 달팽이들은 껍데기에 몸을 집어넣은 채 땅에 떨어졌다. 그러는 동안 신지는 남의 집에서 지내려니 역시 조금 긴장되는지 우리집 모양새를 이리저리 훑어보았고, 에쓰코는 뒷짐을 진 채 괜히 자꾸 발돋움을 했다.

　함께 지내기로 한 첫날 오후는 꽤나 바빴다. 어머니가 시킨 대로 손님용 이불을 건조기에 돌리고, 밤에 먹을 사과주스를 얼음틀에 부어서 얼렸다. 신지와 둘이 서로의 빈틈을 노려 사타구니를 움켜쥐는 장난을 쳤고, 대시에게 무슨 재주를 가르칠 수 없을까 머리를 맞대고 고민하기도 했다. 그러나 가르칠 만한 재주는 떠오르지 않았다.

　신지의 여행가방에는 아직 뜯지 않은 프라모델 박스와 도료, 크기가 다른 붓 세 개와 접착제가 들어 있었는데, 우리집에서 지내는 동안 이 프라모델을 완성할 작정이라고 했다. 박스 겉면에는 아주 매력적인, 쌩쌩 달리는 스포츠카 사진이 인쇄되어 있었다. 만드는 걸 거들어주겠다고 하자 신지는 안 된다고 딱 잘라 거절했다.

　"아무리 리이치라도 그건 안 돼. 프라모델은 나 혼자 힘으로 완성하고 싶어."

　그때까지 신지가 뭔가를 똑부러지게 주장하는 모습을 본 적이 없었으므로 나는 "알았어" 하고 순순히 물러섰다. 하지만 결국 우리집에 있는 동안 신지는 프라모델 박스를 열어보지도 않았다.

"아빠 오시기 전에 목욕하렴."

어머니 말에 일단 나랑 신지가 같이 씻기로 했다. 신지는 탈의실에서 팬티를 벗기 전에 가장자리를 슬쩍 들추더니 "나 실은 피부가 하얘" 하고는 전부 벗었다. 아닌 게 아니라 볕에 잘 그을린 얼굴과 팔다리, 배와 비교해 그 부분만 색깔이 달라서 마치 그런 모양의 수영복을 입고 있는 것처럼 보였다. 올해 여름은 물이 극도로 부족해 학교 수영장도 사용이 금지되었지만, 신지네 집은 오본* 때 바닷가에 있는 할머니 집에 놀러갔다 왔다. 나도 옷을 벗었다. 그해 여름은 한 번도 헤엄을 친 적이 없었던지라 내 가슴과 배도 하얬다.

"이번 비 때문에 메고이코 호수의 동굴에 못 들어가게 되겠네."

신지가 머리에 샴푸 거품을 내면서 좁은 욕실에 웅웅 울려퍼지는 목소리로 말했다.

"아, 호숫가 길이 없어지겠구나."

"비가 이렇게 많이 내렸으니 어쩌면 동굴 속까지 물이 들어찼을지도 몰라."

"인어 머리도 젖었을까."

나중에 누군가가 또 놀라기를 바라며, 가짜 인어 머리를 원래

---

* 한국의 추석과 비슷한 일본의 최대 명절.

자리에 돌려놓았었다.

"야, 리이치. 언제쯤 여기 털이 날까?"

"중학생은 되어야 날걸."

"뭐가 린스야?"

"그거, 거기 하늘색."

신지는 어머니가 쓰는 린스를 짜서 아주 꼼꼼하게 머리에 발랐다.

우리 다음은 에쓰코였다. 거실에서 텔레비전을 보던 에쓰코는 여행가방을 통째로 탈의실에 들고 들어가더니 안에서 미닫이문을 탁 닫았다. 옷만 가져가면 될 걸 가지고, 라고 내가 말하자 신지가 집에서는 그런다고 대답했다.

"그렇구나……"

나는 꼭 닫힌 탈의실 문을 무심코 바라보았다. 희미한 소리가 들렸다. 여자애는 어떻게 옷을 벗을까. 에쓰코도 신지처럼 실은 피부가 하얄까. 예전에 에쓰코에게 별생각 없이 피부가 까맣다고 말한 적이 있다. 그때 에쓰코는 엄마가 여름에 태어난 자기를 이웃에 보여주러 데리고 다닌 탓이라고 불평하듯이 말했는데, 실은 어떤 색일까.

"오늘 목요일이지?"

"아."

신지의 말에 일곱시부터 텔레비전에서 만화를 한다는 것이 기억났다. 우리가 거실에 책상다리를 하고 앉아 오 분 늦게 튼 만화를 보고 있자니 씻고 나온 에쓰코의 가벼운 발소리가 2층으로 사라졌다. 우리집에 있는 동안 에쓰코는 아버지가 평소 책을 읽는 방을 쓰고, 신지는 내 방에서 같이 자기로 했다.

"누나, 여기서는 자기 방이 있어서 좋겠네."

신지가 텔레비전 화면에 시선을 고정한 채 중얼거렸다.

"집에서는 나랑 같이 써야 하거든. 며칠 지나면 아마 돌아가기 싫어질 거야."

잠시 후 저녁밥이 되자 어머니가 에쓰코를 불러오라고 했다. 2층으로 올라가는 계단에 발을 디디자 맨발에 계단 판자의 서늘한 기운이 전해져서 기분좋았다. 맹장지문이 닫힌 에쓰코의 방에서 드라이어가 바람을 뿜어내는 소리가 들렸다. 맹장지문을 열자 에쓰코는 잠옷 차림으로 책상다리를 하고 앉아 방바닥에 놓아둔 네모난 거울을 들여다보며 익숙한 손놀림으로 머리를 말리고 있었다. 소리 때문에 내가 문을 연 것도 모르는 모양이었다. 방 안쪽에는 내 책이 잔뜩 쌓여 있다. 두 사람이 우리집에 머물기로 결정됐을 때 둘 다 내 방에서 지낼 줄 알고 책장에서 뽑아 이 방으로 옮겼다.

에쓰코에게 말을 걸려다가 문득 에쓰코를 어떻게 불러야 할지 모른다는 사실을 깨달았다. 지금까지는 뭐라고 불렀더라. 생각해보았지만 아무래도 기억나지 않았다. 기억나지 않는 것이 아

니라 한 번도 불러본 적 없다는 것을 알기까지 그리 오랜 시간이
걸리지는 않았다.

"저기."

하는 수 없이 그렇게 말을 걸자 에쓰코는 깜짝 놀란 표정으로 이
쪽으로 고개를 돌리더니 잠시 후 드라이어를 껐다. 다 말라서 살포
시 떠오른 머리가 형광등 아래 평소보다 더 갈색으로 보였다.

"밥 먹으래."

"아아, 알았어. 금방 갈게."

문에서 멀어질 때 에쓰코가 내게 뭐라고 말하려 한 것 같았다.
그때는 크게 마음에 두지 않았고 만약 마음에 두었다고 해도 무
슨 말을 하려고 했는지는 짐작도 가지 않았겠지만, 지금은 확실
히 안다. 방에 들어올 때는 들어간다고 한마디해달라고 말하고
싶었을 것이다.

3

신지가 등굣길에 매실절임 먹는 방법을 가르쳐주었다. 흔히
도시락 반찬으로 넣는 작고 오돌오돌한 매실절임 하나를 입에
넣고 집을 나선다는 것이다.

"학교까지 걸어가려면 심심하잖아? 매실절임을 쭉쭉 빨다가

더이상 맛이 안 나면 이로 살짝 흠집을 내. 그럼 또 맛이 나거든. 빨아먹다가 또 맛이 안 나면 한번 더 흠집을 내. 그러다가 학교 근처까지 오면 홀랑 먹어버리는 거야."

함께 등교하는 첫날, 나랑 신지는 각자 매실절임을 하나씩 빨아 먹으며 집을 나섰다. 아이들이 삼삼오오 걸어가는 가운데 나는 이따금 송곳니 끝으로 매실을 찔러서 확 퍼져나오는 신맛을 즐겼다. 그리고 교문이 가까워지면 주요리를 맛보듯이 매실을 대담하게 꼭꼭 씹어 먹었다. 절대로 군것질을 해서는 안 되는 통학로에서 매실절임을 맛보다니 실로 짜릿했다. 그해 가을 이후로 오래도록 아침에 매실절임을 먹는 것은 내 습관이 되었다.

"누나는 해보라고 해도 절대로 안 한다니까."

"마지막에 씨가 남잖아."

"아무데나 뱉으면 되지."

"난 그러기 싫어."

우리는 신발장 앞에서 에쓰코와 헤어져 교실로 향했다. 교실에 들어서자마자 신지가 와자지껄 떠들고 있는 반 아이들 사이에 끼어드는 바람에 나는 조금 쓸쓸해졌다.

수업이 끝나자 산사태 현장을 보러 가자고 신지가 제안했다. 기요타카에게도 물어보니 너무 늦게까지는 못 있다고 조건을 달고 따라왔다. 복도에서 히로키도 가세했다. 우리는 넷이 함께 현장으로 향했다.

"봐, 굉장하지?"

길은 정말로 흙에 뒤덮여 있었다. 왼편의 두두룩한 언덕이 무너졌다고 한다. 나뭇가지와 뿌리, 크고 작은 바위가 흙더미 여기저기 튀어나와 있는 모습을 보니 분명 굉장하게 느껴지기는 했지만 딱히 세상의 종말이라고 할 정도는 아니었다. 내 마음을 눈치챘는지 신지는 "작업이 꽤 진행된 모양이네" 하며 복잡한 표정으로 현장을 둘러보았다.

현장 앞쪽에 설치된 빨간색 장대에 '출입금지' 팻말이 달린 노란색 체인이 쳐져 있었다. 소형 포클레인이 부르릉거리며 흙더미 끄트머리를 굼뜨게 퍼냈다. 작업복을 입고 헬멧을 쓴 어른 여럿이 삽을 들고 경사면 여기저기서 움직이고 있었다. 그중에 전기톱을 든 사람이 한 명 있었다.

"어, 게 아저씨다."

히로키가 그 사람을 가리켰다.

경사면에 버티고 서서 쓰러진 나무를 전기톱으로 자르고 있는 사람은 분명 게 아저씨였다. 눈언저리까지 헬멧에 가려졌지만 수염 덕분에 알아볼 수 있었다. 앞서 설명했듯이 게 아저씨는 당시 우리가 다니는 초등학교에서 잡역부로 일하던 남자인데, 뺨과 턱에 기른 새카만 수염이 투구게 모양을 닮아서 투구게 아저씨라는 별명이 붙었다. 그리고 어느새 게 아저씨가 되었다. 아이들을 좋아해서 우리가 휴일에 운동장에서 놀고 있으면 가끔 친

근하게 말을 걸기도 했지만 겉모습이 너무 강렬해서 편하게 대화하기 힘들었다.

옆으로 나란히 서서 쿰쿰한 흙냄새를 맡으며 어른들이 작업하는 모습을 잠시 바라보고 있자니 게 아저씨가 전기톱을 들고 땀을 닦으며 걸어왔다. 그리고 땅에 털썩 주저앉아 피곤한 듯이 고개를 숙이고 어깨와 목을 돌리다가 비로소 우리가 있다는 것을 알아차렸다.

"……어, 견학 왔니?"

게 아저씨는 알뿌리같이 생긴 코에 주름을 잡으며 미소지었다. 뻣뻣한 수염 끝에서 땀이 빛났다. 우리가 입속으로 조그맣게 대답하자 우리 얼굴을 차례차례 바라보던 게 아저씨가 기요타카의 얼굴에 눈을 멈췄다.

"할머니는…… 잘 계시니?"

기요타카는 고개를 한 번 끄덕했다.

"겨울에 다리를 다치셨던데."

"네. 하지만 이제 다 나았어요."

"그렇구나."

게 아저씨는 마음이 놓인 듯이 헬멧 안쪽에서 실눈을 뜨더니 손목시계를 힐끔 들여다보고 일어섰다. 팔이 그을려서 적갈색이었다.

"전기톱을 다룰 줄 아는 사람이 아무도 없는 모양이라 도와주고 있어. 원래는 이러면 안 되지만. ……아, 참."

게 아저씨가 오른손에 낀 목장갑을 벗더니 흙투성이가 된 작업복 바지 호주머니에서 뭔가를 꺼내 우리에게 보여주었다. 흙이 들러붙은 3센티미터 정도의 하얀 돌멩이였다. 딱히 특이한 구석은 없는…… 아니다.

"뭐가 박혀 있어."

히로키가 중얼거렸다.

그렇다, 뚜렷하지는 않지만 하얀 돌멩이에 소용돌이 모양의 뭔가가 박혀 있었다.

"암모나이트야."

어, 우리는 동시에 외쳤다.

"이 부근에서 가끔 화석이 발견되거든. 어릴 적에 자주 찾으러 다녔는데 정말 오랜만에 봤네. 아까 바위 조각 사이에서 찾았단다. 줄까?"

우리 네 명이 동시에 고개를 끄덕이는 바람에 게 아저씨는 약간 난감한 표정을 지었다.

"그럼…… 그래."

생각하듯이 잠깐 뜸을 들이다가 입을 열었다.

"이중에서 집안일을 제일 잘 돕는 아이한테 주마."

자연스레 모두의 시선이 기요타카에게 모였다. 기요타카는 겸연쩍은 듯이 턱을 당겼지만 열기를 띤 두 눈은 게 아저씨가 든 화석을 빤히 쳐다보고 있었다.

"쩝, 기요타카는 늘 고생하니까."

신지가 말하기에 나도 하는 수 없이 고개를 끄덕였다.

게 아저씨가 암모나이트 화석을 기요타카의 손에 살짝 내려놓자 기요타카의 목에 힘이 꽉 들어가며 콧구멍이 넓어졌다. 온몸의 신경이 손바닥에 집중되었다는 것을 알 수 있었다.

"우리집에 더 좋은 거 있어."

히로키가 턱을 들어올리며 말했다.

"이딴 것보다 훨씬 예쁘고, 장식할 수 있게 받침대가 달린 게 있다고. 아빠가 외국으로 촬영 여행 갔을 때 사온 거야."

신지와 함께 집에 돌아가는 길에 우리보다 수업을 한 교시 더 듣고 하교하는 에쓰코와 마주쳤다. 우리는 에쓰코의 좌우에서 게처럼 옆걸음치며 산사태와 암모나이트에 대해 동시에 떠들어댔다. 그러다 신지가 문득 길가를 보더니 엉큼한 웃음을 지었다.

"누나, 젖가슴풀이다."

처음에는 내가 잘못 들은 줄 알았지만 역시 신지는 그렇게 말한 모양이었다. 하얀 꽃을 피운 키다리 잡초가 제초를 게을리한 인도 화단에서 흔들리고 있었다.

"그게 뭐야?"

내가 물었다.

"만지면 가슴이 커지는 풀. 여자애들이 자주 말하잖아."

여자아이들과는 이야기하지 않고, 여자아이들끼리 하는 말을 엿들은 적도 없는 나는 전혀 몰랐다. 덧붙여 훨씬 나중에야 알았는데 개망초라는 이름의 그 풀은 국화과에 속하는 일반적인 들풀이었다. 물론 도감에 '만지면 가슴이 커진다'는 내용은 적혀 있지 않지만, 당시 여자아이들 사이에서는 가슴이 커진다며 만져보게 시키는 것이 유행했던 듯하다.

"누나. 자."

신지가 그 풀을 뜯어 에쓰코에게 다가가자 에쓰코는 칼이라도 들이댄 것처럼 뒤로 펄쩍 물러났다.

"좀 그만해."

"만져봐."

"그래도 이 녀석이."

머리를 콱 쥐어박자 신지는 목을 움츠렸다.

"아파라……"

곁에 있던 나도 움찔할 만큼 세게 때렸다. 설마하니 그런 풀을 만진다고 정말로 가슴이 커지리라 믿은 것은 아니지만, 에쓰코가 가슴이 커지는 걸 그렇게 싫어하나 싶어서 놀랐다. 그리고 그때까지 나이 말고는 우리와 별다른 차이를 느낀 적이 없던 에쓰코가 인류를 크게 양분했을 때 어머니와 사오리 선생님처럼 나와 반대쪽에 포함되는 존재임을 처음으로 의식했다.

4

다음날인 토요일, 어머니가 채소를 넣고 끓여준 인스턴트 라면을 먹은 후 나와 신지는 비닐봉지를 들고 의기양양하게 집을 나섰다.

히로키에게 한 방 먹여주자고 제안한 사람은 신지였다. 전날 저녁, 거실 좌탁에 마주앉아 산수 숙제를 하고 있을 때였다.

―암모나이트 자랑하는 꼴을 보자니 엄청 열받더라.

―아아, 좀 그랬지.

나는 고개를 끄덕인 후 얼굴을 들고 불그레해진 창문을 바라보았다. 모두 함께 산사태 현장을 뒤로할 때의 기요타카가 떠올랐다. 기요타카는 히로키가 '이딴 거'라며 폄하한 암모나이트 화석을 헤어질 때까지 한 번도 호주머니에서 꺼내지 않았다. 분명 걸어가면서도 보고 싶었을 것이다. 나라면 반드시 그랬으리라. 그런데도 기요타카가 그러지 않은 것은 히로키의 말이 마음속 깊이 맺혔기 때문이다. 어쩌면 히로키는 폭풍우 치던 날 같이 차를 타고 가자는 제안을 우리가 거절한 것이 마음에 들지 않아서 그런 투로 말했는지도 모르겠다.

―그러니까 기요타카랑 힘을 합쳐서 한 방 먹여주자고.

―어……

―아니, 진짜로 때리자는 게 아니라. 그 녀석이 자기 아빠가

가지고 있는 암모나이트를 자랑했잖아? 그러니까 우리도 더 근사한 암모나이트를 엄청 많이 만드는 거야. 그리고 히로키한테 자랑하는 거지. 아까부터 계속 그런 생각을 하고 있었어.

—만든다고?

나는 당연히 되물었다. 신지는 이를 드러내며 씩 웃더니, 빠진 송곳니 틈새에 끼운 혀를 옴찔거렸다.

—달패이로 말들 거야.

기요타카네 집에 가보자 그애는 밖에서 빈지문을 덜컥덜컥 만지작거리고 있었다.

"열었더니 그대로 쑥 빠져서 떨어졌어."

나와 신지는 빈지문 끼우는 것을 도와주면서 우리 계획을 들려주었다.

"달팽이 몸을 꺼내고 내 프라모델 도료로 껍데기를 칠하는 거야. 접착제를 티나지 않게 겉면에 살짝 바르고 모래를 뿌리면 암모나이트 화석으로 보일걸."

"안 그럴 것 같은데."

기요타카가 주저없이 대답했지만 이미 반론을 준비해둔 내가 바로 입을 열었다.

"하지만 그게 히로키가 보는 가운데 산사태 현장의 흙속에서 나온다면?"

기요타카는 눈살을 모으고 생각에 잠겼다. 손의 힘이 빠져서 빈지문의 중심이 내 쪽으로 휙 기울었다.

"뭐…… 완성도가 문제겠지."

"리이치가 그럴듯하게 만들어줄 거야. 이 녀석, 그림이랑 만들기 실력이 좋아서 미술 시간에 늘 칭찬받잖아."

나는 자신 있게 고개를 끄덕였다. 당시 내가 무슨 칭찬을 받았다고 하면 미술 시간 때 선생님께 칭찬받았다는 의미로 받아들여도 무방할 정도였다. 그래봤자 반에서 비교적 실력이 괜찮았을 뿐 그 분야의 특별한 재능을 타고난 것은 아니었다.

기요타카는 잠시, 정확히 말하자면 잠시에서 벗어날락 말락 할 정도의 시간을 들여 내 얼굴을 쳐다보다가 고개를 끄덕였다.

"해볼까."

돌 아래. 나무줄기. 낙엽 더미 속. 우리는 셋이서 스물세 마리나 되는 달팽이를 붙잡아 비닐봉지에 담았다. 제일 큰 놈은 껍데기 지름이 엄지손가락만했는데, 지난겨울 기요타카가 각목으로 두드린 산벚나무에 붙어 있던 녀석이었다. 우리가 달팽이를 찾는 동안 완다가 숲속에서 나타나더니 호기심이 발동한 듯이 비닐봉지 속을 관찰하거나 낙엽더미를 코로 들쑤시거나 했다. 완다는 새 학기가 된 지 얼마 지나지 않아 다시 우리 동네로 돌아왔다.

"내 정신 좀 봐. 기요, 쌀통이 텅 비었다!"

집 문간에서 목소리가 들린 순간 완다는 말 그대로 꼬리를 감추고 쏜살같이 달아났다. 눈 깜빡할 새 뒷모습이 시야에서 사라졌다. 문간에는 완다의 옛 호적수이자 현재의 천적인 오이 부인이 서 있었다.

"그럼 사올게. 저녁 지을 쌀도 없지?"

"없어. 한 톨도 없네. 아, 그냥 됐다, 됐어. 내가 사오마."

"할머니는 그렇게 무거운 거 못 들잖아."

"1킬로그램짜리는 거뜬해. 잠깐 다녀오마. 요즘 잠이 잘 안 오니까 좀 걷는 편이 낫겠어."

"1킬로그램짜리는 양에 비해 비싼데."

"어린애가 벌써부터 돈 걱정이나 하면 못써. 괜찮으니 놀거라. 애들은 노는 게 일이야."

오이 부인은 부인이 아니라 멋쟁이 신사처럼 한 손을 척 들더니 골목길을 느릿느릿 걸어서 멀어졌다.

"그러고 보니 기요타카, 게 아저씨는 할머니랑 어떻게 아는 사이야?"

물어보자 기요타카는 고개를 갸웃했다.

"글쎄…… 옛날에 이런저런 일이 있었던 모양이야. 나도 자세하게는 몰라."

"교제했나?"

신지가 놀리듯이 말했지만 나는 '교제한다'라는 말의 뜻을 정확하게 몰랐으므로 그저 신지를 따라 히죽히죽 웃기만 했다.

"그러니까 모른대도."

그때 기요타카가 거짓말을 했음을 우리는 훨씬 나중에야 알았다. 그 엄청난 일이 일어난 후에.

"이 정도 잡았으면 충분하겠지."

기요타카의 재촉에 우리는 기요타카네 집 현관으로 들어갔다. 현관 턱에 나란히 앉아 작전의 다음 단계에 대해 상의하자 어렴풋이 예상한 대로 달팽이 몸을 어떻게 껍데기에서 꺼내느냐가 문제로 떠올랐다.

"내가 할게. 많이 해봤어."

기요타카가 말했다.

"많이 해봤다고?"

나와 신지가 동시에 되물었다. 기요타카는 비닐봉지에서 달팽이를 한 마리 꺼내 손등에 올리더니 기어가는 달팽이를 가만히 바라보았다.

"가끔 삶아 먹거든. 반찬 모자라면."

말문이 막힌다는 것은 그야말로 이런 때를 가리키는 표현이리라. 나와 신지는 미동도 없이 기요타카의 얼굴만 똑바로 쳐다보았다. 기요타카는 우리를 한번 힐끔 보더니 이어서 더 자세히 보려는 듯이 이쪽으로 고개를 돌렸다.

"당연히 뻥이지. 믿을 걸 믿어라."

아주 잠시나마 기요타카의 말을 진심으로 받아들인 것이 미안해서 나와 신지는 입을 다물었다. 우리가 자기 말을 믿어서 상처받았는지 기요타카도 토라진 표정을 지었다.

"맞다. 기요타카, 어제 받은 암모나이트 가져와봐. 어떻게 비슷하게 만들지 생각해보자."

신지가 묘하게 밝은 목소리로 말하자 기요타카는 일단 집안으로 들어갔다.

돌아온 기요타카는 마치 우리가 처음 보는 자랑스러운 남동생을 소개하듯이 화석을 얹은 손바닥을 내밀었다. 처음에는 돌멩이로 착각할 만큼 작고 지저분했는데, 정체를 아는 지금은 어떤 보석보다 찬란해 보였다. 나와 신지는 넋을 잃고 잠시 암모나이트 화석을 바라보았다. 몇십 번이나 얼굴 앞으로 들어올려 관찰했을 기요타카도 가만히 숨을 죽이고 태고의 낭만에 푹 빠져들었다. 이 암모나이트는 도대체 얼마나 오래전에 살았을까. 그리고 어떻게 생활했을까. 티라노사우루스도 만났을까. 그런 생각을 하며 바라보자니 어쩐지 멀리서 공룡 발소리가 들려올 것만 같았다.

5

결국 달팽이 몸을 빼내지는 않기로 했다. 껍데기를 지점토에 꾹 눌러서 틀을 만들고, 그 틀을 이용해 가짜 화석을 찍어내기로 결정했다. 그 방법을 쓰면 화석을 대량으로 만들 수 있기에 붙잡은 달팽이들은 대부분 쓸모없어졌지만, 아까우니까 기르기로 했다.

"우리 엄마한테는 절대로 비밀이야. 이런 동물을 보면 완전 기겁하시니까."

"말 안 할게."

집으로 돌아오는 길에 신지와 반반씩 부담해 문방구에서 지점토를 샀다. 집에 도착하자 방의 벽장을 정리해서 우리가 들어갈 공간을 만들었다. 어머니에게 들키지 않고 작업을 진행하기에는 벽장이 최고였다.

비닐봉지 속 달팽이는 전부 대시의 수조로 옮겼다. 달팽이가 투명한 플라스틱에 다닥다닥 붙어 있는 것이 마치 누군가가 수조 안쪽에 얼굴을 갖다대고 있는 것처럼 보였다.

"엄마가 보면 기절할 거야."

"신문으로 감싸놓자."

우리는 수조를 신문지로 감싼 후 매직펜으로 큼지막하게 '대시 겨울잠 자는 중/만지지 말 것'이라는 주의사항을 써서 붙이고 책장 제일 구석에 놓았다. 그때 에쓰코가 찾아와 방 밖에서 불렀지만 신지가 지금은 남자들끼리 할 일이 있다며 들여보내주지 않았다. 좁은 벽장에서 에쓰코도 함께 작업하면 어떨까 상상했던 나는 조금 실망했다.

그건 그렇고, 신지는 놀랄 만큼 손재주가 없었다.

달팽이 껍데기로 틀을 만들 때부터 알아봤다. 껍데기를 너무 세게 눌러서 지점토에 깊은 구멍이 생기거나, 혹은 힘을 너무 적게 줘서 자국이 너무 살짝 남거나 했다. 왜 이렇게 쉬운 일을 못할까 신기하기 짝이 없었지만, 누구든지 잘하는 일과 못하는 일이 있는 법이다. 그래도 신지는 자기가 만든 틀이 몹시 마음에 들었는지 얼른 마르면 좋겠다며 코를 벌름거렸다. 저녁으로 커다란 접시에 구운 그라탱을 다 함께 먹을 때도 신지의 흥분은 가라앉지 않았다. 이러다 달팽이 이야기를 꺼내는 것이 아닌가 싶어 나는 가슴이 조마조마했다.

"에쓰코, 별로 안 먹네. 그라탱 안 좋아하니?"

"아, 좋아해요. 맛있어요."

"누나, 다이어트한대요."

"시끄러워."

"집에서도 별로 안 먹잖아. 틈만 나면 몸무게나 재고. 그러다 해골바가지 된다."

에쓰코는 숨을 크게 들이마신 후 뭐라고 쏘아붙이려는 표정을 지었지만, 생각을 바꿨는지 그냥 고개를 확 돌렸다.

"너 진짜 짜증나. 리 같은 남동생이 있으면 얼마나 좋을까."

갑자기 그런 말을 하다니 놀랐다.

"얌전하지, 귀엽지."

"그럼 바꾸든가."

"그러고 싶다."

밤이 되자 부드러운 지점토를 틀에 넣어 가짜 화석을 찍어내는 과정으로 들어갔다. 틀이 완전히 마르기까지 기다리지 못하고 진행했는데, 오히려 그 덕분에 달팽이 껍데기 모양이 평평해져서 정말로 암모나이트와 비슷해졌다. 그중에서도 산벚나무에 붙어 있던 커다란 달팽이로 만든 화석은 아주 실감났다. 이제 색칠하고 모래를 뿌리는 과정만 거치면 완성이었다.

그날 밤, 나란히 깐 이부자리에 눕자마자 신지는 색색 숨소리를 내며 잠들었다. 하지만 나는 잠이 오지 않았다. 가짜 화석을 만드느라 들뜬 탓이 아니다. 만약 내가 에쓰코의 동생이라면. 어두운 천장을 바라보며 그 생각만 했다. 고양이가 가슴에 꾹꾹이를 하는 듯한 묘한 기분을 맛보다가 평소보다 한참 지나서야 잠이 들었다. 꿈속에서 나는 에쓰코의 동생이었다. 등굣길에 매실절임을 권하자 에쓰코는 주위를 둘러보며 아무도 없는 것을 확인하고 나서 빨간 과육을 입에 쏙 넣었다. 둘이서 잠깐 걸어가다가 에쓰코가 혀가 빨개지지 않았는지 봐달라면서 입을 벌렸다. 나는 예쁜 분홍색 혀를 검지로 만져보고 싶었지만 행동에 옮기지는 않았다.

6

수업시간 동안 교실에서 나와 신지는 몇 번이나 눈을 마주쳤고 그때마다 입술을 오므렸다. 오므리지 않으면 웃음이 나올 것 같았다. 마무리 작업에는 기요타카도 함께할 예정이었는데, 그 애 옆얼굴에도 내내 설렌다고 쓰여 있었다. 우리 세 명은 흥분을 억누르며 가끔 히로키를 훔쳐보았다.

수업이 끝나자 달리기 경주를 하듯이 교문을 뛰쳐나와 우리 집으로 향했다.

"……왜 벽장이야?"

기요타카는 의아해했지만 어머니가 달팽이를 싫어한다고 설명하자 바로 납득했다. 우리는 벽장에 들어가 손전등 불빛에 의지해 작업을 시작했다. 어머니가 이쪽으로 오면 즉시 벽장에서 뛰어나올 수 있도록 문을 조금 열어두었지만 그래도 역시 어두웠다. 작업을 진행하다가 메고이코 호수의 동굴에 들어갔을 때 손전등에 생긴 흠집에 눈길이 가서 아련한 추억을 되새기듯이 여름날의 모험 이야기를 나누었지만, 생각해보면 고작 한 달 남짓 지난 일이었다.

기요타카가 가져온 진짜와 견주어보며 나와 신지는 신중하게 지점토를 색칠했다. 기요타카는 제대로 색칠할 자신이 없다며 붓을 잡지 않았다. 나는 흰 바탕에 연갈색을 살짝 칠해보고 나쁘지 않다고 생각했다. 이어서 진하기가 다른 갈색을 덧칠하거나 부분적으로 회색을 칠해 칙칙한 느낌을 주는 등 작업을 해나가는 동안 할 수 있다는 자신감이 솟구치기 시작했다. 다만 내가 칠하고 있는 지점토만 그랬을 뿐, 신지의 손에서는 정체 모를 물체가 만들어지고 있었다. 각자 자기가 만든 틀로 찍어낸 지점토를 색칠해 가짜 화석을 완성하기로 했으므로 신지는 애당초 무슨 모양인지 짐작도 안 가던 지점토 덩어리에 지독하게 서투른 붓질을 하는 중이었다. 그래도 붓질할 때마다 좋아, 좋아, 하고 중얼거리며 두 눈을 반짝였다.

"멋지다…… 이거 최고로 멋져……"

이번 작전이 끝난 후에도 이 작품을 평생 소중하게 간직할 거라고 신지는 말했다.

가짜 화석에 색을 다 칠한 후 우리는 벽장에서 나왔다. 형광등 불빛에 비추어보니 역시 조잡한 부분이 다소 눈에 띄었지만 접착제와 모래로 잘 꾸미면 진짜로 착각할 만한 물건이 완성되리라는 확신이 들었다.

"리이치가 만든 것만 쓸 만하네."

기요타카가 조심스레 중얼거렸지만 신지는 전혀 개의치 않고 자기 작품을 감상했다.

가짜 화석에 뿌릴 모래는 담장을 삼각자로 긁어서 마련하자고 내가 제안했다. 실제로 해보니 예상대로 곱고 하얀 모래가 나와서 우리는 접착제를 바른 가짜 화석에 그 모래를 뿌렸다. 작업하는 동안 또 에쓰코가 왔지만 신지가 방에 못 들어오게 했다.

"누나는 빠져. 남자들끼리 하는 일이니까."

그때 마음속에서 내 숨겨진 장기를 에쓰코에게 알려주고 싶다는 욕구가 고개를 쳐들었다.

"야, 신지. 알려줘도 상관없잖아?"

"안 된다니까."

"같이 하자."

"싫어."

맹장지문 밖에서 에쓰코가 작게 혀를 찼다.

"아아, 정말 리 같은 동생이 있었으면."

전날에 이어 또 그런 말을 듣자 정신이 알딸딸해졌다. 내 주변의 세상이 아름다운 총천연색으로 물드는 기분이었다. 에쓰코는 맹장지문 밖에 있어서 모습이 보이지도 않는데, 에쓰코가 내뿜는 후광이 나를 비추고 나라는 인간의 내면을 순식간에 불가사의한 에너지로 가득 채우는 느낌이었다. 물론 그때는 내가 휘발성 용제 때문에 정말로 정신이 알딸딸해진 줄은 꿈에도 몰랐다.

그리고 그날 밤, 우리는 약물에 취해 들뜬 상태로 굴 전골을 먹은 것이다.

웬일로 일찍 귀가한 아버지도 캔맥주를 마시고 기분이 좋아진 것 같았다. 나와 신지가 유달리 친하게 구는 모습에 당황하면서도 기쁜 표정으로 에쓰코가 두 살 육 개월 무렵 기저귀를 들고 집을 나갔다는 이야기를 하더니 형광등 불빛이 비쳐들 만큼 입을 크게 벌리고 웃었다. 옆에 있는 어머니도 즐거워 보였다. 도료와 접착제에 취한 나는 어깨를 덩실덩실하며 이야기에 끼어들었는데, 반쯤 멍해진 머리 한구석에서 어쩌면 아버지와 어머니가 아이를 하나 더 가지고 싶었는지도 모르겠다는 생각이 들기도 했다.

그날 밤, 나는 신지와 함께 목욕하기를 거절했다.

"왜?"

"아직 씻고 싶은 기분이 아니라서."

그건 거짓말이었다. 식사를 마치고 어렴풋이 떠오른 아이디어를 실행에 옮기기 위해서였다.

신지가 욕실에 들어가고 에쓰코가 2층으로 올라가자 나는 벽장을 살그머니 들여다보았다. 저녁에 완성한 가짜 화석들이 정연하게 줄지어 있었다. 신지가 만든 것은 아무리 봐도 화석 같지 않았지만, 내가 만든 건 진짜에 가까웠다. 기요타카가 게 아저씨에게 받은 화석보다 훨씬 크고 암모나이트의 형태가 뚜렷했다. 이게 산사태 현장의 흙속에서 나오면 히로키도 깜짝 놀랄 것이다.

내가 만든 가짜 화석 중에서 제일 잘 만든 것을 집어들고 책상 앞에 앉아 전기스탠드를 켰다. 서랍을 뒤져 저녁식사 후에 몰래 챙겨둔 아이스픽을 꺼내 가짜 화석 가장자리에 작은 구멍을 뚫기 시작했다. 구멍을 다 뚫고 나자 역시 몰래 준비해둔 연실을 꿰었다. 실을 40센티미터 정도로 끊고 양끝을 묶어서 완성했다.

나는 완성품을 얼굴 앞으로 들어올려 바라보았다.

가슴이 쿵쿵 뛰고, 항문 언저리가 꽉 조여드는 것 같았다.

지금 돌이켜보면 왜 그런 짓을 했는지 도무지 모르겠다. 아니, 에쓰코에게 선물을 만들어주겠다고 결심한 마음은 이해되지만, 가짜 화석 목걸이를 선물로 선택하다니 희한할 따름이다. 여자에게 그런 선물을 주면 기뻐하며 목에 걸 거라고 진심으로 믿은 걸까.

분명 믿었으리라.

나는 목걸이를 들고 방을 나섰다. 2층으로 계단을 올라가는 도중에 에쓰코가 집에서 가져온 라디오 소리가 작게 들려왔다. 이제는 잘 기억나지 않지만 젊은 남자 가수가 부른 밝은 노래였는데, 후렴부에 흥, 흥, 흥 하는 묘한 허밍이 들어가서 마음에 안 들었다.

나는 서늘한 복도에 서서 몇 번이고 지겹게 되풀이되는 후렴을 들었다. 눈앞의 맹장지문에 손을 댈 수 없었다. 왜 그러는지 스스로도 신기할 정도였다. 드르륵 열고 방에 들어가 "이거 줄게" 하면서 목걸이를 건네줄 작정이었는데, 실제로는 문 앞에 우두커니 서서 꼼짝도 하지 못했다. 그러면서도 머릿속에는 목걸이를 주었을 때 에쓰코가 보일 반응이 몇 가지나 선명하게 떠올랐다. 리…… 고마워. 에쓰코는 내 머리를 살짝 쓰다듬어줄지도 모른다. 기쁘다, 리. 뺨을 만져줄지도 모르고, 양손으로 내 얼굴을 살며시 감쌀지도 모른다. 리는 손재주가 좋구나. 정말로 이쪽에 재능이 있는 것 같아. 내 동생이었다면 모두에게 자랑할 텐데.

"야야, 어디 있어?"

아래층에서 신지 목소리가 들렸다.

"리이치, 욕실 비었는데?"

신지 목소리가 내 방 쪽으로 멀어져갔다. 그사이 나는 서둘러 계단을 뛰어내려갔다. 복도에 내려서자 잠옷 차림의 신지가 의아하다는 듯이 입술을 내밀고 방에서 나오는 참이었다. 나는 오른손에 목걸이를 들고 있다는 것이 생각나 허둥지둥 바지 호주머니에 쑤셔넣었다.

"아, 여기 있었네. 욕실 비었어."

"응."

그때 계단 위에서 들리던 라디오 소리가 갑자기 커졌다. 에쓰코가 맹장지문을 열었나보다. 나는 재빨리 신지 옆을 지나쳐 방으로 들어갔다.

"리이치, 목욕은."

"할 거야."

그런 내 모습이 묘하게 보였는지 신지는 의심하듯이 나를 위아래로 훑어보았다. 하지만 바로 관심이 없어진 듯 벽장 앞으로 가서 무릎을 꿇고 마치 부모가 잠든 아기의 방을 들여다볼 때처럼 입매를 누그러뜨리며 살짝 문을 열었다.

"나, 이거…… 정말 소중하게 간직할 거야."

형광등 불빛이 신지의 어깨 너머 가짜 화석에 비쳤다. 멀리서 보았지만 역시 내 작품은 박물관의 유리 케이스에 담겨 있어도 이상하지 않을 만큼 완성도가 높았고, 신지의 작품은 마치 누가 씹다 버린 커다란 껌 같았다. 옆에 쪼그리고 앉자 씹다 버린 껌을 넋 놓고 바라보는 신지의 옆얼굴이 눈에 들어와서 나는 갑자기 그애가 애처롭게 느껴졌다.

"있지…… 리이치 네가 더 잘 만들었는지도 모르겠지만, 내가 만든 것도 나쁘지 않지?"

"거기 뭘 감춰둔 거야?"

느닷없이 목소리가 날아들었다. 우리가 회전하듯이 몸을 빙글 돌렸을 때는 이미 에쓰코가 바로 옆에 있었다.

"에이, 안 된다니까!"

신지가 일어서서 두 손을 마구 흔들며 뒤쪽에 있는 물건을 숨기려고 했지만, 에쓰코는 재빨리 몸을 구부리고 신지 겨드랑이 밑으로 얼굴을 내밀어 벽장을 들여다보았다. 신지가 "끄아아아" 소리치며 천장을 올려다보았다.

"……뭐야, 이게."

에쓰코가 눈썹을 찡그리며 물었다.

"암모나이트 화석."

충동이 내 입에서 말을 밀어냈다. 신지가 뭐라고 말하려 했지만 나는 모른 척하고 에쓰코에게 고개를 돌렸다.

"물론 진짜는 아니야. 우리가 달팽이랑 지점토로 만들었어."

에쓰코에게 칭찬받고 싶었다. 대단하다는 말을 듣고 싶었다. 나는 에쓰코에게 우리가 얼마나 머리를 굴려가며 고생스럽게 가짜 화석을 만들었는지 설명했다. 신지는 도중에 체념했는지 타이어에서 바람 빠지는 소리로 한숨을 내쉬고 만사가 귀찮다는 듯이 바닥에 털썩 앉았다. 한눈에 우열이 가려지는 우리 둘의 작품을 에쓰코에게 보여주려니 신지에게 미안했지만, 솔직히 그 마음은 아주 작았다. 오히려 우리 작품을 잘 살펴보고 평가해주기를 바라는 사악한 마음이 훨씬 컸다.

"이야아……"

에쓰코는 벽장에 상체를 밀어넣고 흥미롭다는 듯이 우리가 만든 가짜 화석을 유심히 관찰했다. 이따금 손을 뻗어 신중하게 만져보거나 살짝 얼굴 앞에 들어보기도 했다. 그동안 나는 마음속으로 계속 신지에게 사과했다. 미안해, 신지. 네 엉터리 작품을 에쓰코에게 보여줘서. 하지만 한편으로는 이런 변명도 했다. 일부러 신지에게 좌절감을 안겨줄 생각은 없어. 어쩌다 내가 이런

데 더 소질이 있을 뿐이야.

그런데.

"이거 근사하다, 멋져. 잘 만들었어."

에쓰코가 그렇게 말하며 집어든 것은 신지가 만든 가짜 화석이었다.

"이게 신지 거지? 리 것도 색칠을 잘했지만, 신지 게 그럴듯해서 좋아. 야, 너 제법이다?"

"……뭐, 열심히 했어."

신지는 에쓰코를 곁눈질하면서 우물거렸다.

에쓰코는 신지의 작품을 칭찬하는 말을 두세 마디 덧붙인 후 마지막으로 가짜 화석을 다시 쭉 훑어보고 나서 방을 나섰다.

지난번과는 다른 이유로 나는 또 잠이 오지 않았다.

아무리 기다려도 몸속 깊은 곳에서 뭔가가 탄산처럼 부글거리는 느낌이 사그라지지 않았다. 소중히 여기던 것을 저도 모르는 새 도둑맞았을 때처럼 억울함과 구슬픔이 가슴을 꽉 죄었다. 죄어들고 있는데도 가슴속에 뺑 뚫린 구멍은 점점 커져만 갔다.

어둠 속에서 몸을 일으켰다.

바로 옆에서 신지가 실눈을 뜬 채 자고 있었다. 그 눈이 어쩐지 어둠을 꿰뚫어보며 나를 비웃는 것 같은데 숨소리도 몹시 귀에 거슬리는 통에 뱃속에서 뜨거운 것이 울컥 치밀어올랐다.

신지를 시야에서 쫓아내려고 얼굴을 반대편으로 돌리자 책을 다 꺼내서 텅 빈 책장이 눈에 들어왔다.

어.

뭔가 위화감이 느껴졌다.

"큰일났다……"

희미한 달빛에 비친 달팽이가 보였다. 도감 책등에 돌기처럼 찰싹 달라붙어 느릿느릿 기어가고 있었다. 나는 벌떡 일어나 대시가 있는 수조를 확인했다. 맙소사, 뚜껑이 살짝 열려 있었다. 안에는 달팽이가 절반 정도밖에 없었다. 나머지 절반은 달아났다. 이부자리를 깔기 전에 대시에게 밥을 주었는데 그때 뚜껑을 제대로 닫지 않은 것이 틀림없다.

"신지, 달팽이들이 도망쳤어! 신지, 신지!"

신지는 꿈쩍도 하지 않았다. 전등 끈을 잡아당겨 불을 켠 후 몇 번 더 이름을 부르며 어깨를 흔들었지만 신지는 "아푸아" 하고 괴상한 소리를 내며 인상을 쓸 뿐이었다. 신지를 깨우는 시간조차 아까워서 나는 달아난 달팽이를 찾기 시작했다. 세 마리는 책장에서 바로 찾아냈다. 네 마리는 방바닥을 기고 있었다. 이불을 들추자 신지 오른발 엄지발가락에 커다란 놈이 한 마리 붙어 있다가 보드게임에서 쓰는 사람 모양의 두 눈을 몸속으로 스르르 집어넣었다. 몇 마리 남았지? 수조에 가서 헤아려보니 딱 스물한 마리였다. 분명히 스물세 마리가 있었으니까 두 마리 더 남왔다. 나는 수조를 겨드랑이에 낀 채 방안을 샅샅이 둘러보았다. 그러자 달팽이 대신 간이 철렁하는 장면이 눈에 들어왔다. 골치 아프게도 하필이면 맹장지문이 살짝 열려 있었다. 몸을 날리듯이 다가가 맹장지문을 열었지만 어두운 복도에 달팽이는 없었다. 어딘가로 기어들어간 걸까. 나는 내 인생이 두꺼운 암막으로 덮여가는 것을 느꼈다. 만약 어머니에게 들키면 의절당하고 집에서 쫓겨나 거리를 헤매다 다리 아래나 공원 구석에서 살아야 할지도 모른다. 나는 의미도 없이 허공을 붙잡는 동작을 하면서 비둘기처럼 고개를 앞뒤로 움직이며 좌우로 왔다갔다했다.

하지만 복도 불을 켠 순간, 인생을 뒤덮은 암막이 치워졌다.

마룻바닥에 두 줄기 선이 번들번들하게 빛나고, 그 끝부분에 달팽이가 한 마리씩 있었다. 냉큼 둘 다 붙잡아 수조에 넣은 후, 나는 잠옷 속에서 두 다리가 녹아버린 것처럼 바닥에 푹 주저앉았다. 그대로 한동안 움직일 수가 없었다. 부모님이 잠들었는지 집안은 아주 조용했다.

나는 몸을 일으켜 부엌에 있던 걸레를 물에 적셔 와서 달팽이가 기어간 자국을 싹싹 닦았다. 마음이 점차 진정되자 달팽이들이 달아났다는 사실을 알아차리기 전의 심정이 가슴속에 되살아났다. 이부자리에 큰대자로 누워 씩씩 소리를 내며 자고 있는 신지가 얄미워 보였다. 내 것보다 훨씬 엉망진창으로 가짜 화석을 만들고도 에쓰코에게 칭찬을 받고, 이렇게 큰일이 벌어졌는데도 단잠에서 깨어날 줄 모르는 신지에게 화가 났다. 나를 칭찬해주지 않은 에쓰코도 원망스러웠다. 복도에서 고개를 숙인 채 그런 심정이 사라지기를 기다렸지만 아무리 시간이 흘러도 내 가슴은 축축한 모래를 채운 것처럼 무거웠다.

몇 분 후 계단을 올라 2층으로 향했다.

나는 에쓰코 방 앞에 서서 귀를 기울였다. 아무 소리도 들리지 않았다. 목걸이를 주려고 했을 때보다 훨씬 자연스럽게 오른손으로 맹장지문을 열었다.

달팽이가 달아난 것을 변명으로 삼을 수 있다고 생각했다. 만약 에쓰코가 잠에서 깨어 뭐냐고 물어도 달아난 달팽이를 찾으러 왔다고 하면 얼버무릴 수 있다.

하지만 도대체 그런 변명을 준비해서 뭘 하고 싶었던 걸까.

그냥 잠든 에쓰코를 보고 싶었다.

나는 머릿속이 요동치는 기분을 느끼며 살금살금 에쓰코의 이부자리로 다가갔다. 아주 약간 이쪽으로 돌린 에쓰코의 얼굴을 보니 입은 가볍게 다물었고 평소 귀 옆으로 늘어뜨리는 머리카락이 뺨 위에 살짝 얹혀 있었다. 햇볕에 탔는데도 커튼 너머 달빛 때문인지 피부가 하얘 보였다. 하얀 피부가 에쓰코에게 어울리는 것 같았다. 이불을 배 언저리까지 밀어내려서 드러난 잠옷의 가슴 부분이 규칙적으로 오르락내리락했다. 사람이 숨쉬는 모습을 눈으로 차분하게 확인한 것은 처음이었다. 나는 오른손을 들어 잠옷 위로 내 가슴을 만져보았다. 내 가슴도 에쓰코와 마찬가지로 오르락내리락했지만 에쓰코보다 그 속도가 약간 빨랐다. 왜 에쓰코는 신지가 만든 가짜 화석만 칭찬했을까. 왜 내 걸 칭찬해주지 않았을까. 벌써 몇 번이나 떠올린 그 물음이 다시 머릿속을 채웠고, 마치 그 때문에 갈 곳이 없어진 듯이 두 눈에서 눈물이 솟았다. 에쓰코는 나 같은 남동생이 있으면 좋겠다고 했다. 나도 지금 눈앞에서 자고 있는 에쓰코의 동생이 되고 싶었다. 될 수 없어서 분했다. 신지가 없으면 좋겠다고 생각했다.

에쓰코가 몸을 뒤척이는 것을 보고 이부자리 곁에서 물러났다.

방에 돌아와서 이부자리에 눕지 않고 벽장 문을 열었다. 안에 놓아둔 손전등을 켜서 신지가 만든 못난이 가짜 화석들을 비추어보았다. 역시 죄다 못 만들었다. '그럴듯한' 것은 하나도 없었다. 있을 리 없다. 신지는 손재주가 없으니까. 나에 비해 이런 일에 훨씬 서투르니까. 전부 나 혼자 만들 걸 그랬다 싶었지만 애당초 신지가 먼저 가짜 화석을 만들자고 제안했다는 것이 떠올라서 더욱 속이 쓰렸다.

그후 내가 한 짓은 지금도 제대로 설명하기가 힘들다.

그런 짓을 한 이유가 뭔지 분명하게 짚어내기는 불가능하다. 신지에게 느낀 질투심. 에쓰코에게 품은 정체 모를 감정. 외동아들이라는 불만. 작품을 칭찬받지 못한 억울함. 내가 남동생이라면 좋겠다는 에쓰코의 말을 곧이곧대로 받아들였다는 창피함.

분명 딱 하나는 아니었을 것이다. 아마도 그런 이유들이 복합적으로 작용해 행동에 이른 것이 틀림없다.

나는 손전등을 거꾸로 들고 힘껏 내리쳤다. 얼얼한 충격이 오른손에 전해졌다. 다시 한번 내리쳤다. 그리고 또 한번. 내리칠 때마다 가짜 화석은 자잘하게 산산조각났다. 바늘 다발처럼 뾰족한, 그때까지 느껴본 적 없는 충동이 목구멍으로 밀려올라와서 나는 정신없이 가짜 화석을 때려부쉈다. 빠질락 말락 하는 젖니를 억지로 비틀어 뺄 때처럼 의식이 통증과 흥분에 사로잡혔고, 괴로운 마음에 눈물이 뺨 위로 줄줄 흘러내렸다.

7

"아, 오늘이 작전 날인가? 학교에 그거 가져가야지."

매실절임을 입에 넣고 집을 나섰을 때 신지가 손뼉을 짝 치며 몸을 돌렸다.

"내가 챙겼어. 여기."

맛이 거의 느껴지지 않는 매실절임을 빨면서 나는 책가방을 가리켰다. 책가방에는 교과서와 공책, 필통과 함께 슈퍼마켓 비닐봉지가 들어 있다. 가짜 화석은 부서지지 않도록 따로따로 휴지에 싸서 비닐봉지에 담아두었다. 오늘 방과후 기요타카까지 셋이서 히로키를 산사태 현장으로 데려가 속일 예정이었다.

"내 거랑 섞이지 않을까? 하긴 상관없나. 내 거에는 특징이 있으니까. 같은 재료로 만들었는데도 내 작품을 알아볼 수 있으니 신기하단 말이야."

"응."

태연한 척 대답하려니 가슴이 찔렸다. 비닐봉지에 든 가짜 화석은 전부 내가 만든 것이었다.

"리, 너 괜찮니?"

에쓰코가 고개를 갸웃거리며 얼굴을 가까이 가져왔다.

"뭔가…… 이상한데?"

"이상하기는."

얼굴을 돌리고 걸음을 옮겼을 때 오른손에 어젯밤의 감촉이 생생히 되살아났다. 거꾸로 든 손전등 아래서 박살난 가짜 화석. 조각이 점점 작아져가던 감촉.

학교를 향해 걸어갈 때도, 5교시까지 수업을 들으면서도 나는 계속 손전등을 쥐고 있는 기분이 들었다. 손바닥을 몇 번이고 무릎에 문질렀지만 그 감촉은 결국 방과후에도 사라지지 않았다. 모든 사물이, 소리가, 풍경이 슬픔에 젖어 식어가는 것 같았다.

"지난번에 갔었잖아."

우리가 산사태 현장에 가보자고 제안하자 히로키는 노골적으로 귀찮은 표정을 지었다. 하지만 신지는 말솜씨가 좋았다.

"그뒤로 작업이 얼마나 진행됐는지 보고 싶어서 그래. 우리가 사는 동네잖아. 아마도 우리가 사는 동안 그런 산사태는 두 번 다시 일어나지 않을 거야. 어떻게 흙과 바위랑 나무를 정리하고 도로를 깨끗하게 정비해서 우리 동네가 원래 얼굴을 되찾는지 봐두고 싶지 않아? 아니, 난 오히려 봐야 할 의무가 있다고 생각해. 우리는 시대의 증언자라고. 꾸물거리다가는 작업이 다 끝나서 원래 모습으로 되돌아갈 거야."

너무 거창한 것 아닌가 싶었지만 자존심이 강한 히로키에게는 오히려 그 편이 효과적이었는지 순식간에 표정이 변했다. 결국은 마치 자기가 우리를 설득해서 현장에 데려가기라도 하는 것처럼 앞장서서 성큼성큼 걸어갔다.

"아, 나 볼일이 생각났어."

쉬는 시간에 말을 맞춘 대로 나는 도중에 빠져나왔다.

"나중에 산사태 현장에서 보자."

히로키가 뭐라고 말을 꺼내기 전에 부리나케 달려서 골목을 꺾어들었다. 책가방이 흔들리지 않도록 조심하면서 길을 빙 돌아 산사태 현장으로 향했다. 신지와 기요타카가 적당히 둘러대며 히로키의 도착을 늦추기로 했다. 그동안 내가 흙속에 가짜 화석을 묻는 것이다. 어젯밤에 저지른 짓이 여전히 가슴속에 종양처럼 단단히 뭉쳐 있어서 숨쉬기가 괴로웠지만 작전만은 확실하게 수행해야 했다.

과연 가짜 화석을 잘 묻어둘 만한 곳이 있을지가 우리의 걱정 거리였는데, 현장에 도착하자마자 그런 불안은 씻은 듯이 사라 졌다.

흙과 쓰러진 나무, 바위가 대충 정리되어 길은 오늘이나 늦어 도 내일쯤이면 사람들이 지나다닐 수 있는 상태로 복구될 듯했 다. 나중에 어디로 싣고 가려는지 왼쪽 가장자리에 흙더미가 쌓 여 있었다. 흙더미는 출입금지를 알리는 장대와 체인 바로 옆까 지 쌓여 있어서 상체를 내밀면 손이 닿을 것 같았다. 나는 주변 을 살펴 작업복을 입은 어른들이 이쪽을 보지 않는 것을 확인한 후 책가방에서 가짜 화석이 든 비닐봉지를 꺼냈다. 비닐봉지 속 에서 휴지를 벗겨내며 흙더미로 다가가 재빨리 가짜 화석들을 흙속에 묻었다. 한곳에 뭉쳐서 묻으면 부자연스러우니 하나하나 적당히 거리를 두었다. 그래봤자 고작 10센티미터 정도였지만. 너무 멀리 떼어놓으면 깜빡하고 파내지 못하는 것이 생길지도 모른다.

"뭐하니?"

몸을 움찔하고 고개를 들자 헬멧을 쓴 게 아저씨가 서 있었다.

"어, 아니요."

나는 재빨리 시선을 돌려 작업 현장을 둘러보며 '아하' 하는 표정을 지었다. 작업은 이런 식으로 진행되는구나. 요전에 비해

길이 제법 깔끔해졌네. 이 정도면 금방 사람이 지나다닐 수 있겠다. 그렇게 연기하면서 게 아저씨를 힐끔 쳐다보니 여전히 나를 보고 있었다.

"너무 가까이 가면 위험해."

"네, 위험하죠."

내가 뚱딴지 같은 대답을 하자 게 아저씨는 외국인처럼 어깨를 으쓱했다. 그리고 그대로 전기톱을 들고 현장 안쪽으로 들어갔다. 안도하며 가슴을 쓸어내렸을 때 뒤에서 신지 목소리가 들렸다.

"아, 리이치. 먼저 왔네. 볼일은 끝났어?"

"응."

"그렇구나, 하하하."

아무래도 신지는 남을 구슬리는 말솜씨는 뛰어나도 남을 속이는 연기에는 서투른 모양이었다. 나는 무심코 히로키의 안색을 살폈다. 그애는 한쪽 눈썹을 치켜세우고 수상하다는 표정을 짓고 있었다. 큰일이다 싶었을 때 기요타카가 아역 배우 뺨치는 연기를 선보였다.

"……얘들아."

고개를 내민 기요타카가 의문과 흥분이 뒤섞인 진지한 눈으로 내 쪽을 가만히 바라보았다.

"저거 좀 봐…… 어, 아닌가…… 음, 잠깐만."

기요타카는 빨려들 기세로 흙더미 옆으로 다가가 오른손을 뻗다가 주저하듯이 한 번 멈추더니 다시 뻗어서 흙 표면을 만졌다. 그리고 손끝으로 흙을 조금씩 좌우로 치우기 시작했다. 뒤에서 히로키가 도대체 뭘 하느냐는 듯한 표정으로 들여다보았다.

"야…… 잠깐만 기다려봐…… 있다. 우와……"

기요타카의 연기 실력이 너무 출중해서 나랑 신지까지 무심코 믿었을 정도였다. 기요타카가 흙속에서 찾아낸 것을 꺼내 흥분으로 온몸을 부들부들 떨며 뒤로 돌아 우리에게 손을 내밀었을 때, 나와 신지도 히로키와 함께 "앗" 하고 소리쳤다.

"화석이야, 그거 암모나이트라고!"

콧김을 씩씩 내쉬며 뒤집어진 목소리로 그렇게 말하다니, 지금 생각하면 어처구니가 없다. 겨우 몇 초 정도였지만 나는 그때 기요타카가 진짜 화석을 들고 있다고 믿었던 것이다. 그만큼 기요타카의 연기가 실감났고, 흙투성이가 된 가짜 화석은 진짜 같은 느낌이 들었다.

"더 있을지도 몰라. 찾아보자!"

기요타카의 말에 나와 신지는 냉큼 달려들어 흙더미에 손을 뻗었다. 그때는 물론 다 우리가 꾸민 계획이라는 생각이 났지만, 신기하게도 가슴이 두근대는 흥분은 가라앉지 않았다. 우리는 정신없이 흙을 파헤치며 가짜 화석을 차례차례 발굴했다. 하나 발견할 때마다 소리를 지르며 날아오를 듯이 기뻐했다. 뒤를 보자 히로키는 입을 꾹 다문 채 딱딱한 표정으로 서 있었다. 분명 그렇게 온몸에 힘을 주지 않으면 당장이라도 발굴 작업에 끼어들 것 같았기 때문이리라. 가짜 화석을 파내는 도중에 슬쩍 눈을 들자 전기톱을 들고 이쪽을 주시하는 게 아저씨가 보였다. 큰일이다 싶었지만 게 아저씨는 눈길을 휙 돌리고 전기톱을 켜더니 발치에 놓여 있던 나무의 가지를 잘라내기 시작했다.

우리가 묻어둔 가짜 화석을 다 파낸 뒤에도 히로키는 여전히 두 다리에 힘을 주고 가만히 서 있기만 했다. 우리가 이마를 맞대고 이게 크다느니, 저건 암놈 같다느니 떠드는 동안에도 계속 그러고 있었다. 하지만 우리가 찾은 화석을 공평하게 나누어서 집에 가져가자는 말을 꺼내자 결국 "나……" 하고 입을 열었다.

응? 우리는 히로키를 돌아보았다.

"나도."

나도? 우리는 고개를 내밀었다.

"……갖고 싶은데."

계획이 예상대로 성공한 경험은 그때가 처음이었다.

우리는 서로 눈빛을 교환하며 시선과 표정으로 상의하는 척하다가 히로키에게 고개를 돌렸다.

"생각해볼게."

신지가 말하자 나와 기요타카는 의미심장하게 고개를 끄덕였다.

히로키는 화난 듯이 턱에 힘을 꽉 주었지만 눈에는 서운한 빛이 감돌았다.

"야, 리이치…… 내 건 어쨌어?"

집에 돌아가는 길에 신지가 물었다.

"아아, 네가 마음에 들어하는 것 같아서 더러워지면 속상할까 봐 안 가져왔어. 내 것으로도 수는 충분했으니까."

나는 그렇게 또 한번 거짓말을 했다.

"리이치……"

신지가 감동했다는 듯이 멈춰 서서 내 얼굴을 빤히 바라보았다.

"너, 진짜 착하구나. 실은 그게 더러워지는 거 좀 싫었거든. 하지만 땅에 묻기로 작전을 세웠으니까 말하기가 좀 그렇더라고."

그랬구나.

"고마워. 나 그거 소중하게 간직할게. 리이치가 나를 배려해서 깨끗하게 보관해줬으니까. 잘 간직하지 않으면 천벌받을 거야."

신지는 턱을 들어 저녁놀이 진 하늘 저편을 올려다보았다. 나도 신지를 흉내내어 머나먼 하늘을 바라보았다. 바람에서 가을 냄새가 묻어났고, 동네를 비추는 귤색 빛은 우리가 집에 도착하기 전에 박명薄明으로 바뀌었다.

그날 밤, 흙이 다 치워져서 통행금지가 해제되었다는 연락이 왔다.

8

다음날 수업이 끝나자 신지와 에쓰코는 짐을 챙겨 자기 집으로 돌아갔다. 헤어질 때 신지가 한 손을 내밀기에 뭔가 싶었는데 아무래도 악수를 청하는 것 같았다. 하는 수 없이 손을 마주잡자 신지는 눈물을 글썽이며 코를 훌쩍였다. 성격상 어차피 일시적인 감상이겠지만 덩달아 가슴이 뜨거워졌다. 에쓰코는 어이없다는 듯이 웃으면서도 남아 있는 내 왼손을 양손으로 꼭 쥐고 여러 모로 고마웠다고 말했다. 나는 신지의 손을 뿌리치고 에쓰코의 손을 부여잡고 싶었지만 그러지는 못했다. 신지에게 미안했고 용기도 부족했다.

커다란 짐을 끌어안고 골목길을 걸어가는 두 사람을 가슴에 구멍이 뻥 뚫린 심정으로 배웅했다. 그러는 동안 어젯밤 에쓰코가 가짜 화석에 대해 한 말이 떠올랐다.

─실은 리가 훨씬 멋있게 잘 만들었지만, 신지가 가엾잖아?

전부터 준비해두었던 말을 꺼내는 말투였다.

─실력은 없지만, 걔도 아주 열심히 만든 모양이니까.

그 말을 듣고 나는 그날 밤 애써 만든 가짜 화석 목걸이를 충동에 못 이겨 손전등으로 부순 것을 몹시 후회했다. 만약 선물했다면 에쓰코가 좋아했을지도 모르는데.

내가 산사태 현장에 신지가 만든 가짜 화석을 가져가지 않은 이유는 더러워질까봐 배려해준 게 아니라 너무 못 만들어서였다. 그걸로는 절대로 히로키를 속일 수 없을 것 같아서 미안했지만 내 것만 가지고 갔다.

나중에 물어보니 신지는 그 씹다 버린 껌을 에쓰코와 둘이 쓰는 방의 책장에 장식해두었다고 한다. 며칠 지나서 신지가 우리 집에 또 놀러왔을 때, 냉동실에 넣어두고 깜빡한 사과주스 얼음을 아작아작 씹어 먹으며 기쁜 표정으로 이야기했다.

흙더미에서 화석을 파냈다고 계속 속이려니 히로키에게 미안하고, 무엇보다 한없이 거짓말을 하는 게 귀찮아서 우리는 금방 자백했다. 히로키는 화를 냈지만 고작 이십 초 정도였다. 기요타카가 다음에는 다 함께 진짜 화석을 찾으러 가자고 제안했기 때문이다.

"아직 경사면을 공사하는 중이니까 멋대로 흙을 파내면 안 되겠지만, 공사가 끝나면 삽 가지고 다 함께 가자."

생각만 해도 신나서 우리는 교실 한구석에서 폴짝폴짝 뛰었다.

하지만 아무리 기다려도 공사는 끝나지 않았다. 대형 트럭과 레미콘 차가 오가며 한 달쯤 지나자 언덕 경사면은 차가운 콘크리트 벽으로 바뀌었다. 어른들이 우리 보물을 가로챈 기분에 몹시 화가 났다.

대시의 수조에 넣어둔 달팽이는 얼마 안 가 다 놓아주었다. 어느 날 저녁, 별생각 없이 수조를 들여다보았다가 대시가 작은 달팽이를 먹으려 하는 장면을 목격했기 때문이다. 배탈이 나면 큰일이니 나는 즉시 달팽이를 비닐봉지에 담아두었다가 다음날 친구들과 함께 놓아주러 갔다. 새 친구들과 잘 지내지 못하면 불쌍하니까 일부러 기요타카네 집 뒤편까지 가서 달팽이들을 여기저기 흩뿌려놓았다.

그후에 넷이서 놀고 있는데 신지가 오줌이 마렵다고 했다. 신지는 기요타카네 집 화장실까지 가기 귀찮다며 잡목 사이에서 허리를 비비 꼬며 지퍼를 내렸다. 그 모습을 보고 있자니 왠지 나도 오줌이 마려웠다. 기요타카와 히로키도 마찬가지였던 듯 결국 우리는 넷이 나란히 서서 소변을 봤다. 그렇게 많이 참은 것도 아닌데 우리는 오랫동안 소변을 봤다. 몸에서 수분이 빠져나가고 있는데도 어째서인지 새로운 액체가 졸졸 쏟아져들어와 온몸을 가득 채우는 듯한 기분이었다. 오줌발이 닿아 김이 피어오르는 곳에서 젖가슴풀 몇 포기가 흔들렸다. 나는 멍하니 그 광경을 바라보다 새삼스레 내가 남자라는 생각이 들었다. 그리고 여자로 태어나지 않아서 다행이라고 여겼다.

2층에 옮겨둔 책이 생각나 그날 밤 다시 내 방 책장에 꽂았다. 며칠 후 어머니가 내 방을 청소하러 왔다가 비명을 질렀다. 쓰레기통 뒤편에 달팽이 한 마리가 붙어 있었다. 아마도 달아난 달팽이를 잡았던 날 수를 잘못 헤아린 모양이었다. 왜 방에 이런 게 있느냐며 어머니가 야단법석을 떨었지만 나는 시치미를 뚝 뗐다. 아무것도 모른다는 표정으로, 기요타카가 게 아저씨에게 선물로 받은 암모나이트 화석을 구경했을 때처럼 옛 추억을 생각했다. 옛날이라고 해봤자 고작 며칠 전이었지만.

살아 있는 암모나이트는 어떻게 생활했을까. 뭘 먹고, 뭘 찾고, 무엇으로부터 달아났는지 나는 지금도 모른다. 그래도 가끔 어린 시절 우리는 암모나이트가 아니었을까 생각할 때가 있다.

이제 암모나이트는 빛바래고 차가운 돌이 되어 미동도 하지 않는다. 그래도 사람은 단념할 줄을 모르는 생물이라 종종 이런 공상에 빠진다. 오늘이나 내일, 기적이 일어나 심신이 단숨에 시간을 거슬러올라가서 화석이 된 세포들이 다시 수분과 에너지를 되찾아 자유로이 움직이지는 않을까.

사실 방법은 안다. 나는 소원을 현실로 바꾸는 방법을 겨울날 오후 친구들과 함께 알아냈다. 암모나이트 소동으로부터 약 석 달 후의 일이다. 방법은 알고 있다. 다만 실천할 용기를 품지 못할 뿐이다.

기적을 일으키는 단 한 가지 방법은.

온 마음을 다해 간절히 바라는 것이다.

4장

___

겨울의 빛

1

"그런 거 말고. 렌즈가 이렇게 앞에 튀어나온 거 있잖아. 프로들이 쓰는 거."

북풍이 세차게 불던 날, 하굣길에 히로키가 일주일 후 크리스마스 때 받기로 한 카메라 이야기를 꺼냈다.

"그럼, 역시 비싸겠지?"

툭 튀어나온 이마에 바람을 맞으며 신지가 물었다. 함께 걷던 나와 에쓰코는 하루가 멀다 하고 늘어놓는 자랑에 질린 통에 히로키가 카메라 이야기를 꺼낸 뒤로는 입도 벙긋하지 않았다.

"뭐, 비싸기야 엄청 비싸겠지. 카메라는 좋을수록 가격이 올라

가는 법이니까."

히로키는 복잡한 표정으로 팔짱을 끼고 먼 곳을 가만히 노려보았다. 나도 살펴보았지만 아무것도 없었다.

"히로키네는 돈이 많아서 좋겠다. 우리집은 올해 크리스마스 선물도 분명히 캔필통일 거야. 우리 엄마는 맨날 요상한 그림이 그려진 걸 사와서 진짜 싫다니까."

신지의 말에 에쓰코가 입을 열려다가 생각을 바꿨는지 아무 말 없이 다시 앞을 보았다. 그 무렵 머리를 조금 기른 에쓰코는 가끔 손목에 검은 고무줄을 차고 다녔다. 그러나 실제로 머리를 묶은 모습은 아직 한 번도 보지 못했다.

캔필통이란 당시 초등학생들 사이에서 대유행한 단순한 디자인의 알루미늄 필통이다. 신지가 쓰던 것은 둥글둥글 비현실적으로 생긴 나무가 늘어서고 작은 새 몇 마리가 그 위를 날아다니는 그림이 그려진, 아주 유치한 필통이었다. 내 것은 짙은 남색 바탕에 'GOOD TOOL BOY'라는 의미 불명의 영어가 검게 인쇄된 필통이었는데, 제법 마음에 들어서 가끔 연필을 전부 꺼내고 꼼꼼하게 청소하곤 했다.

"뭐, 캔필통도 못 받는 거보다는 낫지."

나는 이어질 히로키의 말을 예상했고, 그 예상은 적중했다.

"기요타카는 선물이고 뭐고 아무것도 못 받을 테니까. 걔네 집은 돈이 없잖아."

가을에 가짜 화석 작전으로 기요타카에게 통쾌하게 한 방 먹은 히로키는 그때의 창피함을 아직도 씻어내지 못했는지 걸핏하면 이런 식으로 기요타카에게 반격하려고 했다.

"그 녀석, 요즘 급식 남은 걸 집에 가져가는 거 알지? 반찬을 몇 번씩 더 받아서 실컷 먹고는 빵이나 푸딩이나 귤 같은 걸 가방에 넣어가잖아. 그런 걸 보면 얼마나 안됐는지 몰라. 오늘 학교를 쉰 것도 사오리 선생님은 감기라고 했지만 분명 영양부족이야. 집에서 고기 같은 걸 제대로 못 먹어서 그런 거라고."

"고기도 못 먹을 정도는 아닐 텐데. 닭고기는 제법 싸잖아."

신지가 은근히 진지한 표정으로 말하자 히로키는 발끈해서 대꾸했다.

"아니, 못 먹는 게 분명해. 그 녀석 분명……"

그러더니 갑자기 말을 끊고 멈춰 섰다. 히로키의 시선을 좇자 누군가 몸을 웅크린 채 앞쪽 삼거리를 걸어가고 있었다. 펄럭이는 옷을 부여잡고 앞을 매섭게 노려보며 북풍에 맞서듯이 걸어가는 사람은 오이 부인이었다. 노선버스가 부인을 앞질러 지나갔다. T자 모양 삼거리의 바로 왼편에 버스 정류장이 있다. 오이 부인은 저 버스에서 내린 걸까.

안녕하세요, 라는 신지의 인사가 바람에 휩쓸려 날아갔다.

"기요타카가 어떤지 물어보자."

신지의 제안에 우리가 삼거리로 달려갔을 때 부인의 뒷모습은 이미 10미터 앞쪽의 골목을 꺾어 사라지는 참이었다.

뒤에서 왕, 하는 소리가 났다.

"아, 완다다."

제일 처음 뒤돌아본 에쓰코가 소리쳤다. 우리도 뒤돌아보았지만 완다는 엄청난 속도로 시선을 거슬러 우리 옆을 지나치더니, 뒷다리로 힘차게 땅을 박차며 자동차가 급커브를 틀듯이 골목을 꺾어들어갔다.

"할머니 쪽으로 갔다!"

에쓰코가 어떻게 하느냐는 표정을 지었다. 에쓰코는 우리와 학년도 성별도 달랐고 신지도 매일 있었던 일을 집에서 떠드는 성격이 아니었으므로 그때는 아직 자세한 사정을 모르고 있었다.

"누나, 걱정 마."

"하지만."

"요즘 저 녀석, 쫄따구가 됐거든."

"쫄따구?"

모퉁이를 돌아가자 완다가 쪼그리고 앉은 오이 부인의 얼굴을 핥으려는 듯이 고개를 내밀어 혀를 내두르고, 앞발로 부인의 무릎을 긁으며 미친듯이 꼬리를 흔들고 있었다.

오이 부인이 이쪽을 보고 "너희구나" 하고 고개를 끄덕였다.

그렇다, 일찍이 완다의 호적수이자 천적이었던 오이 부인은 이제 완다의 보스가 되었다. 가을이 끝날 무렵부터 오이 부인은 완다에게 잔반을 주었고, 완다는 점차 부인을 따르기 시작했다. 겨울이 오자 완다는 완벽히 순종적인 애완견이 되어 부인이 하는 말이라면 뭐든 따랐다. 하기야 완다가 부릴 줄 아는 재주라고 해봤자 손, 엎드려, 두 발로 서, 돌아, 반대로 돌아 정도였지만.

"야, 이놈아. 가만 좀 있어라."

오이 부인이 한마디하자 무슨 버튼을 누른 것처럼 완다는 엉덩이를 땅에 딱 붙이고 움직임을 멈췄다. 완다도 오이 부인도 딱히 인상이 좋은 편은 아니므로, 사이좋은 할머니와 애완견보다 마치 위계질서가 확실한 조직폭력배들처럼 보였다.

"기요타카, 감기 걸렸나요?"

신지가 묻자 어째서인지 오이 부인은 눈을 돌리고 입속으로 알아듣기 힘든 말을 웅얼거렸다.

"네?"

"아니, 그게…… 기요하고 지금 좀 그래서."

"그렇다니요?"

"말썽이 좀 생겨서 말이다."

우리는 서로 시선을 교환했다. 부인은 마음이 편찮다는 듯 입가를 찡그리더니 완다의 머리를 짚고 영차 일어섰다.

"뭐, 이런저런 일이 있었다."

오이 부인이 발걸음을 돌려 걸어가기에 우리도 따라갔다.

완다도 따라왔다.

"기요타카랑 무슨 일 있었어요?"

분명 내 질문이 들렸을 텐데도 오이 부인은 아무 대답 없이 팔짱을 끼고 어깨를 문질렀다.

"아이고. 추워라, 추워."

"저기."

"북풍이 쌩쌩 몰아치는구먼."

"할머니, 지금 집에 가실 거죠? 저희도 같이 기요타카 병문안을 가면 안 될까요? 걱정돼서 그래요."

슬쩍 떠보자 부인이 이쪽을 홱 돌아보았다.

"집은, 안 된다."

"왜요?"

"집에는…… 거 뭐냐…… 지금 의사가 와 있어. 진찰을 방해하면 안 되니까 오면 못써."

아무래도 묘했다. 이어서 부인은 더 묘한 말을 꺼냈다.

"그리고 기요한테는 나랑 만났다고 말 안 하는 편이 좋겠다. 아니, 하지 말거라. 말하면 안 돼."

우리는 다시 곤혹스러운 감정이 어린 시선을 교환했다. 그제야 나는 오이 부인이 집과 반대 방향으로 걸어가고 있음을 알아차렸다. 신지도 그 사실을 알아차린 듯 인중을 길게 늘이고 부인과 골목 앞쪽을 번갈아보며 물었다.

"할머니, 어디 가세요?"

"남이 어딜 가든 웬 참견인고."

"요 앞은 산인데요?"

그렇다. 오이 부인은 동네에서 벗어나 산으로 향하는 길을 걷고 있었다. 산까지는 아직 꽤 멀다.

"그 산에 가는 게다."

"엥, 뭐하려요?"

"그냥 산책하러."

"하지만 걸어가면 많이 힘들지 않을까요……?"

오이 부인이 걸음을 멈추었다. 완다가 왜 그러느냐고 묻듯이 부인의 얼굴을 올려다보았다. 부인은 턱을 들어 불그죽죽해진 산을 가만히 노려보다가 이윽고 우리에게 고개를 돌렸다.

"너희 시간 있느냐?"

한가했던 우리는 고개를 끄덕였다.

"자전거 뒤에 나를 태우고 산까지 데려다주지 않겠니?"

2

추우니까 근처 철물점에서 기다리겠다는 오이 부인을 남겨두고 우리는 각자 자전거를 가지러 집으로 갔다.

"어이쿠, 빨리 왔구나."

서둘러 돌아가자 아직 다른 세 명은 오지 않았고, 부인이 가게에서 비닐봉지를 들고 나오는 참이었다. 충견 완다가 가게 입구에서 거친 숨을 헉헉 내쉬며 좋아했다.

"뭐 사셨나봐요?"

"응…… 아아, 그냥 좀."

부인은 애매하게 대답했지만 나는 반투명한 비닐봉지에 커터칼이 들어 있음을 눈치챘다.

"기다렸지."

"얼레, 리이치. 빨리 왔네."

에쓰코와 신지도 도착했다.

조금 늦게 히로키가 골난 표정으로 나타났다. 내키지는 않지만 자기가 없는 곳에서 또 무슨 작전이라도 세우면 골치 아프다고 생각한 걸까. 아니면 기요타카에 대해 무슨 말을 했는지 우리가 오이 부인에게 고자질할까봐 겁을 먹었는지도 모른다.

"아아, 춥다…… 진짜 추워."

히로키가 호주머니에서 납작한 적갈색 헝겊주머니 같은 것을 꺼내더니 양손으로 쓱쓱 문질렀다. 아마도 휴대용 손난로 같은데 그냥 보여주고 싶어서 그런 듯했다. 나는 눈을 돌렸다.

"그런데, 누가 날 태워줄 테냐?"

그렇게 물으면서 부인은 마음대로 내 자전거 뒤에 걸터앉았다.

"그럼 출발할게요."

우리는 산을 향해 페달을 밟았다. 완다는 오이 부인의 얼굴을 올려다보며 내 자전거 옆을 달렸다. 북풍이 이마와 뺨을 아플 만큼 세게 때렸고, 가끔 두 눈을 감으면 눈알이 얼마나 차가운지 눈꺼풀 안쪽에 느껴질 정도였다. 십오 분쯤 지나 산에 도착하자 우리는 좌우에서 얼룩조릿대가 고개를 내민 좁은 길을 끙끙대며 자전거로 올라갔다. 하지만.

"이제…… 이제 더는 못 가겠어."

얼마 지나지 않아 나는 힘이 다했다. 오이 부인은 몸집이 작고 수분도 지방도 완전히 빠져나간 것처럼 보이지만 역시 어른이었다.

"알았다, 여기서부터는 걸어가마."

자전거에서 내린 부인은 제자리에서 무릎을 두 번쯤 구부렸다 폈다 하면서 몸을 풀었다.

"이제 조금만 더 가면 도착이야."

어디에 도착하느냐고 신지가 묻자 오이 부인은 입가를 끌어올려 씩 웃었다.

"좋은 곳에."

그 '좋은 곳'에는 아무것도 없었다.

하지만 그곳에는 우리 동네의 모든 것이 있었다.

자전거를 세운 뒤 산길을 잠시 올라가다가 오이 부인의 뒤를 따라 짐승길 같은 나무 틈새를 빠져나가자 어느 순간 눈앞이 확 밝아지더니 시야의 위쪽 절반에는 하늘이, 아래쪽 절반에는 우리 동네가 펼쳐졌다.

부인은 "영차" 하고 땅에 앉더니 고개를 끄덕이며 흡족한 듯이 동네를 둘러보았다. 완다가 부인 옆에 바싹 다가앉자 우리도 한 줄로 나란히 그 옆에 앉았다. 바람은 어느새 그쳤지만 땅이 싸늘해서 엉덩이가 얼어붙을 것 같았다. 차가울 뿐만 아니라 몹시 딱딱하다는 사실을 의식했을 때 나는 비로소 우리가 지금 커다란 바위 위에 앉아 있음을 알아차렸다. 그 때문에 나무가 한 그루도 없는 모양이다. 흙바닥과 이어져 있어서 몰랐다.

지붕. 공원. 철탑. 선로. 짤막한 열차. 지붕. 지붕. 역. 잡목림. 학교. 진한 그림물감을 똑 떨어뜨린 듯한 메고이코 호수가 어두운 녹색에 잠겨 있었다. 나는 그 앞쪽에 펼쳐진 숲속에서 임금님 나무를 찾아보았다. 아주 큰 졸참나무인데 여기서는 보이지 않았다. 가을에 산사태가 일어난 언덕은 한군데만 복원한 낡은 그림처럼 새로 바른 콘크리트가 빛났다. 그 두 가지만 눈에 확 띌 뿐, 별다를 것 없이 익숙한 우리 동네다. 그림으로 그리면 녹색과 회색 물감만 줄어들 것 같았다.

"참말로…… 많이 변했구먼."

오이 부인이 내가 막연히 품고 있던 감상과 반대되는 말을 중얼거렸다.

"이게 많이 변한 거라고요?"

"변했지……"

이 동네에 대해 이야기할 때 우리는 늘 오락실이 없다는 둥 백화점이 없다는 둥 마음 놓고 야구를 할 수 있는 넓은 운동장이 없다는 둥 그런 이야기만 한다. 하지만 우리와 관련 없는 부분은 확실히 변했다. 작정하고 살펴보면, 지붕을 깔끔하게 새단장한 집이 많고 오른쪽에 보이는 곧은 도로는 예전에 더 좁고 구불구불한 길이었다.

"뭐, 여기는 변하지 않았지만 말이다."

오이 부인은 엉덩이 뒤편에 손을 짚고 주위를 둘러보았다.

"아주 옛날, 어릴 적에 자주 왔던 곳이란다."

"이런 데서 뭘 하셨는데요?"

"이것저것. 내가 어릴 적에는 텔레비전도 없었고, 장난감도 많이 없었거든. 뭐든지 다 놀잇감이었어. 여기 와서 도토리를 찾고 나무딸기를 먹기도 하고, 예쁜 꽃으로 왕관을 만들어서 쓰기도 하면서 놀았지. 이렇게 그냥 경치를 보기도 했고. 우리는 이 바위를 전망 바위라고 불렀어."

바람이 불자 바싹 마른 낙엽이 소리내며 발 앞을 굴러갔다. 완다가 눈으로 낙엽을 좇으며 코를 킁킁거리다가 멍, 하고 작게 짖었다.

오이 부인은 오랫동안 조용히 경치를 바라보았다.

지금은 그때 부인이 무슨 생각을 하고 있었는지 왠지 상상이 간다. 하지만 당시의 나는 몰랐다. 함께 있던 신지와 히로키, 에쓰코도 분명 마찬가지였으리라.

잠시 후 부인이 경치에 시선을 고정한 채 말했다.

"애들아, 잠깐 같이 옛날 놀이를 해주지 않으련?"

오이 부인은 우리에게 여러 가지를 가르쳐주었다. 나뭇가지 군데군데 붙어 있는, 솜털이 난 쌀알 같은 것은 겨울눈이라고 한다. 새 가지와 잎이 그 속에서 봄이 오기를 가만히 기다리고 있다. 잡초들 사이로 얼핏 보이는 빨간 나무딸기의 진짜 이름은 겨울딸기다. 큼지막한 낙엽을 뒤집으면 가끔 겨울잠에 빠진 무당벌레가 잔뜩 붙어 있을 때도 있다.

"아, 진짜다."

에쓰코가 무당벌레들을 발견하고 소리치자 완다가 낙엽을 버석버석 밟으며 달려왔다. 나와 신지도 낙엽을 뒤집었지만 무당벌레는 없었다. 히로키는 귀찮다는 표정이었지만 그래도 운동화 앞부분으로 낙엽 뒷면을 살짝 확인했다. 그동안 부인은 잡초 속에 쪼그리고 앉아 겨울딸기를 많이 땄다. 우리는 쓰러진 거목에 한 줄로 앉아 흙냄새에 감싸인 채 겨울딸기를 받아먹었다. 시큼해서 귀 아래가 아팠지만, 그래도 입안에 퍼지는 과즙에서 조금이라도 단맛을 찾으려고 혀를 움직이자 희미한 단맛이 침에 녹아들었고, 그 맛에 점점 익숙해지자 슈퍼에서 파는 딸기보다 맛있게 느껴졌다.

"안 먹어?"

히로키만 겨울딸기를 먹지 않는다는 사실을 나와 에쓰코도 알아차렸지만, 눈치 없이 물어본 사람은 역시 신지였다.

"응, 배가 안 고파서."

"배 안 고파도 먹을 수 있어. 요렇게 작잖아. 자, 하나 먹어봐."

"됐어."

"왜?"

"됐다니까."

부인은 식물과 벌레에 대해 많이 알고 있을 뿐 아니라 만들기 실력도 좋았다. 얼룩조릿대 줄기를 잎 부근에서 5센티미터 정도 길이로 잘라내더니 커터 칼을 솜씨 좋게 놀려서 순식간에 메뚜기를 만들었다. 꼬리 쪽으로 쭉 뻗은 잎이 날개로 보이고, 가늘게 벗겨서 절묘한 각도로 꺾은 줄기 껍질은 다리가 됐다. 우리도 차례대로 커터 칼을 빌려서 메뚜기를 만들었다. 신지는 가짜 화석을 만들었을 때처럼 부족한 손재주를 발휘해 희한하게 일그러진 물체를 완성시키고는 기뻐했다. 나 혼자 제법 그럴듯해 보이는 메뚜기를 만들어내자 에쓰코도 "이야" 하고 감탄했다. 내가 메뚜기를 슬쩍 내밀자 에쓰코는 두 손가락으로 잡아서 진짜처럼 나무 위에 얹어놓았지만, 금방 완다가 다가와서 입에 덥석 넣어버렸다. 나는 너그럽게 미소지었지만 하마터면 완다를 때릴 뻔했다.

우리가 차례대로 메뚜기를 만드는 동안 오이 부인은 작은 보라색 열매가 달린 나뭇가지를 꺾었다. 하나 꺾을 때마다 키 작은 나무는 전체가 부르르 떨렸다. 나중에 알았는데 그것은 작살나무라는 나무였다. 부인은 작살나무 가지로 아주 근사한 왕관을 만들었다. 완성되자 에쓰코를 불러서 머리에 씌워주고 "어허" 하고 새된 소리로 감탄했다.

"예쁘다. 잘 어울리는구나."

에쓰코는 이쪽을 의식하는 듯 고개를 돌렸지만 나는 메뚜기를 한 마리 더 만들려고 적당한 얼룩조릿대를 찾는 척했다.

"엥, 도토리를 먹을 수 있어요?"

신지는 오이 부인이 모아온 모밀잣밤나무 열매를 의심스러운 눈으로 보았다.

"대부분은 떫어서 못 먹지만 모밀잣밤나무 도토리는 괜찮아. 보렴, 여기 모자 부분이 열매를 몽땅 감싸고 있는 게 모밀잣밤나무 도토리란다. 날로 먹을 수 있어."

"그럼 하나 주세요."

"씻고 나서. 개천에 가자꾸나."

오이 부인을 선두로 우리는 한 줄로 길게 늘어서서 산길을 나아갔다. 길은 아주 복잡하게 뒤얽혀 있었지만 부인은 산에 사는 동물처럼 정확하게 우리를 물가로 이끌었다. 도중에 얼굴을 반쯤 뒤로 돌려서 알아듣기 힘든 말을 했는데, 아마 발밑을 잘 살피라는 말이었던 듯하다. 우리 모두 갑자기 나타난 진창에 발이 빠져서 소리를 질렀다.

얼마 후 도착한 좁다란 개천은 햇빛이 반사되지 않는 각도에서는 아무것도 없어 보일 만큼 완벽한 무색이었다. 하지만 고개를 빼고 들여다보자 매끄러운 수면에 얼굴이 비쳤고, 그 아래 수초가 물살을 따라 흔들리고 있었다. 나는 수초 사이에서 작은 물고기를 한 마리 보았지만, 다른 사람에게 알려주기 전에 녀석은 모래를 흐트러뜨리며 어딘가로 사라지고 말았다.

"개천가에 돌을 둘러서 물을 가둬다오. 거기다 도토리를 넣으면 벌레 먹은 놈이 떠오르거든. 한눈에 알 수 있어."

우리는 돌을 둘러 물을 가둔 후 오면서 호주머니에 주워 담은 도토리를 전부 집어넣었다. 오이 부인이 팔을 걷어붙이고 물을 휘젓자 얼마 지나지 않아 도토리 대여섯 개가 수면에 떠올랐다. 부인은 그것들을 재빨리 집어서 풀숲에 내버렸다.

우리는 이로 껍데기를 깨고 도토리 알맹이를 맛보았다. 실제로 먹어볼 때까지는 반신반의했지만, 희미한 단맛이 도는 도토리는 밤과 생채소를 동시에 먹는 듯한 식감이 일품인 아주 독특

한 먹거리였다. 무엇보다 껍데기를 딱, 깨고 알맹이를 씹을 때마다 귓속에 오도독오도독 소리가 울려퍼지는 것이 그야말로 나무 열매를 먹고 있다는 실감이 났다.

"아무리 그래도 이건 먹고 싶겠지."

신지가 작은 목소리로 히로키에게 물었다. 나는 그 모습을 보고 아까 겨울딸기를 권한 것도 신지 나름의 배려였나 싶었다. 히로키도 신지의 마음을 알았는지 그제야 고개를 살짝 끄덕이고 물속에서 도토리 하나를 집어 입에 넣었다.

"……웃!"

연기인가 했다. 일단 그렇게 연극배우 같은 표정을 짓고 나서 "맛있어!"라고 말하리라 예상했다. 하지만 히로키는 그 표정 그대로 눈을 희번덕거리더니 입에서 침과 함께 도토리를 퉤 뱉었다.

"써! 뭐야 이거, 엄청 쓰잖아!"

"아아, 방금 그건 상수리나무 도토리야. 못 먹는 거지."

히로키는 고개를 홱 젖혀 오이 부인의 얼굴을 올려다보았다.

"말해주려고 했는데 그전에 네가 먹어버려서 말이다."

히로키는 개천을 향해 쪼그리고 앉아 양손으로 물을 떠서 입을 헹구기 시작했다. 비싸 보이는 스웨터 가슴께가 축축해져서 저러다 나중에 감기에 걸리지 않을까 싶었다. 예상은 적중했지만 설마 그 감기가 그런 일을 초래할 줄은 상상도 못했다.

3

"여름이 되면 이 개천에 반딧불이가 날아다녔단다. 지금도 있으려나. 옛날에는 아주 많았어. 강에 빛이 비쳐서 더욱 많아 보였지."

우리는 개천가 돌에 따로따로 앉아 다시 모밀잣밤나무 도토리를 맛보았다. 히로키도 스웨터 아래 배 언저리에 넣어둔 휴대용 손난로로 번갈아 손을 덥히면서 뒤처진 것을 만회하겠다는 듯이 도토리를 바쁘게 집어 먹었다.

"메고이코 호수에 비친 불꽃놀이처럼요?"

내가 물었지만 오이 부인은 왠지 모르게 대답이 없었다. 내 말이 들리지 않았나 싶어서 다시 말하려고 하자 그제야 입을 열었다.

"그렇지, 비슷하겠구나. 메고이코 호수에서 열리는 불꽃놀이도…… 한번 더 보고 싶구면."

하지만 결국 부인은 메고이코 호수의 불꽃놀이를 두 번 다시 보지 못했다.

"이제 금방이잖아요. 겨울철 불꽃놀이. 2월 초니까요."

에쓰코가 말했다. 이번에도 부인은 바로 대답하지 않고 수면을 바라보며 두루주머니 주둥이 같은 입술을 삐죽 내밀었다. 부인은 딱 하나 먹은 도토리 껍데기를 손바닥에 얹고 의미도 없이 손가락으로 집었다 놨다 하다가 마치 지금까지 무슨 이야기를 했는지 잊어버린 것처럼 느닷없이 말을 꺼냈다.

"기요가 2학년이던 해 여름에 우리 딸이 죽었잖니, 병으로."

우리 딸이란 기요타카의 어머니를 가리킨다. 기요타카네 아버지는 오래전 이혼해서 동네를 떠났고, 이 년여 전에 어머니가 병으로 돌아가시고 이제는 기요타카와 오이 부인 둘뿐이다.

"그때 기요 녀석이 몇 날 며칠 울었거든. 선생님 이야기를 들어보니 학교에서는 울지 않은 모양이다만 그 몫까지 집에서 운 거겠지. 정말이지 저녁밥도 먹지 않고 펑펑 울었어."

그랬구나. 학생 수가 적은 학교라서 2학년 때도 기요타카와 같은 반이었는데 당시는 지금만큼 친하지 않았다. 어머니가 돌아가셨다는 이야기를 몇 다리 건너 들은 후 은근슬쩍 눈치를 살폈지만 갑자기 말수가 없어졌다는 느낌이 들었을 뿐 집에서 펑펑 울며 지냈을 줄은 상상도 못했다.

"기요는 엄마를 아주 좋아했거든…… 뭐, 제 엄마를 싫어하는 아이가 어디 있겠느냐마는. 난 말이다, 우리 딸이 살아 있을 적에는 어디 나갈 때 일부러 다른 볼일을 만들어서 둘만 내보내고는 했어. 내가 같이 있으면 기요가 엄마한테 어리광을 못 부릴 테니까. 아빠도 없고, 엄마는 돈 버느라 바쁘니까 가끔 밖에 나갈 때는 마음껏 어리광을 부려야 하지 않겠니? 기요 녀석, 늘 엄마한테 찰떡처럼 붙어서 돌아다녔지."

벌써 몇 번이나 회상한 일을 다시 떠올리는 듯한 말투였다. 오이 부인은 턱에 힘을 주고 입술을 찡그리더니 고개를 끄덕이듯이 목을 살짝 흔들었다.

"그래서 우리 딸이 죽고 나니 어찌해야 좋을지 모르겠더구나. 둘이서 같이 나가본 적은 거의 없어. 같이 살면서도 마주앉아 찬찬히 이야기를 나누어본 적도 없지. 그런 손자가 눈앞에서 밤새 우는 거야. 참 난감했지."

오이 부인은 우리 얼굴을 힐끔 보더니, 지금까지 스스로 이야기를 술술 풀어놓은 것이 겸연쩍은 듯이 눈을 돌렸다. 그다음부터는 한 번도 우리에게 고개를 돌리지 않고 이야기했다. 수면에 반사된 햇빛이 기름기 없는 뺨을 반짝반짝 비추었다.

"그때 이 개천의 반딧불이가 생각났지. 무슨 별난 것이라도 보여주면 조금은 마음이 풀리지 않을까 싶었어. 하기야 뭐든지 상관없었단다. 기요가 모르는 것, 한 번도 본 적이 없는 것이라면 뭐든 좋았어. 하지만 먹고살기도 힘든데 뭘 사줄 여력이 있겠니?"

그래서 오이 부인은 그해 여름 저물녘에 기요타카를 여기 데려왔다고 한다. 둘이서 나간 것은 그때가 거의 처음이었다며 쓴웃음을 지었지만, 수면을 향한 눈은 먹빛에 잠겨서 서글퍼 보였다.

"그때 여기 오길 잘했어."

두 사람은 지금 우리가 있는 이 근처에 앉았다고 한다.

반딧불이를 구경하는 동안 기요타카는 아무 말도 하지 않았다. 잠자코 눈앞을 둥실둥실 날아다니는 반딧불이만 바라보았다. 그래서 오이 부인은 불안했다. 손자가 도대체 무슨 생각을 하는지 전혀 짐작이 가지 않았다. 하지만 물어보거나 속을 떠볼 수도 없어서 부인도 잠자코 있었다.

"우리가 그렇게 조용히 있어서인지는 모르겠다만, 반딧불이가 엄청 많이 날아왔어. 개천에 비친 것까지 합치면 그야말로 어마어마했지. 그놈들이 전부 느긋하게 컴컴한 어둠속을 날아다니는 게야. 이따금 별똥별처럼 빠르게 쉭 날아가기도 하고."

내가 아름다웠겠다고 생각한 순간 마치 대답처럼 오이 부인이 살며시 고개를 끄덕였다. 그때의 반딧불이를 다시 한번 보려는 듯이 부인은 눈을 감았다. 하지만 완전히 감지는 않고 선잠에 빠지기 직전처럼 가늘게 벌어진 눈꺼풀 틈새로 개천을 바라보았다.

"여태껏 그때 기요가 무슨 생각을 했는지 물어본 적은 없고 녀석도 가르쳐주지 않았지만, 분명 이런저런 생각을 많이 했을 게야."

기요타카는 오랫동안 말없이 반딧불이를 바라보았다고 한다.

"그러다 갑자기 말을 꺼냈지. 제 엄마가 죽고 나서 처음 듣는 야무진 목소리였어. 지금 같은 목소리였지. 엄마가 죽기 전도, 죽은 직후도 아니라 딱 지금의 그 녀석 목소리 말이다."

그 목소리로 기요타카는,

─예쁘네.

그렇게 말했다고 한다.

"그리고 느닷없이 일어섰지. 뭐랄까, 이제부터 운동회를 시작하기라도 하는 것처럼 기운차게 일어서서 할머니, 집에 갈까, 하고 밝은 목소리로 말했어. 내가 대답도 하기 전에 등을 휙 돌리고 총총히 걸어가더구나. 나는 뭐가 뭔지 잘 몰랐지만 더운물을 마신 것처럼 갑자기 가슴속이 따뜻해졌어. 늙은이를 혼자 두고 가지 말라고 하면서 기요를 냅다 쫓아갔지."

순박한 웃음이 부인의 뺨에 새겨졌다.

"그후로 녀석은 굳세졌어."

부인이 이야기를 마치자 방금까지 속삭이듯이 나지막하게 들리던 개천 물소리가 확 커졌다. 완다가 몸을 움찔거려서 발치의 돌이 움직이는 소리도 몹시 또렷하게 귀에 와닿았다. 무슨 말을 꺼내면 그 목소리도 크게 들릴 것만 같아서 나는 그저 내 발끝만 바라보았다. 모두 나와 같은 기분이었으리라. 겨울철 물소리에 귀기울일 뿐 아무도 입을 열지 않았다. 낙엽 하나가 빙글빙글 돌면서 눈앞을 굴러갔다. 작고 거무스름한 새가 날아와서 솔질하듯이 수면을 스치더니 나무들 너머로 사라졌다.

"여기서 한번 더 그 반딧불이를 보면…… 기요는 다시 굳세질 수 있을까."

부인이 손바닥에 얹은 도토리 껍데기를 바라보며 중얼거렸다.

"기요타카는 이미 충분히 굳세다고 생각하는데요. 그렇지?"

신지가 동의를 구하자 우리는, 히로키마저 곧장 고개를 끄덕였다.

우리의 반응에 부인이 꺼낸 말을 나는 그후로 몇 번이나 다시 떠올렸다.

"더 굳세져야 해."

부인은 생뚱맞게 느껴질 만큼 힘있는 목소리로 말한 후 자기 말에 놀란 듯이 두 눈을 깜빡이며 턱을 끌어당겼다.

"뭐, 어쨌거나 한번 더 여기서 반딧불이를 보고 싶구나. 기요 랑 함께. 반딧불이랑…… 그래, 아까 말한 메고이코 호수의 불꽃놀이도 보고 싶어. 그 두 가지가 이 동네에서 기요랑 함께 만든 가장 큰 추억이니까."

오이 부인이 고개를 살짝 숙였다. 빛이 비치는 각도가 바뀌어 서인지 갑자기 폭삭 늙은 것처럼 보였다.

결국 그때는 부인이 왜 갑자기 반딧불이와 불꽃놀이, 기요타 카 이야기를 꺼냈는지 몰랐다. 그 상태로 부인을 따라 일어서서 개천을 등지고 산길 쪽으로 걸음을 옮겼다.

살갗에 와닿는 산 공기는 차가웠지만, 나뭇가지 틈새로 내리 비치는 모자이크 같은 햇빛은 사락사락 보드라운 소리가 들려올 것처럼 하얗고 밝았다. 오이 부인은 "아이구, 춥다" "나도 아직 은 젊어" 하고 혼자 있을 때는 입 밖에 내지 않을 법한 혼잣말을 하면서 우리 앞을 걸어갔다. 그 말을 들으며 나는 가족이란 것에 대해 생각했다. 태어나서 처음으로 그런 일에 머리를 쓰는 나와 달리 기요타카는 분명 생각해본 적이 있으리라. 몇 번이나. 그때까지 한 번도 그런 생각을 해보지 않고 살아온 나는 행복한 사람이었을 것이다.

바람이 주변의 나뭇잎을 흔들자 우리는 일제히 목을 움츠렸다. 나뭇가지에서 떨어진 붉은 나뭇잎이 얼굴 바로 앞을 스쳐서 엉겁결에 눈을 질끈 감으려는 순간 "아" 하고 짤막한 목소리가 들렸다. 그것이 오이 부인의 목소리임을 알았을 때 부인의 모습은 이미 어디에도 없었다.

촥, 하는 소리가 울려퍼지고 완다가 목청을 높여 짖었다.

"할머니!"

히로키가 산길 옆의 나무에 오른팔을 감고 몸을 내밀었다. 우리도 달려가서 땅에 무릎을 꿇고 엎드렸다. 오이 부인은 2미터쯤 되는 낭떠러지 아래 떨어져서 신음하고 있었다.

4

"어디 부러진 것 같았어? 말씀은 잘 하시고?"

기요타카가 산길을 달리며 연달아 물었다. 나와 신지가 애매하게 대답한 후 급하게 내려와서 잘 모르겠다고 설명하자 기요타카는 "도대체 생각이 있는 거야 없는 거야!" 하고 고함쳤다. 하지만 우리에게 화낸 것은 아니었다.

"자기 몸 상태는 할머니가 제일 잘 알면서, 왜 산 같은 데를……"

기요타카는 우리를 떼어놓고 황급하게 산길을 쭉쭉 나아갔다. 정확하게 어디인지 듣지도 못했으면서 다 안다는 듯한 걸음걸이였다.

―사람을 불러올게요!

오이 부인이 떨어진 후 에쓰코가 외치고 몸을 돌렸다. 하지만 부인은 고통으로 인상을 쓰면서도 손을 내저으며 괜찮다, 됐어, 하고 만류했다. 낭떠러지 아래로 뛰어내린 완다가 부인에게 얼굴을 들이밀고 걱정스러운 듯이 낑낑거렸다. 부인은 똑바로 일어설 수 없는 모양이었다.

―괜찮기는요, 바로 사람을 불러올게요! 아, 그래, 반으로 나누는 편이 낫겠다.

우리는 재빨리 상의해서 에쓰코와 히로키가 남고 나와 신지가 사람을 부르러 산을 내려가기로 결정했다. 그리고 서둘러 산기슭으로 달려가던 중, 자전거를 세워둔 곳 근처에서 이쪽으로 달려오는 기요타카와 마주쳤다.

"개천 쪽이지? 툭 튀어나온 커다란 바위 근처."

"응, 거기서 돌아오는 길에 낭떠러지에서 떨어지셨어. 그런데 어떻게―"

내 말이 끝나기도 전에 기요타카가 대답했다.

"할머니, 나랑 같이 반딧불이를 보고 싶다고 했거든. 여름이나 되어야 볼 수 있을 거라고 했더니 그 개천만 봐도 좋겠다면서 병실 창문으로 계속 산을 바라봤어."

"병실?"

"아, 누나랑 히로키다!"

강으로 이어지는 길로 뛰어들려고 하는데, 앞쪽에서 두 사람이 얼룩조릿대를 헤치며 올라오는 모습이 보였다. 둘 다 금방이라도 울음을 터뜨릴 것 같은 표정이었다.

"할머니가 우리한테 손수건을 물에 적셔오라고 하셨어. 다리 찜질을 하고 싶으시다고. 내가 위에서 손을 뻗어 손수건을 받아서 개천에 가려고 했더니 위험하니까 히로키도 같이 가라고…… 나 혼자도 괜찮다고 했더니 안 된다고 화를 내서……"

둘이서 개천으로 가서 손수건을 적셔서 돌아오자 부인이 없었다고 한다.

그 말을 듣자마자 기요타카가 맹렬하게 얼룩조릿대 속으로 뛰어드는 통에 우리는 허둥지둥 뒤쫓아갔다. 낭떠러지 위에 도착하자 부인의 모습은 온데간데없고, 완다 혼자 마치 살아 있는 장식품처럼 가만히 앉아 있었다. 우리는 앞장선 기요타카를 따라 산길을 빙 둘러 낭떠러지 아래로 이동했다.

"야, 여기서 뭐하는 거야!"

기요타카가 호통치자 완다는 흠칫 놀라 목을 움츠리더니 눈을 치뜨고 기요타카를 보았지만, 몸을 움직일 기색이 없었다.

"젠장, 할머니가 가만히 있으라고 명령한 거야."

기요타카는 느닷없이 손바닥으로 완다의 머리를 내리쳤다.

"그런 명령 안 들어도 돼! 이 멍청이! 똥개야!"

기요타카는 초등학생의 어휘력을 총동원해 완다의 지능과 생김새에 대한 욕설을 내뱉었고 그때마다 완다의 머리를 한 대씩 내리쳤다. 완다는 오이 부인의 명령을 충실히 이행하겠다는 듯이 기요타카의 손찌검과 욕설을 묵묵히 견디다가 어느 순간 갑자기 새로운 명령을 알아들은 것처럼 벌떡 일어서서 기요타카의 얼굴을 바라보았다.

"할머니한테로 가!"

"우워엉!"

완다가 달려가자 기요타카도 뒤따라 뛰어갔다. 길도 아닌 길을 나아가며 기요타카는 사정을 간략하게 설명해주었다.

가을이 끝날 무렵, 오이 부인은 병에 걸려 버스로 이십 분 거리에 있는 병원에 다녔다고 한다. 그러다 이달 들어 증상이 심해져서 입원했다. 그런데 그 병원에 충분한 설비가 없어서 머지않아 멀리 떨어진 병원에 입원하기로 했다고 한다.

"할머니는 그게 싫은 거야. 이 동네를 떠나고 싶지 않은 거지."

오이 부인이 병원을 빠져나온 것은 이번이 두번째라고 했다.

"저번에도 내가 메고이코 호수 쪽에 있던 할머니를 찾아내서

화를 냈어. 의사선생님이랑 간호사 누나가 걱정하는데 왜 이러
느냐고. 남들 입장도 좀 생각하라고."

그래서 오이 부인은 골목길에서 마주친 우리를 여기로 데려온
걸까. 우리가 동네를 돌아다니다가 기요타카와 마주치면 큰일이
다 싶어서. 그러면 기요타카가 찾아와서 병원으로 돌려보낼 테
니까.

그때였다.

완다가 뒤집어진 목소리로 짖었다. 앞쪽에 우거진 얼룩조릿대
사이로 탈주병처럼 헐레벌떡 달리는 오이 부인의 뒷모습이 보였
다. 뒤를 돌아본 부인은 "앗" 하고 외마디소리를 지르고 더욱 속
도를 높여 허둥지둥 달아났지만, 아무리 그래도 우리 발이 더 빨
랐다.

약 이십 초 후, 부인은 애쓴 보람도 없이 붙잡혔다.

"조금만 더 있다가…… 집에 들러서 네 얼굴 보고…… 병원
에 돌아가려고 했어."

"어지간히 좀 해!"

말을 마치자마자 기요타카가 콜록거렸다.

"네가 오늘 아침에 병원에 전화 걸어서…… 감기 때문에 학교
를 쉬겠다고 했잖니? 그래서 걱정이 돼서…… 그만 병원을 빠져
나온 게야."

"누가 누굴 걱정한다고 그래!"

기요타카는 으르렁거리듯이 고함치고 다시 콜록거리다가 사레에 들려 캑캑댔다. 겨우 가라앉자 다시 부인을 노려보았다.

"할머니, 병원에서 여기까지 버스 타고 왔지! 버스비도 공짜가 아니잖아. 내가 뭣 때문에 급식으로 나온 빵 같은 걸 집에 가져가는데. 내 식비를 조금이라도 아껴서 할머니 병원비에 보탬이 되려는 거잖아. 병을 치료하려면 돈이 들어. 많이 든다고. 그런데 멋대로 병원을 빠져나와서, 돈을 써가며 버스를 타고, 이렇게 추운 산속에……"

기요타카의 목소리가 점점 작아지다가 결국 쓸쓸한 숨소리가 되어 사라졌다.

실은 그런 말을 하고 싶지 않았으리라. 기요타카는 우리 앞에서 돈 이야기를 꺼내기 싫어했고, 실제로도 의료비보다 부인의 몸을 더 걱정했다. 하지만 그렇게라도 말하지 않으면 부인이 또 병원에서 달아날 거라고 생각한 것이다. 그 증거로 기요타카의 얼굴은 몹시 괴로워 보였다. 애달파 보였다. 우리는 아무 말도 못하고 눈을 내리깐 채 그저 두 사람 옆에 우두커니 서 있었다. 책임감이 무거웠지만, 구체적으로 어떤 책임감을 어떻게 느껴야 할지 몰랐다.

"병과…… 이사라."

신지가 내뿜은 하얀 입김이 희미해지며 석양 속으로 사라졌다. 기요타카와 오이 부인, 완다와 산 아래에서 헤어진 우리 네 명은 자전거를 밀면서 터벅터벅 집으로 향하고 있었다.

—할머니가 멀리 떨어진 병원으로 가신다고 했잖아. 그럼 넌 어떻게 해?

산을 내려오면서 신지가 작은 목소리로 묻자 기요타카는 잠시 아무 말 않다가 대답했다.

—따라갈 거야.

—따라가다니, 전학?

—뭐, 그렇지.

언제냐고 신지가 묻자 기요타카는 다음달 말이라고 대답했다.

그래서 오이 부인은 불꽃놀이와 반딧불이를 보고 싶어한 것이다.

자전거를 세워둔 곳에 도착할 때까지 우리는 아무도 입을 열지 않았다. 그저 각자의 마음이 고요한 공기를 묵직하게 채울 뿐이었다. 자전거 지지대를 발로 걷어올렸을 때 에쓰코가 생각났다는 듯이 부인의 병에 대해 기요타카에게 슬쩍 물어보았다. 하지만 기요타카는 바로 옆에 있는 부인이 신경쓰이는지 애매하게 고개만 저었다.

"아아, 나 감기 걸렸나봐. 맛없는 도토리를 먹고 급하게 입을 헹구다가. 큰일이네, 크리스마스 전에 감기라니."

히로키를 무시하고 에쓰코가 중얼거렸다.

"기요타카랑 할머니를 도와줄 방법이 없으려나……"

에쓰코는 자전거 손잡이를 잡은 제 손을 내려다보았다. 손잡이에는 오이 부인이 작살나무로 만들어준 왕관이 걸려 있었다. 고개를 숙인 에쓰코의 어깨 너머로 반쯤 녹은 사탕 같은 겨울 해가 지고 있었다.

"병이라는데 뭘 어쩌겠어. 우리가 신도 아니고."

신지가 아랫입술을 자꾸 잡아당기면서 말했다. 에쓰코는 고개를 끄덕였다. 우리의 긴 그림자가 골목 옆으로 뻗어 있었다.

―신세 많았다.

헤어질 때 오이 부인은 우리를 돌아보고 빙긋 웃었다. 그 얼굴은 웃기 전보다 몇 배는 구슬퍼 보였다.

자전거를 밀며 집으로 가는 동안 솜으로 가득찬 것처럼 목구멍이 답답했다. 나는 열심히 생각했다. 어떻게든 힘이 되어줄 수 없을까. 도움을 줄 수 없을까.

5

크리스마스 전날인 월요일에 방법을 찾아냈다.

2교시가 끝나고 쉬는 시간에 교실 뒤편에서 커다란 소리가 났다. 무슨 일인가 싶어 돌아보니 에쓰코가 열린 문으로 상체를 들이밀고 교실 벽을 두드리고 있었다. 신지가 몹시 짜증난다는 표정으로 일어섰다.

"……뭐야. 우리 반에 오지 말라고 했잖아."

"시끄러워, 멍청아. 좋은 정보를 가져왔건만."

"정보라니?"

신지 옆에서 내가 물었다.

"있지, 반딧불이는 애벌레 때부터 빛이 난대."

무슨 뜻인지 알겠지, 하는 표정으로 에쓰코가 나를 보았지만 전혀 짐작이 가지 않았다. 에쓰코는 내용물을 확인하듯이 내 머리를 손끝으로 톡톡 두드렸다.

"1교시랑 2교시 내내 도서실에서 빌린 책을 읽었어. 지금부터 그 책에서 알아낸 내용을 말해줄 테니까 잘 들어, 알았지? 일단 반딧불이는 애벌레 때부터 빛이 나. 애벌레는 민물에 서식하는데."

에쓰코는 나와 신지의 표정을 읽고 고쳐 말했다.

"그러니까 개천 같은 데 산다는 뜻이야. 그리고 나방 애벌레처럼 생겼는데 크기는 약 1센티미터에 까만색이야. 알에서 태어난 후 여름이 와서 성충이 될 때까지 개천에 산대. 즉—"

"잠깐."

알았다.

"지금 반딧불이 애벌레가, 빛나는 애벌레가 개천에 있다는 거구나!"

"그래, 있어!"

6

"있어?"

"모르겠어."

"모르겠다니 무슨 소리야."

"뭐가 반딧불이 애벌레인지 모르겠다고."

신지는 반년 만에 벽장에서 꺼냈다는 매미채 속을 초조한 표정으로 주물럭거렸다. 완다가 흥미진진하다는 듯이 신지의 손에 코를 갖다댔다. 나는 대시의 수조를 샀을 때 덤으로 받은 네모난 소형 뜰채를 다시 개천에 집어넣고 모래와 자갈을 떠냈다. 얼굴을 가까이 대고 차분히 관찰해보았지만 움직이는 것은 하나도 없었다. 운동화에 스며든 물이 발끝을 깨무는 것처럼 차가웠다.

"잡을 방법 정도는 생각하고 왔어야지……"

감기에 걸린 히로키는 극구 권하지도 않았는데 따라와놓고서, 몸이 나른하다며 반딧불이 애벌레 잡기에는 끼지 않고 턱을 머플

러에 파묻은 채 개천가에 쪼그리고 앉아 있었다. 그러면서 스웨터 밑에 넣은 휴대용 손난로를 만지작거리며 불평만 늘어놓았다.

애벌레가 빛난다고 하니 빛나는 곳을 뜰채로 떠내면 쉽게 잡을 수 있지 않을까 싶었지만 그렇게 간단한 문제가 아니었다. 빛이 난다 해도 대낮에는 보이지 않는다. 방과후까지 기다렸다가 뜰채를 챙겨서 산에 왔지만 아직 한 마리도 못 잡았다.

"기요타카한테 전화해서 반딧불이 애벌레 잡는 방법을 물어볼걸 그랬어. 그 녀석 이런 데 빠삭하잖아. 메고이코 호수에 거대 잉어를 잡으러 갔을 때도 미끼 만드는 방법을 잘 알고 있었고."

물밑의 모래와 자갈을 다시 떠낸 신지가 매미채 속을 들여다보았다. 기요타카는 오늘도 학교를 쉬었다. 어제 일로 감기가 더심해졌는지도 모른다.

"결국 아무것도 못 잡았지만."

뒤에서 히로키의 코맹맹이 소리가 들렸지만 신지는 무시하고 말을 이었다.

"뭐 미끼로 쓸 만한 것 없을까? 누나, 반딧불이 애벌레는 뭘 먹어?"

에쓰코는 챙겨온 『반딧불이의 일생』을 숄더백에서 꺼내 페이지를 넘겼다. 도서실에서 대출한 책이었다.

"어디 보자…… 다슬기라는데. 우렁이같이 생겼는데 가늘고 길쭉해."

"그거면 아까 봤어."

신지는 옆에 버린 모래를 더듬어 뾰족한 담갈색 꽈배기처럼 생긴 것을 주워들었다. 방금 내가 퍼낸 모래와 자갈 사이에도 그런 고둥이 있었다.

"야, 리이치. 일단 다슬기를 모아보자. 급할수록 돌아가라는 말도 있잖아."

그리하여 우리는 다슬기부터 잡기 시작했다. 이건 아주 간단해서 나와 신지는 순식간에 다슬기를 각자 열몇 마리씩 잡았다. 우리는 다슬기를 넣은 뜰채를 물이 제일 천천히 흘러가는 곳에 살짝 가라앉혔다. 요컨대 덫을 놓는 작전이다.

이 작전은 대성공이었다.

"혹시 이건가? 누나, 이거야? 거머리처럼 까만 거?"

잠시 기다렸다가 뜰채를 확인하자 몸길이 1센티미터쯤 되는 생물 다섯 마리 정도가 저마다 다슬기 껍데기에 머리를 쑤셔박고 꿈틀대고 있었다. 새카맣고 몸 양쪽에 짧은 다리가 수없이 달려 있는 것이 어머니가 보면 기절할 것 같았다.

그 검은 생물을 『반딧불이의 일생』에 실려 있는 사진과 꼼꼼히 비교한 결과, 우리는 그것이 겐지반딧불이*의 애벌레라고 확신했다. 신지가 '다슬기 트랩'이라고 이름 붙인 덫을 네 번 정도

---

* 일본의 대표적인 반딧불이. 크기 1.5센티미터의 대형이다.

개천에 설치한 결과 스무 마리 넘는 애벌레를 잡는 데 성공했다. 애벌레들은 에쓰코가 준비한 잼 병 속에서 꿈틀꿈틀 우왕좌왕 헤엄쳤다.

"누나, 가방 줘."

신지는 에쓰코의 숄더백에서 손수건과 휴지, 반창고, 『반딧불이의 일생』을 꺼내고 애벌레가 든 병을 넣었다. 다 함께 가방 주변을 감싸고 서서 앞머리가 닿을 만큼 얼굴을 가까이 들이대자 가방 속이 어두워졌다. 하지만.

"……빛이 안 나는데."

신지가 눈살을 찌푸렸다.

"……왜 그러지."

나도 고개를 갸웃했다.

그로부터 몇 분간 서로 이마를 맞대고 관찰해보았지만 애벌레들은 전혀 빛나지 않았다. 히로키가 입술을 달싹여 투덜거렸다. 우리 사이에 당혹감이 퍼져나가고 누군가 먼저 말을 꺼내기를 기다리는 듯한 분위기가 형성되었을 때, 에쓰코가 생각에 잠긴 얼굴로 자리를 벗어나 돌 위에 놓아둔 『반딧불이의 일생』을 뒤적였다.

"아."

에쓰코가 고개를 들고 딱딱한 얼굴로 웃었다.

"내가 제대로 안 읽었나봐."

뭐가, 신지가 탐색하듯이 물었다.

"있지, 반딧불이 애벌레는."

"응."

"여름이 다가와서 따뜻해져야 빛이 난대."

"끄아아아아!"

신지가 하늘을 올려다보았다. 보이지 않는 동물이라도 끌어안고 있는 것처럼 양손을 가슴 앞으로 들어올린 채였다.

"뭐야, 그럼 지금은 빛이 안 난다는 거잖아. 어른벌레든 애벌레든."

낙담이 머리를 짓누르자 몸을 지탱하고 있기 힘들어서 나는 하마터면 세상에서 제일 어린 노인이 된 것처럼 제자리에 주저앉을 뻔했다.

"이렇게 많이 잡았는데 아무 의미도 없다니, 끄아아아아."

그때, 해주면 되잖아, 라는 목소리가 히로키의 입에서 나온 듯했다.

우리가 돌아보자 히로키는 다시 한번 언짢은 듯이, 하지만 이번에는 잘 들리도록 말했다.

"따뜻하게 해주면 되잖아."

뭘, 하고 신지가 물었다.

물을, 하고 히로키는 스웨터 밑에 손을 넣었다.

212

7

천장의 전등을 끄고 커튼을 친 후 커튼 위에 모두의 웃옷을 걸자 병실이 깜깜해졌다.

"얘야, 기요…… 너희."

"괜찮아."

기요타카는 마치 불안해하는 아이를 달래는 어른처럼 말하고 오이 부인이 입은 솜옷 어깨에 가만히 손을 얹었다.

크리스마스 당일, 우리는 종업식을 마친 후 각자 집에서 점심을 먹고 버스 정류장에 집합해 오이 부인이 입원한 병원으로 향했다. 2인실이었지만 어제까지 옆 침대를 썼다는 노인이 마침 퇴원해 병실에는 부인 혼자뿐이었다.

우리가 조용히 병실로 들어갔을 때 오이 부인은 침대 위에 상반신을 일으키고 앉아 창밖을 보고 있었다. 어깻죽지와 혈관이 불거진 목 언저리에 꼼짝 않고 계속 같은 자세를 유지한 사람 특유의 쓸쓸한 선이 생겼다. 우리가 깜빡하고 문을 두드리지 않았다는 걸 깨달음과 동시에 부인이 고개를 이쪽으로 돌렸다. 당혹스러운 표정을 짓는 부인에게 저마다 인사하고 멋대로 준비를 시작했다. 아무 설명 없이 시작하는 편이 낫겠다고 사전에 상의해두었다.

"누나."

신지가 신호하자 에쓰코가 숄더백에서 잼 병을 꺼냈다. 에쓰코는 침대 옆에서 이불 위로 뻗어나온 작고 하얀 테이블에 병을 내려놓았다. 어두워서 내용물이 보이지 않았지만 안에는 물과 반딧불이 애벌레들, 그리고 애벌레들이 굶어죽으면 큰일이니 다슬기 한 마리를 넣어두었다.

히로키가 바지 앞주머니와 뒷주머니를 뒤져서 휴대용 손난로 네 개를 꺼냈다. 하나를 병 아래 놓고 나머지 세 개로 주변을 감싸자, 에쓰코가 손목에 채워둔 검은색 고무줄로 둘둘 감아 손난로를 병에 고정시켰다.

"다 됐어."

기요타카는 눈높이를 맞추듯이 오이 부인 옆에서 허리를 구부렸다. 부인은 수상쩍어하는 표정으로, 기요타카는 조금 쑥스러워하는 표정으로 나란히 테이블 위의 병을 바라보았다.

그리고.

"……빛난다!"

에쓰코가 소리지르더니 재빨리 고무줄과 휴대용 손난로를 병에서 떼어냈다. 그 순간 병 속에서 녹색 빛이 뿜어져나와 병실 벽과 천장, 창문에 걸린 우리 웃옷, 우리 뺨과 이마, 놀라서 커진 오이 부인의 두 눈을 일제히 비추었다. 그렇게 보였다. 물론 실제로는 말도 안 되는 이야기지만 정말로 그렇게 느껴졌다.

병 속에서 수많은 반딧불이가 날아다니고 있었다. 녹색 빛들이 서로 흔들거리며 가까워졌다가 멀어졌고, 때로는 병 속을 숙가로지르기도 하면서 아름답게 빛났다.

신지가 바지 뒷주머니에서 캔필통을 꺼내 병 뒤편에 놓았다. 반딧불이들이 발하는 희미한 빛을 받고 필통 표면에 그려진 그림이 희미하게 모습을 드러냈다. 신지가 싫어하던 만화 같은 나무들은 우리의 바람과 흥분 속에서 완벽히 산의 풍경으로 변모해 반딧불이들을 당당하게 지켜보았다.

"이거, 그 개천의 반딧불이야."

기요타카가 오이 부인의 귀에 입을 갖다대고 속삭였다.

"아직 애벌레지만, 친구들이 잡아준 거야."

오이 부인은 말없이 눈앞에서 빛나는 녹색 빛을 바라보았다. 말문이 막힌 것도, 할말을 찾고 있던 것도 아니리라. 두 눈에 당혹감이 서려 있는 동안은 둘 중 하나였을지도 모르지만, 당혹감이 사라지고 나서는 분명 아니었다. 오이 부인은 가슴속으로 누구에게랄 것 없이 속삭이고 있었다. 우리는 그걸 알고 있었다. 부인은 잠시 후 그 속삭임을 입 밖으로 꺼냈다.

"다시는…… 못 볼 줄 알았는데."

꿈꾸는 듯한 목소리였다. 그러고는 입을 가볍게 다물고 반딧불이에 시선을 고정한 채 이따금 눈을 가늘게 오므렸다가, 놀란 듯이 크게 떴다가 하면서 오랫동안 아무 말이 없었다. 젖어든 눈동자 표면이 아주 조금만 움직여도 반짝반짝 빛났다.

"실은 불꽃놀이도 보여드리고 싶었는데."

에쓰코가 미안하다는 듯이 말했다.

그렇다, 우리는 불꽃놀이에 대해서도 상의했다. 하지만 아무리 머리를 싸매도 방법을 찾을 수 없었다. 반딧불이가 날아다니는 정경을 재현할 멋진 방법을 고안해낸 탓에 불꽃놀이를 못해서 억울한 마음이 더욱 커지다니 얄궂은 일이었다.

"여러모로 생각해봤어요. 가게에서 파는 불꽃놀이 세트를 사서 병실에서 보이는 곳에서 쏘아올리면 어떨까 싶기도 했는데, 요즘은 어디에도 팔질 않아서……"

오이 부인이 살며시 고개를 저었다. 그 얼굴이 아주 행복해 보여서 이것만으로 충분하다고 말해주는 느낌이었다.

"히로키, 사진 찍어줘."

내가 귓속말하자 히로키는 하는 수 없다는 듯이 목에 걸고 있던 카메라를 들어올렸다. 히로키 아버지는 성미 급하게도 전날인 크리스마스이브에 아들에게 선물을 주었다. 근사한 일안 리플렉스 카메라였다. 그걸 자랑하는 이야기를 듣고 우리는 병실에서 빛나는 반딧불이 애벌레들을 사진으로 찍어달라고 히로키에게 부탁했다. 그러면 다른 병원으로 옮긴 후에도 부인은 언제든 반딧불이를 볼 수 있다. 불꽃놀이를 보여주지 못하는 대신 우리가 생각해낸 방법이었다.

히로키가 멋지게 자세를 잡았다. 왼손을 턱 아래로 내밀어서 렌즈 조리개를 만지작거리는 것이 아주 익숙해 보였다. 지금까지 아버지 카메라를 다루어본 경험 덕분일 것이다. 메마른 셔터 소리가 두 번 울려퍼졌다. 빛이 약하니까 셔터 속도를 느리게 해서 찍었구나. 나는 올여름에 얻은 지식을 되새겼다.

"잘 찍혔어?"

"아직 몰라, 현상해봐야 알지."

"그럼 혹시 모르니까 한 장 더 찍자."

히로키는 불만스러운 듯이 코를 훌쩍이며 다시 카메라를 들어올렸다. 그런데 셔터를 누르기 전에 "음" 하는 소리를 냈다.

"뭔가…… 반딧불이 같은 느낌이 사라졌는데."

병을 보니 확실히 빛의 상태가 변했다.

이리저리 흩어져 있던 빛들이 어째서인지 병 한가운데 뭉쳐 있었다. 얼굴을 살그머니 갖다대자 이유가 눈에 들어왔다. 반딧불이 애벌레들이 모두 먹이로 넣어둔 다슬기 주변에 들러붙어 있었다. 물이 따뜻해지자 식욕이 솟은 걸까. 애벌레들이 병 바닥에 애처롭게 널브러져 있던 다슬기를 밀어올리면서 도깨비불처럼 서서히 물속에서 위로 올라왔다.

어떻게 해야 할지 내가 팔짱을 꼈을 때, 으에, 하고 이상한 숨소리가 들렸다.

"으에…… 으에……"

뭔가 싶어서 그쪽으로 고개를 돌린 순간, 히로키가 아주 크게 재채기를 했다.

"으에에에에에에취!"

우리는 놀라서 목을 움츠렸고, 오이 부인도 침대 위에서 몸을 움찔했다. 하지만 우리보다 더 놀란 것들이 있었다. 반딧불이 애벌레들이었다. 애벌레들이 동시에 몸을 뒤집으며 사방으로 흩어지자, 녹색 빛 덩어리가 수없이 작은 빛으로 나뉘어 사방으로 날아갔다.

"불꽃놀이……"

에쓰코가 멍하니 중얼거렸다.

병실 테이블 위, 알루미늄 필통의 나무들을 배경으로 한 작은 공간에서 불꽃이 펑 터진 것이다.

그야말로 한순간.

하지만 영원히 기억에 남을 만큼 아름답게.

부인이 잠긴 목소리로 짤막하게 중얼거렸다. 잘 들리지 않았지만 진심으로 감사하다는 뜻을 전달하는 억양이었다. 부인은 작게 코를 훌쩍였다. 방이 어두웠으니 만약 그때 부인이 눈물을 흘렸어도 어차피 잘 몰랐겠지만, 우리 모두 그쪽을 보지 않았다. 히로키 혼자 무슨 일이 일어났는지 이해하지 못하고 갑자기 표정이 변한 우리를 의아하다는 듯이 바라보았다.

병 속에서 녹색 빛은 다시 반딧불이로 돌아가 어두운 숲속을 둥실둥실 날아다녔다.

그날 집으로 돌아오는 길에 때이른 눈이 내려서 우리는 하늘을 올려다보며 입을 벌리고 걸었다. 다음날 아침, 낯익은 우리 동네가 하얗게 물들어 있었다.

히로키는 병실에서 찍은 사진을 몇 장 더 뽑아 우리에게도 주었다. 과연 사진가의 아들답다고 할까, 녹색 빛줄기처럼 찍힌 반딧불이 애벌레들은 흔히 도감에 실려 있는 빛나는 반딧불이 사진과 똑같아 보였다. 히로키는 재채기를 한 순간에도 셔터를 눌렀다면서 그 사진도 보여주었다. 사진에 그 기적 같던 불꽃이 선명하게 찍혀 있었다면 그야말로 박수갈채를 받을 만했겠지만, 재채기를 하면서 카메라를 제대로 들고 있었을 리 없다. 사진에는 시커먼 배경에 녹색 선을 아무렇게나 죽죽 그은, 난해한 추상화 같은 정경이 찍혀 있었다.

반딧불이라는 곤충은 성충이 되면 먹이를 전혀 먹지 않는다고 한다. 가끔 물만 마시며 애벌레 시절에 섭취한 영양분만으로 살아간다고 한다. 그리고 영양분을 다 소모하면 죽는다.

그렇게 생각하면 우리는 암모나이트기도 하고, 반딧불이기도 한 걸까. 그렇다면 우리가 몸에 축적한 영양분에는 그 병실에서 본 기적이 반드시 포함되어 있을 것이다.

하지만 가끔 생각한다. 과연 그때 우리 눈앞에서 터진 조그마한 수중 불꽃은 정말로 터졌어야 했을까.

기적은 몇 번이고 계속해서 일어나지 않는다. 이 세상의 섭리가 어떤지는 모르지만, 기적이 연달아 일어났다는 이야기는 듣기 힘들다.

만약 얼마 안 되는 기적이라는 카드를 사용할 기회를 우리 마음대로 고를 수 있다면.

우리는 틀림없이 오이 부인의 병이 낫기를 바라며 그 카드를 썼을 것이다.

5장

암모나이트
어게인

1

눈을 뜨자 목덜미와 오른쪽 귀가 따스했다. 다름아닌 에쓰코의 몸에서, 구체적으로 에쓰코의 넓적다리와 배에서 전해지는 온기였다. 에쓰코는 자기 무릎을 벤 내 얼굴을 들여다보고 있다가 힘차게 고개를 돌리고 크게 소리질렀다.

"깨어났어!"

요란한 발소리가 다가오더니 시야에 다섯 명의 얼굴이 주르르 늘어섰다. 에쓰코와 신지, 히로키와 기요타카…… 이건 누구지? 곱슬머리에 도수 높아 보이는 안경. 목이 가늘고 어깨가 좁아서 고케시*나 성냥개비처럼 보였다. 뽀얀 얼굴이 딱딱하게 굳

었고, 수화기 모양으로 벌어진 입이 바들바들 떨리더니 다해, 다해, 다해,

"다행이다."

라는 목소리를 냈다.

"뭐가?"

되묻자 그 남자아이를 제외한 네 명이 깔깔 웃었다.

"너, 한참 기절했었어. 이대로 죽는 게 아닌가 했다니까."

한참이라는 표현은 신지의 과장이고, 나중에 아이들의 이야기를 종합해 따져보니 고작 일 분도 안 되는 시간이었다. 아무튼 나는 그때 난생처음 기절을 체험했다.

"리, 얘랑 부딪쳐서 쓰러졌어."

에쓰코가 상황을 설명해주었다. 우리는 이 공원에서 다 같이 주먹야구를 하고 있었다. 에쓰코가 날려보낸 공을 쫓아 뒷걸음질로 뛰다가 골목으로 나갔고, 마침 자전거를 타고 달려오던 낯선 소년과 쾅하고 부딪쳤다. 소년은 균형을 잘 잡아서 넘어지지 않았지만 나는 땅에 쓰러져 눈을 까뒤집었다. 처음에는 다들 내가 창피함을 얼버무리려고 죽은 척하는 것으로 여겼지만, 금방 그게 아니라는 것을 깨달았다. 움찔움찔 경련하는 나를 서둘러 공원으로 옮기고 어른을 부르러 달려가려고 했을 때 내가 깨어

* 손발이 없는 원통형 몸통에 둥근 머리가 붙어 있는 목각 인형.

났다고 한다.

듣고 보니 하늘 높이 솟아오른 공을 쫓아서 뒷걸음치던 내 모습이 어렴풋이 기억나는 것 같았다.

참고로 주먹야구란 당시 아이들 사이에서 심심풀이로 유행한 스포츠로, 야구방망이 대신 손으로 공을 치는 간소한 동네 야구다. 팀이 따로 없이 교대로 타석에 들어서는 방식이므로 딱히 승패를 가리지는 않는다. 투수는 언더핸드 스로로 고무공을 던지고, 타자는 주먹을 쥐고 팔을 휘둘러 공을 친다. 주먹을 세게 쥘수록 공이 잘 날아가고, 주먹의 온도도 타구의 비거리에 영향을 준다. 타석에 들어서기 직전에 다들 손을 반대편 겨드랑이 밑에 끼워서 주먹을 따뜻하게 만든 후에 공을 쳤다. 잘하는 아이는 투수가 공을 던질 때까지 겨드랑이에 주먹을 끼우고 있다가 공이 날아오면 주먹을 확 뽑아 휘두르는 기술을 선보였다. 우리 중 그 기술을 쓸 줄 아는 사람은 에쓰코뿐이었는데, 에쓰코는 심각한 슬럼프에 빠졌을 때 말고는 반드시 공을 뻥뻥 때려냈다. 나는 이 주먹 온도와 비거리의 상관관계를 나중에 중학교 반 친구들이 비웃기 전까지 철석같이 믿었다.

"그나저나 달려온 게 자전거라서 천만다행이야."

기요타카가 진지한 표정으로 말했다. 정말 그렇다. 만약 자동차였다면 두 번 다시 눈을 뜨지 못했을지도 모른다. 그렇게 생각하자 등골이 오싹해짐과 동시에 내가 아직 에쓰코의 무릎을 베고 있다는 사실이 떠올라서 몸을 일으켰다.

"리, 너 머리 꽤 무겁다."

청바지 차림의 에쓰코는 일어서서 양 무릎을 번갈아 구부렸다 폈다 했다. 의식은 완전히 되돌아왔지만 여전히 유리 한 장 너머로 주변을 보는 느낌이었다. 숨을 크게 들이마셨다가 내쉬자 겨울 공기가 콧속을 자극해 눈앞의 유리가 치워졌지만, 콧구멍에 희미하게 남아 있던 에쓰코의 냄새도 함께 사라지고 말았다. 그건 에쓰코의 옷에 배어 있던 세제 냄새였을까. 우리집에서 쓰는 것과는 달랐다.

"저기…… 미안해."

남자아이가 안경 너머 겁 많아 보이는 눈으로 나를 보았다. 일어서서 나란히 서자 키가 꽤 작았다. 몇 학년인지 물어보자 한 학년 아래인 3학년이라고 했다. 더 어릴 줄 알았는데 의외였다. 에쓰코가 이름을 물었다. 남자아이는 우유처럼 새하얀 뺨을 살짝 붉히며 사기노미야 류세이라고 대답했다.

"엥, 그거 한자로는 어떻게 써?"

신지가 묻자 남자아이는 땅에서 돌멩이를 주워서 흙에다 '鷺之宮劉生'라고 썼다. 붓글씨의 기본인 누르기, 꺾기, 끌기가 완벽해서 모두 한동안 할말을 잃고 그 글자들을 내려다보았다. 달필인 것도 놀랍지만 도대체 어떻게 하면 '鷺'라는 한자를 외울 수 있을까.

"미안해, 나 이제 가봐야 해서."

남자아이가 골목 쪽으로 몸을 돌리자 그애가 쓴 한자에 위축된 탓인지 우리는 반사적으로 길을 터주었다.

"너…… 어디 가는 길이었어? 엄청 쌩쌩 달리던데."

에쓰코가 평소답지 않게 머뭇거리며 물어보자 류세이는 "아버지 사무소에 공용차 열쇠를 가져다주러 가는 길이었어"라고 대답했다. 그때는 아무도 공용차가 무슨 뜻인지 몰랐지만 나중에 공적 업무용 차량이라는 것을 알았다. 류세이는 시의회 의원인 아버지가 놓고 간 물건을 사무소에 가져다주는 길이었던 듯하다. 아버지는 평소 차로 통근했는데 전날 밤 갑자기 신년회에 참석할 일이 생겨 술을 마셨다. 하는 수 없이 택시로 귀가했고 다음날 아침도 택시를 타고 사무소로 갔지만, 낮에는 공용차로 돌아다녀야 한다. 그 공용차 열쇠를 깜빡하고 집에 두고 나온 것이다. 어머니가 장을 보러 나가서 집에 없었으므로 아버지의 전화를 받은 류세이가 자전거를 타고 급히 사무소로 달려가는데, 내가 만세 자세로 뒷걸음치면서 자전거 앞으로 툭 튀어나온 것이다.

"그거 6단이야?"

히로키가 류세이의 자전거를 유심히 살펴보았다.

"아, 응, 6단 변속. 속도가 붙으면 보통 자전거는 상대도 안 되지. 그래서 이 형이 기절까지 한 거지만."

선뜻 받아들이기 힘든 어법이었다. 하지만 연약해 보이는 걸

모습 때문인지 전혀 불쾌하게 느껴지지 않았다. 무슨 말을 해도 불쾌하게 들리는 히로키와는 딴판이다.

류세이는 우리에게 머리를 꾸벅 숙인 후 땅을 박차며 자전거 페달을 밟았다. 원래도 조그마한 뒷모습이 더 작아지더니 시야에서 사라졌다. 1월 4일의 그 일이 아직도 기억에 생생하다.

"기요타카, 이 동네에서 쌓은 추억이 하나 더 늘었네. 주먹야구를 하다가 기절하는 사람을 또 어디서 보겠어?"

에쓰코가 농담처럼 말했지만, 그 말 때문에 우리 마음은 또 쓸쓸함으로 뒤덮였다. 에쓰코도 괜히 말했다고 후회하듯이 눈을 내리깔았다.

연말에 오이 부인은 멀리 떨어진 병원으로 옮겼다. 거기서 치료를 하고 수술을 받아야 한다. 우리는 나란히 서서 버스에 올라타는 부인을 배웅했다. 문이 닫히고 버스가 출발하자 가만히 앉아서 꼬리를 흔들던 완다가 그제야 사태를 파악했는지 왕, 하고 크게 짖으며 쫓아가려고 했다. 넷이서 열심히 완다를 붙들며 버스를 돌아보자 뒤유리창 너머로 오이 부인의 모습이 눈에 들어왔다. 빛 때문인지 얼굴만 두드러져 보였는데, 그 얼굴은 마치 소중한 뭔가를 잃은 것처럼 슬픔과 적적함과 체념으로 가득했다. 나는 눈물을 참느라 혼났다. 기요타카는 아무렇지 않다는 표정을 지었지만 분명 우리 모르게 울었을 것이다. 나는 아직도 그 애가 언제 어디서 울었는지 모른다.

1월부터 기요타카의 친척이라는 아저씨가 집에 와서 함께 살고 있었다. 우리는 그 아저씨를 한 번도 만나보지 못했다. 어떤 사람인지 기요타카에게 물어봤더니,

—평범한 사람이야.

얼굴도 보여주기 싫다는 듯이 고개를 휙 돌리고 그렇게 대답했다. 그리고 억지로 화제를 돌렸다.

나흘 후 1월 8일, 아저씨는 자기 집으로 돌아간다. 그날 기요타카도 이사해서 아저씨와 둘이 살게 된다. 닷새 후 1월 9일에는 전국 대부분의 초등학교에서 새 학기가 시작된다. 우리는 익숙한 체육관에서 개학식을 치르겠지만, 기요타카는 어느 학교에서 어떤 반 아이들과 어떤 선생님의 이야기를 듣게 될까.

"누나 다음은 누구지?"

우리는 주먹야구를 재개했지만 전혀 흥이 나지 않았다. 방금까지는 수비하기가 지루해서 얼른 타순이 돌아오기만을 기다렸는데, 지금은 어째서인지 타석에 서고 싶지 않았고, 타석에 들어서도 안타를 치고 싶은 기분이 들지 않았다. 하지만 웬일인지 안타를 치고 싶을 때도 치지 못하는 내가 대충 휘두른 오른손이 공 한가운데 적중했고, 붕 떠오른 공은 우리가 '홈런 나무'라고 부르던 녹나무 꼭대기를 넘어갔다. 그것이 내 인생 최초의 홈런이었다. 나는 여러모로 마음이 짠해 마치 짠함의 화신이라도 된 듯이 제자리에 우두커니 서서 기요타카가 공을 주우러 가는 모습

을 바라보았다.

"이제 공이 안 보이겠다."

땅거미가 내리고 히로키가 그렇게 말한 것을 계기로 집에 돌아가기로 했다. 돌아가는 길에 신지가 자전거를 밀며 "젓나무~ 젓나무~ 젖가슴 주물주물" 하면서 크리스마스에 개사한 노래를 흥얼거렸다.* 그 또한 쓸쓸한 마음을 역설적으로 드러내는 한 가지 방법이었을 테고, 동생의 등을 찰싹 때리는 에쓰코도 분명 똑같은 마음이었을 것이다.

집에 돌아가자 슬픈 일이 하나 더 나를 기다리고 있었다.

수조 속의 대시가 꼼짝도 하지 않았다. 가을이 끝날 무렵부터 밥을 잘 먹지 않아 걱정했는데, 내 친구는 결국 물속에서 네 다리를 움츠린 채 가만히 굳어버렸다.

나는 대시의 수조에 달라붙어서 울었다. 메고이코 호수의 동굴에 놔두고 왔던 일도 생각나서 눈물이 펑펑 쏟아졌다. 잠시 후 저녁 먹으라고 나를 부르러 온 어머니도 사정을 듣고 함께 슬퍼해주었다. 어머니는 일단 방을 나가더니 부엌에서 된장국을 끓이던 가스레인지 불을 끄고 돌아와 수조에 이마를 대고 오열하는 내 등을 천천히 두드려주었다. 어머니가 다정히 등을 두드려준 덕분에 간신히 몸을 일으킬 수 있었다. 방을 나와서 끅끅거리

---

* 원래 가사는 '젓나무, 젓나무, 언제나 푸르구나'다.

며 닭튀김을 먹었지만 코가 막혀서 무슨 맛인지 알 수 없었다.

이윽고 아버지가 집에 왔다. 나는 같은 이야기를 또 하고 싶지 않았기에 어머니가 대시 일을 설명했다. 내가 상처받지 않도록 말을 골라가며 한다는 것이 느껴져서 미안한 마음이 들었다. 이야기를 다 들은 아버지는 겨울잠일 거라고 말하고 대시를 보러 갔다가 역시 겨울잠이라면서 돌아왔다. 나는 서둘러 저녁을 먹어치운 후 방에 가서 대시를 쿡쿡 찌르며 반응을 확인했다. 마음이 놓이자 예전에 수조에 달팽이를 잔뜩 넣어두었을 때 어머니가 수조 속을 보지 않도록 '대시 겨울잠 자는 중/만지지 말 것'이라는 가짜 주의사항을 써서 붙였던 일이 생각났다. 알고 있는데도 실제로 경험하면 놀라는 것은 비교적 자주 겪는 일이지만, 당시는 아직 그 사실을 몰랐으므로 내가 바보 아닐까 의심했다.

그후 나는 방바닥에 도감을 펼쳐놓고 거북의 겨울잠에 대해 공부했다. 그러다 문득 오늘 겨울잠이 들어서 다행이라는 생각이 들었다. 대시가 겨울잠을 자지 않았다면 저녁을 먹다가 무심코 어머니에게 오늘 놀다가 기절했다는 이야기를 했으리라. 그랬다면 과보호 경향이 있는 어머니는 다시는 주먹야구를 하지 않겠다는 약속을 받아냈을 것이 틀림없었다.

2

"어느덧 새해가 발가씀니다."

"어느덧 새해가 발가씀니다."

"이제 곧 학기가 시작됨니다."

"이제 곧 학기가 시작됨니다."

"좀더 발음이 새게 말해야 해. 시, 작, 됨, 니, 다."

"시, 작, 됨, 니, 다."

"숙제는 하나도 안 해씀니다."

"숙제는 하나도, 어, 안 했어?"

신지에게 일대일로 꼴까닥 흉내내는 법을 배우던 류세이가 안경 뒤편의 두 눈을 둥그렇게 떴다. 그 옆에서 에쓰코도 고개를 들고 "안 했어?" 하고 놀랐다.

"어제부터 열심히 하고 있어. 그냥 생각나서 해본 말이야."

"야, 어제부터라니. 오늘을 포함해서 나흘밖에 안 남았는데?"

"아직 나흘이나 남은 거야. 그런 식으로 생각하라고 사오리 선생님이 말했잖아."

사오리 선생님이 컵에 담긴 물을 예로 들어 해준 이야기를 신지는 자기 방식대로 해석한 모양이다.

그날도 우리는 공원에 모였다. 딱히 할일이 없어서 벤치 주변에 무료하게 뭉쳐 있는데 류세이가 자전거를 타고 지나가기에

같이 놀자고 불렀다.

"오늘은 그 형 안 왔어? 머리가 더부룩한 형."

"아아, 기요타카? 오다가 집에 들러서 놀자고 했는데 이사 준비를 해야 한대."

"아, 이사 가는구나."

신지가 기요타카의 사정을 간추려서 말해주자 류세이는 몹시 슬픈 이야기를 들었다는 듯이 눈꼬리를 축 늘어뜨리더니 코를 훌쩍였다. 놀랍게도 두 눈에 정말로 눈물이 글썽였다.

"이사에 전학에…… 힘들겠다."

공감이 가득한 말투라서 혹시나 싶어 물어보자 류세이도 전학을 왔다고 한다.

"나, 이 동네에 산 지 아직 반년도 안 됐어. 아빠 일 때문에 가을 히간* 무렵에 이사 왔거든."

가을 히간? 9월 하순이야. 신지와 에쓰코가 짧은 대화를 했다.

"여기 오기 전에는 어디 살았는데?"

히로키가 뭔가 기대하는 투로 물었다. 분명 여기보다 가게나 놀 곳이 적은 시골이라는 대답이 돌아오기를 바랐으리라. 하지만 류세이는 일본의 중심 도시 이름을 꺼냈다.

"거기서 태어나서 계속 살아서 그런지…… 이런 곳은 좀처럼

* 추분을 중심으로 한 일주일을 가리킨다.

적응이 안 되네."

그런 말이 불쾌하게 들리지 않는 것도 분명 연약한 겉모습 덕분일 것이다. 몇 년 후 수학 수업시간에 필기를 하다가 우연히 ㎜ 바로 밑에 ∞를 썼을 때, 그 모양이 류세이를 꼭 닮아서 무심코 웃음을 터뜨린 적이 있다.

"류세이, 원래 살던 데로 돌아가고 싶을 때 있어?"

에쓰코가 물었다. 류세이는 뭐라고 말하려다가 가슴속에 도로 꾹 밀어넣은 표정으로 대답했다.

"요즘은 그런 생각 안 해. 그렇게 멀지도 않으니까 언제든 놀러갈 수 있는데, 뭐."

"멀잖아."

"중간에 특급열차로 갈아타면 한 시간 반 정도야."

부모님이 자전거를 사준 1학년 봄부터 사방팔방 돌아다녔지만, 자전거로 갈 수 없는 곳은 전부 멀게 느껴졌다.

"기요타카의 친척 아저씨가 사는 곳은 어딜까? 그 녀석은 도대체 어디로 이사 가는 거지?"

신지가 팔짱을 끼고 메고이코 호수 쪽으로 고개를 돌렸다. 신지가 그쪽을 본 것은 예전에 어디로 이사 가느냐고 물었을 때 기요타카가,

—저쪽.

막연하게 메고이코 호수 쪽을 보며 그렇게 대답했기 때문이

다. 메고이코 호수 너머에는 눈이 살짝 덮인 산이 있는데, 완만하게 뻗은 산기슭에 우리 동네에 딱 하나인 역이 있다. 역에서 뻗어나간 노선은 산을 빙 둘러서 아무것도 없는 외진 마을 아니면 큰 도시로 이어진다. 어느 쪽이든 다음 역까지는 아주 멀다.

"그 녀석, 다음달 불꽃놀이 대회에 안 오려나."

신지가 말을 맺자마자 히로키가 어처구니없다는 듯이 웃었다.

"당연히 못 오지. 열차는 공짜로 못 타니까."

"혹시 그 형, 집안 형편이 안 좋아?"

류세이가 옅은 눈썹을 늘어뜨리고 걱정스럽다는 듯이 물었다.

"걔네 집, 돈이 하나도 없어. 가난뱅이야, 가, 난, 뱅, 이."

우리는 평소처럼 히로키를 무시했지만 류세이는 고개를 갸웃거리며 반박했다.

"그렇지만 새 학기부터는 친척 아저씨랑 산다면서? 그 아저씨도 경제적으로 힘든지는 모르잖아."

"다 똑같아."

"어째서?"

말문이 막혔는지 히로키는 작게 혀를 차고 눈을 돌렸다.

"그런데, 기요타카의 친척 아저씨는 어떤 사람일까."

아무래도 분위기가 좋지 않은 것 같아서 내가 끼어들었다.

"평범한 사람이라고 했는데."

우리에게 그렇게 말하던 기요타카의 어쩐지 부자연스러운 태도가 생각났다. 그리고 갑자기 기묘하게 느껴졌다. 무슨 말이든 똑부러지게 하는 기요타카인데 그 대답은 너무 애매하지 않았나? 친척 아저씨가 어떤 사람이든 간에 조금이라도 좋은 점이 있다면 기요타카는 "좋은 사람이야"라는 식으로 대답하지 않았을까?

1월의 바람이 불자 공원 가장자리에 작은 회오리바람이 생겨났다. 마른잎이 공중에서 빙글빙글 돌다가 검은 흙 위에 떨어지자 여름에 본 빨간 물줄기 사진이 생각났다.

돌이켜보면 그 일을 계기로 기요타카와 친해졌다. 그전까지는 그냥 같은 반이었을 뿐 사이좋게 말을 나누어본 적이 거의 없었다. 그렇게 치면 우리는 친구가 된 지 그리 오래되지 않았다. 이사 가는 곳에 대해, 혹은 같이 사는 친척 아저씨에 대해 말할 때 기요타카는 왠지 서먹서먹하게 너희하고는 상관없다는 태도였다. 지금까지는 허세를 부린다고 할까, 감정이 겉으로 드러나지 않도록 일부러 그런 태도를 취하는 줄 알았는데, 어쩌면 우정이 얕아서인지도 모른다.

"반에서 송별회 했어?"

류세이가 묻자 우리는 얼굴을 마주보고 고개를 저었다.

"보통은 하는데. 나도 아이들이 해줬어."

류세이는 그리운 표정으로 겨울 하늘을 올려다보았다.

"다 함께 노래를 불러줬지. 부끄럽기도 했고 어쩐지 뻔한 짓이라는 생각도 들었지만, 그래도 그날은 내가 주인공이라 기분좋았어. 아주 좋은 추억이야."

"뭐, 기요타카는 겨울방학 직전에 급하게 이사 가기로 결정돼서 반에서 뭔가 하기는 무리였어. 사오리 선생님도 겨울방학이 시작된 후에야 전학 이야기를 들었을 테고."

마치 창피한 짓을 변명하듯이 신지가 나직하게 말했다. 나도 같은 투로 뒤이었다.

"지금 하려고 해도 힘들 거야…… 이사 준비로 바쁜 모양이니까."

하다못해 전별품이라도 주면 좋을 텐데, 라고 류세이가 말하자 전별품? 작별 선물 말이야, 하고 신지와 에쓰코가 다시 말을 주고받았다.

"송별회가 끝나고 반 아이들 모두가 선물을 줬어. 그렇게 굉장한 건 아니었지만 진심으로 기쁘더라. 왜, 새 책받침이나 필통, 도자기 저금통 같은 거 있잖아. 쓰기가 아까워서 커다란 상자에 담아서 내 방 서랍장 위에 뒀다니까."

선물이라. 생각도 안 해봤다.

"좋다, 선물. 우리도 기요타카한테 주자."

신지도 눈을 반짝이며 고개를 힘껏 끄덕였다.

뭘 주면 기뻐할지 상의했다. 자기가 소중하게 여기는 물건을 주면 마음이 전해지지 않을까, 하는 분위기로 흘러가자 신지는 재작년부터 책상 서랍에 넣어둔 개구리 미라가 어떻겠냐고 말했다. 나와 히로키는 신지가 그것을 소중히 여긴다는 사실을 알고 있었지만, 에쓰코는 그런 것이 있다는 사실조차 처음 안 듯 오늘 집에 가면 바로 버리라고 명령했다. 신지는 고개를 끄덕였지만 표정으로 보건대 버리는 척하고 다른 데 숨길 작정인 것 같았다.

"그래, 화석!"

갑자기 번쩍 떠올랐다.

"요전에 산사태가 일어났을 때, 게 아저씨가 기요타카한테 암모나이트를 줬잖아. 그때 기요타카가 엄청 기뻐했던 거 알지? 그러니까 화석을 찾아서 주면 어떨까?"

그러자, 그러자, 하고 모두 열띠게 말했지만, 얼마 지나지 않아 도대체 어떻게 화석을 구하느냐가 문제로 떠올랐다.

"이제는 그쪽 경사면에 콘크리트를 발랐잖아."

신지가 복잡한 표정으로 허공을 노려보다가 문득 생각났다는 듯이 히로키에게 눈을 돌렸다.

"너희 집에 암모나이트 있지? 엄청 큰 게 있다며."

그러고 보니 예전에 자랑한 적이 있다. 장식할 수 있도록 받침대에 고정된 암모나이트 화석이 집에 있다고. 아버지가 외국으로 촬영 여행인지 뭔지를 갔을 때 사왔다고 했던가.

"있는데?"

"줘."

"뭐?"

히로키가 고개를 내밀고 입을 떡 벌렸을 때 류세이가 말했다.

"화석은 내가 살던 동네 백화점에서 많이 봤는데."

"둔탱아, 그런 건 안 돼. 돈으로 사서 주는 건 안 된다고. 용돈도 모자라고, 무엇보다 마음이 전해지지 않잖아."

신지의 말에 류세이는 얇은 입술을 끌어올려 웃었다. 겨울햇살이 반사되어 안경테가 번쩍 빛났다.

"누가 산다고 그래?"

3

"어디 가려고?"

이야기를 꺼내자 어머니는 몹시 놀랐다. 아들이 난생처음 열차비를 달라고 졸랐으니 무리도 아니다.

"겨울방학 숙제로 모르는 동네를 조사해야 해. 까먹고 있었는데, 내일 친구들이랑 열차 타고 조사 가기로 했어. 신지네 누나도 같이 가주겠대."

다 함께 상의해서 꾸며낸 핑계였다. 히로키는 용돈으로 충분히 열차비를 감당할 수 있고 류세이도 문제없는 모양이었지만 나와 신지, 에쓰코는 주머니 사정이 여의치 않았다. 그래서 거짓말로 부모님께 차비를 받기로 했다. 왜 솔직하게 기요타카 선물을 구하러 간다고 말하지 못했는가. 다음날 우리가 저지르려는 짓이 명백한 범죄행위였기 때문이다.

"얼마나 필요한데?"

집에 오는 길에 서점에 들러 열차 시각표를 보고 운임을 알아두었다. 금액을 말하자 어머니는 지갑을 들고 와서 내가 말한 액수보다 좀더 많이 건네주었다. 에쓰코가 같이 간다고 해서인지 그다지 걱정하지 않는 듯했고, 오히려 아들의 성장한 모습에 기뻐하는 것처럼 보였다.

"점심은?"

"일찍 먹고 바로 나갈 거야."

나는 거짓말이 들통날까봐 재빨리 방에 돌아와서 저녁식사 때까지 대시를 관찰하며 시간을 보냈다. 대시는 마치 하기 싫은 얘기가 있는 것처럼 조그마한 등딱지에 틀어박혀 나오지 않았다. 도감에 따르면 거북은 물속이나 낙엽 아래 등에서 겨울잠을 잔다고 한다. 집에서 겨울잠을 잘 때는 물속이 바람직하다. 수조에 평소보다 물을 많이 넣어 어둑한 장소에 놓아두면 봄이 올 때까지 잔다고 한다. 겨울잠을 자는 동안 피부 호흡이 70퍼센트, 폐 호흡이 30퍼센트 정도이므로 가끔 수면으로 얼굴을 내밀어 숨을 쉬지만, 이 모습은 아주 보기 힘들다고 적혀 있었다. 나는 벽장 속 깊숙한 곳을 '어둑한 장소'로 선택했는데, 까딱하면 대시가 거기 있다는 사실을 잊어버릴 것 같아서 벽장 위아래를 나누는 칸막이에다 '안쪽에 대시'라고 적은 종이를 붙여놓았다.

어둠 속에 머리를 들이밀고 꼼짝하지 않는 등딱지를 바라보며 나는 기요타카를 생각했다. 새 학교에서 친구를 금방 사귈 수 있을까. 지난여름, 사진에 얽힌 일이 없었다면 기요타카는 지금도 그냥 반 아이들 중 하나였을 것이다. 기요타카는 어쩐지 다가가기 힘든 분위기였으니까. 친구 따위 필요 없다는 태도로 늘 혼자서 쉬는 시간을 보냈고, 가끔 눈이 마주치면 밀어내는 듯한 시선을 던졌으니까.

어쩌면 기요타카는 낯선 교실에 적응하지 못할지도 모른다.

하지만 그렇더라도 먼 곳에 친구가 있다는 사실을 기억해주었으면 했다. 행방불명된 대시가 걱정된다며 기요타카가 전화해줬을 때는 정말로 기뻤다. 실제로 대시를 찾는 것을 도와주느냐 마느냐를 떠나서, 나를 걱정해주는 친구가 있다는 사실에 아주 큰 용기를 얻었다.

마음에는 마음으로 보답하는 수밖에 없다.

내일 우리가 구하려는 것은 화석이 아니다. 화석 모양의 '마음'이다. 평소 같았으면 누가 그렇게 당치않은 범죄 계획을 제안한들 바로 거절했을 것이다. 하지만 이번에는 망설이지 않고 고개를 끄덕였다. 멀리 떠나는 기요타카에게 은혜를 갚을 수 있는 마지막 기회라고 여겼기 때문이다.

그건 그렇고 류세이는 3학년인데도 참 대단하다. 한자도 잘 쓰고, 어려운 말도 알고, 공짜로 화석을 손에 넣을 방법을 척 꺼내 놓았다. 도시의 초등학생은 다들 그런 걸까. 아니면 류세이가 무슨 영재교육이라도 받은 걸까. 아버지가 시의회 의원이랬는데, 유명한 사람일까.

"아직 겨울 휴가중인 거래처들이 있어서."

현관문 열리는 기척이 나더니 아버지 목소리가 들렸다. 어머니가 "일찍 왔네?" 하는 식으로 말했으리라. 마침 잘됐다 싶어서 나는 거실로 나가 물어보았다.

"사기노미야라는 시의회 의원 알아?"

아버지는 기억에 없는 모양이었지만 어머니가 "아" 하고 손뼉을 쳤다.

"역 앞에서 연설하는 걸 본 적 있어. 자연보호에 관한 내용이었는데."

"오, 그러고 보니 나도 봤어. 출근길이라 내용은 흘려들었는데, 산림개발에 반대한다던가? 땀을 뻘뻘 흘리면서 열변을 토하던 모습은 잘 기억나는데 말이야. 사회 숙제 같은 거니?"

"응, 뭐 그런 셈이야."

"그런 셈이라."

뭐가 재미있는지 아버지는 입을 벌리고 웃더니 냉장고에서 캔 맥주를 꺼내서 텔레비전 광고처럼 잔에 따랐다.

4

"약속한 건 다들 가지고 왔지?"

류세이의 말에 우리는 각자 배낭을 뒤졌다. 도중에 특급열차로 갈아타고 마주보는 4인석에 다섯 명이 앉아 도시로 향하는 중이었다.

에쓰코와 내 엉덩이 사이에 가져온 물건을 차례로 늘어놓았다. 신지가 쇠망치와 펜치. 에쓰코가 크고 작은 못 각각 다섯 개씩. 내가 금속 삽. 그리고 류세이가 접착테이프와 스케치북.

"히로키."

신지가 재촉하자 그제야 히로키는 배낭에서 일자 드라이버를 꺼내더니 귀찮다는 듯이 좌석에 던졌다. 평소처럼 기요타카 일은 알 바 아니라는 듯이 내키지 않는 티를 팍팍 냈지만, 그래도 빠지지 않고 오기는 왔다. 귀찮은 건 오히려 우리라고 쏘아붙이고 싶은 기분이었다.

"어, 류세이. 이거 그냥 백지잖아."

신지가 스케치북을 보며 말하자 류세이는 "아" 하며 배낭 주머니에서 검은색 매직펜을 꺼냈다.

"집에서는 쓸 수가 없어서. 우리집, 내가 나갈 때 엄마가 가끔 소지품을 검사하거든. 걱정도 많고 과보호야."

류세이는 참으로 한심하다는 투로 말한 후 스케치북에다 커다

랗게 '출입금지'라고 적었다. 어른이, 그것도 글씨를 아주 잘 쓰
는 어른이 적은 것 같았다. 류세이는 위에 몇 번 덧칠해서 굵은
글씨를 만들었다.

자전거로 역에 모이기 전에 나는 기요타카네 집에 들렀다. 어
제 결정한 사항이다. 기요타카를 만나 작별 선물을 줄 날짜와 시
간을 정하기 위해서였다. 에쓰코가 '서프라이즈'라는 귀에 익지
않은 말을 써가며 기요타카가 최대한 아무것도 모르는 편이 좋
다고 설명했으므로, 나는 '마지막으로 다 같이 모여서 주먹야구
를 하고 싶다'는 핑계를 내세워 언제가 좋은지 물어보았다.

현관으로 나온 기요타카는 복도 안쪽을 신경쓰는 듯한 기색으
로 나를 집 뒤편으로 데려갔다. 현관에서 물러날 때 바닥에 있는
남자 가죽구두가 눈에 들어왔다. 커다랗고 몹시 낡은 구두가 꼼
꼼하게도 뒤축이 현관 턱 방향으로 가지런히 놓여 있었다.

─오늘이랑 내일은…… 안 될 것 같아.

─왜?

오늘과 내일이 안 된다면 이사 당일밖에 없다.

─해야 할 일이 좀 있어서.

─이사 준비?

─뭐, 그것도 그렇지만……

기요타카는 잠시 망설이다가 눈을 돌리고 말을 이었다.

─겨울방학 숙제도 해야 해서.

―어? 어느 학교 숙제?

지금 학교라고 기요타카는 대답했다.

기요타카는 결코 공부를 잘하지 않거니와 좋아하지도 않는다. 평소 숙제를 해올 때보다 해오지 않을 때가 더 많았을 정도다. 게다가 새 학기는 전학 간 학교에서 맞을 테니 솔직히 말해 지금 학교의 겨울방학 숙제는 할 필요가 없다. 그런데도 기요타카는 놀자는 제안을 거절하면서까지 숙제를 하려고 한다. 이제 한동안 우리랑 못 노는데. 어쩌면 영영 못 놀지도 모르는데. 새로운 학교생활에 대한 기요타카의 불안을 엿본 것 같은 기분이었다.

이틀 후에 몇시쯤 집을 나서느냐고 묻자 점심 먹고 나서라고 했다.

―그럼 아침 일찍 다 같이 여기로 올 테니까, 어디 안 가고 집에 있을래?

―알았어……

―시간은 얼마나 있어?

―이사 당일이니까 끽해야 삼십 분 정도겠지.

―그럼 딱 삼십 분만 주먹야구 하자.

기요타카는 무슨 꿍꿍이인지 살피듯이 나를 바라보다가 석연찮은 표정으로 고개를 끄덕였다.

그 얘기를 환승역에서 특급열차를 기다릴 때 모두에게 해주었다. 기요타카가 군이 방학숙제를 하려 한다는 말에 나와 같은 기분이 들었는지 신지는 "그렇게 걱정할 필요 없는데⋯⋯" 하고 눈을 내리깔았고, 에쓰코는 입을 꾹 다물고 침묵을 지켰다. 류세이는 자기도 전학 오기 전에 정말 불안했는데, 준비할 수 있는 것이 공부밖에 없어서 수업 내용을 필기한 공책을 몇 번씩 읽었다고 털어놓았다. 히로키 혼자 입가에 옅은 웃음을 띠고 "그냥 폼 잡는 거야"라고 말해서 모두에게 무시당했다.

"이제 얼마나 남았으려나."

에쓰코가 밖을 보았다.

"한 시간 안 걸릴 거야."

류세이가 나무젓가락 같은 팔을 들고 시계를 보았다.

풀과 나무와 트랙터가 엄청난 기세로 창밖을 지나갔다. 하지만 저멀리 시선을 옮기자 마치 열차가 가만있는 것처럼 산줄기와 구름이 제자리를 지키고 있었다. 처음에 탄 완행열차가 출발하고 겨울 하늘이 비치는 메고이코 호수가 멀어지는 광경을 봤을 때는 불안했지만, 우리 동네와 거리가 점점 벌어지자 불안감이 기대로 바뀌어 두근두근했다. 돌아올 때는 지금 쇠망치와 스케치북이 놓여 있는 자리에 우리가 구한 화석이 당당하게 놓여 있을 것이다. 우리는 기분좋은 피로를 온몸으로 느끼며 만족스럽게 화석을 바라볼 것이다. 뜨거운 물과 얼음을 동시에 삼킨 것처럼 뱃속이 화끈거리고 또 오싹했다.

"오이 부인이 새로 입원한 병원에서 간호사랑 의사선생님한테 종이를 주고 각자 얼굴 그림을 그려달라고 했대. 이름도 쓰고."

오늘 헤어질 때 기요타카가 해준 이야기가 생각나서 모두에게 말해주었다.

"큰 병원이라 돌봐주는 사람들의 얼굴과 이름을 하나하나 기억하기 힘들어서 하는 수 없이 그런 방법을 생각해냈다나봐."

"좋은 아이디어네."

류세이가 눈을 가늘게 뜨고 미소짓더니, 기요타카 형의 할머니가 혹시 방사선 연구를 하느냐고 물었다. 왜 그런 질문을 하는지 전혀 짐작이 가지 않았다. 우리는 기요타카 할머니의 얼굴이 오이를 닮았으므로 교과서에서 본 '퀴리 부인*'을 패러디해 오이 부인이라고 불렀는데, 정작 '퀴리 부인'이 뭐하는 사람인지는 아무도 기억하지 못했다. 그러자 류세이가 우리가 모르는 단어를 섞어가며 퀴리 부인에 대해 설명해주었다. 어떻게 아무것도 보지 않고 그렇게 잘 설명하느냐며 신지가 거듭 감탄했다.

도중에 열차가 긴 터널로 들어갔다. 그 때문에 생각이 나서 류세이에게 메고이코 호수의 동굴 이야기를 해주었다. 우리의 모험담을 다소 각색해 류세이에게 들려준 것은 범죄 실행에 앞서 망설임을 지우기 위해서였는지도 모른다. 류세이는 흥미진진하게 이야기를 들었지만 열차가 터널을 빠져나오자 갑자기 창밖으

---

* 일본어로 '오이'와 퀴리 부인의 '퀴리'는 둘 다 '큐리'로 발음한다.

로 눈을 돌리고 입을 다물었다. 흘러가는 산들에 시선을 멈춘 채 우리가 부럽다고 중얼거렸다.

"나한테는 그런 친구가 없고…… 아빠엄마가 너무 엄격하거든. 학원이랑 서예교실 같은 데를 다니느라 밖에서 놀 시간이 없어."

"엥, 난 머리 좋고 글씨 잘 쓰는 게 훨씬 부러운데."

신지가 진지한 표정으로 말했다.

"게다가 아빠도 훌륭한 사람이잖아? 나도 아빠가 유명하면 좋겠다."

아니라고 고개를 저을 줄 알았는데, 류세이는 고개를 끄덕였다.

"훌륭하지, 아빠가 하는 일은. 아빠를 내조하는 엄마도 훌륭하고. 둘 다 훌륭하게 살려고 노력하시니까. 정말 대단해."

류세이의 서글픈 표정에 내심 고개를 갸우뚱하는 사이 열차는 커다란 다리를 지나갔다. 선로 아래를 흐르는 강이 다른 지역으로 넘어가는 경계라는 사실을 우리는 알고 있었다.

5

에쓰코가 동네 지도를 가져오기는 했지만 우리는 보는 법도 제대로 몰랐다. 하지만 길을 아는 류세이가 헤매지 않고 우리를 백화점까지 안내해주었다. 지금까지 한 번도 본 적이 없는 거대한 건물이 사람들로 북적였고, 특히 혼잡한 곳은 손님들이 서로 몸을 피하면서 지나다녔다. 건물 안팎에 '겨울 상품 바겐세일'이라는 종이가 잔뜩 붙어 있고, 이상하게 다들 말이 빨라서 스쳐가며 들리는 목소리가 외국어처럼 느껴졌다.

"이렇게 사람이 많은데…… 들키지 않을까?"

신지가 불안해하자 류세이는 괜찮다고 장담했다.

"사람이 많아야 오히려 눈에 안 띄어. 만일 들키더라도 도망칠 수 있는 가능성이 높고."

"그렇구나."

1층 에스컬레이터로 향하면서 신지는 인중을 길게 늘이고 주변 인파를 흥미롭게 바라보았다. 반면 히로키는 진저리 난다는 눈빛이었다.

"난 사람 많은 곳이 싫어."

"기요타카를 위해서니까 참아야지."

에쓰코가 여성복 매장을 바라보며 말했다.

"왜 그 녀석을 위해서 이런 일을 해야 하는 거야? 어제부터 생각해봤는데, 그 녀석이 기뻐한다고 무슨 의미가 있어?"

그쯤 되자 나는 히로키에게 귀찮음을 넘어서 경멸에 가까운 감정이 들었다. 홀로 동네를 떠날 기요타카가 얼마나 불안하고 외로울지 생각할수록 그런 감정이 강해졌다. 하지만 대놓고 상대를 나무라는 성격이 못 되었고, 나무라지 못하는 것이 기요타카를 배신하는 것처럼 느껴져서 괴로웠다. 이럴 때는 보통 신지가 내 마음을 대변해주는데, 이번에도 그랬다.

"야, 너."

3층에서 4층으로 향하며 신지가 히로키를 똑바로 보고 말했다.

"끝까지 그렇게 굴 거야?"

"그렇게가 뭔데?"

히로키가 마주 노려보자 신지는 "그렇게 말이야" 하고 턱으로 상대의 온몸을 가리켰다.

"이제 작별이라고."

"이렇게 도와주러 왔으니 됐잖아. 도대체 뭘 어쩌라고?"

"싫으면 돌아가. 우리 넷이서 하면 돼."

히로키는 코로 숨을 들이마신 후 뭐라고 대꾸하려다가 그 말을 삼키듯이 목에 힘을 주고 눈을 돌렸다. 두 사람은 그대로 입을 다물었다. 에스컬레이터가 4층에 도착하자 우리는 빙글 돌아서 5층으로 향했다.

"어?"

5층에 도착하기 직전에 에쓰코가 손잡이 너머로 고개를 내밀고 아래를 내려다보았다.

"방금 오자와 선생님 같은 사람이 있었어."

"엥, 사오리 선생님?"

신지가 잽싸게 에쓰코 옆에 고개를 나란히 빼고, 다음으로 내가 그 반대쪽에 고개를 내밀었다. 멀어져가는 4층은 사람들 머리로 가득해서 얼굴을 구별하기는 불가능했다.

"그냥 닮은 사람이겠지. 4층은 남자옷 파는 데잖아."

"여자도 신사복 매장에 가는데."

"왜?"

"당연히 옷 사러 가지."

신지와 에쓰코가 그런 말을 주고받는 사이 5층에 도착했고, 우리는 더 위층으로 올라갔다.

"7층이 좋겠어."

에스컬레이터 옆에 있는 벤치에서 어느덧 우리의 지휘관이 된 류세이가 자신만만하게 말했다. 꼭대기 층은 식당가라서 좋은 냄새가 났다.

"어린이용품 매장이 있으니까 우리가 돌아다녀도 의심받지 않을 테고, 사람도 적당히 많았어. 7층에서 결행하자."

우리는 고개를 끄덕였다.

긴장감이 아랫배를 압박해 갑자기 대변이 마려웠다. 오줌이 마렵다고 거짓말하고 화장실에 가려고 하자 신지도 따라왔다. 하는 수 없이 나란히 서서 오줌만 누고 대변을 참으며 돌아왔다.

"시작하자."

류세이의 말에 우리는 뿔뿔이 흩어져 7층을 돌아다니기 시작했다. 최대한 자연스러운 태도로 어슬렁거리며 바닥과 벽, 그리고 기둥을 꼼꼼하게 확인했다.

백화점 바닥과 벽, 기둥에 화석이 묻혀 있다고 류세이가 가르쳐주었을 때 처음에는 아무도 믿지 않았다. 그런 꿈같은 이야기가 어디 있단 말인가. 하지만 류세이의 설명을 듣는 사이에 다들 점점 흥분에 휩싸였다. 하기야 히로키는 제외였지만.

—백화점이나 커다란 역, 고급스러운 가게에는 건축 재료로 흑백 무늬가 들어간 돌을 써.

대리석이라는 돌이라고 한다.

—아주 오랜 옛날 바닷속에서 산호나 조개껍데기가 굳어서 만들어진 돌이래. 그래서 화석이 잘 묻혀 있지. 겉으로도 보여. 모르는 사람은 그냥 무늬인 줄 알고 지나치거나 밟고 다니지만 말이야. 예전 동네에 살 때 많이 봤어.

대변 마려운 느낌이 항문 주변을 자극하는 것을 의식하면서 나는 눈을 부릅뜨고 주변 벽과 바닥, 기둥을 빈틈없이 확인했다. 이게 대리석인가. 꼭 새똥 같아 보이는 흰색과 검은색 무늬가 박힌 매끈매끈한 표면이 형광등 불빛을 반사했다.

십 분쯤 지나 원래 있던 곳에서 모이기로 했다. 거기서 서로 성과를 비교해 목표물을 정하는 것이다. 나는 내가 찾은 화석이 목표물로 선택되기를 바랐다. 화석은 어디 있지. 어디 숨은 거야. 저건 보통 무늬인가. 아니야, 그렇게 단정하고 보니까 사람들이 화석의 존재를 알아차리지 못하는 거야. 다가가서 자세히 보자. 역시 무늬구나. 저쪽 기둥은 어떨까. 하지만 설령 화석이 묻혀 있어도 사람들이 저렇게 많이 오가는 곳에서는 못 파내는데. 그때 시선 아래를 뭔가가 지나갔다. 재빨리 눈을 돌려 유심히 바라보았다. 약 0.5센티미터의 크기에, 검도 때 얼굴에 쓰는 호면 모양. 시치미를 뚝 떼고 바닥에 파묻혀 있었다. 나는 그걸 본 적이 있다. 어디서 봤더라. 그래, 텔레비전이다. 저건, 저건 분명 고대의 바다에 서식했던,

"삼엽충……"

무심코 말이 흘러나왔다.

얼굴 전체에 피가 확 쏠리고 스웨터 밖으로 드러난 목 언저리가 뜨거워지더니 피부 밑을 간질이는 것처럼 온몸이 덜덜 떨렸다. 마침내 찾아냈다. 화석을 발견했다. 발이 그쪽으로 향했다. 나는 순식간에 다가가 무의식중에 쪼그리고 앉아 고개를 내밀었다. 틀림없다, 삼엽충이다. 이렇게 빨리 발견할 줄은 몰랐다. 분명 다른 친구들은 아직 아무것도 못 찾았으리라. 내게는 재능이 있다.

인기척이 느껴져 흠칫 고개를 돌리자 백발이 성성한 할머니가 바로 옆에 쪼그리고 앉아 내 얼굴을 살피고 있었다. 심장이 입으로 튀어나올 만큼 깜짝 놀랐다.

"……애야, 괜찮니?"

몸이 안 좋은가 싶었는지 할머니의 표정은 심각했다. 나는 아아, 우우, 하고 의미 모를 목소리를 흘리며 일어섰다.

"아, 그러니까, 괜찮아요. 저 지금 좀."

할머니는 걱정스럽게 고개를 끄덕이며 내 말을 기다렸다.

"갑자기 다리가 아파서…… 하지만 괜찮아요, 이제 하나도 안 아플 테니까요."

나는 횡설수설하며 몸을 돌렸다. 시선을 느끼며 자리에서 벗어나 잠시 나아가다 돌아보니 할머니는 사람들 사이에서 아직 이쪽을 보고 있었다. 내 머릿속에서 방금 본 삼엽충이 세 배쯤은 커졌지만, 의심받으면 큰일이니 어쩔 수 없이 그대로 쇼핑객 틈에 섞여들었다.

그후로 다시 모이기로 한 시간까지는 화석을 하나도 찾아내지 못했다. 어쩌면 류세이가 과장해서 말했는지도 모른다. 마치 대리석 표면에 수많은 화석이 도드라져 있는 것처럼 말했지만, 실제로는 얼마 없을 것이다. 하지만 나는 그 귀중한 화석을 찾아냈다. 삼엽충 화석이 있다고 알려주면 다들 눈이 휘둥그레지겠지. 벤치로 돌아가자 신지와 에쓰코, 류세이가 뒤질세라 목격담을 늘어놓는 중이었다. 이 정도였다고 말하면서 저마다 표시하는 크기는 내 머릿속에서 세 배로 커진 내 삼엽충의 두 배는 되었다.

"맞다, 리는?"

에쓰코가 나를 보고 묻기에 바로 고개를 저었다.

"사람이 많아서 찾고 말고 할 정신이 없었어."

"그럴 것 같아. 리가 간 쪽은 엄청 북적거리더라고."

내가 아쉬움 섞인 웃음으로 답하는데 히로키가 돌아왔다.

어땠냐고 신지가 묻자 히로키는 무슨 불쾌한 광경이라도 보고 온 것처럼 한 번 인상을 쓰더니 오른손 검지와 엄지로 놀랄 만한 크기를 표시했다. 뭐더라, 커피잔을 얹는, 그래, 잔 받침이다. 잔 받침만한 길이로 두 손가락을 벌린 채 이렇게 말했다.

"암모나이트였어."

어디서 봤는지 듣고 신지가 분한 듯이 이를 악물었다.

"끄아아아…… 눈뜬 장님이었네."

거대한 암모나이트가 묻혀 있는 곳이 우리가 아까 갔던 화장실 앞이었기 때문이다. 앞쪽 여자 화장실을 지나 남자 화장실로 향하는 통로 벽에 그 보물이 잠들어 있었다고 한다. 그야말로 발굴 작업에 안성맞춤인 장소였다.

"가자."

류세이가 주저 없이 걸음을 옮겼다. 어깨가 좁아서 뒷모습이 볼링핀 같아 보였지만 늠름한 기운이 가득했다. 우리가 따라가자 류세이는 배낭에서 스케치북과 접착테이프를 꺼내더니 이쪽을 보고 씩 웃었다. 웃음으로 답하는 우리 얼굴은 돌처럼 굳어 있었다. 드디어 결행할 때가 왔다.

"다들 준비해."

류세이는 접착테이프를 두 줄 뜯어내서 하얀 손등에 붙였다. 스케치북에서 '출입금지'라고 쓴 도화지를 뜯어내고 스케치북을 다시 배낭에 넣었다. 우리는 어색하게 몸을 움직여 각자 배낭에서 도구를 꺼냈다. 쇠망치, 일자 드라이버, 못, 삽.

"진짜 번거롭네…… 찾아내지 말 걸 그랬어."

히로키의 목소리가 조금 떨렸다. 본인도 그 사실을 아는 듯 턱을 바짝 끌어당기고 아무것도 없는 곳을 노려보았다.

화장실로 통하는 통로로 꺾어들자 갑자기 인기척이 사라지고, 우리 다섯 명의 운동화 발소리가 장단을 맞추듯이 크게 울려퍼졌다. 아무리 조심스레 걸음을 내디뎌도 소리가 났다. 우리는 일단 암모나이트를 확인했다. 에쓰코가 숨을 헉 들이마셨고, 신지가 "우아" 하고 감탄했다. 히로키의 말은 과장이 아니었다. 대리석 벽 표면에 드러난 암모나이트 화석은 그야말로 커피잔 받침으로 쓸 수 있을 만한 크기였다. 이것에 비하면 기요타카가 게 아저씨에게 받아 소중하게 간직하고 있는 암모나이트는 아기나 다름없었고, 내가 발견한 삼엽충은 쓰레기였다.

"이거 반쪽뿐인데, 괜찮을까?"

신지가 누구에게랄 것 없이 물어본 것은 분명 겁을 먹었기 때문이리라. 따져볼 것도 없는 문제다. 굉장한 크기를 자랑하는 이 암모나이트는 몸뚱이가 반으로 갈라져 껍데기 내부까지 뚜렷하게 보인다. 묘하게도 그 덕분에 당장이라도 움직일 것처럼 생동감이 넘쳤고, 태고의 생명력이 강렬하게 전해졌다.

"일단 화장실 안을 보고 와."

류세이가 지시하자 신지와 에쓰코가 남녀 화장실을 확인하러 갔다. 남자 화장실에는 아무도 없었고 여자 화장실은 문이 하나 닫혀 있었지만, 어떻게 할지 정하기 전에 뚱뚱한 아줌마가 뒤뚱뒤뚱 나와서 통로를 꺾어 사라졌다.

"파내자."

말을 맺기 무섭게 류세이는 종종걸음으로 통로가 꺾어지는 곳까지 이동해 '출입금지'라고 적은 도화지를 양손으로 펼쳐서 벽에 붙였다. 그리고 그 옆에 서서 7층을 감시하며 재빨리 한 손을 흔들어 우리를 재촉했다.

이제 남은 일은 하나뿐이다.

세세한 방법은 생각해오지 않았다. 계획을 세운 류세이도 실제 경험은 없었으므로 대리석에서 어떻게 화석을 발굴할지는 완전히 임기응변이었다. 아무튼 모두 힘을 합쳐 가져온 도구를 사용해 암모나이트를 손에 넣어야 한다. 현재 정해진 사항은 단 하나, 주변의 대리석과 함께 화석을 통째로 파내 배낭에 넣고 어른이 없는 곳으로 달아난다는 것뿐이었다. 깔끔하게 다듬는 건 나중 일이다.

"누나, 못."

"응......"

임금님 나무에서 용감하게 벌레를 잡아오는 에쓰코도 이번에
는 망설였다.

"빨리!"

신지가 에쓰코의 손에서 낚아챈 못으로 대리석 벽을 콱 찍었
다. 하지만 희미하게 틱 소리가 났을 뿐 자국도 남지 않았다. 나
는 오른손에 든 삽을 고쳐잡고 신지 옆에 섰다. 신지의 튀어나
온 이마에 땀이 맺혔다. 초점을 잃고 풀어진 눈동자가 이리저리
흔들리고, 벌어진 입술은 희미하게 떨렸다. 무서운 것이다. 나와
똑같이 신지도 겁을 먹었다. 하지만 신지는 목구멍 속에서 "읍"
하고 이상한 목소리를 토해내며 오른손에 쥔 쇠망치를 치켜들었
다. 히로키가 숨을 삼키는 소리가 똑똑히 들렸고, 에쓰코는 양손
으로 입을 눌렀다.

그때 남자 목소리가 났다.

"아, 무슨 공사를 하는 모양이에요."

류세이의 목소리가 들렸다. 내가 있는 곳에서는 몸을 돌려도
류세이밖에 보이지 않았다. 남자는 통로가 꺾이는 부분 앞쪽에
서 있는 것 같았다.

"아까 경비원 아저씨한테 물어봤더니 다른 층 화장실을 쓰라
고 하더라고요. 저요? 화장실 앞에서 아빠랑 만나기로 해서 기다
리고 있어요."

류세이는 무시무시한 연기력을 발휘하며 정말로 '아빠'를 찾듯이 발돋움해 7층 매장 여기저기로 시선을 던졌다. 잠시 그러다가 상대가 물러갔는지 이쪽으로 얼굴을 돌리고 다시 한 손을 흔들었다.

"빨리 하자."

턱을 들고 그렇게 말하면서 나는 삽을 거꾸로 들었다. 망가진 기계처럼 손이 와들와들 떨렸다. 기요타카에게 줄 선물. 기요타카가 소중히 아끼는 화석보다 훨씬 큰 암모나이트. 심장이 쿵쿵 뛰었다. 대시를 메고이코 호수 동굴에 두고 왔을 때 기요타카는 전화를 걸어 걱정해주었다. 거대 잉어를 낚는 도구와 미끼를 만드는 방법을 가르쳐준 사람도 기요타카였다. 기요타카 덕분에 나는 난생처음 강하다는 것이 무엇인지 진지하게 생각해보았다. 마음을 받았으니 마음으로 갚아야 한다. 지금이야말로 내 손으로 그 '마음'을 벽에서 파낼 차례다. 내가 삽 끝으로 암모나이트 조금 아래쪽을 힘껏 내리찍으려고 했을 때 잊고 있었던, 대변이 마려운 느낌이 다시 고개를 쳐들었다. 나는 삽을 쥔 채 잽싸게 무릎을 구부리고 항문에 힘을 주었다. 신지가 눈살을 찌푸리고 내 얼굴을 들여다보았다.

"뭐야, 그 폼은?"

"아니, 그냥."

긴장한 탓에 착각한 게 아니라 정말로 금방이라도 나올 것처럼 심각했다. 이거 위험하다고 직감했다.

"나, 화장실."

나는 삽을 든 채 서둘러 남자 화장실 칸으로 달려가 아슬아슬하게 바지와 팬티를 내렸다. 최대한 소리가 나지 않도록 휴지를 풀고 있자니 밖에서 신지와 히로키의 웃음소리가 들렸다. 창피함과 억울함이 가득했지만, 나는 그 감정을 강한 의지로 바꾸어 반드시 저 암모나이트를 파내겠다고 맹세했다.

이미 늦은 줄 알면서도 마치 소변을 보고 온 것처럼 지퍼를 올리며 화장실에서 나왔지만 아무도 이쪽을 보지 않았다. 모두 벽에 온 신경을 집중했다. 신지가 왼손에 못을 쥐고 쇠망치로 콩콩 두드리고 있었다. 복잡한 표정으로 뭐라고 중얼거리며 고개를 갸우뚱하자 에쓰코가 뭐라고 속삭이며 충고했다. 호주머니에 양손을 넣고 두 사람 곁에 서 있는 히로키의 옆얼굴에는 조바심이 가득했다.

"안 되겠어. 전혀 안 박혀. 역시 처음에는 삽으로 하자. 리이치, 삽 줘봐."

내가 내민 삽을 받아들기 직전에 신지가 의심하듯이 눈을 치떴다.

"야, 손 씻었어?"

안 씻었지만 고개를 끄덕였다.

"정말이야?"

"까다롭기는. 싫으면 내가 할게."

불만스럽게 말하고 나는 신지와 자리를 바꾸었다. 실은 내가 처음으로 벽을 파내고 싶었으니 마침 좋은 기회였다.

암모나이트를 바로 앞에서 마주하자 다시 긴장감이 두 다리에서 등줄기로 밀려올라왔다. 하지만 머뭇거리다가는 어른 목소리나 대변 마려운 느낌, 망설임, 그 밖의 어떤 방해물들이 나를 막아설지 모른다. 나는 삽을 들어올려 단숨에 벽을 내리쳤다. 깡, 하고 큰 소리가 나고 한순간 손목이 아팠다. 자잘한 돌가루가 흩어지며 삽 끝이 암모나이트 조금 아래쪽에 박히는 모습을 머릿속으로 그렸지만, 실제로는 대리석이 너무 단단해 흠집도 나지 않았다. 다시 한번 내리쳤지만 결과는 마찬가지였다. 양손으로 삽을 고쳐 잡고 온몸의 체중을 실어 힘껏 내리찍으려고 했을 때—

아, 하는 류세이의 목소리가 들렸다.

들린 것 같았다.

재빨리 그쪽으로 눈을 돌린 순간, 우리는 온몸에 냉수를 뒤집어쓴 것처럼 뻣뻣하게 굳어버렸다. 통로가 꺾이는 부분에서 유니폼을 입은 남자가 이쪽으로 몸을 내밀고 있었다. 남색 상하의. 광택이 도는 검은색 챙이 달린 납작한 모자. —어디를 어떻게 보아도 경비원인 그 남자의 시선이 우리에게 못박혀 있었다. 나는 두 손으로 삽을 치켜든 석상이 되어버렸다. 숨이 멈추고 혀가 입천장에 들러붙어 움직이지 않았다. 내 미래의 밝고 즐거운 요소

들이 손에 손을 잡고 달아나는 모습이 보였다. 경비원 뒤에서 다른 남자가 얼굴을 쑥 내밀더니 "뭐야, 이거" 하고 중얼거렸다. 좀전에 류세이에게 말을 걸었던 목소리와 똑같았다.

우리는 붙잡혔다.

화장실이 공사중이라는 말에 근처에 있던 경비원에게 물어보기라도 한 걸까. 아니면 처음부터 류세이가 거짓말을 하는 거라 의심하고 경비원에게 일러바친 걸까. 7층 매장 구석의 화물용 엘리베이터로 끌려가면서 나는 두뇌의 10퍼센트 정도를 사용해 그런 생각을 했다. 나머지 90퍼센트를 차지한 것은 서예용 먹물처럼 새까만 절망이었다.

"이름도 학교도 말하면 안 돼."

엘리베이터에 타기 직전에 류세이가 경비원의 빈틈을 노려 나지막하게 속삭였다. 교도소에 수감된 죄인이 무슨 거창한 계획을 속삭이듯이 입술만 달싹여서 말했다.

"계속 입다물고 있으면 늦어도 저녁에는 돌려보내줄 거야. 우리 아빠 입장이 난처해지니까 이름도, 학교도 절대로 말하지 마."

대답할 수 없었지만 마음속으로 고개를 끄덕였다. 그래, 아직 희망이 남아 있을지도 모른다. 침묵을 지킬 용기만 있다면 부모님과 선생님에게 범죄 사실을 들키지 않고 넘어갈 수 있을지 모른다. 그때 오른쪽에서 목소리가 들렸다. 의문과 질문이 뒤섞인 말투, 귀에 익은 목소리였다. 고개를 돌리고, 매장 구석에서 무슨 일이냐는 듯이 이쪽을 보고 있는 사오리 선생님의 모습이 눈에 들어왔을 때 나는 모든 것을 포기했다. 더이상의 절망은 없으리라고 생각했는데, 더더욱 절망해 눈에 비치는 전부가 잿빛으로 변했다.

류세이가 혀를 쯧 찼다.

6

"만약 너희 방에."

우리는 8층 사무실로 끌려가서 긴 테이블에 나란히 앉았다. 경비원과 함께 나타났던 남자는 이제 자기 할 일은 끝났다고 여겼는지 어느새 모습을 감추었다.

"모르는 아이들이 찾아와서 벽에 멋대로 구멍을 내거나, 물건을 훔쳐가면 어떻게 할래?"

대답할 용기가 없어서 우리는 눈만 내리깔았다. 경비원은 일부러 그러듯이 접이식 의자에 다리를 벌리고 앉아 있었다. 그 옆에 선 사오리 선생님이 입속으로 또다시 사과의 말을 하며 머리를 숙였다. 속눈썹이 기다란 눈을 애처롭게 내리뜨고 몸을 움츠린 선생님은 정말로 점점 작아지는 것 같았다. 사오리 선생님 곁에서는 낯선 젊은 남자가 반쯤은 걱정된다는 듯이, 그리고 반쯤은 재미있다는 듯이 상황을 지켜보고 있었다. 사오리 선생님과 함께 쇼핑을 온 일행인 모양이다. 청바지가 잘 어울리는 긴 다리 옆으로 매장 로고가 들어간 쇼핑백을 네 개 들고 있었다. 두 개는 멋진 로고, 두 개는 귀여운 로고였다.

"너희, 기물 파손이라는 말 알아?"

어차피 모를 거라는 말투였고 실제로도 몰랐지만, 왠지 몹시 큰 잘못이라 아무리 후회해도 돌이킬 수 없는 행동이나 결과를 가리키는 말일 것 같았다.

"……죄송해요."

에쓰코가 제일 먼저 입을 열어 사과했고, 이어서 저마다 우물우물 사죄의 말을 입에 담았다. 하지만 경비원은 아무것도 못 들었다는 듯 다시 말을 이었다.

"아무리 그래도 도둑이라는 말은 알겠지."

상대를 업신여기듯이 흥, 하고 코웃음 치는 소리가 오른쪽 옆에서 들렸다. 류세이였다. 나는 깜짝 놀라 경비원의 얼굴을 보았지만 아마 들리지 않은 모양이었다.

경비원은 빳빳하게 풀을 먹인 와이셔츠 옷깃에 감싸인 목을 천천히 돌리며 우리 얼굴을 말없이 차례대로 노려보았다. 어린아이를 야단친다기보다 마음에 안 드는 상대를 어떻게 혼쭐내서 항복시킬까 궁리하는 것처럼 보였다. 나는 끈끈이에 달라붙은 모기가 된 기분이었다.

"도둑질한 물건을 선물로 받으면…… 너희는 기쁘겠니?"

우리는 이미 모든 사정을 털어놓은 뒤였다.

머리가 희끗희끗한 경비원은 모자 자국이 남은 곳이 가려운지 가끔 오른손 검지로 관자놀이를 긁적였다. 왼쪽을 긁을 때도 오른손으로 긁었다. 그 모습을 보자 아버지가 오른손으로 왼쪽 귀를 파는 모습이 떠올랐다. 어설프다고 웃는 어머니 얼굴도 생각 났다. 그러고 보니 초등학교에 올라가기 전까지는 어머니가 내 귀를 파주었다. 당시 나는 자기 손으로 귀를 파면 지옥의 고통을 맛볼 것이라고 믿었다. 아버지가 꼭 그런 표정을 짓고 악문 이 사이로 "쓰으으으" 하고 숨을 들이마시며 귀를 팠기 때문이다. 그 이야기를 했을 때 어머니가 얼마나 웃었던지―이번 일로 그 따스한 가족의 정경도 이제 다시 볼 수 없게 된다. 그렇게 생각 하자 눈물이 솟았다.

"그건 그렇고 마침 선생님이 계셔서 다행이네요."

못마땅한 표정과 목소리를 유지한 채 경비원은 사오리 선생님 에게 눈을 부라렸다.

"이런 일이 생기면 자기 이름이나 다니는 학교를 말하지 않는 아이가 많거든요."

너희도 그럴 생각 아니었냐는 듯이 경비원이 다시 이쪽으로 고개를 돌렸다. 정말로 그럴 작정이었던 우리는 숙이고 있던 얼굴을 더 깊이 숙였다.

옆방에서 전화벨이 울렸다. 여기 가만히 있으라는 말 대신 무섭게 한번 노려본 후 경비원은 방에서 나갔다. 한동안 나지막한 얘기 소리가 들리더니 경비원이 우리를 효과적으로 혼내줄 방법이 떠올랐다는 표정으로 돌아왔다.

"지금 특급열차를 타고 오시겠다는군요."

교감선생님 이야기였다. 사오리 선생님이 학교에 연락해 오기로 한 것이다.

"너희, 여기서 반성하고 있어."

경비원은 사오리 선생님에게 같이 가자고 손짓하고 자리에서 일어섰다. 선생님과 일행 남자는 경비원을 따라서 방을 나섰다. 눈앞이 휑해지자 방안의 산소량이 단숨에 늘어난 것처럼 숨쉬기가 편해졌다. 하지만 그때 경비원이 문으로 고개를 들이밀고 우리를 쏘아보았다.

"입다물고 있어."

침묵 지옥이 시작됐다. 옆방에서 설교조로 말하는 경비원의 목소리와 가끔 작게 맞장구를 치는 사오리 선생님의 목소리가 들렸다. 우리는 경비원이 지시한 대로 입다물고 가만히 고개를 숙인 채 옆방에서 들리는 목소리에 귀기울였다. 그렇지만 무슨 이야기인지는 거의 알아듣지 못했다. 경비원은 낮은 목소리로 중얼중얼하다가 가끔 크게 재채기를 했다. 왼쪽 벽에 걸린 아날

로그시계를 보니 시곗바늘이 두시에 가까워지고 있었다. 시간이 빨리 가길 바라는지, 느리게 가길 바라는지 스스로도 잘 알 수 없었다.

그때.

눈앞의 테이블이 쾅 울렸다. 뭐가 떨어졌나 싶어 반사적으로 테이블 위를 보는 것과 동시에 왼쪽에서 누군가 움직이는 모습이 눈에 들어왔다. 그는 앉아 있던 의자를 요란스럽게 넘어뜨리며 튀어오르듯이 벌떡 일어서서 밖으로 사라졌다. 야! 경비원의 성난 목소리가 울려퍼졌고 사오리 선생님의 짧은 비명도 들렸다. 혼란에 빠진 나는 의자에서 엉덩이를 몇 센티미터 띄운 채 옴짝달싹 못했다. 발소리가 한 덩어리가 되어 복도 쪽으로 멀어졌다.

"저 자식…… 뭐하는 거야?"

신지가 겁에 질린 목소리로 말하며 이쪽으로 얼굴을 돌렸다가 결심했다는 듯이 문으로 향했다. 내가 뒤를 이었고 에쓰코도 일어섰다. 방에서 나오니 옆방에는 아무도 없고, 활짝 열린 문 저편으로 어른 세 명의 뒷모습이 멀어져가고 있었다. 뒤에서 "망했네……"라고 작게 중얼거리는 류세이의 목소리가 들렸다.

"쫓아가자!"

신지의 말이 끝나기도 전에 나와 에쓰코는 뛰어갔다. 어른들의 뒷모습이 복도 모퉁이를 돌아서 사라졌다. 우리가 그 모퉁이를 돌았을 때는 아무도 보이지 않았지만, 발소리를 들어보니 계단을 뛰어내려가는 것 같았다.

서둘러 7층으로 내려갔다. 어느 쪽으로 갔는지 몰랐지만, 우리는 뭔가에 이끌리듯이 아까 갔던 화장실로 향했다. 어리둥절한 표정으로 앞쪽을 보고 있던 쇼핑객들이 우리 발소리에 놀란 듯이 뒤돌아보았다.

화장실로 이어지는 통로로 뛰어든 순간, 우리는 제자리에 발이 붙어버렸다.

히로키가 날뛰고 있었다. 엉거주춤한 자세의 경비원에게 대들면서 몸부림치고, 펄펄 뛰고, 팔다리를 이리저리 휘둘렀다. 그 곁에 사오리 선생님이 가슴께로 양손을 들어올린 자세로 가만히 서 있었고, 선생님 일행은 그 옆에서 입을 떡 벌리고 있었다. 히로키가 오른손을 크게 휘둘렀다. 히로키 손에 일자 드라이버가 들려 있었기 때문에 경비원은 "어이쿠!" 비명을 지르며 뒤로 펄쩍 물러났다. 빈틈이 생기자 히로키는 암모나이트를 향해 돌진해서 드라이버로 벽을 꽉 내리찍었다. 한번 더. 그리고 또 한번. 다시 쳐든 오른손을 경비원이 붙잡았다. 경비원은 그대로 히로키를 끌어안더니 체중을 실어 단단히 붙잡으려고 했다. 사오리 선생님이 잠긴 목소리로 뭐라고 말하면서 달려갔고, 옆에 있던 남자도 걸음을 내디뎠다. 하지만 히로키가 다가오는 사람에게 발길질과 주먹질을 하고 사람이 없는 곳에도 드라이버를 휘두르는 등 그야말로 길길이 날뛰는 통에 결국 둘 다 뒤로 물러나 상황을 지켜보는 수밖에 없었다. 경비원은 안간힘을 다해 히로키를 제압하려고 애썼다. 거친 숨소리와 어지러운 발소리, 무슨 뜻인지 모를 흐릿한 목소리가 이어지던 끝에 느닷없이 히로키의 울음소리가 통로 가득 울려퍼졌다.

감정이 고스란히 드러나는 울음소리였다. 히로키는 두 눈에서 눈물을 뚝뚝 흘리고 으어어엉, 으어어엉 울부짖으면서 경비원의 손에서 벗어나려고 계속 몸부림쳤다. 그러는 동안 한 번도 눈을 돌리지 않고 계속 암모나이트만 바라보았다.

7

다시 방으로 가서 의자에 앉은 뒤에도 히로키는 울음을 그치지 않았다. 관절이 하얘질 만큼 꽉 움켜쥔 주먹으로 테이블을 누른 채 등을 떨고 콧물과 침을 흘리며 울었다. 한 번 만화에나 나올 법한 콧물 풍선이 부풀어올랐다가 터졌지만 그런 줄도 모르는 것 같았다. 교감선생님이 도착한 뒤에도 변함없었다. 우리가 따끔하게 야단을 맞고 간신히 풀려나서야 겨우 울음을 그쳤다.

밖에 나오자 해질녘이었다.

백화점 앞 인도는 여전히 혼잡해서 방금까지의 일이 현실이 아닌 듯한 기분마저 들었다. 만약 그렇다면 얼마나 좋을까. 저멀리를 바라보자 늘어선 빌딩 꼭대기가 오렌지빛에 녹아든 것처럼 보였다.

역 앞에서 사오리 선생님과 헤어졌다. 우리는 목각 가면처럼 엄한 표정의 교감선생님과 함께 말없이 개찰구를 통과했다.

"봄에 결혼하신다더라."

열차에 타고 나서 교감선생님이 조용하게 말했다.

역 앞에서 헤어질 때, 사오리 선생님은 옆에 있는 남자를 가리키며 말했다.

―저, 이 사람이 지난번에 말씀드린……

교감선생님은 무뚝뚝한 얼굴에 누군지 알겠다는 빛을 띠며 남자를 보고 가볍게 턱을 당겼다. 남자는 쑥스러운 듯이 머리를 꾸벅 숙였다.

열차를 타고 가면서 사오리 선생님의 결혼에 대해 뭔가 더 말해줄 줄 알았는데 그게 끝이었다. 교감선생님은 이번 일로 이야기를 되돌려서 부모님께 오늘 무슨 일이 있었는지 제대로 설명하라고 다짐을 두었다. 교감선생님이 백화점 공중전화로 우리 각자의 집에 연락해 조금 늦게 돌아갈 것이라고 알려주었는데, 그 이유는 집에 가서 본인이 직접 말하기로 한 것이다.

그후로 교감선생님은 아무 말 없이 불그레한 경치가 흘러가는 창밖만 바라보았기에 우리도 말을 꺼낼 수가 없었다.

환승역 플랫폼에서 까마귀 울음소리를 들으며 완행열차가 도착하기를 기다리고 있을 때 교감선생님은 겨우 다시 입을 열었다.

"바보 같은 짓을 했구나."

누구에게 들려주려는 것이 아니라 거의 혼잣말 같은 목소리였다. 선생님이 가슴을 따라 오른손을 천천히 들어올려 넥타이를 약간 헐겁게 풀었다.

"정말 아무 의미 없는 짓을 했어."

우리는 고개를 끄덕여야 할지 가만히 있어야 할지 몰랐다. 몰랐지만 일단 고개를 끄덕였다. 그러자 교감선생님이 갑자기 얼굴을 돌려 한 명 한 명 확인하듯이 내려다보고 물었다.

"왜 아무 의미 없는지 알겠니?"

아무도 대답하지 못했다. 그럴 줄 알았다는 듯이 교감선생님은 고개를 살짝 끄덕였다. 그리고 놀랍게도 살짝 웃었다.

"뭐…… 곧 알게 될 거다."

플랫폼 스피커에서 안내방송이 지직거리며 울려퍼졌고, 어스레한 저녁 공기를 휘저으며 열차가 도착했다. 특급열차보다 훨씬 승객이 적은 차량에 올라타자 교감선생님은 빈자리를 찾아 앉았다. 우리는 어떻게 해야 할지 몰라서 교감선생님 근처에 가만히 서 있었다.

"내가 왜 선생님이 됐는지 알 것 같구나."

교감선생님이 갑자기 그렇게 중얼거렸다. 그리고 중얼거린 것을 후회하듯이 눈을 내리떴다.

열차에서 내려 각자 자전거에 탈 때까지 아무도 말을 꺼내지 않았고, 아무도 히로키의 얼굴을 보지 않았다. 교감선생님에게 인사한 후 "잘 가" 하고 저마다 한 손을 들며 헤어질 때도 나는 히로키에게 눈길을 주지 못했다. 다른 세 명은 어땠을까. 셋 다 나랑 눈이 마주쳤으니 역시 히로키를 보진 않은 걸까. 해 진 산 기슭에 눅눅한 침엽수 냄새가 풍겼다.

기절한 것도, 홈런을 친 것도, 범죄를 저지른 것도, 현행범으로 붙잡힌 것도, 그런 히로키를 본 것도, 짝사랑하는 사람의 결혼 소식을 들은 것도, 전부 처음이라 뭘 어떻게 받아들여야 할지 몰랐다.

그후로 류세이는 우리와 같이 놀지 않았다. 시의회 의원인 아버지가 놀지 말라고 일렀는지도 모른다. 공원에서 가끔 류세이가 6단 변속 자전거를 타고 혼자 골목을 달려가는 모습을 보았다. 우리가 쳐다보는 줄 알면서도 류세이는 앞만 바라보며 시선을 튕겨내는 듯한 얼굴로 달려갔다.

그나저나 백화점에서 돌아오는 길에 교감선생님이 "곧 알게 될 거다"라고 말한 이유가 겨울방학 마지막날 밝혀졌다.

화석은 못 구했지만 우리는 약속대로 아침 일찍 기요타카네 집에 가서 원래는 핑계였던 주먹야구를 진짜로 했다.

"다음달 불꽃놀이 대회…… 역시 힘들겠지."

드디어 작별할 때가 되자 공원 구석에서 신지가 물었다.

"멀어서 못 오지?"

그러자 기요타카는 뭔가 망설이는 것처럼 시선을 돌리더니 신지의 눈을 보지 않고 대답했다.

"아니, 그렇지 않은데."

"엥, 올 거야?"

"온다고 할까…… 뭐, 그래, 갈게."

아무래도 태도가 이상했다.

"자전거 사준다고 했거든."

자전거? 우리는 동시에 외쳤다. 그 먼 데서 자전거를 타고 올 생각이냐고 묻자 기요타카는 고개를 끄덕였다.

"십 분 정도면 오니까."

몇 초간 주변이 정적에 휩싸였다.

"뭐야, 친척 아저씨 집이 그렇게 가까워?"

에쓰코가 몸을 내밀었다.

"뭐…… 삼촌도 자전거로 학교에 다녔다더라고."

기요타카는 이해가 잘되지 않는 대답을 했다.

그러고 나서 우리에게 놀랄 만한 사실을 고백했다.

사실 그 친척 아저씨가 게 아저씨였다고.

"할머니가 멀리 있는 병원에 입원하게 돼서…… 원래는 나도 그쪽으로 전학 가야 했는데, 여러모로 복잡해서 안 되겠더라고. 그래서 할머니가 삼촌한테 상의했더니 자기 집에서 살라고 했어."

"야, 엥, 야, 게 아저씨가 친척이라니. 엥, 그런 말은 한마디도 안 했잖아."

신지가 튀어나온 이마를 들이밀듯이 몸을 앞으로 뺐다.

"학교에 친척이 있다니…… 좀 창피하잖아. 그리고 삼촌은 옛날에 할머니랑 크게 싸운 적이 있어서 그렇게 가깝게 지내지 않았어. 그래서 굳이 말하지 않은 거야. 그런데 꼭 내가 멀리 이사 가는 분위기가 돼서…… 아니, 처음에는 진짜로 그럴 계획이었지만…… 점점 말하기가 힘들어지더라."

"그래서 겨울방학 숙제를 한 거구나."

내 말에 기요타카는 쓴웃음을 지으며 "응" 하고 고개를 끄덕였다.

게 아저씨네 집은 어디냐고 에쓰코가 물었다. 기요타카는 "저쪽" 하고 메고이코 호수 방향을 가리켰다.

"호수 근처 연립주택."

끄아아아아, 신지가 외치며 하늘을 올려다보았다. 에쓰코는 반대로 힘이 쭉 빠진 것처럼 고개를 떨구었다. 히로키는 분노에 가득찬 얼굴로 아까부터 기요타카를 째려보고 있었다. 그애는 호주머니에서 뭔가를 꺼내 오른손에 쥐고 있다가 기요타카를 째려보며 호주머니에 도로 쑤셔넣었다. 한순간 슬쩍 보인 그것은 받침대가 달린 암모나이트 화석이었다.

전학 가지 않는다는 사실과 바로 근처로 이사 간다는 사실을 기요타카가 말하지 못한 데는 히로키 탓도 있지 않았을까. 어쩌면 기요타카는 히로키의 반응을 보고 싶었던 것이 아닐까 싶었다.

겨울방학은 그렇게 끝났다.

2월 밤, 우리는 메고이코 호수 둑에 나란히 앉아 불꽃놀이를 구경했다. 왠지 예년보다 불꽃 수가 적고 멋지지도 않아서 모두 고개를 갸우뚱했다. 호수 수면에 비친 불빛까지 합쳐서 봐도 영성에 차지 않았다. 나중에 알았는데 불꽃놀이 대회 직전에 누가 창고에 침입해 불꽃 화약을 잔뜩 훔쳐갔다고 한다.

류세이가 행방불명됐다는 소식을 들은 건 그로부터 한 달쯤 후였다.

그 무렵 우리를 감싸고 있던 것이 무엇이었는지 이제는 모르겠다. 모르겠지만, 우리는 분명 형체 없고 하얗고 부드러운 뭔가에 감싸여 있었다. 그리고 바라든 바라지 않든 당시 소년소녀들이 공통적으로 두루 지니고 있던 것을 늘 가슴에 품고 살았다.

그로부터 우리는 뭘 얻고, 뭘 포기하며 어른이 됐을까. 아무튼 성장하면서 마음을 비우는 방법을 알았다는 것만은 확실하다. 예전에는 그 방법을 몰랐고, 알려고 하지도 않았다. 그러므로 마음은 늘 가라앉을 줄 모르고 물결쳤고, 그 부드러운 뭔가는 그런 모습을 지켜보며 우리를 감싸주었는지도 모르겠다.

작별이 한꺼번에 찾아온 것은 아니지만, 친구들과 헤어질 때마다 나는 마치 나 자신에게서 멀어지는 듯한 감각에 사로잡혔다. 그리고 그 감각은 지금도 계속되고 있다. 나 자신으로부터 멀리 떨어져서 살아가는 기분이 든다.

분명 다들 마찬가지일 것이다.

하지만 그런 감정이 가슴속에 차오르려고 하면 나는 급히 마음을 비우고 눈앞에 있는 볼펜, 식기, 하얗게 피어오르는 김, 텔레비전 화면, 글자가 빼곡한 장부를 바라본다. 그렇게 자신의 존재를 확인하고 안심한다. 만족과는 거리가 멀지만 어떻게든 내일을 맞이하기에는 부족함이 없는, 자전거 전조등 불빛처럼 작은 안심이다. 우리는 페달을 밟아 그 작은 불을 켜고 앞길을 비추며 비틀비틀 나아간다.

긴 시간을 들여 어딘가로 향한다.

우리는 이따금 자전거 손잡이에서 손을 떼고 눈앞에 떠올랐다가 사라지는 추억의 조각들을 붙잡아본다. 어떤 조각이든 바라보면 즐겁지만, 아무래도 큰 조각이 좀더 즐겁다. 그리고 그 큰 조각에는 점점 작아지는 조각들이 마치 꼬리를 물듯이 줄줄이 달려 있다. 그리고 제일 끝에는 언제나 '발단'이라고 불리는 아주 작은 조각이 달려 있다. 그걸 들여다보면 어떻게 이런 사소한 일이 그렇게 큰일로 발전했을까 신기하게 느껴진다. 하지만 '발단'이란 대개 그런 법이다.

의지할 곳이 없을 때 내가 제일 자주 들여다보는 작디작은 조각이 있다.

그 추억도 역시 별것 아닌 광경이다. 한 장의 사진을 들여다보는 우리의 모습. 습기로 뒤틀린 방바닥과 낡은 밥상. 겨울철 창밖의 마른 잡목림.

메고이코 호수 둑에서 예년에 비해 부실한 겨울철 불꽃놀이 대회를 구경한 지 한 달쯤 지났을 때, 기요타카가 사진 한 장을 우리에게 보여주었다. 전기톱을 든 게 아저씨와 장난치듯이 팔에 알통을 만든 오이 부인. 그리고 어린 기요타카. ─기요타카의 앞머리는 어색하게 짧았는데, 본인 말로는 어머니가 직접 깎다 실패해서 그렇다고 한다.

그것은 기요타카가 아직 부모님과 함께 살던 다섯 살 때 사진이었다. 휴일에 삼촌인 게 아저씨가 마당에 있는 나무를 가지치기해주겠다며 전기톱을 들고 왔다고 한다. 오이 부인은 조금 통통했지만 그래도 얼굴 골격은 지금과 변함없이 수세미처럼 보였다. 수염이 없는 게 아저씨는 아주 젊어 보였다. 내가 그렇게 말하자 기요타카는 나이에 맞게 보인다며 고개를 갸웃거렸다. 혹시나 싶어 게 아저씨가 몇 살인지 물어보자 "올해 서른일곱 살"이라고 해서 놀랐다. 오십대 후반이나, 어쩌면 육십대인 줄 알았는데. 수염이란 참 무시무시하다.

게 아저씨와 오이 부인은 부모자식 사이지만 우리는 한 번도 두 사람이 그런 분위기로 대화하는 모습을 본 적이 없다. 하기야 두 사람이 말을 나누는 모습도 거의 본 적 없고, 그중 한 번은 우리가 인생 최대의 위기에 빠져서 헐떡대며 달린 뒤라서 제대로 기억나지 않는다.

6장

꿈의 입구와 감금

1

"이러고 나서 삼촌이랑 할머니가 대판 싸웠어."

기요타카는 우리가 얼굴을 한데 모아 들여다보던 사진을 턱으로 가리켰다. 기요타카네 집에 유일하게 남겨진 세간인 밥상 위였는데, 그릇을 내려놓아 생긴 둥그런 자국이 비눗방울처럼 수없이 찍혀 있었다.

"가지치기 후에 삼촌이 전기톱을 마당에 그냥 놔두고 차를 마셨거든. 그걸 본 할머니가 기요가 만지면 어쩔 거냐고 으르렁거렸어."

으르렁거렸다고? 신지가 되묻자 기요타카는 고개를 끄덕였다.

"하지만 전기톱은 만져도 안 위험해. 왜, 산사태 현장에 갔을 때 다들 가까이에서 봤잖아. 날 자체는 그렇게 날카롭지 않아. 빠르게 돌아가니까 나무가 잘리는 거야. 시동만 안 걸면 안전해."

"게 아저씨가 그렇게 말하면 됐을 텐데."

내 말에 기요타카는 입술을 내밀고 복잡한 표정을 지었다.

"말했지. 하지만 할머니가 그럴 리 없다면서 또 으르렁거렸어. 말이 안 통하니까 삼촌이 어쩔 수 없이 전기톱을 자세히 보여줬지. 그랬더니 할머니가 이번에는 기요가 시동을 걸면 어쩔 거냐고 하더라고."

오이 부인 성격상 분명히 지기 싫어서 억지를 부린 것이리라.

"그래서 삼촌이 어린애는 전기톱 시동을 못 건다고 했지. 진짜 그랬어. 버튼 하나로 껐다 켰다 하는 고급품이 아니었거든. 시동을 걸려면 모터에 연결된 줄을 아주 세게 잡아당겨야 해, 이렇게."

기요타카는 오른손으로 줄을 잡아당기는 시늉을 하다가 너무 힘을 주는 바람에 오른쪽 팔꿈치를 벽에 부딪히고 인상을 찡그렸다. 뒤돌아 벽을 확인한 후 다시 몸을 돌리고 이야기를 계속했다.

"그랬더니 할머니가 그런 건 요령만 익히면 누구든지 할 수 있다면서 자기가 시동을 걸어보겠다고 했지."

"걸렸어?"

에쓰코의 질문에 고개를 저었다.

"안 걸렸지. 줄이 손에서 쑥 빠져나가서 뒤로 자빠지기까지 했다니까. 그러면서 방귀도 뿡 뀌고."

몹시 창피했는지 오이 부인은 마침내 불같이 화를 내며 말도 안 되는 논리로 게 아저씨를 마구 닦아세웠을 뿐 아니라, 게 아저씨의 행동거지와 자신을 대하는 태도, 어릴 적부터 고치지 못하는 코 파는 버릇 등을 학교에서는 절대로 배우지 못할 법한 단어를 써가며 비방했다고 한다.

"가는 말이 고와야 오는 말도 곱다고 하잖아. 삼촌도 할머니한테 엄청 대들었어."

한 시간 가까이 큰 말다툼을 벌이고 지금까지도 두 사람은 견원지간이라고 한다.

"그런 일로……"

에쓰코가 밥상에 팔꿈치를 대고 턱을 괸 채 사진을 바라보았다. 앞머리가 흘러내려 가르마가 흐트러지고 이마가 가려졌다. 왼쪽 손목에 검은색 고무줄을 차고 있었지만, 여전히 차고만 있을 뿐 여태 실제로 사용하는 모습을 본 적은 없었다.

에쓰코는 지난주 지역 피구 대회에 나갔다가 다쳐서 왼쪽 손등이 빨갛게 까졌다. 각 학교의 실력자들로 구성된 팀이 학년별 토너먼트 형식으로 승패를 겨루었는데, 에쓰코는 우리 학교 에이스 선수였다. 성별 구분 없이 선수를 뽑았는데 남학생 선수가 대부분이었으므로 에쓰코는 대회에서 크게 주목받았다. 나도 구경하러 가서 에쓰코가 우리 학교 팀을 결승까지 이끄는 모습을 두 눈으로 보았다. 그리고 결승전에서 상대팀 남학생 선수와 1대 1로 대결해 우승을 눈앞에 둔 상황에서 공을 던지려다가 발이 미끄러지는 모습도 보았다. 그때 눈을 감으려고 했지만 굴러간 공을 상대팀 선수가 재빨리 주워서 무방비 상태인 에쓰코의 등에 힘껏 내리꽂는 순간도 보고 말았다. 그후로 에쓰코는 어쩐지 권태로운 태도로 하루하루를 보냈다. 물론 권태롭다, 라는 건 꽤 나중에 알게 된 표현이다.

그건 그렇고 나는 기요타카의 이야기가 의외였다. 오이 부인은 결코 쉽게 폭발하는 사람이 아니다. 쉽게 화낼 것 같아 보이지만 어디까지나 인상이 그럴 뿐 부인이 실제로 화를 내는 모습을 목격한 것은 우리가 기요타카에게 완다를 죽였다는 누명을 씌우려 했던 그때가 다였다. 내가 그렇게 말하자,

"할머니, 옛날에는 성미가 괄괄했어."

기요타카는 사진을 보며 중얼거렸다.

"완다와 결투를 벌이는 거 봤잖아. 그런 것처럼 상대와 의견이 맞지 않으면 바로 발끈해서 말다툼을 했고, 대부분 이겼어. 지지 않은 사람은 삼촌 정도려나. 할머니가 지금처럼 둥글둥글해진 건 나랑 둘이 살게 된 뒤야."

어째서인지는 모르겠지만, 하고 기요타카는 덧붙였다.

그날 우리는 기요타카가 겨울방학까지 살던 잡목림 가에 있

는 집에 모여 있었다. 아니, 그날만이 아니다. 우리는 십구 일 연속으로 거기 모여 시간을 보냈다. 그 집에 살겠다는 사람이 나타날 때까지 가끔 가서 환기를 하라고 오이 부인이 기요타카에게 시켰는데, 우리는 나중에 기요타카와 놀 생각으로 같이 가서 도와주었다. 하지만 밖이 추워서 집안에 틀어박히게 됐다. 십구 일 전부터 학교를 마치고 기요타카와 함께 이 집으로 와서 창문 여는 것을 도와주고, 추우니까 금방 닫은 후에 밥상을 둘러싸고 앉아 이런저런 이야기를 하며 시간을 보내는 것이 우리의 일상이었다. 휴일에도 적당한 시간에 모여서 건성으로 환기를 한 후 밥상 주위에 둘러앉았다. 돌이켜보면 우리는 그때 처음으로 실내에서도 재미있게 놀 수 있다는 사실을 안 것 같다. 신지는 기요타카가 없는 자리에서는 그곳을 '아지트'라고 불렀는데, 그 단어에는 말로 다 표현할 수 없이 감미로운 느낌이 담겨 있었다. 에쓰코는 올 때도 있고 오지 않을 때도 있었고 오더라도 일찌감치 돌아갔는데, 지금 생각해보면 수도가 끊겨서 그랬는지도 모르겠다. 화장실을 쓸 수 없으니 오줌이 마려우면 밖으로 나가 잡목림에서 해결해야 했다.

이야기하다 지겨워지면 우리는 가끔 창가에 서서 밖을 내다보았다. 작년 겨울, 다리를 다친 오이 부인이 메고이코 호수의 불꽃놀이를 보았던 창문이다.

겨울이 지나가자 더러워진 창문 너머로 보이는 잡목림에 매일 조금씩 색깔이 늘어났다. 나뭇가지에 콩알 같은 새싹이 움트기 시작했고, 땅에는 이름 모를 꽃들이 몇 종류씩 피어났다. 잡목림을 걸어다닐 때는 몰랐는데 창문으로 바라보자 눈에 들어오다니 참으로 신기했다.

완다도 매일같이 찾아왔다. 짖는 소리가 들리면 우리는 남은 급식을 담은 비닐봉지를 들고 현관으로 나갔다. 밥을 준 후 완다의 귀 뒤편과 겨드랑이 쪽을 긁어주고 다시 밥상으로 돌아왔다.

"히로키, 오늘은 안 오려나."

신지가 생각났다는 듯이 사진을 바라보던 얼굴을 들었다.

"밥 먹고 커피라도 마시고 있지 않을까?"

에쓰코가 코에 주름을 잡으며 웃었다. 그날은 토요일이라 우리는 오전 수업을 마친 후 일단 집에 돌아가서 점심을 먹고 다시 기요타카의 집에 모였다.

"커피 마시는 히로키를 보여드리겠습니다. 기요타카, 머리."

"알았어."

신지가 신호하자 기요타카는 재빨리 신지 뒤로 가서 그애의 머리를 5대5로 만들었다. 신지는 눈살을 모으고 눈썹을 치켜세우며 커피 마시는 시늉을 했다.

"으음…… 쌉쌀하니 좋군."

그때 히로키가 현관문을 열고 얼굴을 들이밀자 기요타카는 허둥지둥 제자리로 돌아갔다. 우리는 웃음을 참느라 애를 먹었고,

신지는 귀를 움찔거리며 까불었다. 신지는 며칠 전 귀가 움직인다는 것을 알아차렸다. 가끔 연습한 결과 이제는 멀리서도 꽤 눈에 띌 만큼 귀를 움직일 수 있게 되었다.

"짠, 좋은 걸 가져왔어."

히로키가 배낭을 방바닥에 내려놓고 속에서 뭔가를 꺼냈다. 만화책을 세 권쯤 포갠 크기의 네모난 기계다. 위쪽에 커다란 버튼이 줄지어 있고, 앞면 오른쪽 절반에는 자잘한 구멍이 균등한 간격으로 뚫려 있었다. 왼쪽에는 투명한 유리가 있고, 그 안에 보이는 건…… 카세트테이프인가.

"여기 아무것도 없잖아. 음악이라도 틀어놓을까 해서."

우리가 신나서 방방 뛰자 히로키는 한 손을 들어 우리를 진정시켰다.

"그전에 더 좋은 걸 들려줄게. 아빠 방에서 굉장한 레코드를 찾아서 어젯밤에 테이프에 복사해놨거든."

히로키는 옆으로 누운 삼각형이 그려진 버튼에 손가락을 대고 마음의 준비가 됐냐는 듯이 우리 얼굴을 차례대로 쳐다보았다. 그런 눈으로 본들 우리 중 조금이라도 음악에 흥미가 있을 법한 사람은 에쓰코뿐이었다. 나머지 셋은 콩트 방송에서 음악 코너가 나오면 채널을 돌리거나 화장실에 가는 부류였다.

"아마 다 알 거야."

동요 같은 걸까. 우리는 더욱 흥미를 잃었지만 히로키는 전혀 개의치 않고 찰칵 버튼을 눌렀다.

치릭, 하고 테이프가 돌아가자 스피커에서 지직거리는 소리가 들리기 시작했다. 그대로 아무 변화도 없다가 잠시 후 투툭, 하는 소리가 나더니 느닷없이 남자 목소리가 울려퍼졌다. 마치 트랜시버에서 들리듯이 갈라진 목소리라 뭐라고 하는지 전혀 알아들을 수 없었다. ─아니, 음질 탓이 아니었다.

"이거 영어야?"

물어보자 히로키는 대뜸 검지를 세워 입술에 댔다.

다른 남자 목소리가 나왔다. 뭐라고 말하고 나서 다시 처음 남자가 말했다. 상대가 대답했다. 통화 내용을 녹음한 줄 알았는데, 이윽고 그 대화에 세번째 남자가 끼어들어서 아니라는 것을 알았다. 가만히 있자니 지루한 듯 신지가 입을 열려고 했을 때 처음 남자가 자신만만한 목소리로 천천히 뭐라고 말했다. 그리고 음성이 뚝 끊기더니 다시 지직거리는 소리가 들렸다.

그때는 뭐가 뭔지 몰랐지만, 마지막에 들린 말은 "That's one small step for a man, one giant leap for mankind"고, 목소리의 주인공은 닐 암스트롱이었다. 다른 두 사람은 그와 함께 아폴로 11호에 탑승한 마이클 콜린스와 버즈 올드린이었다. 나중에 알았는데, NASA가 인류 역사상 최초로 달 착륙에 성공했을 때 무선으로 교신한 내용이 레코드로 발매됐다고 한다. 히로키 아버지가 가지고 있던 것도 그 레코드였을 것이다.

"나, 결심했어. 나중에 우주비행사가 될 거야."

여전히 테이프의 정체가 짐작도 가지 않던 우리는 히로키의 갑작스러운 발언에 놀라 입이 떡 벌어졌다. 반응을 예상했는지 그애는 준비해온 듯한 말투로 지금 우리가 들은 대화가 무슨 내용인지 간략하게 설명했다. 우리도 히로키 못지않게 불타올라 테이프를 한번 더 듣기로 했다. 의젓하게 카세트라디오를 집어든 히로키는 아직 돌아가고 있는 테이프를 멈추려 정지 버튼을 누르려고 했다. 그때 스피커에서 목소리가 흘러나왔다.

"히로키, 목욕은?"

"아, 지금 할게."

목소리가 뚝 끊겼다.

"방금, 너희 엄마……"

"선을 어떻게 연결하는지 몰라서."

귀가 빨개진 히로키가 신지의 말을 끊더니 테이프를 정지시키고 되감았다. 아마도 케이블을 연결하는 법을 몰라서 내장 마이크로 레코드 소리를 테이프에 녹음한 것이리라. 이 유쾌한 실수를 어떻게 놀려줄지 우리는 일제히 두 눈을 크게 떴지만, 테이프 되감기가 끝나고 히로키가 재생 버튼을 누르는 바람에 다시 음성으로 관심을 돌렸다.

우리는 카세트라디오에 얼굴을 가까이 대고 아폴로 11호의 무선을 들었다. 머릿속으로 우주선 조종석과 새카만 공간에 떠오른 별들과 올록볼록한 달 표면을 그리면서.

"꿈이 꺾이려고 할 때는 이걸 듣는 거지. 열심히 노력해서 반드시 우주비행사가 될 거야."

"우주에 갈 때 엄마한테 따라와달라고 해라."

기요타카가 불쑥 말해서 웃음이 터졌지만, 그 웃음은 아주 짧았다. 히로키가 전혀 동요하지 않았기 때문이다.

"넌, 꿈이 있어?"

그렇게 묻자 기요타카의 입매가 굳어졌다. 우리 얼굴에 아직 조금 남아 있던 웃음기도 싹 사라졌다.

"……있어."

"오, 뭔데?"

"말하기 싫어. 하지만 있어."

"그러니까 뭐냐고."

기요타카는 잠시 망설이다가 결심한 듯이 턱을 돌리고 입을 열었다. 우리가 그애의 입을 뚫어지게 쳐다보자 신경에 거슬렸는지 기요타카는 다시 입을 다물었다.

"나만 말하는 건…… 싫어."

그 심정은 이해가 갔다. 실은 나도 가슴속에 꿈을 품고 있었지만 친구들 앞에서 털어놓을 용기는 없었다. 비웃음을 당할까봐 무서워서 말 못한다. 그런데 그때 신지가 쓸데없는 제안을 했다.

"모두 말하면 되잖아. 그럼 기요타카도 말할 수 있겠지?"

"뭐…… 나 혼자가 아니라면."

"자기 꿈을 순서대로 말해보자."

"너, 꿈이 있었어?"

에쓰코가 의심하는 눈으로 쳐다보자 신지는 검지를 흔들었다.

"누나, 계속 잠자코 있었지만 내게는 아주 큰 꿈이 있다고."

"뭔데?"

잠깐, 히로키가 끼어들었다.

"좋은 생각이 났어. 각자 꿈을 말하고 그 증거를 남기는 건 어떨까? 이 테이프 B면이 비어 있으니까 거기 녹음하는 거야. 그리고 어른이 됐을 때 누가 꿈을 이루었고 누가 이루지 못했는지 확인하자."

히로키는 자신 있게 승부를 청하는 표정으로 우리를 보았다. 큰일이다 싶었다. 나는 어떻게든 화제를 바꿀 수 없을지 머리를 굴렸지만, 입을 열기 전에 신지가 "좋아" 하고 몸을 내밀었다. 뒤이어 에쓰코도 "재미있겠다"란 말을 꺼냈고, 결국에는 기요타카도 "해볼까" 하고 쓴웃음을 지었다.

"리이치, 너도 할 거지?"

히로키는 일단 물어보기는 했지만 대답을 기다리지 않고 카세트라디오의 빨리감기 버튼을 눌렀다. A면 끝까지 테이프를 감고 망설임 없이 녹음 버튼을 눌렀다.

"아. 아. 아. 그럼 지금부터 각자 꿈을 말해봅시다. 일단 나부터."

그렇게 우리는 차례대로 자신의 꿈을 이야기했다. 무슨 내용인지는 뒤에 말하겠지만, 나중에 히로키가 테이프를 복사해준 덕에 A면에 아폴로 11호의 무선 내용이, B면에 각자의 꿈이 녹음된 그 테이프를 지금도 다들 가지고 있다.

그후 히로키가 다른 테이프를 배낭에서 꺼내 카세트라디오에 넣었다. 클래식이 나오자 왠지 방안이 갑자기 다른 장소처럼 보였다. 그때는 곡명도 몰랐지만 히로키가 가져온 테이프는 〈아름답고 푸른 도나우강〉이었고, 다음으로 재생된 곡은 〈몰다우강〉이었다. 둘 다 좋은 곡이었다. 우리는 저마다 편한 자세로 앉아 약간 졸음을 불러오는 선율을 들으며 띄엄띄엄 이야기를 나누었다. 이야기꽃을 활짝 피우지 못한 것은 분명 각자 가슴속으로 자신의 장래를 생각하고 있었기 때문일 것이다.

왕왕왕왕왕, 완다가 우렁차게 짖는 소리가 들려서 망상과 명상에 잠겨 있던 우리는 일제히 제정신을 차렸다.

"뭐야?"

"창문 쪽이야."

신지와 에쓰코가 동시에 말하고, 우리는 일어서서 창문에 얼굴을 들이대고 바깥을 살폈다.

헉, 하고 숨을 삼켰다. 바로 코앞에 낯선 남자가 있었다. 얼굴이 네모지게 각진 그 남자는 원시적인 민속무용을 선보이듯이 팔다리를 마구 휘두르고 있었다. 남자가 왜 그러는지는 바로 알았다. 발치에서 갈색 물체가 좌우로 휙휙 움직이고 있었다.

"이 멍청아. 그만해."

기요타카가 고함을 지르고 창문 자물쇠를 풀려고 했지만 당황해서 잘되지 않았다. 창밖의 완다는 남자의 다리를 물고 놓아주지 않았다. 남자는 다리를 들었다가 내리고, 좌우로 흔들고, 반대 발로 완다를 걷어차려다가 헛발질을 하고, 주먹으로 때리려다 균형을 잃는 등 난리법석이었다. 기요타카가 방을 뛰쳐나가 현관으로 향해서 우리도 곧장 쫓아갔다. 외벽을 돌아 창문 바깥쪽으로 달려갔을 때는 이미 기요타카가 완다를 단단히 눌러서 제압한 뒤였다. 기요타카는 왼팔로 완다에게 헤드록을 걸고, 오른손으로는 완다의 머리를 철썩철썩 때렸다. 완다는 얻어맞을 때마다 불쌍하게 낑낑거리며 목을 움츠렸다.

낯선 남자는 그 옆에 웅크리고 앉아 양손으로 오른쪽 발목을 붙잡고 있었다. 오십대 중반으로 보였다. 완다는 이제 우리가 기르는 개라고 해도 무방했으므로 큰일났다 싶어 몸이 딱딱하게 굳어버렸다. 하지만 동시에 웬지 위화감을 느꼈다. 뭣 때문인지 당장은 짐작이 가지 않았다.

남자는 발목을 문지르며 얼굴 크기에 비해 약간 작은 눈으로 완다를 가만히 바라보았다. 위에는 숨이 죽은 다운재킷을 입었고, 아래는 양복바지인 듯했지만 너무 낡아서 잡아놓은 줄이 다 지워져 있었다. 가죽구두는 오랫동안 닦지 않은 듯 흙먼지와 똑같은 색깔이었다. 잠시 후 남자는 아픔이 가라앉았는지 슥 일어나 호주머니에서 반쯤 찌그러진 담뱃갑을 꺼냈다. 구부러진 담배를 한 개비 뽑아 일회용 라이터로 불을 붙이는 동안 남자는 한 번도 완다에게서 눈을 떼지 않았다. 그제야 나는 방금 느낀 위화감의 정체를 알아차렸다. 남자의 표정에는 전혀 변화가 없었다. 보통은 이럴 때—하기야 사람이 개에게 물리는 장면을 여러 번 목격한 것은 아니지만—좀더 표정을 일그러뜨리거나, 눈이 휘둥그레지거나, 입을 뻐끔거리지 않을까. 하지만 이 남자는 완다를 떼어내려고 버둥거리면서도 표정은 조금도 변하지 않았다.

"죄송해요. 지금까지 갑자기 사람에게 덤벼든 적은 없었는데……"

기요타카가 완다를 꼭 누른 채 굳은 얼굴을 들었다. 남자가 뺨을 홀쭉하게 만들며 담배를 길게 빨아들이자 담뱃불이 오 초쯤 새빨갛게 빛났다. 남자는 담배연기를 내뿜으며 변함없이 완다에게 시선을 고정한 채 처음으로 입을 열었다.

"네 개냐?"

말투에 어느 지방인지 모를 사투리가 섞여 있었다.

기요타카는 한순간 망설이다가 "네" 하고 대답했다.

"제 개예요. 죄송합니다."

그때는 몰랐지만 기요타카가 그렇게 대답한 데는 이유가 있었다. 실은 겨울이 시작될 무렵 보건소 직원이 와서 완다를 찾았다고 한다. 어딘가로 데려갈 낌새였기에 오이 부인이 완다는 자기가 기른다고 거짓말을 했다. 기요타카 입장에서는 지금 오이 부인이 없다고 해서 "아니요, 들개예요"라고 대답할 수는 없었을 것이다.

"왜 묶어두지 않았지?"

입술을 별로 움직이지 않고 말해서인지 나지막하면서도 묵직한 목소리가 가슴에서 솟아나는 느낌이었다.

"죄송해요. 다음에—"

"똑같이 해도 될까."

"네?"

"너한테."

남자의 눈이 기요타카를 향했다. 눈꺼풀이 꿈틀하더니 비로소 남자의 얼굴에 표정이 맺혔다. 뭔가 진기한 것이라도 발견한 것처럼 기뻐하는 표정이.

"내가 당한 거랑 똑같은 짓을 너한테 해도 되겠느냐고."

무슨 뜻인지 이해가 잘되지 않았고, 만약 말 그대로의 의미였다 해도 네 다리를 물어뜯어도 되겠느냐는 물음에 바로 대답할 수 있을 리 없다.

"개에게서 떨어져."

"네?"

"떨어지라고 했다."

작은 목소리였지만 마치 큰소리로 명령하는 듯한 강제력이 있었다. 기요타카는 반사적으로 완다에게서 손을 떼고 몸을 뒤로 물린 후 불안한 눈으로 남자를 쳐다보았다.

"주인이 잘못한 건 아니니까."

몹시 느릿한 투로 꺼내놓은 말을 끝맺기 전에 남자는 움직였다. 제대로 보이지도 않을 만큼 빠르게 오른발을 뻗자 깽, 하는 짤막한 비명소리가 잡목림에 울려퍼졌다. 마치 젖은 빨래처럼 뒤쪽 벽에 철퍽 부딪힌 완다가 그 반동으로 몸을 활처럼 휘며 허공에 떴다.

그리고 그대로 땅에 떨어졌다.

아무도 움직이지 못했다. 아무 말도 하지 못했고, 분명 몇 초 동안 숨도 멈췄을 것이다. 땅에 쓰러진 완다는 네 다리를 경련하며 침을 질질 흘렸고, 점막 같은 입가의 검은 피부 사이로 훅, 훅, 훅, 훅, 하고 지금까지 우리가 들어본 적 없는 숨소리를 내뱉었다. 남자가 말없이 등을 돌렸을 때도, 담배를 뻑뻑 피우며 골목길 쪽으로 걸어간 뒤에도 우리는 여전히 꼼짝하지 못했다.

방안에서 현악기 선율이 희미하게 들려왔다.

2

우리는 왜 어른에게 이야기하지 않았을까.

무서워서, 가 제일 그럴듯한 이유로 느껴진다. 낮에 있었던 일을 부모님이나 선생님에게 말하기가 무서웠다. 우리가 나쁜 짓을 한 것 같다는 이상한 죄책감이 멱살을 붙잡고 말하면 안 된다, 들키면 안 된다고 으름장을 놓는 기분이라 저녁을 먹을 때도, 무슨 질문에 대답할 때도 시선을 들 수 없었다. 하기야 어른한테 상담했어도 사태가 호전되었을 것 같지는 않다. 우리가 각자 집에 돌아갔을 때 그들은 이미 계획을 진행중이었으니까.

"리이치."

저녁으로 화이트 스튜를 먹은 후 방에서 벽장을 뒤지고 있는데 어머니가 맹장지문을 열었다. 나는 꺼내려던 후쿠스케 인형* 모양 저금통을 황급히 벽장 안쪽으로 밀어넣었다.

"뭐하니…… 아아, 거북?"

나는 응? 하고 되묻고 나서 바로 고개를 끄덕였다.

"응, 대시가 겨울잠을 잘 자고 있는지 보려고."

저금통을 뜯으려고 했다는 것을 어머니에게 들키고 싶지 않았다. 완다의 병원비로 쓸 작정이었기 때문이다.

---

* 행복을 불러오는 효험이 있다는 인형.

―집안으로 옮기자.

남자가 사라진 후 기요타카가 완다를 안아들려고 했다. 하지만 축 늘어진 완다의 몸을 혼자서 들어올릴 수가 없어서 나와 히로키가 도왔다. 그제야 기요타카가 맨발이라는 사실을 알았다. 우리는 운동화를 꺾어 신고 나왔지만, 기요타카는 신발도 신지 않고 현관을 뛰쳐나간 것이다. 기요타카는 손을 벌벌 떨고 있었다. 그 모습을 보아서 나와 히로키의 손도 떨렸는지, 아니면 처음부터 떨렸는지는 모르겠다. 완다를 떠받친 여섯 개의 손은 전부 뻣뻣해진 채 바르르 떨렸다.

―신지.

에쓰코가 동생을 재촉해 함께 집으로 들어갔다. 괴롭게 숨을 들이마셨다 내쉬는 완다를 방으로 옮기고, 아까까지 벽 쪽에 내팽개쳐져 있던 신지의 점퍼가 바닥에 깔려 있어서 그 위에 완다를 눕혔다.

꼭 필요한 말 말고는 아무도 입을 열지 않았다. 우리는 방바닥에 무릎을 꿇고 돌처럼 굳은 얼굴을 한데 모아 완다의 상태를 확인했다. 히로키가 가져온 카세트테이프는 이미 멈췄고, 축축한 물건을 바쁘게 끌어당기는 듯한 완다의 숨소리만 익숙한 방안에 울려퍼졌다.

―갑자기 이런……

도중에 목이 멘 기요타카가 다음 말을 맡기려는 듯이 오른손을 들어 완다를 살짝 쓰다듬으려고 했다. 그 순간 완다가 용수철이 튀어오르듯이 상체를 일으키더니 입을 흉포하게 벌리고 기요타카의 손을 물었다.

—억!

기요타카는 재빨리 손을 뺐지만 이빨 끝이 손등을 스쳐서 피부에 하얀 선 같은 자국이 남았다. 기요타카가 멍하니 손등을 내려다보는 사이 자국은 빨간 멍으로 바뀌었다.

우리는 원의 면적이 넓어지듯이 완다 옆에서 물러났다.

—괜찮아……?

에쓰코가 걱정스러운 듯이 들여다본 것은 기요타카의 손이 아니라 얼굴이었다. 기요타카는 고개를 끄덕였지만 전혀 괜찮아 보이지 않아서 우리는 그애 주변에 모였다. 완다는 상체를 일으킨 자세를 위태롭게 유지하며, 한곳에 모인 우리를 사나운 눈으로 노려보았다. 적을 보는 눈이었다. 자신을 걷어찬 남자와 우리를 같은 상대로 받아들이는 눈이었다. 완다의 앞다리도 우리 손과 에쓰코의 입술처럼 바들바들 떨리고 있었다.

—병원에 데려가는 게 좋겠어.

에쓰코가 말했지만 아무도 돈이 없다는 것이 문제였다. 하지만 히로키가, 아빠가 외국에서 심한 복통을 일으켜 병원에 실려 갔을 때 지갑을 가지고 있지 않았는데도 진찰을 받고 약도 타온

적이 있다는 것을 기억해냈다. 우리는 그 이야기에 용기를 얻어 완다를 동네에 하나뿐인 동물병원에 데려가기로 했다. 하지만 우리가 조금이라도 다가가면 완다는 바닥에 전기가 흐른 것처럼 몸을 벌떡 일으키고 날카롭게 노려보았다. 결국 완다가 진정될 때까지 기다리기로 하고 방에 앉아 잠시 시간을 보냈는데, 결국 완다의 태도가 변하기 전에 창문으로 석양이 비쳐들었다.

─내일 가야겠다.

기요타카가 고개를 들었다.

─여기에 하룻밤 가만히 놔두면 진정될지도 몰라.

기요타카는 집 뒤편에 놓여 있던 빈 종이상자를 들고 와서 솜씨 좋게 쭉쭉 찢어 높이를 삼분의 일 정도로 만들었다. 뜯어낸 부분을 잘게 찢어 안에 깐 후에 밖에서 낙엽을 들고 와서 그 위를 덮고 상자를 방구석에 놓았다.

─여기가 화장실이야.

완다에게 가만히 일러주었지만 완다는 자신을 붙잡을 덫이라도 되는 듯이 얕은 박스를 노려보았다. 완다에게 주려고 먹다 남은 소시지와 빵을 가져왔다는 것이 생각나서 상자 옆에 가져다 놓았다. 화장실과 너무 가까우면 싫어하지 않겠느냐는 에쓰코의 말에 조금 멀리 떼어놓았다.

─신지, 옷옷 어쩌지?

완다가 점퍼를 깔고 앉아 있어서 기요타카가 걱정했지만, 신지는 괜찮다며 한 손을 내저었다.

—깜빡하고 두고 왔다고 할게.

우리는 현관문을 잠그고 집을 뒤로했다.

게 아저씨가 사준 자전거를 탄 기요타카가 제일 먼저 골목 저편으로 멀어졌다. 그 뒷모습을 지켜본 후 우리는 한데 모여 갈림길까지 자전거 페달을 밟았다. 히로키가 아직 세뱃돈이 남았으니 그걸로 완다의 치료비를 내겠다고 말했다. 그애와 헤어지고나서 나와 신지, 에쓰코는 히로키에게만 부담을 지울 수는 없으니 우리도 돈을 내자고 약속했다.

"거북은 겨울잠 잘 자고 있던?"

나는 고개를 끄덕이며 아주 푹 자더라고 대답했다.

"그런데 왜?"

방 입구에 선 어머니에게 묻자, 어머니는 "아" 하고 갑자기 심술궂은 표정을 짓더니 뜻밖의 이름을 꺼냈다.

"사기노미야 류세이라고, 왜, 너희가 장난에 끌어들였던 애 있잖아."

"응."

무심코 눈을 내리깔았다. 백화점에서 무슨 일이 있었는지 부모님에게 이야기하겠다고 교감선생님과 약속한 나는 그날 밤 전부 털어놓았다. 다만 있었던 일을 조금 축소해 이야기했고 이미 경비원과 교감선생님에게 따끔하게 야단맞았기에 어머니가 무섭게 화를 내거나 절망의 구렁텅이에 빠지는 일은 없었다. 그래서 지금도 반쯤 웃는 투로 류세이의 이름을 꺼낸 것이다. 그나저나 왜 갑자기 류세이 이야기가 나온 걸까.

"걔가 왜?"

어머니는 목소리를 진지하게 바꾸어 그애가 아직 집에 들어오지 않았나보다고 대답했다.

"벌써 일곱시가 넘었잖니. 그애 엄마가 걱정되는지 우리집에 전화했어. 바로 물어보겠다고 했더니 뭔가 짚이는 게 있으면 나중에 연락 달라면서 끊더라고. 너, 오늘 걔랑 같이 있었던 건 아니지?"

"못 봤는데. 그날 후로 한 번도 같이 안 놀았어."

어머니는 어떻게 된 걸까, 하고 한 손을 뺨에 대고 고개를 갸우뚱하더니 돌아갔다. 나도 고개를 가볍게 갸웃하며 벽장 속 저금통에 손을 뻗었다.

3

"우리집에도 전화 왔었어. 그치, 누나?"

다음날 일요일 아침, 기요타카네 집에 가려는데 때마침 신지

302

가 부르러 왔다. 우리는 자전거를 타고 가면서 류세이 이야기를 했다. 먹구름이 땅에 배를 문지를 것처럼 낮게 끼고 공기에서 비 냄새가 났다. 우리 셋 다 안장과 뒷바퀴 사이에 우산을 질러 두었다.

"그후로 아무 연락 없었는데, 그래서 류세이는 몇시쯤에 들어 갔을까?"

에쓰코가 가벼운 투로 그렇게만 말했고, 나와 신지도 애매하게 고개를 갸웃거렸다. 나중에 알았는데 류세이의 어머니는 학교에 전화번호를 물어 히로키와 기요타카의 집에도 전화를 걸었다고 한다.

류세이 이야기는 그렇게 끝나고, 우리는 완다 이야기를 하면서 서둘러 페달을 밟았다. 상처가 심해지지는 않았을까. 이제 일어설 수 있을까. 셋 다 완다를 걷어찬 남자에 대해 입도 벙긋하지 않은 것은 역시 무서웠기 때문이리라. 좀더 나이를 먹고서야 무서운 것을 무섭다고 인정하고 화제로 삼을 수 있게 됐다. 허세를 부리거나 창피해서 무섭다는 말을 하지 않은 것이 아니다. 우리는 말을 꺼내면 감정이 증폭된다는 사실을 알고 있었다. 어른이 되면서는 반대로 말을 꺼내면 감정이 점점 가라앉았지만, 정확히 몇 살부터 그랬는지는 이제 기억나지 않는다.

"기요타카는 아직 안 왔어."

기요타카네 집에 도착하자 히로키가 현관 앞에서 자전거 안장에 엉덩이를 기댄 채 기다리고 있었다.

"그 자식, 완다가 걱정되지도 않나. 결국 그 정도밖에 안 되는 거야."

히로키는 껌을 질겅질겅 씹고 있었다. 씹을 때마다 과시하듯이 턱을 움직였는데, 자기 용돈으로 병원비를 낸다는 영웅적인 행동과 무슨 관계가 있었을 수도 있고 어제 일로 우주비행사에서 미국이, 미국에서 껌이 연상되었는지도 모르겠다.

"완다는?"

에쓰코가 고개를 뻗어 미닫이문 안쪽을 들여다보았지만 불투명유리 너머는 보이지 않았다.

"응, 아까 저쪽 창문으로 확인해봤어."

"어땠어?"

"살아 있더라."

"그야 당연하지, 멍청아."

에쓰코의 말투가 스스로 의도했던 것보다, 그리고 히로키가 예상했던 것보다 거칠었던 듯 둘 다 거북한 표정을 지었다.

"오, 왔다, 왔어."

신지의 목소리에 돌아보자 자전거를 탄 기요타카가 다가왔다.

"제법 무거워서 말이야."

기요타카가 여기저기 해진 배낭의 지퍼를 열자 안에서 새하얀 색깔의 귀여운 개가 혀를 내밀고 이쪽을 올려다보았다. 아니, 그런 모습의 사진이었다.

"가게가 열 때까지 기다렸다가 사료를 사오느라 늦었어. 지금 현관문 열게. 완다는?"

"아까 창문으로 봤어."

"어때?"

"살아 있…… 쌩쌩하더라."

"그렇구나, 다행이다. 이거 먹을까 모르겠네. 그 녀석, 사료를 먹어본 적이 없거든. 혹시 싫어할까봐 일단 쇠고기 통조림도 사오긴 했는데. 사람이 먹는 거."

기요타카가 미닫이문 자물쇠를 풀고 모두 현관으로 들어갔다. 집안에서 완다 냄새가 났다.

"완다를 병원에 데려간 다음에 뭐 먹을까?"

신지가 태평하게 말했다. 어제 함께 상의한 결과 오늘은 집에서 점심 안 먹는다고 말하고 나왔다. 나와 기요타카, 신지와 에쓰코는 히로키네 집에서 먹을 거라고 말했고, 히로키는 우리집에서 먹을 거라고 말해두었다. 개를 동물병원에 데려가본 적이 없으므로 진찰과 치료에 시간이 얼마나 걸리는지 모른다. 점심때 못 맞춰 가서 부모님이 걱정했다가는 골치 아파진다.

"아, 다 같이 도시락 사자. 학교 근처 도시락 집에서. 그리고 만약 완다가 안 먹으면 쇠고기 통조림도 먹자."

"그건 기요타카 거잖아." 에쓰코가 나무랐다.

복도를 지나 열어둔 맹장지문 틈새로 방을 들여다본 순간, 누군가 아, 하고 소리쳤다. 어쩌면 나였을지도 모르고, 모두 동시에 그랬는지도 모른다.

궁지에 몰린 동물 특유의 절박한 얼굴이 시야 가장자리에 들어왔다. 하지만 그 얼굴은 잔상이었고, 진짜 완다는 어느새 우리 다리 사이를 지나쳐 강속구처럼 일직선으로 방을 뛰쳐나갔다.

"야, 완다!"

기요타카가 부리나케 쫓아갔지만 이미 늦었다.

완다는 미닫이문 틈새를 빠져나가 잡목림으로 사라졌다.

"끄아아아아……"

신지가 방 입구에 서서 머리를 벅벅 긁었다. 그리고 어찌할 바 모르겠는지 다시 돌아서더니 또 "끄아아아아……" 하고 다른 억양으로 목소리를 토해냈다. 방바닥 한복판에 깔린 신지의 점퍼에 검은색으로 가새표를 그린 것처럼 똥이 쌓여 있었다.

"……싼 지 얼마 안 됐네."

점퍼 가까이 다가간 히로키가 안됐다는 듯이 중얼거렸다.

"뭐, 하지만 멀쩡해 보인다."

기요타카가 똥을 들여다보며 말했다.

완다의 몸 상태가 최악은 아니라는 증거라며 모두 신지의 기분을 최대한 달래주었다. 신지는 뺨만 움직여서 웃으며 고개를 끄덕이더니 입속으로 알아듣지 못할 말을 중얼거리면서 똥이 떨어지지 않도록 보따리 싸듯이 점퍼 네 귀퉁이를 모아 들어올렸다. 그리고 기요타카가 상자로 만든 화장실에 똥을 넣으려고 했다. 우리는 무슨 의도가 있어서 그러는 줄 알고 잠자코 보고만 있었는데, 그냥 정신이 빠져서 그랬던 모양이다. 신지는 "이래봤자 무슨 소용이야"라고 작게 중얼거리더니 똥을 버리러 밖으로 나갔다.

"완…… 아, 이름 부르면 안 되나?"

옆을 걷는 기요타카에게 묻자 그애는 잠시 생각하더니 고개를 끄덕였다.

"경계하고 있을 테니 조용히 하는 편이 낫겠지. 부르지 말고 귀기울이며 걷자. 최대한 천천히."

우리는 잡목림을 나아가며 완다를 찾는 중이었다. 쏜살같이 뛰어나간데다 똥이 멀쩡해서 조금은 안심했지만, 그래도 역시 정식으로 진료를 받게 해보고 싶었다.

"사료를 조금씩 뿌려보면 어떨까? 그렇게 어딘가로 끌어들이면 어때?"

신지의 제안이 그럴싸하게 들렸지만 기요타카는 고개를 저었다.

"그런 식으로 붙잡으면 분명히 또 날뛸 거야. 사료를 놓아둘 거면 눈에 잘 띄는 곳에 뭉텅이로 놓아두자. 완다가 배고플 때 먹게."

좋은 생각이다 싶어 우리는 앞으로 나아가면서 이따금 커다란 나무 아래 사료를 쌓아놓았다. 하늘이 흐려서 숲속은 몹시 어두웠다.

"어때, 냄새나지 않아?"

신지가 배낭을 이쪽으로 내밀기에 나는 코를 가까이 가져갔다. 신지는 똥을 버린 후 점퍼를 뭉쳐 배낭에 넣었다. 그러나 똥이 묻은 부분은 그대로였으므로 배낭 밖으로도 약간 냄새가 났다. 하지만 나는 냄새가 나지 않는다고 거짓말했다.

"안 나?"

"안 나."

"그렇구나."

신지가 침울하게 웃었다.

한 시간쯤 잡목림을 샅샅이 뒤졌지만 완다를 찾지는 못했다. 여기가 아니라면 어디로 갔을까 상의한 결과, 산과 메고이코 호수 두 곳으로 후보지가 좁혀졌다. 사람들이 있는 동네로는 가지 않았을 것이다. 산은 반딧불이 애벌레를 잡으러 갔을 때 따라와 봤고, 메고이코 호수 부근에서도 가끔 완다의 모습이 눈에 띄었다. 어느 쪽을 먼저 찾아볼지 고민한 끝에 우리는 메고이코 호수로 가기로 결정했다. 그곳에서 가깝다는 것이 이유였다. 다친 지하루밖에 지나지 않아 아직 완전히 회복되지 않았을 테니 그렇게 멀리 가지는 않을 것이라고 생각했다.

하지만 완다는 없었다. 호숫가에는 인기척이 없고, 겨울이니 당연히 벌레도 없었다. 유황 성분 때문에 물고기도 살지 않으므로 눈에 들어오는 모든 곳에 생물이 전혀 없었다고 해도 과언이 아닐 것이다. 아니, 그렇지 않다.

"저기!"

말을 내뱉고 나는 양손으로 입을 막았다. 네 사람이 내 얼굴과 시선 끝을 번갈아 바라보았다.

"방금, 뭔가 있었어."

속삭이며 알렸다.

"풀이 움직였어…… 저쪽 나무 사이."

가자, 하고 기요타카가 종종걸음으로 왼편에 있는 숲으로 향했고, 우리도 뒤를 따랐다. 풀을 헤치며 나아가는데 히로키가 "잠깐" 하며 멈춰 섰다. 턱으로 오른편 앞쪽을 가리켰다.

"저쪽으로 뛰어들었어. 저기, 임금님 나무 쪽으로. 기요타카, 사료."

기요타카가 고개를 끄덕이고 등을 돌리자 히로키가 지퍼를 열고 배낭에서 사료를 한줌 꺼냈다. 어서 와서 먹으라는 듯이 사료를 얹은 손을 비스듬히 아래로 내밀고 천천히 걸어나갔다. 우리는 서로 간격을 조금씩 넓히면서 임금님 나무를 향해 나아갔다. 얼핏 보기에 나무 아래 움직이는 것은 없는 듯했다. 히로키가 뭔가 본 건 확실할까.

그때 히로키가 걸음을 멈추었다.

"……응?"

뭔가 마려운 듯 엉거주춤한 자세로 사료를 앞으로 내민 히로키가 희한하다는 목소리를 냈다. 우리는 곤혹스러운 시선을 교환하며 히로키 옆에 나란히 섰다. 그리고 모두 "응?" 하고 히로키와 똑같은 반응을 보였다.

잡초 사이로 ㎜와 ∞가 위아래로 늘어선 얼굴이 보였다.

4

예나 지금이나 인기 있는 마술 중에 물건이 다른 것으로 변하는 마술이 있다. 상자에 넣은 손수건이 하얀 비둘기로 변하거나, 공 그림이 진짜 공으로 변하는 식이다. 관객들은 "앗" 하고 놀라서 몸을 내미는데, 눈앞에서 펼쳐지고 있는 것이 마술이며 마술사가 사전에 "지금부터 놀랄 만한 일이 일어날 겁니다"라는 암시를 주기 때문이다. 뜬금없이 변하면 사람은 놀라지 않는다. 그저 머릿속에 물음표를 떠올리거나, 아니면 무슨 문장부호를 떠올려야 할지도 잘 모르고 "응?" 하고 눈살을 찌푸리며 고개를 내미는 게 고작이다.

"야, 여기서 뭐해?"

히로키가 류세이의 얼굴을 멍하니 내려다보았다. 류세이는 눈앞에 내밀어진 사료를 힐끔 보더니 시선을 들어 히로키의 얼굴을 확인한 후, 우리 모두의 얼굴을 슬쩍 둘러보았다.

"숨어 있었어."

최소한의 정보밖에 말하지 않겠다고 결심한 것처럼 짧은 대답이었다.

"숨어 있었다니…… 우리를 피해서? 엥, 왜?"

신지는 아직 어젯밤 일이 떠오르지 않는 모양이었다. 류세이의 어머니에게서 전화가 왔었다는 사실을 까맣게 잊어버린 것이다. 나도 마찬가지였다. 히로키와 에쓰코, 기요타카도 잊어버렸다가 또 동시에 기억해냈다.

"아."

"너."

"그러고 보니."

"혹시."

"아직 집에 안 들어간 거야?"

나, 히로키, 기요타카, 신지, 에쓰코가 연이어 말하자 류세이는 기세에 눌린 것처럼 상체를 뒤로 물렸다. 그리고 한순간 망설이다가 고개를 끄덕였다.

"그게 좀…… 말썽이 생겨서."

류세이가 고개를 떨구자 지금까지 안경 렌즈에 빛이 반사되어 보이지 않던 두 눈이 보였다. 도대체 무슨 일인지 눈동자가 마구 흔들리고 있었다. 이유를 물어보려 하자 류세이는 아무 질문도 못 꺼내게 하겠다는 듯이 고개를 획 들었다.

"다들 빨리 돌아가는 게 좋을걸."

설마 류세이에게 그런 말을 들을 줄은 몰랐다.

"사실은 아까 이유가 있어서 숨은 거야. 발소리를 듣고 그놈들인 줄 알았거든. 그놈들이란 나를, 그러니까, 나를 그……"

적당한 말이 떠오르지 않는지 류세이가 그러니까, 그, 어어, 라는 말을 되풀이하고 있을 때 땅에 떨어진 나뭇가지가 뚝 부러지는 소리가 들렸다. 우리는 동시에 고개를 들었고, 류세이도 재빨리 고개를 뒤로 돌렸다. 훤칠하게 키가 큰 사마귀가 서 있었다. 아니, 그렇게 보이는 사람이었다. 턱이 좁고 이마가 넓어서 얼굴이 역삼각형인 그 남자는 양손을 가슴 앞에 쳐든 상태로 멈춰 서서 표정 없는 눈으로 이쪽을 보고 있었다. 사태를 파악하지 못한 우리가 그저 멍청히 바라보자 남자는 삼각형 얼굴을 살짝 기울였다. 색이 허옇고 피부가 얇아서인지 몹시 아파 보이는 얼굴이었다.

"큰일났다, 들켰어……"

류세이가 달아날 곳을 찾듯이 좌우를 휙휙 둘러보았다.

"따돌린 줄 알았는데…… 어쩌지…… 다들 움직이지 마……
가만있어."

류세이가 말을 마친 순간 갑자기 남자의 표정이 확 변했다. 뒤
에서 끈을 잡아당긴 것처럼 이목구비를 얼굴 한복판으로 잔뜩
모으더니 포악한 목소리로 고함을 질렀다.

"이런 곳에 숨어 있었냐!"

도대체 뭐람. 저 남자는 누구고, 류세이는 무슨 소리를 하는
거야? 상황이 전혀 이해 가지 않았지만, 우리를 노려보는 저 남
자가 절대 우리 편이 아니라는 것만은 알았다. 도망쳐야 한다.

"꼼짝 마."

만약 남자가 사납게 물어뜯을 듯이 소리쳤다면 우리는 총소
리에 놀란 짐승처럼 일제히 도망쳤을 것이다. 하지만 남자의 목
소리는 몹시 끈적끈적해서 마치 물리적인 접착력을 지닌 것처럼
우리 두 발을 땅에 붙들어놓았다.

"아무 짓도 안 할게…… 걱정 마."

남자가 다가왔다. 두 다리는 가만히 있고 상반신만 움직이는
것처럼 이쪽을 향해 풀 위를 천천히 미끄러져왔다.

"망했다…… 망했어……"

류세이는 갸냘픈 양손으로 얼굴 아래쪽을 가리고 연신 중얼거
렸다.

5

담배연기 냄새도 상표에 따라 차이가 있을까. 물론 담뱃잎의 종류가 다를 테니 완전히 똑같지는 않을 것이다. 어쩌면 담배를 피우는 사람은 차이를 알지도 모르겠지만, 나는 예나 지금이나 구분이 가지 않는다.

그래도 나는 순간적으로 알았다. 나중에 물어보니 다른 친구들도 그랬다고 한다. 어쩌면 우리 마음속에 예감 비슷한 것이 생겼는지도 모르지만, 아무튼 그 담배연기를 맡은 순간 우리는 상대의 모습을 보기도 전에 직감했다. ─놈이다.

"……어떻게 된 거야?"

어느 지방의 것인지 모를 사투리가 섞인 목소리. 동굴 안쪽에서 몸을 일으킨 남자는 우리를 노려본 후 뒤에 선 사마귀 남자에게 날카로운 시선을 던졌다. 땅바닥에 놓아둔 휴대용 석유등 불빛이 네모난 얼굴을 밑에서 비추어서 아무렇게나 깎은 조각상처럼 보였다.

"저기, 이쪽에서."

세모 얼굴의 사마귀 남자는 네모 얼굴 남자의 아랫사람이고, 심지어 그를 무서워하는 것 같았다. 그는 가늘고 기다란 몸을 구부려 방금 우리가 걸어온 길을 가리켰다.

"사정을 설명하겠습니다."

우리가 끌려온 곳은 가짜 인어 머리를 발견한 동굴이었다.

겨울 동안 비가 거의 내리지 않아 메고이코 호수의 수위가 낮아지자 동굴로 이어지는 호숫가 길이 다시 나타났다. 사마귀 남자는 입을 꾹 다문 채 망설임 없이 그 길을 걸어 우리를 여기 데려왔다. 완다를 걷어찬 그 남자가 왜 여기 있고, 왜 우리를 류세이와 함께 여기로 데려왔는지 전혀 이해가 되지 않았다. 이해되지 않았지만 위험하다고 경계하는 신호가 머릿속과 온몸에서 마구 부풀어올라 금방이라도 목구멍에서 튀어나올 것 같았다. 하지만 느닷없이 괴성을 지르면 무슨 짓을 당할지 모른다. 어제의 완다 같은 꼴이 될 수도 있고, 더 끔찍한 짓을 당할 수도 있다. 우리는 이를 악물고 상황에 몸을 맡기기로 했다.

네모 얼굴 남자는 혀를 쯧 차더니 자리에서 일어섰다. 그 자연스러운 행동에 혀를 차는 것이 남자의 버릇임을 한눈에 알 수 있었다. 남자는 손가락 사이에 끼우고 있던 담배를 물고 어제처럼 오 초쯤 천천히 연기를 빨아들였다가 내뿜으면서 몸을 구부려 땅바닥의 석유등을 집어들었다. 우리는 동굴 양쪽 벽에 찰싹 붙어서 길을 터주었다. 남자는 석유등을 들고 지나가다가 내 얼굴을 보고 눈썹을 꿈틀했다. 나는 내가 무슨 돌이킬 수 없는 실수를 해서 남자의 화를 돋운 줄 알았다. 이제 다 끝났다는 근거 없는 절망감이 온몸을 짓눌렀을 때, 남자가 내게서 눈을 돌려 옆에 선 신지를 보았다. 에쓰코도 보고, 히로키도 보고, 기요타카에게도 얼굴을 가까이 가져갔다.

"……네놈들이었군."

아무래도 지금까지는 우리 얼굴이 잘 보이지 않았던 모양이다.

어제 만난 초등학생들이 지금 여기 있는 이유를 생각하는지 남자는 미간을 모으고 작은 두 눈을 깜빡거렸다. 바람이 불지 않는 동굴 속에서 담배연기가 네모난 얼굴을 쓰다듬듯이 기어올라 머리 위의 컴컴한 공간으로 사라졌다. 결국 남자는 이유가 전혀 짐작 가지 않는 듯 짜증 섞인 얼굴로 사마귀 남자를 노려보았다.

"어떻게 된 거냐고."

"지금 사정을…… 저, 그런데 얘들을 아세요?"

네모 얼굴 남자는 아무 대답 없이 담배를 문 채 우리 사이를 통과했다. 사마귀 남자와 함께 동굴 입구 쪽으로 걸어갔다. 그러다 갑자기 멈춰 서서 뒤돌아보았다.

"야, 이쪽으로 와."

광대뼈 위쪽으로 그늘이 져서 남자가 어디를 보고 있는지 확실치 않았다. 누굴 부른 걸까. 우리가 석상처럼 굳은 가운데 류세이가 고개를 숙인 채 걸음을 옮겨 남자들에게 다가갔다. 세 사람은 비스듬히 꺾인 모퉁이를 돌아서 사라졌다.

깜깜해졌다.

316

"류세이, 저 녀석."

낮춘다고 낮췄는데도 예상외로 목소리가 크게 울려퍼져서 신지는 더 작게 소곤거렸다.

"무슨 일에 휘말린 걸까?"

우리는 잠자코 고개를 저었다. 다들 비슷한 동작을 했겠지만 서로가 전혀 보이지 않았다. 깜깜한 시야 한복판에 일그러진 녹색 덩어리가 떠올라 있을 뿐이다. 그것은 내가 오른쪽을 보면 오른쪽으로, 왼쪽을 보면 왼쪽으로 움직였다. 네모 얼굴 남자가 들고 간 석유등의 잔상이었다.

사마귀 남자의 목소리가 거품이 터지듯이 띄엄띄엄 들렸다. 가끔 네모 얼굴 남자가 낮은 목소리로 끼어들면 사마귀 남자가 허둥대며 재빨리 대답했다. 하지만 무슨 이야기를 하는지는 알 수 없었다.

"뭐가 어떻게 된 거야……"

대답을 기대하지는 않는지 에쓰코는 말끝을 내리며 중얼거렸다. 하지만 나는 아까부터 생각하는 것이 있었다. 이 상황을 설명할 수 있을 만한 단어가 머릿속에 하나 떠올랐다. 입 밖에 내기도 무서운 단어였다.

"아마."

나는 마음을 단단히 먹고 가슴속에서 쥐어짜내듯이 말했다.

"아마, 이거 유괴일 거야."

예상조차 못했는지, 아니면 예상은 했지만 듣고 싶지 않았는지 에쓰코가 숨을 헉 삼켰다.

"유괴라니?"

"류세이를 유괴한 거야."

기요타카가 담담하게 끼어들었다. 하지만 숨소리가 희미하게 떨렸다.

"저놈들이 류세이를 유괴해서 여기 숨겨놓은 거야. 그런데 류세이가 빈틈을 노려 달아났고, 숲속에서 우리랑 우연히 마주쳤는데—"

류세이를 찾아다니던 사마귀 남자가 나타났다. 그리고 한 명도 놓치면 안 되겠다 싶어 우리까지 동굴로 끌고 왔다. 기요타카의 설명은 내 생각과 똑같았다.

"엥, 그럼 우리도 유괴당한 거야? 엥, 여기서 못 나가?"

그런 줄은 꿈에도 몰랐던 듯 갑자기 신지의 숨소리가 거칠어졌다.

그쯤 되자 시야에 점점 변화가 생겼다. 석유등의 녹색 잔상을 덧칠하듯이 더 밝은 녹색이 두루뭉술하게 퍼져나갔다. 잠시 후 주변 벽에 가득한 반짝이끼가 눈에 들어오고, 어렴풋한 녹청색 빛 속에 우리 넷의 실루엣이 떠올랐다.

"유괴면 몸값을 요구할까? 우리집 돈 없는데."

에쓰코의 윤곽이 살짝 흔들리고 기요타카의 그림자가 그쪽을 향했다.

"요구해도 류세이네 집에만 요구하지 않을까."

"그럼 우리는 어떻게 해야 돌아갈 수 있는데?"

"아마 류세이를 돌려보낼 때 같이 보내겠지."

"만약 류세이가 돌아가지 못하면?"

발소리가 돌아왔다. 모두의 실루엣이 작게 움츠러들었다.

세 사람이 다가오자 귤색 불빛이 다시 주변의 녹청색을 지웠다. 앞장서서 걸어온 네모 얼굴 남자가 걸음을 멈추고 석유등을 들어올리더니 고개를 돌리지 않고 눈만 움직여 우리를 내려다보았다. 입에 여전히 담배를 물고 있었는데, 신기하게도 아까보다 더 길쭉했다. 아니, 한 개비를 더 피운 건가. 남자가 반쯤 벌리고 있던 입을 다물자 담뱃불이 점차 빨개졌다. 남자는 빨아들인 담배연기를 뭉게구름처럼 내뱉은 후 어둠 속에서 또 혀를 찼다.

무슨 말을 할 줄 알았는데, 네모 얼굴 남자는 그냥 터덜터덜 우리 사이를 통과해 방금 전까지 앉아 있던 곳에 다시 앉았다. 거기는 동굴 끝이었다. 여름에 우리가 인어 머리를 발견하고 혼비백산했던 곳이다. 그 소동 후 나중에 또 누군가가 놀라기를 바라며 인어 머리를 원래 있던 곳에 갖다놓았다.

아니다. 없다.

나는 교감선생님이 만든 가짜 인어 머리가 여기 없다는 것을 알아차렸다. 남자들이 어디 치운 걸까.

저건 뭘까. 두 다리를 아무렇게나 뻗고 앉은 남자의 더러운 가죽구두 앞쪽의 후줄근한 가방 옆. 수북하게 쌓인 공 모양 물체가 석유등 불빛에 비쳐 반쯤 모습을 드러냈다. 조금씩 크기가 다른 갈색 공들. 작은 것은 주먹 크기, 큰 것은 소프트볼 크기다. 사실 우리 모두 그 공 모양 물체를 잘 알고 있었지만 실제로 본 것은 처음이라 그때는 아무도 정체를 몰랐다.

류세이가 재빨리 우리 사이로 휙 뛰어들었다. 굳은 표정으로 뒤를 돌아보았기에 사마귀 남자가 류세이의 등을 떠밀었음을 알았다. 석유등이 뒤편에 놓여 있어서 우리 그림자가 사마귀 남자의 몸을 가렸다. 그 때문에 역삼각형 얼굴만 천장 근처 어둠속에 둥실 떠오른 것이 인어 머리보다 무서워 보였다.

"귀찮게 됐네…… 다 네놈들 탓이야."

사마귀 남자가 그늘진 두 뺨을 실룩이며 나지막하게 웃었다. 우리도 헤실헤실 따라 웃자 그는 느닷없이 얼굴에서 웃음기를 지웠다.

"저기 한쪽에 찌그러져 있어."

우리는 재빨리 벽 앞에 줄지어 앉아 무릎을 감싸안았다. 사마귀 남자는 이제 꼴 보기도 싫다는 듯이 피부가 얇은 이마에 주름을 잡고 땅바닥을 노려보았다.

6

그대로 시간만 흘러갔다. 남자들은 아무 말이 없었고, 네모 얼굴 남자가 의미 없이 라이터 부싯돌을 돌리는 소리만 간헐적으로 들렸다. 우리는 몸을 뒤척이는 것은 물론이고 재채기나 기침을 하기도 무서워서 무릎을 감싸안은 채 숨만 쉬고 있었다. 류세이도 다운재킷 가슴께에 턱을 묻고 옴짝달싹하지 않아서 혹시 정신을 잃은 게 아닐까 걱정됐다. 하지만 얼굴을 들여다보니 두 눈을 뜨고 안경 너머를 가만히 응시하고 있었다.

"설명할게."

갑자기 류세이가 입을 열었다.

"이미 알겠지만 나는 유괴당했어."

멋대로 입을 열었으니 남자들이 화낼 것이다. 나는 당황해서 동굴 안쪽을 살폈다. 하지만 석유등 불빛에 비친 네모 세모 얼굴의 두 남자는 아무 말도 하지 않았다. 고개를 든 류세이는 누구에게도 시선을 주지 않고 말을 이었다.

"아빠는 주말 없이 일주일 내내 일하고 엄마도 아빠를 도우러 사무소에 갈 때가 많아서 보통은 저녁때까지 나 혼자 집에 있어. 어제도 그랬는데, 네시쯤이었나, 학원에서 배울 내용을 예습하고 있는데 초인종이 울려서 문을 열었더니."

류세이는 말을 끊고 턱으로 남자들을 대충 가리켰다.

"저 사람들이더라고. 그리고 눈 깜짝할 사이 일이 벌어졌어. 내 입을 막고 몸을 번쩍 들어서 차에 태우더니 여기로 데려왔어."

류세이는 고개를 떨구고 긴 한숨을 내쉰 뒤 다시 말을 꺼냈다.

"우리집에는 이미 연락했어. 진짜 유괴했다는 증거로 나한테도 말을 하라고 시켰지. 쓸데없는 소리를 하지 못하도록 목에 칼을 들이대고 말이야. 저 사람들 목적이 뭔지는 모르겠어. 물론 엄마 아빠한테 뭔가 요구했겠지만, 나한테는 안 가르쳐줬어."

"역시 돈일까? 몸값?"

신지가 속삭이는 목소리로 물었다.

"글쎄, 그건……"

야, 동굴 안쪽에서 목소리가 들려와서 우리는 얼어붙었다.

"조용히 해."

사마귀 남자가 우리를 험악하게 훑어보더니 자기 앞에 앉은 네모 얼굴 남자를 힐끗 보고 다시 석유등으로 눈을 돌렸다. 이왕 화를 낼 거면 말을 처음 꺼냈을 때 화를 낼 것이지. 류세이가 입을 열어도 제지하지 않길래 대화를 해도 괜찮은가보다고 마음을 살짝 놓았다. 그래봤자 목이 바싹 마른 사람에게 물 한 숟가락 주는 정도의 안도감이었지만, 없는 것보다는 낫다. 그 물마저 빼앗긴 우리는 다시 어두운 정적 속에 내동댕이쳐졌다.

여기 끌려온 지 얼마나 지났을까. 히로키가 손목시계를 차고 왔지만 문자반의 불을 켤 용기가 없어서 시간은 몰랐다. 류세이도 손목시계를 차고 있었지만 전자시계가 아닌데다 석유등 불빛이 이쪽에 거의 비치지 않아 시간을 볼 수 없었다. 어쩌면 벌써 저녁때인지도 모른다. 집에 오지 않는 내가 걱정되어 거실 전화기 앞에 무릎을 꿇고 앉아 여기저기 전화를 걸어볼까 말까 망설이는 어머니 모습이 머리에 떠올랐다. 어머니 어깨에 손을 얹고 조금만 더 기다려보자고 말하면서도 눈 속에 불안감이 어른거리는 아버지 모습도 상상됐다. 무슨 일이 생긴 건 아니겠지? 걱정 마, 금방 돌아올 거야. 하지만. 앞으로 십 분만 더 기다려보자. 역시 걱정돼. 십 분만, 알았지? 응…… 알았어. 가엾은 아버지와 어머니. 아들이 어떤 상황에 처했는지 두 사람은 알 방도가 없다. 그저 무사히 돌아올 것이라 믿으며 기다리고 있다.

지금 상황에 비하면 백화점 사무실에서 경비원에게 야단맞은 일은 아무것도 아니었다. 풀려나고 싶다는 갈망과 후회가 가슴을 가득 채웠다. 다 함께 상의한 결과 메고이코 호수에 완다를 찾으러 가기로 했으니 그건 누구 탓도 아니다. 하지만 숲속으로 향한 것은 내 탓이다. 잡초가 움직이는 것을 보고 애들한테 알리는 바람에 이 꼴이 됐다. 그래서 이 추운 곳에—

그래, 춥다. 어째서 지금까지 몰랐던 걸까. 동굴 속은 몹시 추웠다. 바람도 안 부는데 얼음으로 된 이빨에 물린 것처럼 코와 뺨이 얼얼하고, 무릎에 댄 손이 바들바들 떨렸다. 아무래도 너무 긴장해서 온도를 느끼는 감각을 잃어버렸던 모양이다. 하지만 대부분의 분실물이 그러하듯 일단 생각나자 한층 뚜렷하게 의식됐다. 춥다. 엄청나게. 주변이 어두워서 보이지 않지만 지금 내가 내뱉는 숨결도 새하얄 것이다.

어쩌면 모두 동시에 추위를 느꼈는지도 모르겠다. 말은 하지 않았지만 우리는 엉덩이를 움직여 서로 바짝 붙어 앉았다.

그 밖에는 할 수 있는 일이 없었다. 이렇게 조용히 붙어 앉아 오로지 풀려나기만을 기다릴 뿐이다. 며칠이나 걸릴까. 혹시 몇 주일? 그렇게 오래 걸릴 리 없다…… 아니, 모를 일이다. 모든 것이 불투명하다. 유일한 희망은 우리를 찾는, 혹은 앞으로 우리를 찾을 어른들이 이 동굴을 수색하는 것이다. 의외로 그럴 가능성은 높을지도 모른다. 동네에 오래 산 어른들은 이 동굴에 대해 알고 있을 테니까. 몰래 숨어 있기에 여기만큼 적합한 장소는 없다. 그렇다, 그런 의미에서 남자들이 이 동굴을 은신처로 선택한 것은 실수였다.

누군가 동굴을 언급하지 않을까? 어쩌면 교감선생님이. 그러고 보니 학교에는 연락이 갔을까. 도대체 지금 몇시지. 나는 손을 슬그머니 움직여 류세이의 왼손을 잡았다. 손목시계 문자반을 내 쪽으로 돌렸다. 어두워서 안 보였다. 석유등 쪽으로 돌리자 유리에 빛이 반사되어 더 안 보였다. 나는 남자들의 기척을 살피며 폭탄을 만지작거리는 기분으로 시계 방향을 조금씩 바꾸었다. 그러자 류세이가 귀찮다는 듯이 말했다.

"열한시 사십분이야."

나는 재빨리 동굴 안쪽을 보았다. 남자들이 이쪽을 보았다가 금세 흥미를 잃은 듯 다시 앞쪽으로 고개를 돌렸다. 온몸에서 핏기가 싹 가셨다가 되돌아왔다. 아무튼, 아직 열두시도 안 됐다. 생각해보니 아침에 기요타카네 집에 모였다가 한 시간쯤 잡목림을 돌아다니고 바로 메고이코 호수로 갔다. 시간이 그리 많이 지나지 않은 것도 당연하다.

나는 집에서 점심을 안 먹는다고 어머니에게 말하고 나온 것을 진심으로 후회했다. 어른들은 저녁이 되어서야 우리를 걱정할 것이다. 행방불명 사실을 알아차리는 것은 더 늦을 것이다. 하지만 알아차리기만 하면 일이 쉽게 풀릴지도 모른다. 기요타카네 집 앞에 우리 자전거가 세워져 있다. 누군가 그 자전거들을 발견하면, 류세이가 사라졌다는 사실은 이미 다들 알고 있으니 유괴범이 다른 아이들도 끌고 간 것이 틀림없다고 여길 것이다. 대규모 수색이 시작된다. 누군가 이 동굴을 언급한다. 어른들이 우르르 몰려오면 남자들은 꼼짝없이 붙잡힌다.

발소리가 들렸다.

소리가 울려퍼져서 방향이 불분명해 우리는 남자 중 한 명이 일어선 줄 알고 동굴 안쪽으로 고개를 돌렸다. 두 사람은 가만히 앉아 이쪽을 보고 있었다. 어, 하고 반대쪽을 보자 맞은편에서 원뿔 모양 불빛이 다가왔다.

"늦어서 죄송합니다."

젊은 남자 목소리였지만 손전등으로 발밑을 비추고 있어서 모습은 보이지 않았다. 그래도 손전등 불빛이 우리를 비춘 순간, 남자가 깜짝 놀라 멈춰 섰다는 것을 알았다.

"어, 늘어났네……"

사마귀 남자가 설명하겠다며 일어섰다. 손전등을 켜고, 둥지를 이동하는 동물처럼 움직여 젊은 남자에게 다가갔다. 사마귀 남자가 손잡이가 달린 큼지막한 손전등을 비추자 새로 나타난 남자의 모습이 빛 속에 희미하게 떠올랐다. 얼굴은 여전히 보이지 않았지만, 몸이 땅딸막했다. 괜히 자존심에 큰 옷을 사는 버릇이 있는지 입고 있는 스웨터와 바지 둘 다 기장이 맞지 않았다. 스웨터 어깨 부분에서 물방울이 빛났다. 밖에 비가 오는 걸까.

잠시 후 남자의 얼굴이 보였다. 만약 위기 상황이 아니었다면 우리는 일제히 웃음을 터뜨렸을지도 모른다. 새로 나타난 젊은 남자는 얼굴이 동그랬다.

삼인조의 얼굴이 모두 네모나거나 동그랗거나 세모질 확률과, 네모 세모 동그라미가 하나씩 모일 확률은 어느 쪽이 더 높을까. 수학에 자신이 없어서 잘 모르지만 한 핏줄끼리는 닮는 법이니까 △○□가 될 확률이 훨씬 낮지 않을까. 사실 나는 어묵 냄비를 제외하면 그런 트리오를 본 적이 없었다.

이마와 뺨에 여드름이 난 동그라미 얼굴 남자는 아직 학생이라고 해도 될 만큼 어려 보였다. 다른 두 사람은 다른 곳에서 만나더라도 악당으로 느껴지겠지만, 그는 아주 선량하게 생겼다. 하기야 다른 두 사람과 함께 이런 범죄에 손을 댄 이상 선량할 리 없지만. 그런 생각을 하며 남자의 얼굴을 몰래 훔쳐보는 사이 나는 늦게나마 어떤 사실을 깨달았다. 우리에게 아주 중대한 의미를 지닌, 앞으로의 인생을 좌우할 수 있는 사실이었다.

우리는 그들의 얼굴을 보았다.

"설명할 테니까 따라와."

사마귀 남자가 젊은 남자를 재촉해 길을 되짚어가려 했을 때 동굴 안쪽에서 네모 얼굴 남자가 자기도 가겠다며 일어섰다.

"어, 그냥 계셔도 되는데요. 제가 설명할게요."

"아니, 너희한테…… 큼, 험!"

뭔가 못마땅한 듯한 헛기침 소리에 우리는 움찔했다.

"너희한테 할 이야기가 있어."

사마귀 남자는 곤혹스러운 표정으로 동그라미 얼굴 남자를 힐끔 보았고, 동그라미 얼굴 남자는 더 당황해 다른 두 사람을 번갈아 보았다. 결국 세 사람은 함께 비스듬히 꺾인 모퉁이를 돌아 사라졌다. 이번에는 아까 류세이를 데려갔을 때보다 멀리 간 듯 발소리가 멎은 후에도 이야기 소리가 들리지 않았다.

"우리…… 얼굴을 봤어."

나도 모르게 양손으로 입을 가리고 중얼거렸다.

"몇 번이나 봤어……"

"리, 왜 그래?"

내 목소리에서 절박함을 느꼈는지 에쓰코가 얼굴을 가까이 대고 빠르게 속삭였다. 다른 애들도 긴장된 표정으로 얼굴을 내밀었지만, 류세이는 나른한 듯이 고개를 축 늘어뜨리고 있었다.

"저 사람들 유괴범이잖아……"

잠꼬대하듯이 입이 멋대로 움직여 말을 꺼냈다.

"류세이를 유괴하고…… 이제는 우리까지 유괴했어…… 그런데 왜 얼굴을 감추지 않지?"

아무도 대답하지 않고 다음 말을 기다리듯 나를 보았다. 거의 무의식중에 목구멍에서 흘려낸 단어들이 서로 이어지며 말이 점점 빨라졌다.

"보통은 감출 거야. 얼굴을 들키면 안 되니까. 나중에 우리가 이렇게 저렇게 생긴 사람들한테 유괴됐다고 말하면 끝장인걸. 그렇잖아. 그런데 저 사람들은 감추지 않았어. 감추기는커녕 당당하게 얼굴을 드러냈다고."

정신이 온전한 상태였다면 나는 다음 말을 자제했을 것이다.

"우리 못 돌아가. 집에 못 돌아간다고."

"리, 걱정 마. 돌려보내줄 거야."

"보내주기는."

서슴없이 완다를 걷어찬 남자의 발, 표정 없는 얼굴, 완다의 비명, 일어서지도 못하고 신지의 점퍼 위에 누워 벌벌 떨던 비참한 모습, 그런 기억이 서로 겹치며 머릿속을 채웠다.

"우리는 저 사람들 얼굴을 봤는걸. 어떻게 생겼는지 안다고. 생각 좀 해봐. 만약 우리가 집에 돌아가면 어떻게 될까? 어른이나 경찰 아저씨가 누구한테 유괴당했느냐고 묻겠지. 그럼 우리는 저 사람들이 어떻게 생겼는지 자세하게 가르쳐줄 거야."

드디어 다들 내가 무슨 말을 하고 싶은지 이해한 모양이었다. 석유등 불빛을 받은 눈 여덟 개가 물을 채운 풍선처럼 커졌다. 누군가의 목에서 끅, 하고 딸꾹질하는 듯한 가는 소리가 새어나왔다.

"말 안 하면 되지. 입 꾹 다물면 돼."

아주 좋은 생각이 났다는 듯이 신지가 말했다.

"그럼. 우리는 그럴 수 있어. 하지만 저 사람들이 믿어줄까? 저 사람들은 우리가 입을 다물 거라고 믿지 않아. 그러니 우릴 죽일 거야. 그래서 셋 다 얼굴을 감추지 않는 거라고. 처음부터 그럴 작정이었어. 숲속에서 류세이와 함께 잡혀서 여기에 끌려왔을 때 우리 운명은 이미 결정된 거야. 우리는 죽어. 죽어. 죽는다고. 죽어, 죽을 거야."

류세이의 숨소리가 들렸다. 짧고 바들바들 떨리는 숨소리였다. 류세이는 고개를 숙인 채 훌쩍훌쩍 울고 있었다. 다운재킷을 입은 등이 움찔움찔 떨렸다. 절망에 사로잡혀 류세이의 등을 보고 있자니 동굴 가장 안쪽이 시야 구석에 들어왔다. 네모 얼굴 남자가 석유등을 놓아두고 간 덕분에 정체가 불분명했던 공 모양 물체가 잘 보였다. 아까는 몰랐지만 그 공들에는 하얗고 짧은 막대기 같은 것이 달려 있었다. 아니, 막대기가 아니다. 뭘까, 밧줄 *끄*트머리 같은 모양인데……

"저거…… 화약이지?"

기요타카가 작게 말했다. 그래, 화약이다. 왜 아까는 몰랐을까. 동굴 안쪽에서 석유등 불빛을 받고 있는 그것들은 크고 작은 불꽃놀이용 화약이었다.

"왜 이런 데 화약이 있지?"

그렇게 말하고 기요타카는 입술을 내밀고 미간을 모았다.

"혹시 이거, 시 창고에서 도둑맞은 화약 아닐까? 왜, 겨울철 불꽃놀이 대회 때 불꽃을 많이 못 쏘아올렸잖아. 나중에 창고에서 화약을 도둑맞아서 그랬다고 신문에 났어."

기억났다. 아버지가 아침을 먹으면서 지방 소식란에서 그 기사를 보고 의아해했다. 도대체 어디다 쓰려고 화약을 훔쳤을까. 쏘아올리면 범인임이 들통나서 금세 잡힐 텐데.

"개구리다."

신지가 절망적인 목소리를 냈다.

"우리를 개구리처럼 해치우려는 거야…… 폭죽 대신 저 화약을 엉덩이에."

"멍청아!"

에쓰코의 목소리는 거의 비명이나 다름없었다. 거기에 류세이가 흐느끼는 소리가 겹쳐졌다. 지금까지 당차게 행동하던 류세이도 죽는다는 걸 알고 마음이 무너져내린 모양이다. 생각해보면 그는 집을 찾아온 남자들에게 느닷없이 납치되어 이런 곳으로 끌려왔고, 우리와 만나기 전까지 혼자 버텼다. 얼마나 불안했을까. 그리고 우리와 만난 후로는 분명 책임감을 느꼈으리라. 말과 태도로는 드러내지 않았지만, 자기 탓에 아무 관계 없는 우리가 사건에 말려들었다고 크게 후회했을 것이다. 나는 벌벌 떨리는 류세이의 등을 보았다. 말을 걸 수 없었다. 다운재킷을 입은 류세이는 웅크린 등을 떨고……

잠깐.

그때 비로소 나는 깨달았다. 어째서 류세이는 웃옷을 입고 있는 걸까. 방에서 공부하고 있는데 남자들이 찾아와서 억지로 차에 태웠다고 했다. 그런데 왜 다운재킷을 입고 있는 걸까. 그뿐만이 아니다. 손목시계도 그렇다. 집에 있을 때 시계를 차나?

"아아아……"

류세이가 고개를 들었다. 그 얼굴에는 눈물이 아니라 혼자만을 위한 구경거리를 즐기는 듯한 환한 웃음이 맺혀 있었다.

울고 있었던 게 아니다.

그애는 쭉 웃음을 참고 있었다.

"아아, 안 되겠다······ 더는 못 참겠어."

류세이는 괴롭게 숨을 내쉬며 한 손으로 안경을 밀어올리고 다운재킷 소매로 두 눈을 눌렀다. 어떻게든 웃음을 참으려고 입을 다물었지만 우훗, 크윽, 하고 입술 사이로 숨이 새어나왔다. 우리는 너무나 혼란스러워서 그 모습을 보고도 뭐라고 물어볼 말이 생각나지 않았다.

우리가 할말을 찾는 것보다 조금 빨리 류세이의 웃음이 잦아들었다.

"어제 쓰노다 아저씨랑 만났다면서?"

무슨 소리지.

"왜, 제일 높은 사람. 얼굴이 네모난 사람 있잖아. 아까 들었어. 쓰노다 아저씨, 형 누나들이랑 만났을 때 은신처로 쓸 만한 곳을 찾고 있었대. 마침 빈집 같은 게 있어서 창문으로 들여다봤더니 형 누나들이 있어서 사람이 사는구나, 하고 돌아서는데 개가 덤벼들었대. 그래서 빵 걸어찼다더라고."

말을 끝낸 류세이는 안경을 벗고 숨을 호 불어서 닦은 후에 다시 썼다.

"하지만 설마 나하고도 마주칠 줄은 몰랐네. 우린 정말 인연인가봐. 아까 오줌이 마려워서 동굴에서 나왔거든. 나온 김에 몸이나 풀려고 좀 돌아다녔는데 형 누나들이 보이는 게 아니겠어? 바로 숨었는데 찾아내더라고. 핑곗거리가 떠오르지 않아서 대충 설정대로 떠들었는데…… 그게 실수였어. 그건 그렇고 잘도 찾았네. 아주 재빠르게 쪼그리고 앉아서 오리걸음으로 움직였는데. 나, 숨바꼭질에는 자신 있거든. 다들 벌레라도 잡고 있었어? 히로키 형이 들고 있던 갈색 물건은 뭐야?"

무슨 말인지 전혀 이해가 가지 않았다. 설정이라고?

류세이는 "뭐, 됐어" 하고 어깨를 으쓱했다.

"실은 좀더 겁을 주고 나서 진상을 밝히려고 했지만, 좀 불쌍하니까 이만 말해줄게."

이건 유괴 자작극이라고 류세이는 말했다.

모르는 말이었다.

"유, 괴, 자, 작, 극. 실은 유괴당하지 않았는데 그런 척하는 거야. 어떻게 하면 서로에게 이득이 생길지 오래전부터 상의하다가 마침내 어제 결행했지."

그 세 명은 건설회사 사람이라고 한다.

"망하기 직전의 조그만 회사야. 뭐, 그래도 사원이 열두 명쯤 된다고 하더라. 저 사람들은 사원들을 도와주고 싶대."

사원들을 돕는다.

"쓰노다 아저씨가 사장, 키가 크고 호리호리한 사람이 전무 미나쿠치 아저씨. 좀 뚱뚱한 사람은 다미야 아저씨라고 하는데, 그래 봬도 계장이래. 쓰노다 아저씨의 조카라나."

유괴 사건을 꾸미는 것과 건설회사 사원을 돕는 게 무슨 상관이지?

"알까 모르겠네. 우리 아빠, 자연보호를 호소하며 산림개발에 반대중이야. 다른 의원들은 대부분 찬성파인데 아빠 혼자 반대 운동을 계속해왔지. 그래도 고생한 보람이 있는지 요즘 반대파 가 늘어났어. 이대로 가면 지금 계획중인 산림개발이 정말로 백 지화될 기세인가봐."

지금이라면 그쯤에서 감이 왔을 것이다. 하지만 당시 나는 도 대체 무슨 이야기인지 도통 짐작이 가지 않았다. 다른 애들도 마 찬가지였는지 입을 다문 채 류세이의 이야기를 기다렸다.

"그래서 아저씨들은 나를 집에 돌려보내는 조건으로 아빠의 의 원직 사퇴를 요구했어. 아, 물론 '쓰노다 건설의 쓰노다라고 합니 다만'이라고 자기소개를 하진 않았지. 집에 전화할 때도 뭐라고 했더라. 목소리를 바꾸는 기계를 써서 통화했고. 그때 나도 아빠 랑 통화했는데, '차를 타고 산을 넘어서 바다 쪽으로 왔어…… 창 문으로 바다가 보여…… 무서워, 아빠' 하면서 연기했지."

류세이는 감정을 듬뿍 담아 띄엄띄엄 끊어지는 목소리로 자신 의 연기를 재연했다.

"그러니까 우리가 여기 있는 줄은 절대로 몰라. 애당초 경찰에 는 신고도 안 했을 테고. 신고하면 내 목숨은 보장 못한다고 쓰노 다 아저씨가 말했거든. 아빠 성격상 시키는 대로 하지 않을까 해. 그러니까 나를 돌려받기 위해 얌전히 의원직을 그만둘 거야."

은신처로 이 동굴을 제안한 것은 다름아닌 류세이라고 한다.

"형 누나들한테 동굴 이야기를 들어둬서 다행이었지. 왜, 전에 백화점에 화석을 훔치러 갔을 때 열차에서 말해줬잖아. 그 이야기가 아니었으면 나는 동굴이 있는 줄도 몰랐을 거야. 여기, 숨어 있기에 딱 좋더라고."

류세이는 세 남자가 있는 쪽을 슬쩍 바라본 후 목소리를 조금 낮추어 설명을 계속했다.

"쓰노다 아저씨의 아빠, 그러니까 전 사장이 이 년 전쯤 세상을 떠났대. 그제야 회사의 경영 실정이 명백하게 드러났고. 그럭저럭 괜찮은 수준인 줄 알았는데 실은 아슬아슬한 상태까지 경영이 악화돼서 당장 망해도 이상하지 않은 지경이었다나봐. 그리고 지금은 더 아슬아슬한 상태."

하지만, 류세이가 가느다란 검지를 세웠다.

"마지막 희망이 하나 있었지."

그게 우리 동네의 산림개발이었다고 한다.

"공사 자체는 대형 건설회사가 맡겠지만, 쓰노다 아저씨네 회사도 일을 꽤 많이 받아올 수 있을 거래. 만약 개발이 예정대로 실행된다면 말이지. 하지만 우리 아빠가 개발을 중지시키려 하고 있잖아. 실제로 당장이라도 중지될 것 같은 분위기고."

무슨 이야기인지 조금 알아들었다.

"어, 그러니까."

나는 머릿속을 정리하며 입을 열었다.

"저 사람들은 너희 아빠가 반대운동을 그만두길 바라는 거야?"

내 딴에는 정곡을 찌를 셈이었지만, 류세이는 질문 자체에 놀랐다는 표정을 지었다.

"지금까지 뭘 들었어?"

류세이는 희미하게 웃으며 말을 이었다.

"그런 사정으로 내가 협력해서 이번 유괴 자작극을 실행한 거지. 하지만 아빠한테 산림개발 반대운동을 그만두라고 요구하면 건설 관계자가 유괴범으로 의심받을 게 뻔하잖아. 그래서 의원을 그만두라고 요구한 거야. 아빠는 자연보호운동 말고도 여러 가지 일을 하니까, 그렇게 요구하면 건설 관계자만 의심받지는 않겠지. 아저씨들 의견은 그렇고, 나도 동의해. 아빠가 그만두면 산림개발 반대운동이 잠잠해지는 건 거의 확실하대. 원래 대다수가 찬성했고, 동네에도 큰 이익을 주는 사업이니까."

그 정도까지 자세한 설명을 듣고 나자 드디어 나도 이해가 갔다. 과연, 이 유괴는 유괴인 듯하면서 유괴가 아니었구나. 그래서 류세이의 태도가 가끔 부자연스러웠던 것이다. 사마귀 남자, 미나쿠치가 숲에서 우리와 마주쳤을 때 언동이 묘하게 어색했던 것도 바로 그래서다. 임기응변이었으니까. 그렇구나, 전부 거짓말이었구나. 유괴 사건은 일어나지 않았다.

그렇다면.

"돌아갈 수 있어!"

에쓰코가 가슴 앞에서 손뼉을 친 후, 제풀에 놀라 입을 막고 남자들 쪽을 쳐다보더니 킥킥 웃으며 이쪽으로 고개를 돌렸다.

"우리, 집에 갈 수 있는 거잖아."

그래, 돌아갈 수 있다. 집에 돌아간다. 신지가 부르르 떨릴 만큼 불끈 쥔 두 주먹을 치켜들었다. 히로키는 몸이 녹아버린 게 아닐까 싶을 만큼 어깨를 축 늘어뜨리고 고개를 위로 들어 "하아아아아" 하고 안도의 한숨을 내쉬었다. 나는 손바닥을 내 쪽으로 향한 채 양팔을 들어올리고 물결치듯 손가락을 움직이며 눈썹을 찡그리는 수수께끼 같은 동작을 했다.

"……개 아니야."

갑자기 기요타카가 나지막하게 말했다. 턱에 힘을 주고 류세이의 가슴팍을 노려보았다.

"뭐?"

"난 머리가 나빠서 지금 이야기는 이해를 잘 못했는데, 그 개가 완다를 뜻한다는 건 알아들었어. 넌 이사 온 지 얼마 안 돼서 몰랐을 수도 있지만, 그 녀석 이름은 완다야."

"그래서 뭐? 어쨌든 개잖아?"

류세이는 딱하다는 눈으로 기요타카를 보며 고개를 갸웃했다. 기요타카의 얼굴에 힘이 꽉 들어갔다. 큰일났다 싶어서 다른 이야깃거리를 찾았지만, 여느 때처럼 신지가 한발 빨랐다.

"그런데."

신지는 나도 궁금했던 것을 물었다.

"류세이, 너한테는 뭐가 좋은 거야? 저 사람들은 이득을 볼지 모르지만, 넌 그냥 번거롭기만 할 것 같은데?"

"그건."

류세이는 대답하다 말고 말을 얼버무렸다. 눈을 내리뜨고 입을 다무는가 싶더니 금세 턱을 들고 반박하듯이 말했다.

"그냥 해보고 싶어서. 재미있을 것 같았거든."

흐음. 신지는 인중을 길게 늘이고 고개를 끄덕였지만 정말로 수긍하는 기색은 아니었다. 나도 뭔가 찜찜하던 차에 히로키가 "저기" 하고 화제를 바꾸었다.

"그나저나 저 화약은 뭐야? 저쪽에 잔뜩 있는 저거."

"아아, 내가 아저씨들한테 훔치라고 시켰어. 약속을 어기지 못하도록."

"누가?"

"아빠가. 뭔가 보여줄 게 필요했거든."

류세이는 작은 손바닥에 펀치를 콱 먹였다.

"범인들이 진심이라는 걸 알려줄 뭔가. 시 창고에서 화약을 훔치면 금방 사람들 입에 오르내리겠지? 그 탓에 불꽃놀이 대회가 시원찮아졌으니까. 그 화약을 자기들이 가지고 있다고 쓰노다 아저씨가 아빠한테 알려줬어. 그리고 만약 아들이 돌아온 후에 의원직에 복귀하면 집이나 사무소를 날려버리겠다고 위협했지. 이 정도면 약속을 어기지 못하겠지? 아무튼 흔한 유괴 사건과 달리 이번에는 돈을 요구하는 게 아니니까, 내가 풀려난 후가 중요해. '알겠습니다, 의원을 그만두겠습니다' 해놓고 내가 집에 돌아오면 태도를 바꿀 수도 있거든."

그렇구나. 화약을 훔친 것은 좋은 작전이었다. 예를 들어 "우리는 다이너마이트를 가지고 있다" 또는 "권총을 가지고 있다"라고 말해봤자 거짓말이라고 의심할지도 모른다. 하지만 시 창고에서 화약을 도둑맞은 사건은 동네 사람들이 다 알고 있다.

"내가 그 화약 이야기를 하지 않았다면 아저씨들도 이번 계획에 끼지 않았을걸. 너무나 불확실한 계획이니까. 원래 더 많이 훔쳐서 다른 곳에 숨겨놨는데, 쓰노다 아저씨가 조금만 가져가자고 해서 가방에 담아서 가져왔어. 그게 저기 있는 화약이야. 왜 가져왔는지는 잘 모르겠지만."

"도대체 이 일은 어떻게 시작된 거야? 네가 먼저 말을 꺼냈어? 원래 알고 지내던 사이야?"

풀려난다는 기쁨이 가라앉자 에쓰코는 날카로운 말투로 류세이에게 따져 물었다. 그렇다, 우리도 좀더 일찍 그런 태도를 취해야 마땅했다. 집에 돌아갈 수 있는 건 기쁘지만, 어쨌거나 류세이 때문에 이렇게 추운 곳에 앉아 공포를 맛봐야 했으니까. 따지고 보면 완다가 걷어차인 것도 류세이 탓이다.

"아니, 아빠 사무소 앞에서 우연히 만났어. 아빠가 공용차 열쇠를 집에 놔두고 가서 내가 갖다주러 갔는데."

아아, 하고 류세이가 생각났다는 듯이 우리를 턱으로 가리켰다.

"형 누나들이 공원에서 손으로 공을 치는 이상한 야구를 하고 있었을 때 말이야. 내가 자전거를 타고 가다가 리이치 형이랑 부딪쳤잖아. 그뒤야. 열쇠를 갖다주러 아빠 사무소에 갔더니 더러운 왜건 옆에 작업복을 입은 남자가 서 있더라고. 이렇게 무서운 얼굴로 사무소에 들어가려는 참이었지만, 좀처럼 발이 떨어지지 않는 것처럼 보였어."

그 사람이 바로 쓰노다였다.

"쓰노다 아저씨는 아빠랑 만나서 담판을 지을 생각이었대. 산림개발 반대운동을 중단해달라고 말이야. 그때는 그냥 이상한 사람이라고 생각하고 바로 사무소로 들어갔지. 아빠는 전화를 받고 있었어. 내가 호주머니에서 공용차 열쇠를 꺼냈더니, 통화하면서 거기 놓아두라고 턱으로 가리키더라고. 통화가 길어질 것 같아서 열쇠를 옆 책상에 놔두고 바로 사무소를 나섰어."

그러자 거기에는 여전히 방금 전에 본 남자가 서 있었다.

"작업복 가슴팍에 쓰노다 건설이라는 이름이 있어서 바로 감이 왔지. 산림개발을 중지시키려고 하면 동네 건설회사의 저항

340

이 거셀 거라고, 밤늦게 아빠가 엄마한테 이야기하는 걸 들은 적 있거든."

겨우 그 정도로 감이 오다니 믿기지 않았지만, 류세이라면 그럴 만도 하다.

"그래서 도와줄까 물어봤지."

중요한 부분에 접어들었다는 듯이 말투가 느릿해졌다.

"산림개발 반대운동이 중지되길 바라는 거 아니냐고. 쓰노다 아저씨는 놀란 것 같았지만 내가 아빠 아들이라고 설명하자 내 얼굴을 가만히 들여다보더니 이야기를 들어보고 싶은 표정을 지었어. 궁지에 몰려서 지푸라기라도 잡고 싶은 기분이었겠지. 나도 물론 그때부터 유괴 자작극을 벌여야겠다는 생각이 있었던 건 아니야. 하지만 이 사람과 함께 뭔가……"

적당한 말을 찾는 듯 한순간 침묵이 흘렀다.

"뭔가 재미있는 일을 할 수 있지 않을까 싶었어."

류세이는 작게 웃고 말을 이었다.

"그때는 별다른 이야기 안 했어. 나도 구체적인 작전이 있는 건 아니었거든. 그래서 집에 와서 머리를 굴렸지. 뭐 재미있는 방법이 없나 하고. 그리고 이번 유괴 자작극을 생각해낸 거야."

류세이는 전화번호부에서 회사 주소를 알아내 쓰노다와 교섭을 하러 갔다고 한다.

"공원에서 이상한 야구를 하다가 가끔 내가 옆길을 지나가는 거 봤지? 서로 대화는 하지 않았지만. 그때 쓰노다 아저씨 회사에 가는 길이었어. 만나서 화약이나 동굴 이야기를 하면서 살살 설득했지. 원래부터 설득할 자신은 있었지만, 쓰노다 아저씨는 고작 몇 번 만에 고개를 끄덕였어."

그리하여 지금 이 상황에 이른 것이다.

"하지만 이제 다 끝이야. 다 그만둬야지."

류세이는 양손을 힘없이 들고 휘휘 내저었다. 그리고 마치 우리가 즐거운 놀이를 망쳤다는 듯이 쓴웃음을 지으며 말했다.

"형 누나들이 말려들어서 계획이 어긋났어. 우리 아빠는 아직 경찰에 신고하지 않았겠지만, 다섯 명이 행방불명됐으니 분명히 경찰이 나설 거야. 그러면 골치 아파지거든. 그러니까 끝. 종료. 난 집에 돌아가서 범인들의 인상과 그동안 있었던 일을 적당히 설명할 거야. 경찰은 그 정보를 바탕으로 수사하겠지만 범인은 체포되지 않겠지. 그리고 형 누나들도 이번 일을 아무에게도 이야기하지 않을 테고. 앗, 다들 알겠지만 절대로 이야기하면 안 돼. 꼭이야."

나는 장담 못한다고 말하고 싶었지만, 류세이의 다음 말을 듣고 생각을 바꿨다.

"쓰노다 아저씨는 화나면 무섭거든. 남한테 말했다가 들키면 위험해."

집에서 기르는 사나운 개를 자랑하듯이 류세이가 싱글거렸다.

발소리가 들렸다.

세 사람이 돌아온 모양이었다. 모퉁이 너머에서 나타난 손전등 불빛이 벽과 땅바닥을 핥듯이 기어왔다. 이제 곧 풀려난다. 집에 갈 수 있다.

이때 왜 생각나지 않은 걸까.

내가 십 분 전쯤에 한 말이.

—저 사람들은 우리가 입을 다물 거라고 믿지 않아.

이 말을 했을 때는 진짜로 유괴당했다고 철석같이 믿었다. 그러므로 세 사람의 얼굴을 보았으니 틀림없이 죽을 거라고 생각했다. 나중에 류세이가 유괴 자작극임을 밝혀서 사태가 달라졌지만, 달라지지 않는 것도 있다. 예를 들어 아무리 우리가 말하지 않겠다고 약속해도 상대방은 믿지 않으리라는 점. 그리고 우리가 세 사람의 얼굴을 안다는 점. 아니, 이제는 얼굴뿐만 아니라 신상까지 자세히 다 알고 있다.

"마침 잘됐네요. 방금 친구들에게 다 설명했어요."

류세이는 일어서서 엉덩이를 툭툭 털었다.

"여기, 춥고 어두워서 못 견디겠네요. 이제 그만 나가죠."

세 사람은 류세이 앞에 멈춰 섰다. 쓰노다가 한 발 앞으로 나섰고, 호리호리한 미나쿠치와 땅딸막한 다미야는 뒤에서 고개를 숙였다. 마치 지금부터 일어날 일을 보고 싶지 않다는 듯이.

"뒷일은 다시 상의하기로 해요. 친구들이 어제 쓰노다 아저씨가 개에게 물렸다는 집에 자전거를 세워두고 왔다니까, 일단 거기까지 바래다주고—"

"이 구잣뻬가."

모르는 말이 쓰노다의 입에서 튀어나왔다. 그때는 무슨 뜻인지 몰랐지만, 나중에 그 말이 북쪽 지방의 오래된 사투리 중에서 가장 심한 욕이라는 것을 알았다. 류세이도 우리처럼 무슨 뜻인지는 몰랐겠지만 상대의 말투로 대강 알아차린 모양이었다. 집에서 기르던 개가 갑자기 으르렁거리기라도 한 것처럼 그애의 얼굴이 확 굳었다. 뺨을 일그러뜨려서 억지로 웃으며 뭔가 말하려 했지만, 입에서는 말이 아니라 "아윽!" 하는 짤막한 신음 소리가 튀어나왔다. 명치에 틀어박힌 쓰노다의 오른발이 폐에서 목소리를 짜낸 것이다. 류세이는 땅에서 떠올라 몸을 비틀며 날아갔다. 반회전한 류세이는 쿵하는 둔중한 소리와 함께 떨어졌고 양쪽 운동화 코가 동시에 땅바닥을 때렸다.

"네 탓이야…… 구잣뻬."

공허하게 울려퍼지는 쓰노다의 낮은 목소리 말고는 아무 소리도 들리지 않았다.

"다 끝났어…… 회사도, 사원도, 나도."

땅에 엎어진 류세이의 몸이 움찔거렸다. 오른손이, 자기만 다른 생물인 것처럼 뭔가를 찾아 땅을 기어갔다. 눈이 없는 그 생물은 부들부들 떨면서 이동해 벽 앞에 놓인 석유등으로 다가갔다. 말릴 새도 없이 새하얗게 빛나는 내열유리에 손가락이 닿았다. 류세이의 오른손이 소리 없는 비명을 지르며 튀어올랐다. 손끝이 유리 가장자리를 밀쳐내자 석유등이 옆으로 쓰러져서 구르다가 꺼졌다.

"끝났어……"

어둠 속에 분노와 후회에 덧붙여 강한 비애가 묻어나는 목소리가 울려퍼졌다. 이제 더이상 물러설 수 없는 곳까지 몰린 인간의 목소리였다.

우리에게 부모님이 있고 그들에게도 각자 부모님이 있듯이, 사건에도 그것을 낳은 부모가 있다. 얼굴이 닮은 경우도 있거니와 닮지 않은 경우도 있지만, 아무튼 모든 것은 연결되어 있다. 그렇듯 꼬리에 꼬리를 물듯 이어지는 사건들의 끝에는 분명 '발단'이라고 불리는 작은 조각이 존재하는데, 잘 생각해보면 발단 역시 홀로 태어난 것은 아니다.

예를 들어 겨울방학이 끝날 무렵 공원에서 주먹야구를 했을 때, 류세이가 우리 때문에 지체하지 않았다면 사무소 앞에 있던 쓰노다와 마주치지 않았을 것이다. 류세이 아버지도 통화중이 아니었을지도 모른다. 공용차 열쇠를 가져온 아들에게 "고맙다" 혹은 "미안해"라고 말하며 머리를 쓰다듬어주었을지도 모른다. 그랬다면 류세이가 내내 느끼고 있었을 외로움도 약간은 풀어지지 않았을까.

류세이가 확실하게 말한 것은 아니지만, 그애는 외로운 나머지 쓰노다 패거리에게 유괴 자작극을 제안한 게 아닐까 싶다.

―아빠는 주말 없이 일주일 내내 일하고 엄마도 아빠를 도우러 사무소에 갈 때가 많아서 보통은 저녁때까지 나 혼자 집에 있어.

우리에게 거짓말로 설명할 때 류세이는 그렇게 말했다.

―학원에서 배울 내용을 예습하고 있는데 초인종이 울려서 문을 열었더니, 저 사람들이더라고.

지금 생각해보면 그 설명에도 류세이의 고독이 배어 있었다. 류세이는 늘 혼자 있기 괴로웠다. 애처롭고 쓸쓸했다. 그래서 집에 혼자 있다가 유괴된 것으로 설정했다.

분명 그랬으리라.

화석을 구하기 위해 열차를 타고 백화점으로 가는 길에 우리는 류세이에게 메고이코 동굴 이야기를 해주었다. 그때 류세이는 갑자기 입을 다물고 창밖으로 눈을 돌리더니, 흘러가는 산줄기에 시선을 고정한 채 부모님 이야기를 했다.

—훌륭하지, 아빠가 하는 일은. 아빠를 내조하는 엄마도 훌륭하고. 둘 다 훌륭하게 살려고 노력하시니까. 정말 대단해.

류세이가 가슴속에 응어리진 고독 때문에 우리를 나쁜 짓에 끌어들였다는 것은 너무 지나친 생각일까.

결국 나쁜 짓은 실패로 끝났고, 그후로 우리는 더이상 류세이와 놀지 않았다. 부모님이 시켰는지도 모르지만 류세이도 우리를 가까이 하지 않았다. 하지만 역시 외로웠던 것이다. 유괴 자작극을 계획하려고 쓰노다를 만나러 갈 때 류세이는 공원에 있는 우리를 봤다고 했다.

—서로 대화는 하지 않았지만.

그때 앞만 보며 자전거 페달을 밟던 류세이의 표정이 지금도 기억난다. 시선을 튕겨내는 듯한 표정이었다. 보지 말라는 얼굴이었다. 하지만 정말로 보지 않기를 바랐다면 다른 길로 가도 되지 않았을까.

그리고, 그 화약.

류세이는 아버지가 약속을 어기지 못하도록 시 창고에서 화약을 훔치라고 쓰노다 패거리에게 시켰다고 한다. 자신이 집에 돌아간 후 의원직을 사퇴하겠다는 약속을 번복하지 못하도록. 그건 분명 사실이었다. 하지만 실은 한 가지 이유가 더 있었다.

종장

———————

꿈의 도중과
탈출

1

　추웠다. 무서웠다. 밖에서 빗발이 거세진 듯 정적 속에 빗소리가 섞여들었다. 하지만 좁은 동굴 속에서는 소리가 울려서 보통 빗소리가 아니라 지직거리는 텔레비전 볼륨을 키운 것처럼 들렸다. 귓구멍 안쪽으로 기어든 그 소리가 고막 틈새로 스며들어 머릿속을 점점 채우는 기분이었다. 인간이 아니라 하얀 안개를 담은 봉지처럼 변할 것만 같아서 나는 가끔 경련하듯이 고개를 흔들어 제정신을 유지했다. 문제는 빗소리만이 아니었다. 조금이라도 방심하면 공포와 절망에 두 다리를 붙잡혀 어딘가로 끌려갈 것만 같았다.

류세이가 넘어뜨려서 꺼진 석유등을 쓰노다가 다시 켜려고 했지만 어딘가 망가졌는지 잘되지 않았다. 쓰노다가 작게 욕설을 내뱉으며 석유등을 벽에 내던지자 내열유리가 산산조각났다. 건전지를 아끼기 위해서인지 잠시 후 손전등도 꺼서 동굴이 캄캄해졌다. 그래도 반짝이끼 때문에 친구들의 실루엣이 보였다. 세 남자는 빈틈을 노려 달아나지 못하도록 우리를 동굴 끝으로 밀어넣었다. 거기에는 반짝이끼가 특히 많아서 녹청색 빛이 벽을 뒤덮고 있었다. 친구들의 윤곽이 그림자놀이를 하듯이 빛 속에 떠올랐다. 이런 상황이 아니었다면 얼마나 감동적인 광경이었을까.

"추워…… 추워……"

멀리서 들리듯이 가느다란 목소리가 류세이의 입에서 새어나왔다. 제 어깨를 끌어안은 양손이 몹시 떨려서 손끝이 다운재킷을 스치는 소리가 들릴 정도였다.

에쓰코가 류세이 곁에 바짝 붙어서 조그마한 몸을 덮듯이 끌어안았다. 춥다고 중얼거리는 류세이의 목소리가 에쓰코의 품속에서 흐려져 더 작게 들렸다. 우리가 있는 동굴 끝에는 류세이가 게워낸 음식물 냄새가 풍겼다. 쓰러진 류세이는 엎드린 채로 몇 번 토했고, 구토를 멈추고 난 후로도 계속 숨소리가 탁했다.

─일이 잘 안 풀리거나…… 네가 집에 가겠다고 소란을 부리면.

류세이를 걷어찬 후 쓰노다는 부들부들 떨리는 류세이의 등을 쏘아보며 잇새로 말을 뱉었다.

—진짜로 유괴해버릴…… 생각이었어.

손전등을 든 미나쿠치와 다미야는 쓰노다 뒤에서 고개를 숙이고 있었다. 그 모습을 보건대 두 사람은 쓰노다의 생각을 안 지 그리 오래되지 않은 것 같았다. 어디까지나 짐작이지만 표정이 그렇게 말하고 있었다. 분명 쓰노다가 자기들을 동굴 입구로 데려갔을 때 처음 들었을 것이다.

—어차피 갈 데까지 갔어…… 처음부터 벼랑 끝에 서 있었다고. 이게 마지막 수단이야. 살아남으려면 진짜 범죄자가 되는 수밖에.

—삼촌…… 하지만.

다미야가 목에 걸린 듯 잠긴 목소리로 말했다.

—진짜로 유괴하면 쟤를 집에 못 돌려보내는데요……

그렇다, 계획 도중에 류세이가 억지를 쓴다고 진짜로 유괴하면 그애를 집에 돌려보낼 수 없다. 얼굴이고 신원이고 전부 알고 있으니까.

—안 돌려보낼 거야. 하는 수 없지, 이 녀석을……

말끝을 으깨듯이 쓰노다가 턱에 힘을 주었다. 결국 구체적인 말은 나오지 않았지만, 돌려보내지 않겠다는 말이 의미하는 바는 하나밖에 없다. 설마 평생 함께 살지는 않을 테니까.

―설마 계획이 이렇게……

　쓰노다는 돌리고 싶지 않은 쪽으로 억지로 비트는 듯이 고개를 움직여 우두커니 선 우리를 보았다. 그렇다, 이렇게 될 줄 전혀 예상치 못했다. 저쪽도, 우리도. 그리고 일단 이렇게 된 이상 양쪽 다 여기서 빠져나갈 수 없다.

　　―제기랄!

　쓰노다가 버럭 고함을 지르더니 고릴라처럼 두 팔을 쳐들었다. 그리고 무섭게 휘둘러서 자기 허벅다리를 몇 번이고 주먹으로 때렸다. 우리는 까딱 잘못하면 우리가 저 허벅다리를 대신하게 될 것이라 직감했다.

　　그래서 명령에 복종했다. 동굴 끝에 모이라고 하면 모였고, 앉으라고 하면 앉았고, 움직이지 말라고 하면 무릎을 끌어안고 가만있었다. 현재 세 남자는 자기들 짐과 화약을 가지고 우리와 떨어져 앉아 있다. 토사물 냄새를 맡기 싫었는지 아니면 우리 존재 자체가 싫었는지는 모르겠다. 손전등을 꺼서 어느 정도 멀리 있는지는 확실치 않았지만, 가끔 옷이 스치는 소리와 쓰노다가 못마땅하다는 듯 혀를 차는 소리, 누군가의 헐떡이는 듯한 숨소리가 들렸으니 그렇게 멀지는 않을 것이다. 애당초 떨어져 있다고 무슨 수가 나는 것은 아니다. 이 동굴은 외길이고, 우리는 동굴 제일 끝에 있다. 밖으로 나가려면 그들이 길을 열어주든지 천장에 구멍을 파든지 해야 한다.

단 한 가지 희망은 우리가 행방불명됐다는 사실을 아는 사람이 이 동굴을 떠올리는 것이다. 그런데 어른들이 우리를 찾아 여기로 오면 쓰노다는 어떻게 대응할까. 아무리 생각해도 최악의 상상밖에 떠오르지 않았다.

퍼뜩 뭔가가 떠올라서 나는 고개를 들고 쓰노다 패거리가 있는 쪽을 쳐다보았다.

아무것도 보이지 않았지만 머릿속에는 불꽃이 터지는 광경이 선명하게 그려졌다. 류세이는 훔친 화약의 일부를 이곳으로 가지고 온 이유를 모른다고 했지만, 혹시 쓰노다는 최악의 사태를 상정하고 화약을 가져온 게 아닐까.

"저녁이 되면 어른들이 걱정돼서 우릴 찾을 거야."

기요타카가 류세이의 어깨에 머리를 바짝 갖다대고 조용히 속삭였다.

"아무리 늦어도 밤이 되면 우리가 없어진 줄 알겠지. 알아차리고 구하러 올 거야."

하지만 류세이는 머리를 숙인 채 고개를 저었다.

"여기로는 안 올 거야…… 여기인 줄 모를걸."

"어른 중에는 여기를 아는 사람이 제법 많아."

"이런 데를…… 어떻게 알아."

"넌 이사 온 지 얼마 안 됐으니까 모르겠지만, 옛날에는 아이들이 여기서 많이 놀았대. 교감선생님이 그러셨어."

"하지만 전화로 아빠한테 바다가 보이는 곳에 있다고 했는데…… 혹시라도 여기를 찾지 않도록."

그렇다. 적어도 류세이 부모님은 이 동굴로 찾아오지 않는다. 애당초 동굴 자체를 모를 수도 있다. 하지만 우리 부모님이라면 희망이 있다. 자전거를 기요타카네 집 앞에 세워뒀으니까. 걸어서 갈 수 있을 만한 곳은 다 찾아볼 것이다. —하지만 자포자기한 쓰노다가 어른들이 왔을 때 어떤 행동에 나설지 생각하니 구하러 오는 게 좋을지, 오지 않는 게 좋을지 마음이 흔들렸다.

다시 공허한 빗소리만 들려왔다.

잠시 후 류세이의 목에서 문이 삐걱대는 듯한 소리가 흘러나왔다. 몸집 작은 하급생은 자기 몸을 끌어안고 울었다.

"야, 류세이. 멋진 걸 보여줄게."

신지가 류세이 옆으로 기어가서 머리를 탁 두드렸다. 하지만 류세이가 고개를 들지 않자 억지로 이마를 밀어올렸다.

"이거 보여? 이거, 이거."

신지는 류세이를 안심시키듯이 속삭였다. 하지만 뭘 가리키는지는 전혀 알 수 없었다.

"안 보여? 여기, 자."

어디를 보라는 걸까. 벽에 출구의 빛이라도 비치는 걸까. 나는 주변을 둘러보았지만 아무것도 없었다. 반짝이끼와 우리 실루엣 말고는 아무것도 보이지 않았다.

"귀가 움직이잖아, 양쪽 다. 재미있지?"

나는 울고 싶어졌다.

하지만 나보다 류세이가 먼저 흐느끼기 시작했다. 그애는 고개를 푹 숙이고 몸을 떨면서 흑흑 울음소리를 흘려냈다. 신지는 땅에 무릎을 꿇은 채 류세이를 잠시 바라보다가 조용히 원래 자리로 돌아가서 "소용없네"라고 중얼거렸다.

그런 직후 발소리가 들렸다.

긴장감이 주변을 감쌌다. 우리는 숨을 죽이고 귀기울였다. 류세이가 울음을 그치지 않아서 에쓰코가 귓가에 대고 작게 "쉿" 했다.

목소리가 들렸다. 아마 다미야인 듯했다. 귀에 신경을 집중하자 이야기소리가 귀에 들어왔다. "……겠나?"라고 쓰노다가 묻자 다미야가 대답했다.

"네…… 다섯 대 있어서 전부 다."

"장소는?"

"말씀하신 대로 역 앞에요."

무슨 이야기지?

아니, 잠깐만.

"자전거……"

에쓰코가 속삭였다.

그래, 자전거다. 다미야는 쓰노다의 명령으로 우리 자전거를 옮기러 다녀온 것이다. 역까지. 우리가 열차를 타고 어디로 간 것처럼 꾸미려고.

가슴속에 남아 있던 마지막 희망의 불빛이 꺼졌다. 눈앞도, 가슴속도, 전부 깜깜해졌다.

2

미나쿠치가 불을 지피자고 제안했다. 너무 추워서 견디기 힘든 모양이었다. 산소가 희박해진다느니 뭐라느니, 당시의 나로서는 이해할 수 없는 대화가 오간 후 결국 쓰노다가 승낙했다. 다미야가 장작을 모아오겠다며 손전등을 들고 동굴에서 나갔다.

드디어 추위에서 해방된다. 말은 안 했지만 반짝이끼의 빛 속에 떠오른 우리의 실루엣이 쑥 커졌다.

십 분쯤 지나 다미야가 오른손에 손전등을, 왼팔에 나뭇가지를 잔뜩 끌어안고 돌아왔다. 다미야가 든 손전등은 슬슬 전지가 닳아가는지 나갈 때보다 빛이 약해진 것처럼 보였다. 다미야도 신경쓰이는 듯 쓰노다와 미나쿠치 옆으로 가자마자 손전등을 껐다.

"쓰러진 나무 아래서 비에 안 젖은 걸로 골라 왔으니까 불이 붙을 거예요."

다미야는 장작을 땅바닥에 툭툭 내려놓았다. 소리가 둔탁한 것으로 보아 썩은 나무인 듯했다. 가만히 보고 있자니 암흑 속에서 불똥이 탁탁 튀었다. 그때마다 카메라 플래시를 터뜨린 것처럼 세 남자의 모습이 떠올랐고, 주변 벽에 새까만 그림자가 비쳤다. 세번째 시도에 라이터가 켜지자 쓰노다는 신문지 같은 물건에 불을 붙였다. 그 순간 세 사람의 주변이 귤색으로 칠해지고, 그림자가 불길의 움직임을 따라 이리저리 흔들렸다. 쓰노다가 낮은 목소리로 지시하자 다미야가 땅에 놓인 화약을 치웠다. 그러는 동안에 불은 꺼질 것처럼 점점 작아졌다. 이제 꺼지겠다고 생각한 순간 드디어 장작에 불이 붙은 듯 안정된 불길이 땅바닥에서 흔들거렸다. 이윽고 불길이 모닥불이라고 할 수 있을 만큼 커졌다.

세 남자는 모닥불에 다가앉아 등을 웅크리고 고개를 숙였다. 두 손을 들어서 불을 쬐거나, 장작을 나뭇가지로 들쑤시거나 했지만, 아무도 이쪽을 보지는 않았다. 마치 우리가 여기 없다는 듯한 태도였다.

"저기요."

바로 옆에서 에쓰코의 목소리가 몹시 크게 들려서 나는 뒤통수를 얻어맞은 것처럼 목을 움츠렸다. 저멀리서 비치는 모닥불 빛에 에쓰코의 표정이 아주 조금 보였다. 에쓰코는 결의를 나타내듯 입을 굳게 다물고 남자들을 똑바로 쳐다보았다.

"저희도 불을 쬐면 안 될까요?"

상대의 반응을 기다렸다. 남자들은 이쪽으로 고개를 돌리기는 했지만 아무 대답도 하지 않았다. 미나쿠치와 다미야가 쓰노다의 눈치를 살폈다. 쓰노다는 활기 없이 무표정한 얼굴로 우리를 쳐다볼 뿐이었다. 그럴 거라고 반쯤은 예상한 듯 에쓰코는 옆에 앉아 있는 류세이의 어깨에 손을 올렸다.

"얘만이라도 부탁할게요. 많이 추운지 몸을 벌벌 떨어요."

하지만 쓰노다는 아무 말도 못 들었다는 듯이 고개를 돌려 다시 모닥불을 바라보았다. 다른 두 사람도 우리를 외면하고 모닥불로 돌아앉았다.

"류세이, 가서 불 쬐자. 이제 안 걷어찰 거야. 걱정 마. 내가 지켜줄게."

에쓰코가 그렇게 말하며 류세이를 일으켜세우려고 했지만, 류세이는 얼굴을 숙인 채 부들부들 떨듯이 고개를 젓더니 거의 알아들을 수 없는 목소리로 싫다고 속삭였다. 결국 에쓰코도 포기하자 동굴 속에는 다시 빗소리만 울려퍼졌다. 우리 중 아무도 모닥불 쪽을 보지 않았다. 입을 다문 채 아무것도 없는 곳을 보며 그저 추위를 견뎠다.

"어디 가시려고요?"

그로부터 시간이 꽤 흐른 후 미나쿠치의 목소리가 들렸다. 아니, 그렇게 많이 흐르지 않았는지도 모른다. 시간감각을 완전히 상실해서 확실치 않았다.

"소변보러."

보아하니 쓰노다가 손전등을 들고 일어서는 참이었다. 그는 등을 돌려 비스듬히 꺾어진 모퉁이를 돌아 사라졌다.

"우리도 소변보게 해줄까?"

기요타카가 작게 속삭였다.

"계속 마려웠거든…… 아까부터."

기요타카는 다리를 오므리고 앉아 남자들을 보았다가 눈을 내리깔다가 하던 끝에 결심한 듯 "죄송한데요" 하고 말을 꺼냈다.

"저도 화장실 가고 싶은데요. 다녀오면 안 될까요?"

"참아."

미나쿠치가 바로 대답했다.

"지금까지 계속 참았어요. 하지만 이제 쌀 것 같아요."

미나쿠치와 다미야는 모닥불을 쬐면서 서로의 안색을 살폈다. 아무래도 쓰노다가 마음에 걸리는 모양이었다.

결국 두 사람이 답을 내놓기 전에 쓰노다가 돌아왔다. 미나쿠치의 재촉에 다미야가 귓속말을 하자,

"거기서 싸."

쓰노다는 이쪽은 보지도 않고 내뱉었다.

"하지만 사장님."

미나쿠치가 길쭉한 등을 웅크리며 머뭇머뭇 입을 열었다. 목

소리가 작아서 잘 들리지 않았지만, 여기서 소변을 보면 도리어 성가시지 않겠느냐고 말하는 것 같았다.

쓰노다는 잠시 입을 다물었다가 짧게 숨을 토해냈다.

"절대로 혼자 두지 마."

미나쿠치는 고개를 끄덕이고 일어서서 손전등을 들고 이쪽으로 걸어왔다.

"너랑, 가고 싶은 사람 또 있어?"

몇 초간 아무도 움직이지 않았다. 하지만 얼마 지나지 않아 류세이를 제외한 모두가 손을 들었다. 미나쿠치의 널찍한 이마에 세로로 주름이 잡혔다.

"한 명씩이다. 일단 너부터 따라와."

미나쿠치는 기요타카를 데리고 우리에게서 멀어져 출구로 걸어갔다.

사실 나는 집을 나선 후로 아무것도 먹거나 마시지 않았으므로 소변이 그렇게 마렵지는 않았다. 하지만 아무튼 이 동굴에서 나가고 싶었다. 바로 돌아와야 하겠지만 아주 잠깐이라도 좋으니 바깥을, 하늘을 보고 싶었다. 에쓰코와 신지, 히로키도 분명 같은 기분이었을 것이다.

미나쿠치와 기요타카가 젖은 머리로 돌아왔다. 기요타카가 자리에 앉자 류세이를 제외한 넷이 눈짓으로 상의해 에쓰코를 먼저 보내기로 했다. 에쓰코가 일어나서 모닥불 쪽으로 가자 미나쿠치는 모닥불 앞에 책상다리를 하고 앉아 귀찮다는 듯이 다미야에게 "데리고 갔다 와" 하고 지시했다.

다미야가 에쓰코와 함께 출구로 향하자 무슨 생각인지 신지가 천천히 몸을 낮추었다. 그리고 자기 배낭을 끌어당기더니 소리 나지 않게 조심해서 지퍼를 열었다.

"이대로 가다가는 끝장이야."

신지는 남자들에게 들리지 않도록 작은 목소리로 속삭였다.

"우린 죽을 거야. 저놈들이 우릴 죽일 거라고."

"뭐하는 거야?"

나는 숨소리에 목소리를 실어서 조용히 물었다.

"다 함께 나갈 수 있는 방법이 생각났어…… 아까부터 궁리했 거든. 여기 못 있게 하면 돼. 놈들이 여기 있기 싫게 만들면 된다 고."

신지는 배낭에서 뭔가 꺼내기 시작했다. 스슥, 스슥, 스슥…… 조금씩 지퍼 틈새로 끌어냈다.

"기요타카, 캔 따개."

"뭐?"

"너, 완다에게 주려고 통조림을 가져왔다고 했잖아. 그럼 캔 따개도 있을 것 아니야."

기요타카는 재빨리 고개를 끄덕이고 자기 배낭을 끌어당기더 니 캔 따개를 꺼내 신지에게 건넸다. 그제야 방금 신지가 꺼낸 것이 점퍼임을 알아차렸다. 신지는 땅에 펼친 점퍼에 캔 따개를 갖다대고 힘을 주어 점퍼를 찢기 시작했다. 그는 모닥불 쪽을 살피면서 작업을 계속해 마침내 점퍼를 삐뚤삐뚤한 사각형으로 찢어냈다.

마침 그때 비에 젖은 에쓰코가 돌아왔다. 몹시 추운지 자리에 앉아 떨리는 두 손에 입김을 호호 불었다.

"다음은 내가 갈래요."

신지가 일어서자 곁에서 기다리고 있던 다미야가 따라오라고 가볍게 손짓하고 등을 돌렸다. 두 사람은 천천히 멀어져갔다. 신지는 대체 무슨 짓을 하려는 걸까. 나는 호흡이 점차 빨라졌다.

"혼자 있게 놔뒀어."

에쓰코가 속삭였다.

"절대 달아나지 않겠다고 약속했더니 동굴 입구에서 기다리더라고."

그러고 보니 다미야의 머리와 어깨는 젖지 않았다.

"돌아와서 큰맘먹고 그 사람한테 말해봤어. 사장님을 설득해서 우리를 풀어주지 않겠느냐고."

"그랬더니?"

히로키가 묻자 류세이도 고개를 번쩍 들었다. 류세이는 흘러내린 안경 너머로 애원하듯 에쓰코를 바라보았다. 하지만 에쓰코는 미안하다는 듯이 고개를 저었다.

"설득해봤자 소용없대. 쓸데없는 짓을 했다가는 더 험한 꼴을 당할지도 모른다고."

지금보다 더 험한 꼴이 있을까. 아마 다미야도 구체적으로 뭔가 상상하고 대답한 것은 아니리라. 그저 쓰노다를 거스르지 못할 뿐이다.

"뭐야?"

쓰노다가 갑자기 소리질렀다.

다음 순간, 예상치 못한 냄새가 콧구멍을 파고들었다.

"으윽, 구린내가 나잖아!"

쓰노다는 일어서서 눈앞의 모닥불을 노려보았다. 미나쿠치도 긴 다리를 버둥대며 일어나 모닥불을 들여다보았다. 하지만 바로 보이지 않는 손에 얻어맞은 것처럼 얼굴을 뒤로 물렸다. 지독한 구린내였다. 아무래도 냄새는 불속에서 풍기는 듯했다. 나는 그게 무슨 냄새인지 알고 있었다. 콧속을 강렬하게 자극하는 이 냄새는—

"이봐, 여기 똥이 들어간 거 아니야?"

쓰노다는 미나쿠치 쪽으로 얼굴을 내밀고 무섭게 고함을 질렀다. 그러는 사이에도 고약한 냄새는 점점 퍼져나갔다. 미나쿠치는 모르겠다는 대답 대신 고개를 절레절레 저었고, 그때 다미야가 신지를 데리고 돌아왔다.

"우와, 냄새……"

몸을 뒤로 젖히는 다미야에게 쓰노다가 따져 물었다.

"야, 장작 속에 똥이 들어 있었던 거 아니야? 제대로 확인하고 가져왔어?"

"어, 전부 나무였는데요."

"멀쩡한 나무였어?"

"쓰러진 거목 밑에서 비에 젖지 않은 걸 골라 왔어요. 뭐, 썩은 나무도 있었지만요."

"썩은 나무라서 냄새가 나는 건가?"

어른들이 그런 대화를 나누는 동안 신지는 우리 곁으로 돌아와서 눈썹을 실룩거리며 어떠냐는 듯이 입술 양끝을 끌어올려 웃었다.

"······완다의?"

작게 묻자 신지는 기쁜 듯이 고개를 끄덕였다.

"아까 찢어낸 점퍼를 돌돌 뭉쳐서 동굴에서 나갈 때 몰래 모닥불에 던져넣었어."

역시 그랬다. 아까 신지가 찢어낸 건 아침에 완다가 싼 똥이 묻은 부분이었다. 배낭에서 점퍼를 꺼냈을 때는 똥이 다 말라서 냄새가 나지 않았던 것이다. 과연, 이래서야 동굴에 머무르기 힘들다. 다 함께 여기서 나가자고 할지도 모른다. 그건 그렇고 똥을 태우면 이렇게 지독한 구린내가 날 줄이야.

우리는 이를 악물고 악취를 견디면서 모닥불을 응시했다. 더

활활 타올라라. 구린내를 뿜어내라. 아무리 참아도 더이상 여기 머물지 못할 만큼. 나는 이게 완다의 복수라고 생각했다. 지금 여기서 타오르는 것은 똥이 아니다. 걷어차이고 벽에 부딪친 완다의 혼이다. 나는 주먹을 움켜쥐고 온 마음을 다해 빌었다. 완다야, 화내라. 활활 타오르는 불길로 덮쳐라. 구린내라는 송곳니로 물어뜯어서 놈들의 마음을 꺾어라. 욕을 하며 우왕좌왕하는 <u>쓰노다</u> 패거리 너머로 거대한 완다의 얼굴이 똑똑히 보였다. 분노가 깃든 매서운 눈. 커다란 입을 사납게 벌리고 금방이라도 세 남자에게 덤벼들려고 했다.

하지만.

"꺼. 썩은 나무로 불을 피우니까 그렇잖아, 멍청아."

<u>쓰노다</u>가 지시하자 다미야와 미나쿠치가 모닥불을 <u>끄기</u> 시작했다. 불타는 나무를 발로 흐트러뜨리고 콱콱 짓밟자 불은 완전히 꺼졌다.

완다의 혼은 아주 간단하게 진압됐다.

"구린내만 나고…… 끝났네."

류세이가 침울하게 중얼거렸다. 절망과 무력감이 동시에 덮쳐누르자 중력이 단숨에 몇 배로 늘어난 기분에 우리는 차가운 땅바닥에 양손을 짚었다.

"미안해……"

신지가 울먹이며 말했지만 고개를 저을 힘도 없었다.

3

모닥불이 꺼지자 동굴은 다시 깜깜해졌다. 우리 실루엣이 반짝이끼 빛 속에 떠올라 있지만 남자들의 모습은 전혀 보이지 않았다. 하지만 여전히 구린내가 거슬리는지 가끔 짧은 욕설이 들렸다. 우리는 탈출할 방법을 찾아 작게 소곤거렸지만 아무도 좋은 생각을 내놓지 못했다. 쓸 만한 소지품이 없을까 함께 고민해보아도 다들 변변찮은 물건밖에 없었다.

소변보는 차례가 끝나지 않았음을 다미야가 기억해낸 것은 조금 시간이 흐른 후였다.

"아아…… 아직 못 간 녀석이 있었지. 다음은 누가 갈 거냐?"

아직 소변을 보지 않은 사람은 나와 히로키뿐이었다. 그리고 나는 이제 정말로 소변이 마려웠다. 여기서 나갈 수 있을지도 모른다는 기대감에 신진대사가 활발해진 걸까. 아까까지만 해도 마렵지 않았던 소변이 몹시 마려웠다. 내가 먼저 가겠다는 뜻을 히로키에게 전하려고 한 그때,

"내가 데려갈게."

예상치 못한 일이 일어났다.

쓰노다가 손전등을 켜고 일어섰다. "아니요, 제가 갈게요"라고 다미야가 말하자 쓰노다는 못마땅하다는 듯이 혀를 찼다.

"냄새나서 죽겠다."

아무래도 나가는 김에 바깥공기를 쐴 생각인 듯했다.

세 사람 중에서 제일 착해 보이는 다미야가 데려갈 줄 알았기에 충격이었다. 쓰노다와 함께 가면 조금만 소변을 오래 봐도 불호령이 떨어지지 않을까. 뭔가 거슬리면 완다나 류세이처럼 걸어차일지도 모른다.

"나는 됐으니까…… 리이치, 다녀와."

히로키가 양보의 미덕을 발휘했다. 쓰노다가 이쪽에 손전등을 비추며 기다리는 바람에 나는 하는 수 없이 자리에서 일어섰다. 우물쭈물하다가는 버럭 고함을 지를지도 모른다.

"잘 부탁드립니다……"

스스로도 거의 알아듣지 못할 목소리로 말하고 나는 쓰노다에게 다가갔다. 걸음을 옮기자 오줌보가 생각보다 훨씬 더 차올랐다는 것이 느껴졌다. 빵빵하게 부풀어올라 금방이라도 터질 듯한 물풍선을 상상하면서 나는 조심조심 어두운 동굴을 나아갔다. 한 발짝 뗄 때마다 물풍선의 내용물이 불안정하게 흔들렸다. 쓰노다는 이미 내게 등을 돌리고 걷고 있었다. 손전등 불빛이 쭉쭉 멀어졌다. 불빛을 좇아 미나쿠치와 다미야 옆을 지나쳤을 때 아직 공기 속에 남아 있는 모닥불의 온기가 느껴졌다. 구린내도 여전한 것이 쓰노다가 바깥공기를 쐬고 싶어질 만도 했다.

빗소리가 점점 커지고 앞쪽에 빛이 보였다. 동굴 입구는 몹시 좁고 바깥도 그렇게 밝지는 않았기에 결코 강한 빛은 아니다. 하지만 암흑에 잠겨 쪼그라든 몸과 마음에는 실로 고맙기 그지없는 빛이었다. 빛은 배고플 때 먹은 설탕과자처럼 온몸에 스며들었다. 입구 부근까지 오자 쓰노다의 손전등 빛이 흐려져서 윤곽을 잃었다. 쓰노다도 알아차리고 손전등을 끄려 했을 때 우연히 귤색 불빛이 발치의 어둠을 비췄다.

"아."

엉겁결에 목소리가 새어나왔다.

쓰노다가 힐끗 돌아봐서 나는 대번에 굳어버렸다.

"아아…… 보고 있자니 으스스해서 여기다 버렸지."

내 시선을 좇던 쓰노다가 콧김을 뿜었다. 그의 손전등에 비친 것은 가짜 인어 머리였다. 이런 곳에 있었구나.

"사기노미야의 아들놈한테 들었다. 너희 학교 교감선생님이—"

쓰노다는 갑자기 말을 끊고 못마땅한 듯이 혀를 차더니 손전등을 탁 껐다. 힘없이 내리뜬 두 눈은 표면에 먼지라도 낀 것처럼 탁했다.

"난 여기 있을 테니 오줌 싸고 와."

쓰노다는 동굴 입구 앞에 쪼그리고 앉아 무릎에 양팔을 얹고 고개를 늘어뜨렸다. 그리고 얼굴을 아래로 향한 채 지친 목소리로—아니, 지치는 것에도 지친 듯한 목소리로 말했다.

"말 안 해도 알겠지만 절대로 도망치지 마. 도망치면 남은 녀석들이 작살난다."

"알았어요."

"여기서 보이는 곳에서 싸."

동굴 입구는 한 단 높은 곳에 있다. 쪼그려 앉은 쓰노다에게 보이는 곳이라면 입구 바로 앞뿐이다. 나는 한 단 높은 동굴 바닥을 양손으로 짚고 밖으로 몸을 내밀었다. 그 순간, 비가 섞인 냉랭한 바람이 얼굴을 때렸다. 점퍼 어깨에 빗방울이 투둑투둑 떨어지고 눈에도 비가 들어가서 시야가 흐려졌다. 뺨과 두 손의 감각이 금방 사라질 만큼 추웠다.

그래도 드디어 바깥으로 나왔다. 나는 그리운 흙바닥을 밟고 서서 온몸으로 바람을 맞았다. 한 걸음 내디뎠다. 한 걸음 더. 바람 냄새가 목이 바싹 말랐을 때 마시는 콜라의 첫 모금처럼 느껴졌다. 나뭇잎이 비를 튕겨내는 소리. 살에 닿는 빗방울의 감촉. 벽 대신 풍경이 보인다. 동굴 천장 대신 하늘이 보인다. 정말 멋지다—그렇게 생각한 순간 눈 안쪽이 뜨거워지고 목구멍이 꽉 메었다. 감동과 다시 동굴로 돌아가야 한다는 슬픔으로 떨리는 몸을 가누면서 나는 바지 지퍼를 내렸다. 내 두 다리로 어디든지 자유로이 갈 수 있었던 때가 추억이라고 해야 할 만큼 아득하게 느껴졌다. 그래도 나는 빗소리에 섞이는 오줌 소리를 들으며 희미한 기대를 품고 주변을 둘러보았다. 아무도 없었다. 사람 모습은 코빼기도 보이지 않는다. 주변에는 질퍽거리는 검은 흙과 나무, 풀, 그리고 풀 사이로 드러난 갈색의……

"끙……"

잡초 사이로 갈색 얼굴이 보였다. 나는 뒤쪽의 쓰노다에게 들키지 않도록 고개를 살짝 내밀어 그쪽을 살펴보았다. 완다였다. 겁먹은 눈으로 수상하다는 듯이 이쪽을 보고 있었다.

"아까 냄새……"

틀림없다. 신지가 풍긴 똥 냄새가 완다를 불러들인 것이다. 나는 완다의 눈을 바라보았다. 완다도 나를 가만히 쳐다보았다. 우리를 도와줘. 시선에 염원을 담아 어떻게든 완다에게 마음을 전하고자 노력했다. 우리가 여기 있다는 걸 사람들에게 알려. 어른을 불러와. 빗속에서 내 얼굴을 올려다보던 완다가 귀를 쫑긋 세웠다.

"야, 빨리 해."

뒤에서 쓰노다 목소리가 들린 순간, 완다는 뭔가에 짓눌린 것처럼 땅에 납작 엎드렸다. 아차 싶었을 때는 이미 몸을 빙글 돌려 땅을 박차고 달려간 뒤였다.

완다가 순식간에 덤불 너머로 사라지자 내 마음은 절망에 휩싸였다.

"언제까지 쌀 거야!"

쓰노다가 짜증이 묻어나는 목소리로 고함을 질렀다. 소변은 벌써 다 봤다. 나는 지퍼를 올리고 마지막으로 한 번 주변을 둘러본 후 바깥세상에 등을 돌렸다. 동굴 입구로 기어들어가자 쓰노다가 담배를 피우며 기다리고 있었다.

"누가 찾으러 올지도 모른다고 생각했냐?"

전부 알고 있다는 듯한 말투였다. 나는 고개를 젓고 늦어서 죄송하다고 작게 사과했다.

쓰노다를 따라 동굴 속으로 돌아가면서 완다를 다시 불러들일 방법이 없을까 생각했다. 개 사료가 아직 남아 있었나. 아니, 그냥 완다를 부르기만 해서는 아무 의미도 없다. 우리가 여기 있다는 사실을 사람들에게 알려야 한다. 그래, 통조림. 완다가 사료를 먹어본 적이 없어서 쇠고기 통조림도 가지고 왔다고 기요타카가 말했다. 그 통조림을 잘 사용하면—

친구들에게 돌아온 나는 완다를 봤다는 걸 알리고 내 생각을 말했다. 이마를 맞대고 상의하는 동안 모두의 숨소리가 거칠어졌고, 얼마 후 기요타카가 구체적인 작전을 제안했다.

"일단 종이에 우리가 어디 있는지랑 나쁜 놈들에게 잡혀 있다고 쓰자."

흥분으로 커질 것 같은 목소리를 억누르면서 말을 이었다.

"그걸 통조림에 붙이는 거야. 그리고 완다 눈에 띄게 하는 거지. 통조림 뚜껑을 조금 열어두자, 냄새가 나도록."

누가 소변을 보러 갈 때 통조림을 몰래 가져가서 동굴 밖에 던지는 것이다.

"완다는 쓰노다를 무서워하니까 절대로 그 자리에서 먹지 않을 거야. 다른 데로 물고 갈걸."

하지만 뚜껑은 조금밖에 열려 있지 않으니 완다는 통조림과 격투를 벌일 것이다. 누군가 그 모습을 보고 도대체 뭘 하나 싶어 자세히 살펴본다. 그리고 우리가 붙인 종이를 발견해 경찰에 신고한다.

참으로 멋진 작전이다.

기요타카는 척척 지시를 내렸다. 이어지는 대화는 신중하게 속삭이며 진행됐다.

"신지, 아까 줬던 캔 따개."

"여기 있어."

"아직 소변보러 안 간 사람은 히로키뿐이지?"

"알았어, 내가 할게."

"필기구랑 종이 가지고 있는 사람?"

아무도 대답하지 않았다. 우리는 휴일에 펜과 종이를 들고 다니는 습관이 없었다.

"아무도 없어? 류세이, 너도 없어?"

류세이는 두 팔에 얼굴을 묻은 채 아무 대답도 하지 않았지만, 잠시 후 다운재킷 안주머니에 느릿느릿 손을 넣어 수첩 같은 것을 꺼냈다.

"그럼, 고무줄 같은 거 있는 사람?"

"나한테 있어."

에쓰코가 자기 왼팔을 내밀었다. 실루엣밖에 보이지 않았지만, 에쓰코가 오늘도 왼팔에 검은색 고무줄을 차고 왔다는 것이 나도 기억났다.

기요타카의 지시에 따라 류세이가 수첩에 끼워뒀던 볼펜으로 메시지를 적었다. 깜깜한데도 술술 글씨를 적는 것이 우리는 흉내 못 낼 솜씨였다. 다 쓰고 나자 류세이가 소리를 내며 수첩을 찢어내는 바람에 우리는 흠칫 놀라 목을 움츠렸다.

기요타카가 류세이에게서 종이를 받아들어 신중하게 접은 후 에쓰코의 고무줄로 통조림에 단단히 묶었다. 그리고 캔 따개로 통조림 뚜껑을 살짝 열어 마무리했다. 불고기 양념 비슷한 맛있는 냄새가 어둠 속에 은은하게 감돌았다. 이 정도면 틀림없이 완다를 유인할 수 있다.

준비는 다 끝났다.

히로키가 뚜껑 부분을 위로 해서 통조림을 점퍼 호주머니에 넣었다.

"다녀올게."

히로키는 우리에게 말한 후, 마음이 약해지기 전에 가야겠다는 듯이 남자들 쪽으로 고개를 돌렸다.

"죄송해요, 저만 아직 화장실 못 갔는데요."

호주머니에 손을 집어넣은 히로키의 실루엣은 마치 무기를 들고 전쟁터로 떠나는 군인 같았다.

아아, 다미야가 피로에 전 목소리로 말했다.

"그렇구나…… 그럼 가야지. 삼촌이 가실래요?"

"아니, 네가 갔다 와. 이제 냄새도 많이 가셨으니까."

다미야가 일어서는 기척이 나고 손전등이 켜졌다. 히로키가 다가가자 다미야는 불빛을 이쪽으로 돌렸다. 히로키가 점퍼 호주머니에 손을 넣은 모습이 비쳐서 순간 얼어붙었지만, 다행히 다미야는 아무것도 눈치 못 챈 듯 그대로 등을 돌려 걸어갔다.

하지만 그들을 너무 만만하게 봤다.

"……야, 너 뭐 가지고 있는 거 아니야?"

히로키가 옆을 지나치려는데 느닷없이 미나쿠치가 입을 열었다. 처음에 히로키는 못 들은 척하고 그냥 지나가려고 했다. 다미야가 뒤돌아서 손전등으로 히로키를 비추었다. 히로키는 그래도 시치미를 떼고 걸음을 옮겼지만, 그때 쓰노다가 발을 쑥 내밀었다. 복숭아뼈 언저리를 걷어차인 히로키는 외마디소리를 지르며 고꾸라졌다. 당황하여 양손으로 땅을 짚은 순간 툭, 타닥, 드르르 소리가 울려퍼졌고 다미야가 손전등을 아래로 향했다. 히로키가 몸을 날려 재빨리 통조림을 주웠지만 이미 늦었다.

"……먹을 거야?"

미나쿠치가 중얼거리며 히로키의 손에서 통조림을 낚아챘다. 냄새를 맡고 상표를 살펴보다가 쓰노다에게 건넸다. 도움을 요

청하는 글을 적은 종이는 히로키가 잽싸게 떼어낸 듯해서 그나마 다행이었다.

"뭐야, 이 자식…… 다른 애들 몰래 먹으려고 한 거냐?"

쓰노다가 경멸이 가득한 목소리로 말했다.

"구잣빼가."

그렇게 이번 작전도 실패로 끝났다.

캔 따개는 어디 있느냐고 쓰노다가 묻자 히로키는 우리에게 받아 쓰노다에게 갖다주었다. 쓰노다는 캔 따개로 통조림 뚜껑을 완전히 열어 다른 두 사람에게 건넸다. "사장님 드시죠"라고 미나쿠치가 말했지만 쓰노다는 말없이 고개를 젓고 담배를 피웠다. 미나쿠치와 다미야는 통조림 뚜껑을 숟가락 삼아 내용물을 다 먹어치웠다. 우리는 아무 말 없이 고개를 숙인 채 다시 찾아온 절망을 받아들였다.

"차라리 저러는 편이 나았을 텐데."

류세이가 크게 한숨을 쉬었다.

"음식을 버릴 바에야 먹어치우는 편이 나았을 거야."

"야, 너."

기요타카가 턱을 들고 애써 목소리를 억눌렀다.

"이제 와서 왜 딴소리야."

"저딴 작전이 성공할 리 없잖아. 설령 그 개가 통조림을 발견했다 쳐도 사람이 있는 곳에서 먹다니, 일이 그렇게 잘 풀리겠

어? 아까 똥 냄새도 그래. 그딴 일로 아저씨들이 동굴에서 나가
자고 할 리가 없지. 한심하다, 정말."

류세이는 한번 더 한숨을 쉬고 혼잣말처럼 중얼거렸다.

"왜 좀더 머리를 쓰지 않는 거람."

이런 상황이 아니었다면 나는 난생처음 사람을 때렸을지도 모
른다. 하지만 친구들끼리 싸울 수는 없었기에 꾹 참고 태연한 척
물었다.

"그럼 류세이 너는? 뭐 좋은 작전이라도 있어?"

너 때문에 이런 꼴이 됐다는 비난도 꿀꺽 삼키고 류세이의 대
답을 기다렸다. 대답하는 순간 코웃음 칠 생각이었다. 아무것도
없지 않느냐고. 너도 좋은 작전이 없으면서 왜 투덜거리느냐고.
그런데.

"지금까지 계속 작전을 궁리하고 있었어. 각자가 무슨 물건을
가지고 있는지 들은 후로 계속. 너무 시끄러워서 생각을 정리하
기 힘들었지만."

마치 누군가가 명령한 것처럼 모두의 숨소리가 딱 멈췄다.

울려퍼지는 빗소리가 잠시 공기중을 가득 채웠다. 아까보다
거세진 듯했다.

"……힘들었지만?"

에쓰코가 물었다.

"방금 드디어 정리가 끝났어. 다만 성공하느냐 마느냐는 각각

378

의 노력에 달려 있어. 운도 필요할 테고. 그래도 지금까지 시도한 작전보다는 훨씬 나을 거야."

히로키가 마치 귀신 이야기를 들려달라고 조르듯이 재촉했다.

"어서 말해봐."

4

지금도 나는 '꿈'이라는 말을 들으면 그때의 내가 떠오른다.

숨을 죽인 채 얼음처럼 차가운 땅바닥에 납작 엎드려 조금씩, 조금씩, 괴물의 가랑이 밑을 통과하는 것처럼 앞으로 나아가던 내 모습이. 하기야 동굴이 워낙 깜깜해서 지척에 있는 손과 발도 보이지 않았지만. 기억 속의 나는 할리우드 영화 주인공처럼 관자놀이에 한줄기 땀을 흘리며 앞쪽을 노려보고 군더더기 없는 동작으로 날렵하게 어둠 속을 나아가지만, 실제로는 잔뜩 굳은 얼굴로 콧구멍을 벌름거리고 식은땀을 줄줄 흘리며 개구리와 자벌레를 합친 것 같은 동작으로 기어갔을 것이다.

"난, 우주비행사가 될 거야…… 반드시 될 거야."

앞으로 나아가는 내 뒤쪽에서 히로키 목소리가 작게 들렸다. 친구들에게 자기 꿈 이야기를 하고 있다.

"열심히 공부하고 노력해서 달, 화성, 목성 같은 데 착륙—"

"목성은 가스 덩어리 아니야?"

에쓰코의 목소리가 끼어들었다.

"엥, 그럼 착륙 못하잖아."

"못할걸."

"그렇구나, 그럼 목성은 안 되겠구나……"

그런 대화를 들으면서 나는 암흑 속에서 쉴새없이 손발을 움직였다. 절대로 소리가 나지 않도록 천천히, 살그머니, 조심조심. ―바로 근처에 앉아 있는 세 어른들에게 들키지 않도록.

"그럼 다음은 나."

신지 목소리다.

"나는, 그러니까…… 내 꿈은."

"야구선수나 비행기 조종사는 제외야."

히로키가 끼어들었다.

"그런 흔해빠진 꿈이 아니야."

생각해보면 우주비행사 역시 초등학생의 꿈으로는 흔해빠졌는지도 모른다. 하지만 NASA의 통신 내용 테이프를 듣고 나서는 그렇게 느껴지지 않아서 신기했다. ―나는 최대한 친구들의 대화에 의식을 집중하고자 애썼다. 그러면 손발이 좀더 매끄럽게 움직일 것 같았기 때문이다. 극도의 긴장이 어처구니없는 실패를 초래한다는 것을 가짜 인어 머리 소동 때 배웠다. 풍이가 목덜미에 앉았을 뿐인데 인어가 깨물었다고 믿고, 늘어진 실을 머리카락으로 착각하는 바람에 소중한 대시를 이 동굴에 내버려 두고 왔다. 그때만 해도 내가 장차 대시와 비슷한 자세로 이 동굴을 기어갈 줄은 꿈에도 몰랐다.

"난 디자이너처럼 뭔가 만들어내는 일이 좋아. 리이치네 집에서 암모나이트를 만들어보니까 왠지 재능이 있는 것 같더라고. 그치, 기요타카?"

"아아, 뭐, 그렇다 치자."

그만두는 편이 좋아. 다 널 위해서 하는 말이야. 그 씹던 껌 같은 창작물을 떠올리며 나는 마음속으로 중얼거렸다. 뒤를 슬쩍 돌아보았다. 녹청색으로 빛나는 동굴 끝에 상반신의 실루엣이 줄지어 있다.

"누나는?"

"난—"

그때 비스듬히 왼편 앞쪽, 손을 뻗으면 닿을 듯한 곳에서 희미하게 혀를 차는 소리가 들렸다. 쓰노다다. 그는 입속으로 작게 뭐라고 중얼거리더니 낡은 봉지에서 공기가 빠져나가는 것처럼 한숨을 쉬었다. 무슨 생각을 했는지는 모른다. 하지만 어린아이는 절대로 흉내낼 수 없는 한숨이었다.

"난, 무슨 직업이든 상관없으니까 남자들 사이에서 일하고 싶어. 다 함께 고생하고 똑같이 평가받고 싶어. 여자라서, 여자 주제에, 라는 편견이 없는 곳에서."

에쓰코에게는 그게 잘 어울린다. 그리고 반드시 성공할 것이다. 피구 대회에서도 혼성팀 에이스였다.

"그런 회사는 별로 없다고 아빠가 그랬잖아."

신지가 쓸데없는 소리를 했다.

"아예 없는 건 아니겠지. 없다고 생각하니까 없는 거야."

"학교 선생님은 어때? 사오리 선생님은 남자 선생님들이랑 똑같이 일하잖아."

기요타카의 말에 에쓰코는 "으으음" 하고 생각에 잠겼다.

"그건 좀 다른 것 같은데……"

훗, 하는 숨소리가 가까이에서 들렸다. 미나쿠치였다. 아무래도 웃은 모양이다. 하지만 그 웃음은 아주 짧막했다. 그후 이어진 침묵은 몹시 공허하면서도 무슨 감정으로 가득찬 느낌이었다. 호리호리한 몸을 웅크린 미나쿠치가 그릇처럼 모은 양손에서 주르르 떨어져내리는 모래를 바라보는 광경이 뜬금없이 떠올랐다.

"졸업하고 중학교에 가면 다양한 공부를 해볼 거야. 이제 얼마 안 남았네."

아까 쓰노다가 담배를 피우려고 라이터를 켠 순간 세 사람이 어디 앉아 있는지 보였다. 우리는 그 위치를 머릿속에 새겨두었다. 누구의 몸에도 닿지 않고 세 사람 사이를 기어갈 수 있도록. 그후로 그들이 장소를 옮긴 기척이 없었으니까 아직 같은 곳에 앉아 있을 것이다. 그렇지 않으면 큰일이다. 쓰노다는 책상 다리

자세로 내 왼편 벽에 등을 기대고 있고, 미나쿠치와 다미야는 오른편 벽에 나란히 앉아 있었다.

"기요타카는?"

신지가 물었다. 모두의 목소리가 조금 멀게 느껴져서 고개를 돌려 뒤를 보자 실루엣도 작아져 있었다. 오른손, 오른발, 왼손, 왼발…… 나는 착실하게 앞으로 나아갔다. 오른손, 오른발, 왼손, 왼발…… 식은땀이 뺨을 타고 흘러떨어졌다. 바로 코앞의 땅바닥에서 딱딱한 바위 냄새가 났다.

"나는……"

그대로 기요타카가 입을 다물자 히로키가 재촉했다.

"나는, 뭔데?"

기요타카는 잠시 대답이 없다가, 이윽고 뜻밖일 만큼 또렷한 목소리로 말했다.

"난 연기자가 되고 싶어."

연기자, 모두 동시에 말했다.

"연기자가 돼서 많은 사람에게 감동을 주고 싶어. 그리고 많은 사람이 되어보고 싶고. 예를 들어 누군가의 아들이 되거나, 반대로 아빠가 되거나. 뭐, 아빠 역할은 바로 하긴 어렵겠지만."

가을에 호우가 내린 후 산사태 현장에서 가짜 암모나이트를 파냈을 때가 생각났다. 히로키를 속이기 위해 결행한 그 작전은 기요타카의 연기력이 없었다면 분명 실패했을 것이다. 기요타카가 놀라움과 의심이 절묘하게 뒤섞인 표정을 지으며 흙속에서 지점토로 만든 암모나이트를 파냈을 때, 나와 신지는 한순간 그게 가짜라는 것도 잊고 암모나이트를 찾기 위해 눈에 불을 켜고 흙을 헤집었다.

"리는?"

에쓰코가 물었다. 오른손, 오른발, 왼손, 왼발…… 나는 계속 앞으로 나아갔다. 오른손, 오른발, 왼손, 왼발…… 기척이 느껴졌다. 나는 지금 세 남자의 한복판에 있다. 왼편에 쓰노다. 오른편에 미나쿠치와 다미야.

"나도…… 역시 말해야겠지."

내가 대답했다. 말하기 싫으면 안 해도 된다고 에쓰코가 거들어주었지만 히로키가 그건 안 된다고 주장했다.

"다들 말했으니까 리이치도 말해."

이런 상황인데도 불구하고 어른들이 내 꿈 얘기를 듣는다는 게 창피했다. 하지만 어쩔 수 없다. 내가 세 사람 사이를 통과해 앞쪽으로 기어가는 동안 테이프에서는 내 꿈 얘기가 흘러나올 것이다. 아무에게도 이야기한 적 없었던 꿈—어제 기요타카네 집에서 히로키가 가져온 카세트라디오 앞에서 처음으로 밝혔던 꿈.

"나는…… 난……"

동굴에 가득한 빗소리 덕분에 답답하게 우물거리는 내 목소리를 알아듣기 힘든 것이 다행이었다. 아니, 실은 좀더 고마워해야 마땅하다. 이 빗소리가 아니었다면 동굴 끝에서 들려오는 목소리가 육성이 아니라는 사실을 들켰을지도 모르고, 세 남자가 테이프 목소리에 정신이 팔린 사이 내가 암흑 속을 기어 출구로 향하기도 불가능했을 것이다. 아무튼 세 남자가 조금이라도 의심하면 끝장이다. 어, 하고 고개를 갸웃하며 손전등을 켜면 목소리가 들리던 동굴 끝에 아무도 없다는 사실이 바로 들통난다.

—빗소리와 테이프 목소리 둘 다 필요해. 어느 하나가 없으면 들키지 않고 세 사람 사이를 빠져나갈 수 없어.

작전을 설명하던 류세이가 옳았음을 나는 이렇게 땅을 기면서야 실감했다. 아무리 조심해서 움직여도 몸 어딘가에서 소리가 난다. 하지만 테이프 목소리에는 류세이가 예상하지 못한 효과도 있었다. 나의 내일을 보고 싶다. 장래를 보고 싶다. 테이프를 듣는 동안 점점 가슴속을 채우는 그런 바람이 무엇보다 나를 강하게 만들었다. 겁을 먹은 마음에 힘을 주었다. 오른손, 오른발, 왼손, 왼발…… 숨을 죽이고 서둘러 기어갔다. 모두의 뒤를 따라. 출구와 자유와 꿈을 향해.

뒤쪽 벽, 동굴 끝에 줄지은 실루엣 여섯 개는 말하자면 우리의 빈껍데기였다.

—떼어낸다고?

류세이가 설명했을 때 나는 무슨 말인지 이해가 가지 않아 되물었다. 류세이는 얼른 고개를 끄덕이고 속삭였다.

—반짝이끼를 우리 모양으로 떼어내는 거야.

지금 여기서 돌아보자 동굴 끝에 줄지은 윤곽들이 진짜 사람 모습으로 보였다. 소맷부리로 몰래 반짝이끼를 문질러 떼어내는 동안은 반신반의했지만, 멀리서 테이프 목소리를 들으면서 바라보니 완벽하게 우리로 보였다.

"실은 옛날부터…… 아니, 제법 최근일지도 모르겠는데……"

내 목소리가 계속됐다.

류세이, 신지, 에쓰코, 히로키, 기요타카 순서로 출발했다. 한 명씩 줄어드는 동안 우리는 대화가 끊기지 않도록 서로에게 말을 걸었다. 목소리가 기어가는 소리를 덮어주기 때문이다. 대화를 나누는 사람이 점점 줄고, 마지막에는 나 혼자 남았다. 그리고 내가,

—너희 꿈을 말해줘.

그렇게 말하고 카세트라디오 재생 버튼을 눌렀다.

가장 중요한 마지막 주자는 내가 맡겠다고 자청했다. 제일 어린 류세이, 그리고 여자인 에쓰코를 먼저 보내기로 결정했을 때—결국 에쓰코는 남동생 신지를 자기보다 먼저 보냈지만—남은 세 사람 중에서 아직 구체적인 행동에 나서지 않은 사람은 나뿐이었기 때문이다. 기요타카는 통조림 작전을 세웠고, 히로키는 그 작전을 실행에 옮겼다. 비록 실패했지만 둘은 친구들을 위해 나섰다. 나 혼자 아무것도 하지 않아서 미안했다.

이제 다들 밖으로 나갔을까. 바로 먼저 출발한 기요타카와 그 전에 출발한 히로키는 아직 동굴 속에 있을 것이다. 소리내지 않고 기어가려면 기껏해야 이 정도 속도밖에 못 낼 테니까. 하지만 류세이와 신지, 에쓰코는 어쩌면 이미 탈출했을지도 모른다. 친구들이 어떤 상황일지 내 몸 못지않게 걱정됐다. 아무튼 지금은 해야 할 일을 하는 수밖에 없다. 오른손, 오른발, 왼손, 왼발……

"춥냐?"

실제로는 아주 작은 소리였겠지만 그 목소리는 마치 귓가에서 난 것처럼—아니, 온몸에 달아놓은 스피커에서 나는 것처럼 내장 속까지 울려퍼졌다. 어째서인지 내게 질문을 한 것 같다는 착각에 빠져 반사적으로 "아니요"라고 대답할 뻔하다가 간신히 입을 다물었다.

어쩔지 망설이다 움직임을 멈췄다.

방금 들린 목소리는 바로 왼편에 있는 쓰노다의 목소리다. 미나쿠치와 다미야 둘 중 하나에게 물어본 것이리라. 두 사람도 누구에게 물었는지 모르겠는지 잠시 가만있었다. 이윽고 다미야가 "아니요"라고 대답했다.

"그럭저럭…… 괜찮아요."

"저도 괜찮습니다."

"아까부터 정신 사납게 꼼지락거리던데. 추워서 그런 거 아니야?"

큰일이다. 아무래도 우리가 기어가던 소리가 신경에 거슬린 모양이다.

세 사람의 말소리는 내 머리 바로 위를 오가고 있었다. 계속 나아가야 할지, 아니면 이대로 숨을 죽이고 가만있어야 할지 판단이 서지 않았다. 누가 심장을 꽉 움켜쥔 것 같은 기분에 나는 턱에 힘을 꽉 주고 암흑 속에서 두 눈을 부릅떴다. 턱에 힘을 준건 조금이라도 긴장을 풀었다가는 이가 맞부딪혀서 소리가 날 것 같았기 때문이다.

"저, 사장님은 괜찮으십니까? 저희보다 사장님이 아까부터 그……"

"뭐?"

"그게…… 몸을 움직이시는 것 같아서요."

미나쿠치의 말에 쓰노다는 못마땅하다는 듯이 혀를 찼다.

"나도 모르게 무릎을 떨었나보군."

그렇게 말하고 쓰노다는 나지막하게 잠긴 목소리로 작게 웃더니, "무릎을 떨었단 말이지"라고 중얼거렸다. 삭삭, 옷이 스치는 소리가 나는 틈을 놓치지 않고 나는 조금 앞으로 나아갔다. 하지만 바로 소리가 그쳐서 나도 움직임을 멈췄다. 다음 순간 또 쓰노다의 목소리가 들렸다.

"무릎을 떨었다……"

그 말이 무으쁠떠여따, 로 들렸다. 혹시 최악의 사태가 일어난

388

건 아닐까. 아니, 곧 일어나지 않을까. 류세이가 작전을 설명할 때 유일하게 걱정했던 사태가.

정말 그랬다.

쓰노다가 담배를 입에 문 것이다.

칙, 소리와 함께 카메라 플래시가 터진 것처럼 주위가 확 밝아졌다. 담배를 문 쓰노다. 미간에 잡힌 깊은 주름. 피로에 찌든 듯이 흐리멍덩한 눈. 등뒤 벽에 새카만 머리 그림자가 머리카락 끝까지 선명하게 비쳤다. 만약 이때 바로 라이터가 켜졌다면─혹은 셋 중 한 명이라도 시선을 아래로 내렸다면 네발로 엎드린 내 모습이 똑똑히 보였으리라. 하지만 다행히도 불은 켜지지 않았다. 쓰노다는 손에 든 라이터를 보고 있었고 반대편 두 사람은 쓰노다를 쳐다보느라 내가 있는 줄 몰랐다. 그래도 마음을 놓을 수는 없었다. 라이터가 단번에 켜지지 않았다고 해서 담배 피우기를 포기하는 어른은 본 적이 없으니까. 서둘러 앞으로 나아가려는데 쓰노다가 다시 라이터의 부싯돌을 돌렸다. 절망스럽게도 이번에는 불이 붙었다. 나는 가지각색의 화려한 옷을 입고 세 사람 한가운데로 짠 등장한 것 같은 기분이었다. 이제 틀렸다, 들켰다고 단념했을 때─불이 꺼졌다. 나는 수조 속의 대시처럼 턱을 쳐들고 목을 쭉 뺀 채 가만있었다. 누가 반응할 것이라 생각하고 마음의 준비를 했다. "야!"라는 호통이나 "이 자식이!"라는 욕설, 아니면 말없이 목덜미를 움켜쥐는 순간을 기다렸다.

하지만 반응은 없었다.

놀랍게도 세 사람 다 내 존재를 몰랐던 것이다. 그야말로 기적 같은 상황이었지만, 사람의 의식이란 의외로 그런 법인지도 모른다. 예를 들어 어느 날 아침 학교에서 친구가 어제 어느 가게 앞에서 마주쳤잖아, 라고 했을 때 영문을 몰라 어리둥절한 때가 있다. 다른 생각에 푹 빠지거나 뭔가를 열심히 보고 있으면 다른 것이 눈에 들어오지 않는 법이다. 안도감이 퍼져나가자 팔다리 가 흐물흐물 녹아서 땅에 흘러내릴 듯했다. 제자리에서 눈을 감고 뻗어버릴 것 같았지만 소리없는 채찍질로 마음을 다잡고 다시 땅을 기기 시작했다. 캄캄한 암흑 속에서 쓰노다가 피우는 담배 끝만 빨갛게 빛났고, 그 빛이 내 어깨, 등, 허리 옆을 천천히 지나갔다. 이대로 엉덩이, 무릎, 그리고 신발까지 통과하면 발각될 위험이 제법 줄어들 것이다.

그런데 그때 기절할 만한 일이 벌어졌다.

이것에 비하면 라이터 불 따위는 댈 것도 아니었다.

"불…… 다시 피울까."

쓰노다가 한숨 섞인 목소리로 말했다.

잠시 침묵이 흐르다가 다미야가 대답했다.

"하지만 아까 이상한 냄새가 났잖아요."

나는 손발을 재빨리 놀렸다. 들킬 각오를 하고 속도를 높였다.

"장작을 잘 고르면 괜찮을 거야. 어디 보자."

쓰노다 쪽에서 부스럭부스럭 소리가 나더니 손전등이 켜졌다. 나는 움직임을 멈추고 숨도 꾹 참았다. 세 사람은 내 신발에서 불과 1미터쯤 뒤에 있었다. 눈알을 최대한 돌려 그쪽을 살폈다. 손전등이 땅을 향한 상태라 주변이 거의 보이지 않았다. 그러나 움직이면 반드시 들킬 만한 밝기였다.

"이쪽은 안 썩은 것 같으니 피워보자. 짐승 똥이 안 묻었는지 잘 살펴봐."

"그럼……"

손전등 불빛 속에서 다미야가 더듬더듬 장작을 골라냈다.

"이쪽 장작은 괜찮을 것 같네요. 이거랑, 이거."

쓰노다는 다미야가 골라낸 장작으로 불을 피우기 위해 곁에 내던져둔 신문지에 라이터로 불을 붙였다. 나는 엉덩이 쪽으로 고개를 돌린 채 두 눈을 왕방울만하게 뜨고 꼼짝도 하지 않았다. 빨간 불길이 주변의 모든 것을 비추었다. 연기 때문에 얼굴을 찡그리는 쓰노다. 뭐라도 도우려는지 긴 몸을 웅크리고 두 손을 어중간하게 들어올린 미나쿠치. 냄새를 맡으며 장작을 하나하나 골라내는 다미야.

여섯 개의 눈이 자석에 달라붙듯이 동시에 이쪽을 향했다.

예상치 못한 뭔가가 나타났을 때 사람은 곧바로 반응하지 않는다. 그때 세 사람도 미동도 없이 그저 멍하니 나를 바라보기만 했다. 하지만 어디까지나 곧바로 반응하지 않았을 뿐, 그들은 금방 무섭게 인상을 쓰며 일어섰다.

"이 새끼, 뭐하는 거야!"

분노에 가득찬 쓰노다의 목소리가 동굴에 울려퍼졌다. 그는 내가 움직이기 전에 땅을 박차고 덤벼들려고 하다가 황급히 멈추고 몸을 뒤로 휙 돌렸다. 신문지에 붙은 불은 햇빛처럼 밝지는 않았지만 동굴 끝을 확인하기에는 충분했다. 쓰노다는 거기에 우리 짐과 카세트라디오만 남아 있는 것을 보고 마치 개가 자기 꼬리를 뒤쫓듯이 다시 이쪽으로 돌아섰다. 밑에서 불빛이 비치는 탓에 얼굴이 엄청 괴이해 보였다. 그림을 아주 잘 그리는 사람이 이 세상에서 제일 무서운 얼굴을 그려도 이때 쓰노다의 얼굴에서 전해져오는 무서움의 절반밖에 표현하지 못하리라.

"이 구잣빼가!!"

"우와아아아아아아!"

쓰노다와 나는 동시에 소리를 내지르며 달렸다. 앞쪽에서 기관총을 쏘는 것처럼 땅을 우르르 구르는 소리가 들렸다. 친구들의 발소리다. 뒤에서 누가—미나쿠치와 다미야가 이쪽에 손전등을 비춘 듯, 자빠질 것처럼 허둥지둥 달려가는 기요타카와 그 앞에 있는 히로키의 뒷모습이 보였다. 뒤에서 비치는 빛이 이리저리 흔들리자 마치 동굴 전체가 출렁거리며 회전하는 것처럼 느껴졌고, 내 거대한 그림자가 춤추듯이 늘어났다 줄어들었다 했다. 도무지 숨을 가눌 수가 없어서 어헉, 어헉, 어헉, 하고 짐승처럼 탁한 소리를 토해내며 달렸다. 달리고 또 달렸다. 본능적으로 벽면에 최대한 붙어서 모퉁이를 돌았고, 그때마다 손전등 불빛이 잠깐 사라졌다가 금세 다시 나타나서 내 등을 비췄다. 기요타카의 머리 너머, 공중에 떠 있는 저건 뭐지? 일그러진 빛 속에서 장어 두 마리가 위를 향해 온몸을 구불거리고 있었다. 아니, 저건 다리다. 빛은 동굴 입구였고, 장어는 그곳으로 기어오르는 히로키의 두 다리였다.

뒤에서 맹수가 울부짖었다. 쓰노다가 퍼붓는 욕설이 주변 벽에 크게 메아리쳤다. 앞쪽에서 장어 두 마리가 몸을 비틀며 빛 속으로 사라지자 그 밑에서 기요타카의 더벅머리가 툭 튀어나왔다. 기요타카가 땅을 박차고 힘껏 뛰어올랐을 때, 그애 다리에 부딪칠 기세로 나도 동굴 입구에 다다랐다. 기요타카는 붙잡히는 줄 알았는지 바퀴벌레처럼 두 다리를 버둥거려 내 어깨와 정수리, 옆머리와 얼굴을 찼다. 아팠지만 어쨌거나 기요타카를 밖으로 내보내야 했으므로 온몸을 힘껏 뻗어 기요타카의 엉덩이를 양손으로 떠밀었다. 그 충격을 어떻게 판단했는지 모르지만, 기요타카는 순간적으로 움직임을 멈췄다. 나는 이때다 싶어 기요타카의 두 다리를 부둥켜안고 밀어올렸다. 기요타카의 상반신이 밖으로 나갔고, 이어서 하반신이 버둥거리며 사라졌다. 나는 "이야아!" 하고 무의미한 소리를 지르며 동굴 입구의 빛을 향해 뛰어올라 양손으로 바위 끄트머리를 짚었다. 그때 맹수가 내 엉덩이를 붙잡았다. 나는 정신없이 오른발을 아래쪽으로 내질렀다. 헛발질이었다. 뒤꿈치는 아무것도 없는 허공을 찼고, 다음 순간 엉덩이를 붙잡은 손이 나를 아래로 세게 끌어당겼다. 엉덩이가 까질 것처럼 주르르 흘러내린 바지를 쓰노다가 마구 잡아당겼지만 나도 죽을힘을 다해 바위에 달라붙었으므로, 나는 상반신은 점퍼, 하반신은 팬티 차림으로 비스듬하게 허공에 떴다. 머리 위에서 알아들을 수 없는 목소리가 들리더니 누군가가 내 팔을 잡았다. 기요타카와 히로키의 절박한 얼굴이 눈에 들어왔다. 두 사람은 나를 끌어올리려다 손이 미끄러졌지만 바로 내 어깨를 붙잡았다. 그때 쓰노다가 밑에서 다리를 끌어안으려고 하길래 반사적으로 한쪽 다리를 오므렸다가 힘껏 내뻗었다. 만약 헛발질이었다면 그 여세를 못 이기고 아래로 떨어졌을 만큼 강력한 발차기였다. 높은 곳에서 뛰어내렸을 때처럼 쩡한 충격이 운동화 뒤꿈치에 전해지는 것과 동시에 커억, 하는 기괴한 비명이 들렸다. 명중했다. 하지만 쓰노다는 내 바지를 놓지 않았다. 기요타카와 히로키가 내 몸을 잡아당긴 순간 방금 전과 똑같은 감각이 두 다리에 느껴졌다. 주르르 벗겨지는 듯한 느낌과 함께 바지를 붙잡고 있던 쓰노다의 손도 사라졌다. 나는 도마뱀처럼 바지만 상대의 손에 남겨놓고 힘차게 밖으로 튀어나왔다.

비. 바람. 질척한 땅. 앞길을 가로막는 나뭇가지와 나뭇잎. 시커멓게 늘어선 나무줄기. 나는 기요타카와 히로키를 뒤따라 달렸다. 뒤쪽에서 쓰노다 패거리의 목소리가 들렸다. 동굴 속이 아니라 밖에서 들렸으니 그들도 이제 입구를 빠져나와 우리를 뒤쫓고 있는 게 분명했다. 내가 지닌 운동능력을 모조리 쏟아부어 두 다리를 움직였지만, 조금도 앞으로 나아가지 못하고 제자리걸음을 하는 것 같았다. 하지만 나무들이 시야 속을 흘러갔다. 뒤쪽으로, 뒤쪽으로, 뒤쪽으로. 얼굴에 쏟아지는 비가 눈으로 들어가서 풍경이 희미해졌다. 어스름한 앞쪽에서 차례차례 나무가 나타나 눈앞으로 다가왔다. 나는 끝없이 나타나는 나무를 스치듯이 피하며 죽어라 달렸다. 오른쪽과 왼쪽, 어느 쪽으로 몸을 틀지는 본능에 맡기는 수밖에 없었다. 나무가 정면보다 조금이라도 오른쪽에 있으면 왼쪽으로, 왼쪽에 있으면 오른쪽으로 피했고, 만약 딱 정면에서 다가왔을 때는—

쿵, 얼굴을 젖은 나무에 세게 부딪치자 눈 안쪽이 새하얗게 빛났다.

"리이치!"

기요타카와 히로키 목소리가 동시에 들렸지만 아무것도 보이지 않았다. 내 몸은 거인에게 걷어차인 것처럼 뒤로 확 밀려났다. 하지만 나는 땅에 나뒹굴기 직전에 다리에 힘을 주어 버텼다. 체중을 앞쪽으로 되돌려 내가 부딪친 나무를 양손으로 붙잡은 후, 나무를 뒤로 내던지듯이 밀어내며 다시 달렸다. 기요타카와 히로키도 달려나갔다. 온몸이 저릿저릿하고 두 눈에 비가 들어가서 어스름한 풍경이 마치 바닷속처럼 보였다. 그때, 앞을 달리던 두 사람이 양팔을 흔들며 허둥지둥 발을 멈췄다.

"더 못 가!"

기요타카가 몸을 돌리면서 외쳤다. 눈앞에 시커먼 메고이코 호수가 펼쳐졌고, 두 사람은 물가에 깎아지른 듯이 솟은 암벽 앞에 서 있었다. 거기 있어야 할 좁은 길이 없었다. 비 때문에 길이 사라졌다. 물이 꽤 많이 불어서 여기를 지나가려면 거의 헤엄을 쳐야 할 것 같았다.

"가자!"

결심한 듯 한마디하고 히로키가 물에 뛰어들려고 할 때 기요타카가 붙잡았다.

"따라잡힐 거야!"

그렇다, 물에 뛰어들어 첨벙첨벙 나아갈 수야 있겠지만, 키가 큰 어른이 훨씬 빠르다. 분명히 따라잡혀서 붙잡힐 것이다.

"이쪽이야!"

어둑한 왼쪽에서 목소리가 들렸다. 에쓰코가 나무 사이에서 입에 손나팔을 대고 있었다. 그 너머로 신지와 류세이 모습도 보였다. 우리 셋은 동시에 그쪽으로 달려갔다. 비바람 때문에 발소리는 들리지 않았지만 노여움과 살기가 바로 뒤까지 다가온 것은 확실했다.

에쓰코 뒤를 쫓아 물가를 달렸다. 너무 숨이 차서 폐 속이 새하

애지는 기분이었다. 손발에 감각이 없고 가슴이 터질 것 같았다. 들이마시고 내뱉는 공기가 줄처럼 목구멍을 문질렀다. 앞쪽을 달려가는 에쓰코와 신지, 류세이도 무슨 목적지가 있어서 이쪽으로 달아나는 것은 아니리라. 그냥 둑 쪽으로 향하는 길이 막혔으니까 반대쪽으로 간 것이 틀림없다. 에쓰코가 몸짓으로 지시하자 앞쪽 세 사람이 왼쪽으로 방향을 휙 틀었다. 쓰노다 패거리를 떼어낼 생각이다. 주변이 어두우니 잘하면 성공할 수 있을지도 모른다. 우리도 재빨리 자세를 낮추고 왼쪽으로 달렸다. 눈높이가 낮아지자 무성한 잡초 때문에 앞이 거의 보이지 않았다. 하지만 우리가 앞이 보이지 않는다는 것은 쫓아오는 쓰노다 패거리에게도 우리가 보이지 않는다는 뜻이다. 이대로 달아날 수 있을지도 모른다. 냉기로 부풀어오른 가슴속에 희미한 희망이 비쳤다. 하지만 그후에는 어디로 가야 할까. 여기서부터는 숲이 넓게 펼쳐지고, 그 끝은 산이다. 산에는 들어가면 안 된다. 시야가 어두워져 오도 가도 못하는 우리를 손전등을 든 쓰노다 패거리가 찾는 형국이 되기 때문이다. 나무 뒤에 가만히 숨어 있으면 아침이 될 때까지 들키지 않을 가능성도 있지만, 발견되면 바로 끝장이다.

에쓰코도 나와 같은 생각인 모양이었다. 멈춰 서서 우리가 따라붙기를 기다리더니 다시 한번 왼쪽으로 방향을 틀어 달렸다. 등을 구부리고 우리가 뒤처지지 않는지 신경쓰면서 원을 그리듯이 나아갔다. 다시 동굴 쪽으로 향하는 모양이었다. 호숫가 암벽까지 갈 생각일까. 그리고 물로 들어가 암벽을 돌아 둑으로 향한다. 방금 전에는 쓰노다 패거리가 바로 뒤에 있어서 호수에 들어가지 못했지만, 만약 놈들을 떼어낸다면 물속을 나아가서 둑 쪽으로 달아날 수 있다. 나는 달리면서 뒤를 돌아보았다. 쓰노다 패거리가 쫓아오고 있는지 아닌지 전혀 짐작이 가지 않았다. 손전등 불빛은 보이지 않는다. 이제 추격을 뿌리치는 데 성공한 걸까. 아니면 바로 뒤를 따라오고 있을까. 오른쪽에 보이는 동굴 입구를 지나쳤다. 조금만 더 가면 암벽 가장자리에 도착한다. 거기서 뒤돌아보았을 때 쓰노다 패거리가 쫓아오고 있으면 도대체 어떻게 해야 할까.

시야가 탁 트였다. 우리는 한데 뭉쳐서 메고이코 호숫가로 뛰어갔다.

"가자!"

에쓰코가 외치고 눈앞의 어두운 물로 뛰어들려고 했을 때, 어디선가 개가 짖었다. 어디지? 또 짖었다. 앞쪽이다. 빗소리 저편에서 들렸다.

우리는 동시에 고개를 들었다.

내가 보고 있는 광경이 믿기지 않았다. 흐릿한 풍경 중심―어둠과 빗방울 너머에 완다가 있었다. 헤엄치고 있는 게 아니다. 몸뚱이가 거의 다 보였다. 네 다리를 쭉 펴고 머리를 꼿꼿이 세운 채 이쪽을 보고 있었다.

"할머니!"

기요타카가 소리쳤다. 그렇다. 다가오는 완다 뒤에 오이 부인이 떡 버티고 서 있었다. 부인은 가슴 앞에 팔짱을 낀 채 당당하게 턱을 들고 우리를 바라보았다. 그뒤에도 누가 있었다. 커다란 등을 이쪽으로 향하고 힘차게 노를 움직여 고무보트를 젓고 있었다. 상체를 돌려 오이 부인 옆에서 우리를 확인하는 그 얼굴은 덥수룩한 수염으로 가득했다. 게 아저씨다.

"할머니, 병원은……"

"두 번 일어나는 일은 세 번도 일어나느니라!"

부인이 소리쳐 기요타카의 말을 막았다. 그렇다. 오이 부인이 병원을 빠져나온 것은 이번이 세번째였다. 상황으로 추측건대 우리가 안전하지 않다는 걸 알아차렸으리라. 부인은 고개를 돌리고 고래고래 악을 썼다.

"빨리! 더 빨리 저어라, 이놈아!"

게 아저씨는 몸을 크게 앞뒤로 움직이며 재빨리 노를 저었다. 보트 앞쪽에 있던 완다가 더는 못 기다리겠다는 듯이 힘껏 뛰어올라 몸을 날렸다. 물이 한바탕 튀어오른 후 완다의 머리가 수면에서 쑥 튀어나왔다. 완다는 짧게 한 번 짖고는 고개를 젖히고 개헤엄을 치기 시작했다. 그 뒤를 쫓듯이 게 아저씨가 노를 저었다. 너무 힘껏 저어서 오이 부인이 비틀거리다가 옆으로 넘어질 뻔했다. 앗, 하고 놀란 순간 부인이 몸을 웅크리며 뱃전에 달라붙자 보트가 확 기울었다. 게 아저씨가 뭐라고 소리지르자 오이 부인은 재빨리 상체를 일으켜 반대쪽으로 몸을 옮겼다. 하지만 그 때문에 보트가 요동을 치며 그쪽으로 더 심하게 기울었다. 보트가 거의 수직으로 기울자 몸을 움츠린 오이 부인의 얼굴이 딱딱하게 굳었다. 넘어간다! 나는 냅다 눈을 감았다.

하지만 그때 신기한 일이 일어났다. 보트가 뒤집히는 소리를 기다리던 내 귀에 부인이 "영차!" 하고 외치는 목소리가 들린 것이다. 황급히 눈을 뜨니 보트는 원래 상태로 되돌아온 뒤였다. 게 아저씨가 균형을 잡은 것이리라. 오이 부인은 뒤쪽의 게 아저씨에게 마구 욕을 퍼붓더니 우리에게 돌아서서 씩 웃었다.

그때 쓰노다의 목소리가 들렸다.

"놓칠까보냐!"

바로 등뒤였다.

"절대로 놓치지 않겠어!"

몸을 돌리자 그들의 모습이 보였다. 잡초 사이에 우뚝 선 쓰노다가 어깨를 들썩이며 숨을 헉헉 내쉬었다. 바지 허벅다리 부분이 찢어져 천이 피부처럼 축 늘어졌다. 쓰노다 뒤에는 미나쿠치와 다미야도 있었는데, 자포자기한 듯 눈이 오히려 아까보다 더 위험해 보였다. 어디 떨어뜨렸는지 손전등은 들고 있지 않았다. 두 사람을 거느린 쓰노다가 절박한 표정으로 우리를 노려보다가 건너편에서 다가오는 보트를 보았다. 그리고 짐승 같은 목소리로 으르렁거리더니 결심한 듯 덤벼들었다. 오이 부인과 게 아저씨가 나타났으니 쓰노다 패거리가 단념할지 모른다고 한순간이라도 기대했던 내가 바보였다. 발이 떨어지지 않았다. 나뿐 아니라 모두 마찬가지였다. 공에 맞기를 기다리는 볼링핀처럼 그저 제자리에 가만히 서 있을 뿐이었다.

갈색 탄환이 다리를 스치고 지나갔다.

완다는 뼈도 부숴버릴 기세로 쓰노다의 왼다리를 물고 늘어졌다. 물에 젖은 갈색 몸이 반회전해 땅에 부딪혔다. 하지만 완다는 상대의 다리를 놓지 않았다. 앞으로 고꾸라진 쓰노다가 진창에 얼굴을 들이박았다. 그때 옆에서 키가 큰 미나쿠치가 튀어나와서 완다를 걷어찼다. 완다의 몸은 다시 빙글 돌아서 땅에 부딪혔다. 그래도 완다는 쓰노다의 다리를 계속 물고 있었다. 쓰노다가 몸을 뒤집어서 다리를 마구 흔들어도 놓지 않았다.

"망할!"

쓰노다가 고함을 지르더니 완다를 왼다리에 매단 채 우리에게 돌진했다. 미나쿠치와 다미야도 달려왔다. 셋 다 표정이 무시무시했다. 흉포하다기보다 혼란에 휩싸여 자신이 무슨 짓을 하는지 이해하지 못하는 모습이었다. 다가오는 얼굴을 보니 두 눈은 거의 흰자위뿐이었다. 우리가 한데 뭉쳐 달아나자 세 사람은 진창을 철벅철벅 밟으며 방향을 틀어서 쫓아왔다. 그때 갑자기 주변 어둠에 엔진음이 울려퍼졌다.

"꼼짝 마!"

게 아저씨의 고함소리가 엔진음에 겹쳤다.

보트는 이미 물가에 도착했고, 게 아저씨와 오이 부인은 보트에서 내려 쓰노다 패거리를 노려보고 있었다. 엔진음이 도대체 어디서 들리는지 도통 알 수 없었다. 게 아저씨가 오른손에 든 길쭉한 물건은 뭐지? 어두워서 잘 안 보였다.

"그대로 움직이지 마. 아이들에게 손 하나 까딱했다가는 가만두지 않겠어."

말이 끝나는 것과 동시에 엔진음이 점점 커져서 고막이 떨렸다. 오토바이와 치과 드릴 소리를 합친 것 같은 소리였다. 나는 그제야 게 아저씨가 전기톱을 들고 있음을 알아차렸다.

쓰노다와 미나쿠치, 다미야는 입으로 가쁜 숨을 내쉬며 몸을 비틀어 게 아저씨와 눈싸움을 벌였다.

"댁들이 누구인지 모르겠지만."

오이 부인이 샌들을 신은 발을 진창에 내디뎠다.

"이 아이 말을 잘 듣는 게 좋을 거야. 무슨 짓을 할지 모르는 위험한 악당이거든."

대충 말을 꾸며내며 부인이 다가가자 쓰노다 패거리는 마치 식물이 시드는 것처럼 고개를 점점 숙였다. 완다는 여전히 쓰노다의 다리를 물고 있었는데, 그 모습이 꼭 범인을 체포한 덩치 작은 형사처럼 보였다.

"끝났어…… 전부."

쓰노다가 마치 딴사람처럼 가냘픈 목소리로 중얼거렸다. 양옆의 미나쿠치와 다미야는 고개를 떨군 채 어깨를 들썩이며 침울하게 숨을 몰아쉬었다.

이윽고 쓰노다가 고개를 들었다.

그때 그의 표정은 내가 막연히 예상하던 것과 상당히 달랐다.

정반대라고 해도 될 정도였다. 모든 것을 체념한 힘없는 표정이 아니라, 온몸의 악의를 몽땅 끌어모아 응축시킨 것처럼 무섭고 기괴한 표정이었다. 온 얼굴이 진흙으로 범벅이 되어 반쯤 벌린 입이 새까맣고 깊은 구멍처럼 보였다. 두 눈동자가 갑자기 아래로 휙 움직였다. 쓰노다는 날카로운 눈으로 류세이를 똑바로 내려다보았다.

"멈춰!"

게 아저씨가 외쳤다. 쓰노다가 소리도 없이 갑작스레 류세이에게 덤벼든 것이다. 쓰노다는 숨도 못 쉬고 얼어붙은 류세이를 왼손으로 붙잡고 오른손을 사납게 치켜들었다. 그때 내 시야에서 풍경 전체가 단숨에 커졌다. ―아니, 내가 달려간 것이었다. 류세이의 조그마한 등, 분노로 가득한 쓰노다의 얼굴, 치켜든 오른손, 그 모든 것이 눈 속에서 확대됐다. 나는 크게 소리를 지르며 혼신의 힘을 다해 땅을 박차고 로켓처럼 뛰어올랐다. 정수리로 쓰노다의 턱을 꽝 들이받은 후 함께 진창으로 쓰러졌다. 아무 생각도 할 수 없었다. 그저 정신없이 쓰노다의 가슴에 달라붙어 배를 두 다리로 감싸고 턱에 다시 박치기를 먹였다. 내가 난생처음 휘두른 폭력에도 쓰노다는 끄떡하지 않고 손쉽게 나를 밀쳐내고 일어섰다. 땅에 등을 부딪힌 후 재빨리 고개를 들자 쓰노다가 마치 거대한 건축물처럼 위압적으로 나를 노려보고 있었다. 한심하게도 그때 나는 후회했다. 흉포하고 다부진 쓰노다에게 앞뒤 가리지 않고 덤벼든 것이 몹시 후회스러웠다. 쓰노다가 펀치를 날리듯이 빠르게 내 멱살을 잡음과 동시에 쿵하고 둔중한 소리가 들렸다. 쓰노다가 내게서 손을 뗐다.

어찌된 일인가 싶었을 때, 그는 하늘을 보고 큰대자로 뻗어 있었다.

쓰노다의 어깨 부근에 뭔가가 툭 떨어졌다.

인어 머리였다.

난데없이 가짜 인어 머리가 날아와 쓰노다의 얼굴을 정통으로 때린 것이다. 도대체 어디서—

펑!

뱃속을 진동시키는 소리가 울려퍼지고 머리 위가 갑자기 눈부신 빛에 뒤덮였다.

고개를 들자 무수히 많은 빛 알갱이가 시야를 가득 채웠다. 예고도 없이 쏘아올려진 불꽃이 메고이코 호수 수면에 비쳐 곱절로 늘어났고, 빗방울 하나하나마다 반사되어 밤하늘에 총총한

별처럼 빛났다. 물론 뭐가 어떻게 돼서 그런 일이 일어났는지 바로 이해한 것은 아니다. 하지만 머릿속에 가득한 물음표 사이로 몇몇 사실이 단편적으로 떠올랐다. 동굴 안에 화약이 내버려져 있었다. 쓰노다는 신문지에 불을 붙인 뒤에 우리의 도주를 알아차렸다. 그 옆에는 장작이 있었다. 그리고 동굴 입구 부근에는 가짜 인어 머리가 내버려져 있었다.

나는 지금도 메고이코 호수 전설에 등장하는 인어가 우리 행동에 감동해 가짜 인어 머리를 날려보낸 것이라고 믿는다. 우리의 용기를, 죽을힘을 다해 쥐어짜낸 용기를 인어의 유령이 인정해준 것이다. 실제로는 우연히 점화된 화약이 동굴 안에서 폭발해 또다른 화약이 입구를 향해 날아갔고, 거기 있던 인어 머리와 격돌해 튕겨나온 것뿐인지도 모른다. 그렇게 각도가 바뀐 화약은 메고이코 호수 위쪽으로 솟아올랐고, 인어 머리는 우리 방향으로 날아와 쓰노다의 얼굴을 정통으로 때렸다. 그야말로 기적 같은 확률이었지만 아주 불가능한 일은 아니다. 그리고 그 기적을 일으킨 것은 우리다. 우리의 용기다. 물론 공포를 떨쳐내고 쓰노다의 다리를 물고 늘어진 완다도 포함해서다.

빛 알갱이가 눈처럼 천천히 떨어져내리며 주변을 환하게 감쌌다. 아무 말도 나오지 않았다. 너무나 갑작스러워서 우리는 입을 벌린 채 숨이 멎을 만큼 아름답게 반짝이는 빛을 올려다보았다. 큰대자로 드러누운 쓰노다도 빛을 올려다보다가 양손으로 자기 얼굴을 덮었지만 다시 손가락 사이로 멍하니 하늘을 쳐다보았다. 그 눈을 희미하게 적신 것은 비였을까, 눈물이었을까. 아니면 마침 하늘의 빛이 비쳐서 그렇게 보였을 뿐인지도 모르겠다.

내가 팬티 바람이라는 것은 좀더 시간이 흐른 후에 생각났다.

내게는 아이가 없다.

하지만 만약 아이가 있다면, 혹은 장래에 생긴다면 꼭 가르쳐주고 싶은 것이 하나 있다.

아들이든 딸이든 상관없다. 우리는 나란히 서서 천천히 걷는다. 발아래는 축축한 흙일 수도 있고, 메마른 콘크리트일 수도 있다. 주변 풍경에 색채가 많을지도 모르고, 적을지도 모른다. 어디든지 괜찮다. 어떤 계절이라도 마찬가지다. 나는 아이의 얼굴에도 풍경에도 눈길을 주지 않고, 그저 고개를 조금 든 채 어린 시절을 바라본다. 그리고 가르쳐준다.

빛을 보고 싶거든, 만약 정말로 아름답고 눈부신 빛을 보고 싶거든.

언제든 눈을 뜨고 있으라고.

무슨 일이 있든, 두 눈에 어떤 풍경이 비치든 결코 고개를 돌리지 말고 잘 보고 있으라고.

화약에 대해 지금도 우리밖에 모르는 사실이 있다.

류세이는 다른 곳에 숨겨둔 대량의 화약으로 터무니없는 짓을 할 생각이었던 모양이다. 유괴 자작극에 성공해서 아버지가 의원직을 사퇴하고 자신이 집에 돌아간 후, 만약 아버지가 다시 의원직에 복귀하려고 하면 그 화약을 사용해 진짜로 사무소를 폭파하려고 했다고 한다.

류세이는 아버지가 의원직을 그만두길 원했다. 그리고 어머니도 사무소가 아니라 집에 있길 바랐다. 함께 식사를 하고, 휴일에는 다 같이 놀러가고 싶었다. 너무도 어린아이다운 생각이지만 주도면밀한 계획 및 완벽한 실행력과는 균형이 맞지 않아 으스스하게 느껴진다. 그렇다고 전혀 이해가 가지 않는 것은 아니니, 혹시 우리도 어떤 계기가 있었다면 류세이처럼 됐을지도 모른다.

그 일이 있은 후 류세이의 아버지는 결국 의원직을 사퇴했다. 자세한 사정은 모르지만 아들이 일으킨 말썽이 이유임은 상상하기 어렵지 않다.

자연보호를 외치던 사기노미야 의원의 사퇴가 어느 정도 영향을 주었는지는 모르겠지만, 얼마 지나지 않아 산림개발이 시행되었다. 여기저기서 건설 기계가 시끄럽게 작동하는 모습이 눈에 들어왔고, 들판은 평평하게 골라졌으며, 네모난 건물이 숲처럼 들어섰다.

이제 동네의 얼굴은 완전히 달라졌다.

반딧불이 애벌레를 잡던 개천은 널따란 우회도로 아래를 힘없이 흐르고, 메고이코 호수 주변도 개발되어 우리가 목숨을 걸고 달린 숲에는 커다란 주차장이 생겼다. 그 너머에는 편리한 쇼핑몰이 햇빛에 빛나고 있다. 임금님 나무도 잘렸다. 동굴은 흔적도 남지 않았다.

동네에는 필요한 일이었을지 모르지만, 개발되는 모습을 직접 보고 있자니 소중히 아끼던 앨범에서 사진을 한 장씩 떼어내는 것 같아 가슴이 아팠다. 그래도 우리는 새로 생긴 패스트푸드점과 처음 보는 편의점을 드나들며 현대적인 생활과 용돈을 교환했다.

그리고 점점 어른이 됐다.

개발이 시작되고 얼마 지나지 않아 기요타카네 집이 철거됐다. 우리는 공사가 시작되기 직전인 일요일에 기요타카네 집 앞에 모였다. 안에는 들어가지 않았다. 더이상 환기를 시킬 필요가 없었고, 완다도 있었기 때문이다.

멀리서 울려퍼지는 건설 기계 소리를 들으며 우리는 현관 바닥에 앉아 꿈이 담긴 테이프에 귀를 기울였다. A면에 녹음된 아폴로 11호의 무선 교신과 그뒤에 잠깐 들어간 히로키 어머니 목소리, 그리고 B면에서 차례대로 흘러나오는 모두의 꿈 이야기를 잠자코 들었다. 완다도 다 알아듣는다는 얼굴로 두 귀를 쫑긋 세웠다. 그 테이프는 나중에 히로키가 복사해서 나누어주었고, 지금도 다들 가지고 있다. 하지만 들어본 적이 있냐고 묻자 모두 고개를 저었다. 이유는 저마다 다를 것이다.

신지는 그로부터 팔 년 후 미대 몇 군데에 원서를 넣었지만 죄다 떨어지고, 보험 삼아 원서를 넣은 일반대학 문학부에 입학했다. 졸업 후에는 중견 가구 제조회사에 취직했고, 지금은 기획부에서 가구를 디자인한다. 디자인이라지만 실제 도면은 디자이너가 그리고 신지는 가구 제작을 총괄하는 일을 한다. 그래도 자기 일이 꽤 마음에 드는지 만날 때마다 열심히 회사 이야기를 한다. 그러다 할말이 없어지면 거의 반드시 암모나이트 이야기를 꺼낸다. 그때 지점토로 만든 암모나이트를 지금도 벽장에 보관중이라고 한다. 그런데 통통한 체격에 귀염상인 부인이 뭔지 모르고 대청소 때 다른 잡동사니와 함께 버린 모양이다. 그래서 처음으로 부부싸움을 했다고 신지는 툭 튀어나온 이마를 문지르며 쑥스러운 듯이 이야기했다.

히로키는 우주비행사가 되지도, 우주에 대해 연구하는 직장도 얻지 않고 지방에서 신문기자로 일한다. 내가 속한 업계와 가까운 관계라서 이쪽에 오면 함께 밥을 먹으며 이런저런 정보를 교환한다. 중학교에 입학하면서부터 각자 새로운 세계를 맞고 새 친구를 사귀느라 예전처럼 많은 시간을 공유하지 않았으므로 히로키가 언제 우주비행사라는 꿈을 포기했는지는 모른다. 본인에게 물어봐도 고개를 갸웃거릴 뿐이니 남은 모르는 게 당연하다. 하지만 히로키도 신지처럼 지금 하는 일이 마음에 드는 듯 고생담을 아주 즐겁게 들려준다. 나는 옛날보다 말투가 순해진 히로키의 이야기를 들으며 주로 맞장구를 치지만, 히로키가 어쩌다 우주라는 말을 꺼내면 웃음을 참을 수 없다.

기요타카는 고등학교를 졸업하고 작은 극단에 들어갔다가 얼마 후 그만두고 좀더 큰 극단에 들어갔다. 그리고 지금은 조금 더 큰 극단에서 배우로 활동하고 있다. 만날 때마다 돈이 없다고 투덜대지만, 이내 옛날보다는 낫다면서 웃는다. 언젠가 한번 기요타카가 전화를 걸어 기쁜 목소리로 텔레비전에 나오게 됐다고 알려준 적이 있었다. 알려준 일시에 텔레비전을 틀어보았지만 어디 나오는지 찾을 수가 없었다. 나중에 물어보니 편집됐다고 한다. 하지만 전혀 아쉬운 목소리가 아니었다. 결과가 어떻든 간에 한 걸음 앞으로 나아갔다는 것을 순수하게 자랑스러워하는 모습이었다.

오이 부인은 실로 힘겹게 병마와 싸웠다. 우리가 병문안을 갈 때마다 침대 위의 부인은 점점 초췌해졌다. 그래도 허세가 여전한 부인과 이야기를 나누고 병실을 나설 때면 우리는 늘 기적의 카드를 뽑는 순간을 직접 고를 수 있다면 얼마나 좋을까 생각했다. 그 옛날 겨울철에 병실에서 일어난 작은 불꽃놀이의 기적을 무르고, 지금 부인의 병을 고칠 수 있다면 얼마나 좋을까.

하지만 오이 부인은 부인답게 기적에 의지하지 않고 스스로 병을 물리쳤다. 병원식을 게눈 감추듯 먹어치워 기력을 보충하고, 가끔 침대에서 팔굽혀펴기를 하거나 병원 주변을 산책하며 오로지 병마를 무찌를 생각만 했다. 얼마 후 오이 부인은 큰 수술을 받고 퇴원했다. 그후로 병은 재발하지 않았고, 다시 점점 살이 붙어 결국은 예전보다 더 통통해졌다. 퇴원한 후에는 게 아저씨네 집에서 기요타카와 셋이서 살았고, 기요타카가 독립하고 나서는 세상을 떠날 때까지 게 아저씨와 둘이 살았다.

일 년에 두 번, 메고이코 호수에서 불꽃대회가 열리는 날에 우리는 그 동네로 향한다.

그리고 다 함께 불꽃놀이를 구경한다.

다들 바빠서 한 명도 빠지지 않고 모이는 경우는 드물다. 정비된 둑에 늘어앉아 올려다보는 불꽃놀이는 옛날만큼 아름답지 않다. 불꽃의 성능은 예전보다 향상됐을 텐데, 참 신기한 일이다.

오이 부인이 살아 있을 적에는 불꽃대회 때마다 같이 구경하자고 제안했다. 하지만 하늘로 쏘아올리는 불꽃을 보면 기요타카가 유괴됐을 때가 생각나서 무섭다며 절대 구경하려고 하지 않았다. 이제 다 큰 어른이니 유괴당하지 않는다고 설득해도 소용없었다. 완고한 사람은 나이를 먹으면 더 완고해지는 모양이다.

부인은 바로 작년에 세상을 떠났다. 병이 재발한 게 아니라 노인성 심부전이었다. 그 동네를 생각할 때마다 얼굴이 떠오르던 부인은 결국 정말로 그 동네의 일부가 됐다. 생전에 오이 부인이 반 농담 삼아 "장례식 때는 이 사진을 써라"라고 말했던 영정사진에는 기적처럼 상냥한 얼굴이 담겨 있었다. 익숙지 않은 상복을 입고 머릿기름을 발라 더부룩한 머리를 정돈한 기요타카는 오이 부인의 관 앞에서 엉엉 울었다. 경야와 고별식 내내 울었다. 품에 안은 부인의 사진에 계속 눈물이 흘러내려 나중에는 액자에 하얀 가루를 뿌린 것처럼 변했다. 기요타카는 액자를 손수건으로 닦으면서 또 울었다. 우리는 관 속의 부인과 마지막 인사를 나누었다. 부인이 화장한 모습을 나는 그때 처음 보았다. 곱다는 생각과 함께 그동안 참았던 눈물이 왈칵 쏟아졌다.

류세이는 지금 어떻게 지낼까. 아무도 연락이 되지 않는다. 그저 일반적으로 보아 나쁘지 않은 인생을 살고 있지 않을까 싶고, 또한 그렇기를 희망한다. 눈치 빠르고 요령이 좋은 사람은 실패와 후회의 영향을 크게 받지 않는 법이니까.

실은 그날 일 중 여태 친구들에게 얘기하지 않은 것이 딱 하나 있다. 그 일은 앞으로 평생 가슴속에 묻어둘 작정이다. 말해도 어차피 믿어주지 않을 테니까. 아니, 그게 진짜 있었던 일인지 아닌지 스스로도 확신이 가지 않으니까.

……

………

전화벨이 울렸다.

나는 기억을 풀어내던 손을 멈추고 옆에 있던 휴대전화를 집어들었다. 액정화면에 뜬 '리'라는 이름을 보자 무심코 입가가 누그러졌다.

"전화가 올 것 같더라니."

나는 테이블에 놓아둔 A4용지 다발을 내려다보았다.

"그리운 이야기 잘 읽었어. 지금 막 재독을 마친 참이야."

리이치는 당황해서 나중에 다시 걸겠다며 전화를 끊으려 했다.

"괜찮아. 다 읽었는걸, 뭐."

그 말에 리이치는 애매하게 대답하더니 자기가 전화를 걸어놓고 아무 말도 꺼내지 않았다.

"리가 팬티 바람이라고 깨달은 장면을 방금 읽었어."

부끄러워하는 듯한 웃음소리가 들렸다.

리이치는 대학교 졸업 후 무역회사에서 일한다. 한 달 전쯤, 그는 옛날에 테이프에 녹음한 꿈은 이제 포기할 생각이라고 털어놓았다.

그때 기요타카네 집에서 리이치가 머뭇머뭇 입에 담은 꿈. 교감선생님이 소년이었을 때처럼 언젠가 이야기를 만드는 일을 하고 싶다고 했다. 당시 우리에게는 한마디도 하지 않았지만, 리이치가 책을 많이 읽는다는 것을 나는 알고 있었다. 호우 때문에 길이 막혀서 신지와 함께 리이치네 집에서 지낼 때 2층 방구석에 책이 잔뜩 쌓여 있는 것을 보았기 때문이다. 처음에는 리이치 아버지나 어머니 책인 줄 알았는데, 어른이 읽을 만한 책은 하나도 없는 것 같았다. 나중에 리이치의 방에서 휑한 책장을 보고 책을 2층에 치워놨음을 알았다.

그러므로 기요타카네 집에서 카세트라디오에 각자의 꿈을 녹음하면서 마지막에 리이치가 자신의 꿈을 이야기했을 때, 다들 어리둥절해했지만 나는 놀라지 않았다.

분명 부끄러웠으리라. 밖에서 뛰노는 것을 당연하게 여겼던 당시의 우리에게 실은 독서를 좋아한다는 말을 꺼내기는 쉽지 않았을 것이다.

그 꿈을 포기한다고 했을 때, 나는 리이치가 쓴 이야기를 읽어보고 싶다고 말했다. 그는 부끄러워하며 고개를 저었고 내가 아무리 끈질기게 부탁해도 들어주지 않았다. 그런데 요전에 야근을 마치고 집에 돌아오니 택배 수취인 부재 통지서가 우편함에 들어 있었다. 휴일에 다시 배달된 두툼한 봉투를 뜯어보니 편지 한 통과 이 종이다발이 들어 있었다.

편지에는 역시 작품은 보여주기 힘들겠지만, 이건 읽어도 상관없다고 적혀 있었다. 어차피 다들 아는 이야기라면서.

"정말 그립더라. 보내줘서 고마워."

다만 세상 사람들에게는 이걸 보여줄 수 없다. 모든 인물이 실명으로 등장하고, 당시 유괴 사건에 대해서도 있는 그대로 적혀 있으니까.

리이치도 감상을 기대하는 것 같지는 않았지만, 나는 내가 느낀 바를 말해주었다. 재미있었던 장면. 마음에 들지 않았던 장면. 표지에 필명이 인쇄되어 있었는데, 자기 이름과 기르던 거북 이름을 조합해 지었다고 한다. 리이치는 꿈을 포기했다고 했지만 언젠가 그 필명을 서점에서 보는 날이 오지 않을까 싶은 기분이 들었다.

"한 가지만 가르쳐줄래?"

나는 쭉 궁금했던 것을 물어보기로 했다.

"왜 화약이 터져서 가짜 인어 머리가 날아왔다고 썼어?"

리이치는 다시 말문을 닫았다.

그걸 내가 던졌다는 사실은 리이치도 알고 있었을 것이다. 동굴에서 탈출할 때 나는 가짜 인어 머리를 들고 있었다. 쓰노다 패거리에게 들켰을 때 무기로 쓸 만한 물건이 하나도 없어서 입구 부근에 놓여 있던 가짜 인어 머리를 들고 나온 것이다. 숲속을 달릴 때 계속 한 손에 들고 있었으니 당연히 리이치도 보았으리라. 무엇보다 나중에 리이치는 내게 감사인사를 했다. 위험한 순간에 구해줘서 고맙다고. 그리고 피구 대회 때는 제 실력을 발휘하지 못했구나, 하며 존경하는 눈으로 바라보았다. 하지만 불꽃이 터진 후에 이어지는 소설의 마지막 부분을 읽어보아도 내가 가짜 인어 머리를 던졌다는 이야기는 나오지 않았다.

"그래야……"

드디어 대답이 들려왔다.

"꿈이 있을 것 같았거든."

"꿈."

"우리 추억을 쓰긴 했지만, 하나도 빠짐없이 진실이면 재미없잖아."

"그렇구나."

리이치는 내가 어렴풋이 상상했던 대로 대답했다.

그렇다면 그에게 가르쳐주고 싶은 것이 있다.

그후로 지금까지 아무에게도 말하지 않고 가슴속에 담아뒀던 일. 내가 본 광경. 현실인지 아닌지 판단하지 못하고 어른이 되어 바쁜 나날을 보내는 가운데 어느덧 가슴속 깊이 파묻힌 광경. 믿기지 않지만 리이치가 쓴 이야기를 읽기 전까지 나는 그 광경을 목격했다는 사실을 까맣게 잊고 있었다. 바쁜 현실을 살다보면 이해되지 않는 신비한 일은 존재하지 않는다는 착각에 사로잡히는지도 모른다. 그리고 그 착각이 몸에 배어 두 눈으로 직접 목격한 신비한 일마저 점점 기억에서 사라진다.

당시 메고이코 호숫가로 달아났을 때, 빗속에서 완다와 오이 부인, 게 아저씨가 나타났다. 게 아저씨가 속도를 높이려고 빠르게 노를 젓자 오이 부인이 균형을 잃었고, 그 때문에 보트가 크게 기울었다. 게 아저씨가 균형을 잘 잡아서 보트가 뒤집힐 위기를 모면했다고 리이치의 이야기에는 쓰여 있었지만—

나는 보았다.

그후 아무도 그 이야기를 하지 않아서 나도 말을 꺼낼 수 없었다. 입을 다물었다. 하지만 기울어진 보트가 원래로 돌아왔을 때, 나는 어두운 물속에서 흐느적거리는 거대한 물고기를 보았다.

보트보다 훨씬 컸다. 몸 전체가 확실히 보인 것은 아니지만, 머리만 해도 어른이 양팔을 펼친 정도였다.

궁지에 몰리는 바람에 정신이 이상해져서 환각을 봤는지도 모른다. 아니, 환각이라 받아들이는 게 현실적이리라. 하지만 이 이야기를 읽으며 기억의 조각들을 주워모으는 사이 역시 그건 진짜가 아니었을까, 라는 생각이 다시 고개를 들었다. 눈을 감으면 그때 내 뺨에 흩날리던 차가운 비와, 계속 달려서 아픈 두 다리와, 숨이 차서 터질 것 같던 가슴과 함께 거대한 물고기의 모습이 똑똑히 떠오를 것 같았다.

인어 머리를 힘껏 던졌을 때의 감촉이 내 손에 남아 있다. 거대한 물고기의 모습도 내 눈에 남아 있다. 어느 쪽이 더 선명한지 묻는다면 둘 다라는 대답밖에 할 수 없다.

리이치는 메고이코 호수 전설에 등장하는 인어가 우리의 용기를 인정해 가짜 인어 머리를 날려보낸 것이라고 소설에 썼다. 하지만 사실 그렇게 신비한 일은 일어나지 않았다. 나는 메고이코 호수에 산다는 전설의 잉어를 보고도 그 사실을 도무지 믿지 못했다. 뭐가 진실이고, 뭐가 거짓일까. —뭐가 현실이고 어디서부터가 허구인지 생각할수록 모르겠다.

아마 스스로 선택하는 수밖에 없으리라.

그렇다, 선택하면 된다. 결정하면 된다.

어려울 것은 하나도 없다. 원하는 대로 받아들이면 된다.

그렇게 생각한 순간, 갑자기 기묘한 그리움이 샘솟았다. 무언가가 나를 다정하게 감싸는 것 같았다. 알고 있는 감각이었다.

느껴본 적 있는 따스함이었다.

무미건조한 전화기의 감촉을 한 손에 느끼면서 나는 생각했다.

꿈은 아직 이어지고 있는지도 모른다. 단지 보이지 않을 뿐, 그 하얀빛은 지금도 우리를 감싸고 있는지도 모른다. 우리는 아직 꿈의 도중에 서 있는지도 모른다.

내가 본 것을 지금 리이치에게 이야기해도 분명 믿지 않을 것이다. 그런 이야기는 아무도 안 믿는다. 하지만 도저히 그냥 넘어갈 수는 없을 것 같았다.

변명하듯이 작게 웃고 나서 나는 전화기에 대고 말했다.

"재미있는 이야기가 있는데 들어볼래?"

5

"봄방학잉니다!"

우리는 몸속에서 날뛰는 기쁨을 끌어안고 등에 멘 책가방을 달랑거리며 나란히 달렸다. 햇빛 비치는 풍경이 덜컥덜컥 흔들리고 우리는 그 흔들림 속으로 뛰어들었다. 수업에서 해방된 자유 속으로.

오, 하고 신지가 갑자기 멈춰 서더니 군인이 뭔가를 가리키듯 절도 있게 길 옆으로 검지를 뻗었다.

"젖가슴풀."

"집에 갖다주지그래?"

"싫어. 귀를 잡아당기면서 막 때린단 말이야."

신지가 자기 귀를 잡고 얼굴을 찡그렸을 때 합창 소리가 들렸다. 우리는 체육관 쪽을 돌아보았다. 이거 무슨 노래더라, 신지가 고개를 갸웃했다.

"꽃의 색깔?"

"구름의 그림자?"

가사를 적당히 읊조리다가 내가 생각해냈다.

"아, 〈둥지를 떠나며〉*다."

---

* 대표적인 졸업식 노래.

그래, 그래, 우리는 서로 고개를 끄덕였다. 이 합창에 에쓰코의 목소리도 섞여 있다고 생각하자 들려오는 멜로디가 갑자기 서글프게 느껴졌다. 나는 활짝 열린 체육관 입구를 괜스레 바라보았다. 선생님 같은 사람밖에 보이지 않았다.

"히로키랑 기요타카를 따라잡을 수 있을까?"

신지가 길 쪽으로 돌아서서 인중을 길게 늘였다. 신지와 함께 화장실에 다녀오는 사이 히로키와 기요타카가 먼저 교문을 나섰다.

"아직 요 근처에 있지 않을까?"

우리 머리 위에서 갑자기 불꽃이 터진 후의 자초지종은 이러하다.

얼마 후 저멀리 둑 쪽에서 손전등 불빛이 어른거렸다. 우리는 진창에 가만히 주저앉아 있는 쓰노다 패거리를 내버려두고 불빛을 향해 크게 소리질렀다.

젊은 경찰이 보트를 타고 왔다. 느닷없는 불꽃을 목격하고 그걸 쏘아올렸다고 추정되는 곳으로 급히 달려왔다고 한다.

그때는 이미 우리가 행방불명되어 큰 소동이 벌어진 뒤였으며, 젊은 경찰도 물론 그 사실을 알고 있었다. 불꽃을 수상하게 여겨 와봤더니 뜻밖에도 사건의 범인과 피해자와 마주쳐서 당황했지만 곧 평정심을 찾고 지원을 요청했다. 경찰들이 도착할 때까지, 도착하고 나서도 쓰노다 패거리는 전혀 저항하지 않았다.

우리는 둑까지 보트를 타고 갔다.

연락을 받고 달려온 부모님 품에 안기면서 나는 쓰노다 패거리가 경찰차에 태워지는 모습을 바라보았다. 미나쿠치와 다미야는 시종일관 고개를 푹 숙이고 있었지만, 쓰노다는 마지막에 우리 쪽으로 고개를 돌렸다. 몹시 구슬퍼 보이는 두 눈이 후회로 가득했다. 쓰노다는 우리에게 뭔가 말하려 했으나 다보록한 수염에 감싸인 입에서는 결국 아무 말도 나오지 않았고, 그는 그대로 차에 밀려들어갔다.

그 사건 때문에 우리가 실질적으로 잃은 것은 신지의 점퍼 정도였지만, 그들이 잃은 것을 생각하면 아직도 마음이 무겁다. 경찰차에 올라탄 후 세 사람이 어떻게 됐는지는 지금도 모른다. 모르는 것이 미안하다. 이따금 알아보려는 충동이 들지만 실행에 옮긴 적은 한 번도 없다.

─완다가, 이 녀석이 집으로 달려왔어.

지원 병력이 출동하는 동안 오이 부인이 설명해주었다. 게 아저씨가 사는 연립주택에 완다가 느닷없이 찾아와서 왕왕 짖더니 바짓자락을 물고 잡아당겼다고 한다.

─하지만 이 녀석은 완다를 잘 모르니까 병원에 있는 내게 전화를 걸었지. 이야기를 들으니 감이 딱 오더구나. 너희가 있는 곳을 알려주려는 거라고.

그래서 오이 부인은 경찰에 전화해 사정을 설명했다.

—하지만 경찰은 영 못쓰겠더구먼. 개가 그 아이들이 있는 곳을 안다고 아무리 설명해도 당장은 움직일 수 없다지 뭐냐.

　옆에 있는 젊은 경찰더러 들으라는 듯 목소리가 필요 이상으로 컸다.

　—일단 어디어디에 무슨무슨 확인을 받고, 그후에 어쩌구저쩌구 해야 한대. 아이고, 얼마나 느긋한지.

　답답한 나머지 부인은 병원을 빠져나와 게 아저씨와 완다를 찾아갔다고 한다. 나는 얼마나 확신이 있었느냐고 물어보았다. 부인은 길쭉한 얼굴을 찡그리고 밤하늘을 노려보며 잠시 생각하다가 대답했다.

　—뭐, 반반 아닐까 싶었지.

　그때쯤 되니 비가 완전히 멎고 구름도 걷혔다. 마치 아까 터진 불꽃의 여운처럼 하늘에 조그만 별이 잔뜩 떴다. 완다가 머리부터 꼬리 끝까지 흔들며 물을 털어냈다.

　—그건 그렇고 너랑 함께 움직일 일이 생길 줄이야. 전혀 상상도 못했지.

　오이 부인이 게 아저씨를 흘겨보았다. 누가 할 소리를, 게 아저씨가 나지막한 목소리로 대꾸하자 부인은 콧방귀를 흥 뀌었다. 두 사람은 눈을 마주치기 싫은지 서로 고개를 돌렸지만, 게 아저씨가 생각에 잠긴 얼굴로 코를 후비려고 하자 오이 부인이 손을 찰싹 때렸다.

—코 후비지 말라니까.

게 아저씨는 우리 눈치를 보며 고개를 돌리고는 거 참, 하는 표정을 지었다.

"맞다, 오늘 좋은 걸 가져왔어."

나는 책가방을 앞으로 돌려 메고 주변을 둘러본 후 비닐봉지를 꺼냈다. 비닐봉지에 매실절임을 넣어왔다. 등교 때 입에 넣고 걸으면서 이로 과육에 흠집을 내 신맛을 맛보는 습관이 점점 심해져서 지금은 거의 중독된 상태였다.

"학교 올 때 말고 집에 갈 때도 먹으려고."

"하나 줘."

신지는 새빨간 열매를 하나 꺼내더니 재빨리 고개를 돌려 사방을 확인하고 혀 위에 얹었다. 그러고는 입안으로 쏙 집어넣더니 두 주먹을 불끈 쥐고 눈을 감았다.

"……끄아아아아, 왔다!"

나도 하나 입에 넣고 혀로 굴리면서 맛을 봤다. 역시 귀 아래가 찡하니 아픈 순간이 최고로 좋다.

"매실 빠워잉니다!"

신지가 뛰어갔고, 나는 책가방을 등으로 돌리면서 쫓아갔다. 밝은 햇살을 머금은 바람에서 봄 냄새가 났다. 그 냄새가 온몸에 스며드는 것 같았다.

"너무 많이 꺼내와서 들키는 거 아니야?"

"아마 들켰을걸."

"괜찮아?"

"괜찮겠지."

우리집 이야기를 하다가 생각났는지 신지가 대시에 대해 물었다.

"그 거북은 아직도 자?"

"어제 깨어났어."

그렇다, 대시는 어제저녁 겨울잠에서 깨어나 움직이기 시작했다. 아직 잠에서 덜 깼는지 아주 느릿느릿 모래 위를 기어다녔지만. 나는 벽장에 붙여둔 '안쪽에 대시'라는 종이를 떼어내고 수조를 다시 책상에 갖다놓았다. 사료를 여기저기 뿌려주었지만 나중에 보니 하나도 먹지 않았다. 너무 굳어서 그런지도 모른다.

"오, 저기 있다."

앞쪽에 히로키와 기요타카의 뒷모습이 보였다. 신지가 "야" 하고 부르자 두 사람은 뒤돌아 멈춰 섰고, 햇빛이 그 얼굴을 비췄다.

"매실절임, 쟤네한테도 주자."

"이제 하나밖에 안 남았어."

"그럼 그냥 놔두고."

히로키와 기요타카가 점점 가까워졌다. 표정이 보였다. 웃고 있다.

"야, 리이치. 사오리 선생님, 오늘 그 남자랑 어디 가는 거 아닐까?"

달리면서 신지가 말했다.

"백화점에서 본 그 남자랑."

"어째서?"

"화장했더라고. 눈 부분이 조금 파랬어."

나는 방금 전 교실에서 본 사오리 선생님의 얼굴을 떠올려보았지만 눈이 어땠는지는 기억나지 않았다. 새 학기부터는 다른 학년을 맡으니 여러분과 오늘이 마지막이라고 말했을 때 두 눈이 아름답게 젖어 있었던 것만 기억났다.

"봄에 결혼한다고 교감선생님이 그랬는데."

"이제 봄이야."

"결혼해도 데이트하려나."

"데이트!"

"데이트!"

서로의 가쁜 숨소리를 들으며 우리는 비포장도로를 내달렸다. 부드럽고 화창한 하늘 아래, 저멀리 펼쳐진 새털구름을 향해 신지가 다시 한번 "데이트!"라고 소리쳤고 "데이트!"라고 외치는 내 목소리가 바로 뒤를 쫓아갔다.